KB231430

시운률론

김 기 종 著

한국문화사

시운률론

김기종 저

동북조선민족교육출판사

서 문

최삼룡

출판사의 신임으로 김기종교수의 새 저술 《시운률론》을 먼저 읽어볼 행운을 가지게 되였다.

《시운률론》의 출판은 중국조선족사회에서뿐만아니라 조선민주주의인민공화국과 대한민국을 포괄하는 모든 조선민족사회의 우리 말 시문학 연구계 및 어학계에서 하나의 희사로 된다.

저자는 우리 말에 대한 풍부한 지식과 우리 시문학에 대한 해박한 지식으로 수년간의 로고끝에 우리 시문학의 운률론을 펴내였는데 이 저술은 우리의 민족시유산에 대한 과학적이고도 체계적이고 전문적인 정리작업으로 될뿐만아니라 조선어의 문체론과 수사론 연구에서 돌파적인 작업으로 된다. 하기에 이 저술은 많은 시인들과 시를 애호하는 청소년들의 문학

수양과 창작기능을 높이는데 훌륭한 교과서로 될뿐만아니라 광범한 인민대중들이 우리 말을 잘 배우는데 훌륭한 참고서로 될것이다.

원고를 심열하면서 나는 이 저술은 다음과 같은 특색이 있다고 생각하였다.

첫째, 어학과 문학의 유기적결합

상식적으로 문학은 언어예술이다. 다시말하면 인간의 정서나 사상을 상상의 힘을 빌어서 언어로 표현하는 예술이 곧 문학이다. 시, 소설, 수필, 극, 평론 등 가운데에서 시는 더구나 정확하고 세련되고 함축적인 언어를 요구한다. 일상적인 보통언어를 깎고 다듬고 손질하고 매만져서 그 정수를 캐내는 일이 바로 시를 쓴다는것이다.

그러나 지금까지 우리의 시문학연구는 시의 정서나 사상에 대한 연구는 많이 진행되였지만 시어에 대한 연구는 아주 표상적이고 분산적이고 또 부대적이였다. 그중에서도 시 수사법에 대한 연구는 꽤나 진척되여 국내외에 전문적저작이 여러 책 출판되였지만 우리 말 시의 운률에 대한 연구는 아주 락후하여 거의 공백상태였다.

물론 시운률연구의 락후상태는 그 객관적원인이 없는것이 아니다.

주지하는바 지식의 전달을 목적으로 하고 언어의 거시적인 기능만을 중요시하는 일상용어나 기타 산문과는 달라서 감정을 질서화하고 감동과 기쁨을 주는것을 주목적으로 삼는 시에서는 그 운률이 즉 그 압운과 률격이 구조상 극히 주요한 특질이 된다. 하기에 국내외의 많은 학자들이 시란 언어의 률동적인 표현이라고 했고 미의 운률적창조라고 했다. 여기서 알수 있는바 시운률에 대한 연구는 그 시작으로부터 끝까지 철저하게 민족적이여야 하며 또 언어학적인것과 문학적인것의 결합이여야 한다. 지금까지 우리에게 시운률에 관한 그럴만한 저작이 한부도 없었다는것은 우리 말 시학이 오래동안 자기의 본체를 찾지 못한 사정과 관계되며 역시 지금까지 우리에게 문학적으로 준비되고 어학적으로 무장된 연구인원이 창출되지 못한 사정과도 련계된다.

그러다가 이번에 연변사회과학원 언어연구소 소장이며 연구원인 김기종교수에 의하여 우리의 첫 《시운률론》이 세상에 나오게 되였는데 이것은 결코 우연이 아니다. 즉 30여년간 우리 말 연구에 종사한 어학자이면서 또한 우리 말 문학유산 특히 시문학유산에 대하여서도 깊은 연구와 심후한 학문기초를 갖고있는 저자였기에 어학가로만은 안되고 문학가로만도 안되는 오로지 어학가와 문학가를 겸한 석학만이 할수 있는 작업을 김기종교수가 하였다는것을 알수 있다.

반복되는것 같지만 좀더 말한다면 우리는 조선어의 어음론, 어휘론, 형태론, 문장론에 대한 깊은 연구가 없는 학자에게서 조선어로 씌여진 시의 운률에 대한 전면적이고 체계적이고 심각한 연구를 기대할수 없으며 또 우리 민족의 고전시가와 근현대시 그리고 민요와 당대시문학에 대한 깊은 연구가 없는 문학가에게서 우리 시의 운률에 대한 흥미있고 정채로운 론술을 기대할수 없는것이다.

둘째, 제고와 보급의 결합

《시운률론》의 창출은 의심할바없이 우리 말 시문학연구에서 하나의 공백을 메우는 개혁성적인 작업이다. 이런 의미에서 보면 이 책은 우리의 시문학연구와 문체론연구를 보다 높은 차원으로 떠올리고 우리 민족문화의 발전과 제고에 이바지하는 저술이라고 말할수 있다.

그러면서도 우리는 이 책을 한편의 보급독물로 읽을수 있다. 다시말하면 이 저작은 우리의 시문학연구나 문체론연구에 종사하는 석학들과 시인들에게 도움이 될 학술저작일뿐만아니라 또 민족공동체의 모든 성원들 이를테면 로동자, 농민, 시민들의 언어수준과 문학수준의 제고와 보급에 이바지할수 있는 통속적인 보급도서의 풍격도 갖추고있어서 좋다는것이다. 이것은 저자가 시종 아주 정확한 언어로 심오한 리론을 명확하게 설명하기 위하여 노력한 결과이며 또한 쉽게 즉 일반독자라도 리해하기 쉽게 서술하기 위하여 노력한 결과이다. 그리고 례문을 듦에 있어서도 되도록이면 우리의 인민대중들의 문화생활에 널리 보급된 작품을 선택함으로써 독자들의 흥취를 자아내고 쉽게 수용되게 하였다.

셋째, 겨레문학에 대한 개방적인 자세

중국조선족이라고 불리우는 이 민족공동체는 이 땅에 와서 뿌리내리는 한세기 반 남짓한 세월 오래동안 계급투쟁과 민족투쟁의 도가니속에서 자기의 생존과 발전을 기하였으며 거의 폐쇄된 공간에서 생활해왔다. 그러다가 80년대에 들어와서야 개혁개방의 력사적계기를 맞이해서 꽁꽁 닫아놓았던 국문이 열림과 함께 매 생명개체의 마음의 창문도 활짝 열어놓게 되였으며 자기의 모국 조선, 한국과 세계에 널려있는 백의동포들과의 동질성을 찾을수 있게 되였다. 그러나 여기에는 아직도 편향이 있다. 그 하나는 관성의 힘에 의하여 여전히 리념과 체제에 매달리여있으며 기본상 닫긴 상태에서 학문을 연구하는것이고 다른 하나는 민족허무주의에 빠져 좀 심각하다는 학술론문이나 전문적인 저술에서 흔히 중국조선족의것들을 거들떠보지도 않고 이른바 고전적인것에만 매달리는것이다.

《시운률론》에서 저자는 우리의 고전적인 시유산에만 눈길을 돌린것이 아니라 중국조선족의 시문학에 대하여서도 눈길을 돌리였으며 작가문학으로서의 근현대 조선시가에 대하여 눈길을 돌렸을뿐만아니라 민요, 가사 등에 대하여서도 눈길을 돌리였다. 우리의 민족유산을 대합에 있어서 이러한 개방적인 자세와 전면적인 관찰은 이 저작의 내용을 보다 민족적으로 되도록 보장하였으며 재료를 풍부히 하고 품위를 보다 높이였다.

그러면서 《시운률론》에서 기성연구성과와 거기에 대한 적중한 평가가 따라가지 못한것, 시리론과 시창작에 대한 관념상에서 현대적인것이 부족하다는 등의 아쉬움도 가지게 된다.

그러나 이러한 미비한 점이 있다고 하여도 이 저술은 우리 말 시문학 연구와 창작에서 훌륭한 교과서, 참고서로 되기에 손색이 없을것이다.

1997. 5. 25
연길 자택에서

머 리 말

오늘 우리 민족의 시문학은 당의 정확한 민족정책과 문예방침의 해빛아래 그리고 풍부한 고전적시가유산가운데서 진보적이고 우수한것을 계승발전시켜 그 어느때보다도 개화발전하고있다.

우리 민족의 시가문학은 유구하고도 풍부한 력사전통을 갖고있는데 시가의 운률적유산도 매우 풍부하고 유구하다. 고전시가문학이 운률조성에서 이룩한 경험을 체계화하고 우리 민족 시가의 우아하고 세련된 음악적인 운률적특징을 밝히고 그 운률조성방도를 연구하는것은 현대시가의 운률발전합법칙성을 밝히고 민족시가의 약동하는 음악성을 한층 높임에 있어서 큰 실천적의의를 가진다. 또한 우리 시인들이 실천가운데서 쌓아올린 운률탐구의 귀중한 경험을 총화하는것도 시대의 지향과 인민대중의 미감에 맞는 음악적운률을 창조함에 있어서

큰 실천적의의를 가진다. 특히는 현시기에 있어서 산문화경향
을 극복하고 음악적운률을 창조하는것은 시창작에서 사상성과
예술성의 완벽한 통일을 담보하는 중요한 고리이며 시가운률
에 대한 연구는 우리 시문학을 더욱 높은 단계에로 발전시켜
나감에 있어서 문예학적으로 반드시 풀어나가야 할 절실한 과
제의 하나로 된다.

　따라서 이 책에서는 우리 시인들이 시가창작에서 쌓아올
린 운률조성의 경험을 체계화하고 민족시가의 운률조성의 민
족적특성과 그 합법칙성을 밝혀 현대시가에서 제기되는 운률
조성의 제 문제를 해명하고 운률을 탐구해나가는 시인들의 창
작에 도움을 주고 시가운률에 관한 문예학적연구를 심화하는
데 이바지하려 하였다.

　민족시가의 운률연구에는 운률의 본질과 기능, 민족시가
의 운률적기초와 그 민족적특성, 운률적표현수단과 그 력사적
발전, 그리고 현대시가에서의 운률적유산의 창조적계승문제와
현대시가의 운률조성문제, 시행과 시련의 조직 등 제 방면이
포괄된다.

　시에서 운률을 잘 살리지 못하면 시란 자기의 사명을 완
성할수 없는것이다. 그러므로 우리들은 운률조성에서의 풍부
한 민족적유산에서 긍정적인 경험을 우리 시대에 창조적으로
계승하고 우리 시인들이 쌓아올린 운률탐구의 경험을 총화하
여 우리 시문학을 보다 운률적이고 음악적인것으로 활짝 꽃피
워나가야 한다.

　우리 시문학에서 운률에 관한 문제는 리론상으로나 실천
상으로나 계속 탐구해야 할 문제들이 많다. 따라서 이 책에는
앞으로 연구를 더욱 깊이하여야 할 문제들도 없지 않다. 저자
의 수준의 제한으로 하여 부족점이 있으리라고 생각하면서 독

자들로부터 좋은 의견이 있기를 바란다.

저 자
1997년 1월

차   례

서 론

제1절 시창작에서 운률을
살려야 할 필요성

오늘 우리 시문학은 당의 정확한 령도아래 어느때보다도 개화발전단계에 들어섰다. 그리하여 사상예술성이 높은 수많은 우수한 시문학작품들이 쏟아져나왔다.

그러나 우리 시문학앞에는 해결해야 할 문제들도 남아있다. 여기서 특히 중요한 문제로 제기되는것은 운률을 살려 시의 서정성을 높이는것이다. 즉 오늘 우리 시문학앞에는 시가의 고유한 특성인 서정성을 더욱 풍부화하며 산문화를 극복하고 시가의 운률을 더욱 살릴 절박한 과업이 나서고있다.

산문은 운률의 제약을 받지 않고 씌여진 작품을 의미한다. 시작품이 산문화되였을 때 거기에는 운률이 없음을 의미하며 결국 감정의 흐름과 굴곡이 없음을 의미한다.

그러므로 시대의 요구에 맞게, 인민들의 지향에 맞게 운률을 탐구하는것은 시문학의 사상예술성을 높이는데서 무엇보다 중요하다.

오늘 시문학에서 운률문제가 특별히 제기된것은 우선 현재 우리 말 시가 가사와 동요를 제외하고는 다 자유시라는 점이다.

고대, 중세 정형시는 사람들의 생활감정이 비교적 단순하고 그들의 예술적사고가 그리 발전하지 못한 고대, 중세 시기의 시형식이였다. 이때에는 민족시가형태에 따라 이미 갖추어진 어떤 틀에 내용이 복종하지 않을수 없었다.

자유시형식은 근대에 와서 인간들의 생활감정이 복잡해지고 개성추구가 커짐에 따라 복잡한 현실을 그 어떤 격식에 맞추어 표현할수 없어서 정형시적틀을 타파하고 출현한것이다.

이와 같이 자유시는 작시법상 격식에서 벗어나 자유롭게 운률을 조직하는 시로서 시대감정을 자유롭게 표현하는데 맞게 운률을 조성하는것이 특징이다. 바로 여기에 자유시에서의 운률문제해결의 복잡성이 있게 되며 자칫하면 산문화의 길을 걷게 될 가능성이 있게 된다.

자유시에서의 운률에 대한 작시법적연구가 많이 진행되였으나 아직 풀어나가야 할 점들이 많다. 따라서 우리들은 운률문제를 시의 내용과 형식의 호상관계의 측면에서 옳게 해명하고 자유시운률조성특성을 일일이 밝혀야 시문학에서 산문화를 극복하고 운률을 살릴수 있으며 자유시의 발전을 이룩할수 있다.

오늘 시문학에서 운률문제가 특별히 제기되는것은 다음으로 시문학의 미학적기능을 살리기 위해 나서는 합법칙적요구이다.

지금 우리 나라는 4가지 현대화를 실현하기 위한 거세찬 투쟁을 벌리고있다. 오늘 우리 인민들은 시문학으로 하여금 오늘의 이 거창하고 위대한 새로운 력사적시대가 안겨주는 서정을 다양한 형식으로 노래할것을 요구하고있다.

운률이 없는 시란 생각할수도 없으며 운률에 의하여 보장되는 시적음악성이 없다면 시란 자기의 사명을 완성할수 없는 것이다.

서정성은 시의 고유한 특성이며 시작품의 존재와 가치를 규정하는 근본요인이다. 시문장은 정서를 따르는 문장으로서 정서의 제약을 받는다. 정서의 제약이란 시문장이 정서가 일으키는 앙양된 흥취를 가지고 일정한 률동을 나타내게 된다는 것을 말한다. 그것은 정서가 생활의 반영으로서 언제나 감정적이며 률동적이기때문이다.

따라서 시문장에서 운률을 조성하는것은 서정성을 구현하기 위한 필수적조건이다. 그리하여 시적인 운률조성은 결국 서정성을 어떻게 구현하는가 하는 문제와 관련된다.

이와 같이 시적운률을 살려 서정성을 구현하는것은 시로 하여금 자기의 미학적기능을 살리게 하는 근본적담보로 된다.

오늘 시문학에서 운률문제가 특별히 제기되는것은 또한 이것이 시형상의 독창성을 담보하기 위한 중요한 방도의 하나로 되기때문이다.

시문학에서 운률을 살리는것은 시형상의 독창성을 보장하는 중요한 담보의 하나로 되며 류사성을 배격하는 중요한 고리의 하나이다.

운률을 살리지 못한 작품엔 시형상의 독창성이 있을수 없다. 시인들은 반드시 벅찬 현실속에서 얻은 체험을 독창적인 시형상으로 노래해야 한다. 만약 시창작에서 그 어떤 틀에 박힌 도식에 빠져 독창성이 없는 류사한 시를 창작한다면 거기에는 시인으로서의 목소리가 없게 된다.

시형상의 독창성을 구현함에 있어서 산문화는 대적이다. 그것은 산문화가 정서적내용면에서와 시의 언어적형식면에서 그리고 시형상에서 류사성을 초래하는 조건의 하나로 되기때문이다. 오직 산문화를 철저히 극복해야만 시창작에서 내용과 형식의 두 측면에서 독창성을 보장할수 있다.

시형상의 독창성은 내용과 형식 두 측면에서 보장되여야 한다.

시의 운률은 정서적내용면에서 시형상의 독창성을 보장하는 유력한 방도의 하나로 된다. 그것은 정서적내용과 밀착된 형식으로서의 운률이 정서를 구체화하고 참신하게 밝히는데 적극 작용하기때문이다.

시는 감정의 문학이며 체험의 문학이다. 시에서의 산문화는 현실을 뜨겁게 파악하지 못하고 생활을 정서적으로 깊이 파고들지 못한탓에 오는데 이것은 정서적내용면에서 류사성을 초래하게 된다.

운률을 창조하는 과정은 생활정서를 깊이 파고들어 음악적흐름을 탐색하고 그에 알맞게 언어구사를 하는 과정이기에 체험을 심화하고 체험을 구체적으로 파악하는 과정과 관련된다.

이것은 운률의 탐구가 시인으로 하여금 시적체험을 심화시킴으로써 정서적내용면에서도 시형상의 독창성을 보장하는 힘있는 공간의 하나로 된다는것을 의미한다.

시의 운률은 무엇보다 형식적측면에서 시형상의 독창성을 보장한다.

시가 산문으로 씌여져 산문식으로 된다면 언어형식면에서 류사성을 드러내놓게 된다.

시인의 정서화된 사상감정은 생활에 대한 시적체험과정에서 흘러나오며 시인의 정서화된 사상감정에 따라 조성되는 운률은 반드시 개성적이여야 한다. 그러므로 개성화된 언어형식 즉 운률조직은 시형상의 독창성에 따라 시인마다 시작품마다 개성적이며 비반복적인 음조를 가진다.

개성적인 서정을 탐구하고 독창적인 운률을 창조하는것은 어디까지나 시인의 개성적인 체험에 따라서 같은 대상을 노래했다 하더라도 서로 다르게 될수 있다. 그 서정이 개성적이 되지 못하고 그 운률이 판에 박은듯한것으로 될 때 그 시는 독창적이고 개성적인것으로 될수 없다.

백두산천지를 놓고도 그 극치의 아름다움을 숱한 시인들이 각이한 시적계기를 가지고 노래하였다. 그 많은 시들가운데서 독자들의 기억속에 오래동안 남아있는 시는 례외없이 시인이 탐구한 개성적인 서정에 맞게 운률을 독창적으로 부여하여 산문화를 극복한것들이다.

그러면 아래에 두편의 시를 대비하여 이야기하기로 하자.

가뜩이나 푸른 물에
푸른 하늘을 담아
더더욱 푸르구나

옥같은 맑은 물에
맑은 하늘이 비껴
속속들이 맑구나

가까이 보니 물이다만
멀리 보니 거울이로다
하늘의 거울!

티끌많은 땅이라고
반공중에 걸렸으니
네 더욱 맑은거냐

이 세상 아름다움이
너에게만 쏠렸는듯
꿈같은 황홀경!

그래서더냐
지금은 가고 없지만
선녀들도 너를 찾아왔다지…

이렇듯 대자연도 정이 있어
맑은 맘 어여쁜 자태로
몸가까이 인간을 부르거늘

사람이면 더구나 지녀야 하리
천지보다 아름다운
마음의 거울!

(김태갑 《천지》)

누가 지은 이름이냐 백두산천지

언제부터 불렀더냐 백두산천지
하늘우에 펼쳐진 크나큰 호수
예로부터 사람들 천지라 부르건만

아니여라, 그것은
하늘높이 추켜든 이 땅의 술잔
천신만고 찾아온 귀한이들을
반가이 맞이하는 축배의 술잔

깎아지른 벼랑을 톺아오르는
기어이 높은 봉에 톺아오르는
아, 굴함없는 그 정신
백두산은 높이높이 축배를 들었어라!

(박화 《백두산의 축배》)

이 두 시에서 보면 두 시인은 모두 동일한 사물—백두산천지를 노래하였다. 그러나 두 시인이 생활을 정서적으로, 개성적으로 느꼈기에 정서적내용면에서, 정서적색채에서, 운률적인 조성에서 독창성을 보여주고있다.

우선 정서적내용에서 두 시인은 남들이 말하지 않았거나 말할수 없었던것을 각기 독창적으로 이야기하였다. 시인 김태갑은 푸른 물에 푸른 하늘을 담아, 맑은 물에 맑은 하늘이 비껴 거울같이 맑은 천지의 황홀경을 묘사하면서 천지를 인격화하여 그의 《맑은 맘》을 노래하였다. 뒤따라 시인은 사람들도 천지보다 아름다운 《마음의 거울》을 지닐데 대해 강조하였다. 시인 박화는 이와는 달리 상상의 나래를 펼쳐 천지의 맑은 물

•7•

을 천신만고 찾아온 귀한 손님들을 반가이 맞이하는 《축배의 술잔》으로 노래하였다. 이리하여 시인은 행복한 새생활을 창조하기 위해 만난을 박차고 줄기차게 높은 봉에로 톺아오르는 굴함없는 혁명정신을 구가하였다.

다음으로 두 시편의 정서적색채도 같지 않은바 전자는 명랑하고 락천적인 색채의 정서이고 후자는 랑만적이고 호소적인 감정이다.

그리고 이 두편의 시는 시문장의 운률적인 조성에서도 차이를 보여주고있다.

전자는 시행을 극히 짧게 하고 시행안의 음절군도 2∼3개로 하면서 체현된 정서의 색채에 맞는 호흡을 형성하였다. 이와는 달리 후자는 운률의 진폭을 보다 크게 조성하면서 7·5조를 기본음조로 하였다.

언어의 예술인 문학은 생신한 어휘표현들과 알맞는 문장구조를 골라써야 자기의 예술적감화력을 충분히 발휘할수 있다. 특히 서정시에서 생동하고 정서적인 시어를 기발하게 찾아내여 정서의 양상에 어울리게 쓰는것은 산문화의 경향을 극복케 하는 운률보장문제와 관련하여 다른 문학형태들에서보다 더욱 뚜렷하고도 절실한 문제로 나선다.

두편의 시에서 시의 운률을 이룸에 있어서 개성적이고 독창적인 서정에 맞는 참신한 시어와 알맞는 문장구조를 리용한 것은 성공적이라고 볼수 있다.

김태갑의 서정시 《천지》에서 백두산천지의 아름다움에 어울리는 언어적형상의 정서적조화는 시의 운률을 빈틈없이 째이게 하였다.

이 서정시에서 《가뜩이나 푸른 물에/하늘을 담아/더더욱 푸르》고, 《옥같은 맑은 물에/맑은 하늘이 비껴》 더더욱 맑고

《티끌많은 땅이라고/반공중에 걸린》《하늘의 거울》인 백두산 천지,《이 세상 아름다움》을 한몸에 고스란히 지녀 아름다운 《선녀》들도 찾아왔다는 천지의 《황홀경》이라는 시어들은 독자들로 하여금 천지의 맑은 물과 같이 아름다운 선률에 흥취되게 한다.

박화의 서정시 《백두산의 축배》에서는 서정의 울림에 맞는 시적표현으로 운률을 안받침해주고있는데 부정법을 리용하여 《하늘우에 펼쳐진》 천지를 《아니여라 그것은/하늘높이 추켜든 이 땅의 술잔》이라고 했다. 이것은 또한 작자의 기발한 과장법이 아닐수 없다. 크나큰 천지를 하늘높이 추켜든 축배의 《술잔》이라고 한것은 시인 박화의 서정시에서만 찾아볼수 있는 발견이다. 이렇게 시인은 화려한 어휘나 미사려구로서가 아니라 진실하고 소박한 표현으로 서정을 진하게 표현하면서 그에 맞게 운률을 조성힘으로써 시의 감정을 살리고 산문화를 극복하였다.

이 시에서는 서정을 울려주고 률동을 살리기 위하여 이와 같이 형상적인 시적언어를 골라썼을뿐아니라 서정에 맞는 언어구조도 각기 특색있게 리용하였다.

시인 김태갑은 천지의 극치의 아름다움을 노래하기 위하여 《～구나》,《～거나》,《～거늘》,《～리》와 같은 구조적표현을 리용하였고 짧은 시행을 보장하고 형상성을 보장키 위해 《하늘의 거울!》,《마음의 거울!》과 같은 명명문을 효과적으로 리용하였다.

이와는 달리 시인 박화는 랑만적이고 호매로운 서정에 맞게 《～냐》,《～더냐》와 같은 의문문,《～건만》과 같이 높은 격정을 나타내는 문장형식,《아…～어라!》와 같은 수사학적감탄을 훌륭히 리용하였다.

총적으로 우리는 시인이 노래하려는 대상에 따라 운률은 달라지며 같은 대상을 노래한다 해도 시인의 감흥에 따라 운률이 달라진다는것을 잊지 말아야 한다.

우리 시인들은 시창작에서 운률을 살려야 할 필요성을 알고 산문화를 극복하고 음악적운률을 살리기 위하여 진지한 노력을 기울여야 한다.

운률은 하나의 틀에 맞출수도 없으며 시의 사상감정의 다양성, 시인들의 생활에 대한 개성적인 시적탐구의 부단한 노력에 의하여 변화발전하고있다.

그리하여 우리 시인들은 우리 시대가 요구하는 새로운 운률을 개척하고 탐구하여 우리 시문학을 새로운 높은 단계에로 발전시켜야 한다.

제2절 시창작에서 운률을 살리기 위한 방도

시창작에서 운률을 살리기 위해서는 우선 시문학의 고유한 특성인 풍부한 서정성을 강화하기 위하여 노력해야 한다.

시의 서정성을 강화하는것은 시의 산문화를 극복하고 시창작에서 운률을 살릴수 있게 하는 근본적조건이다. 그것은 개성적이고 독창적인 운률은 오직 풍부한 서정성에 토대하여서만 창조될수 있기때문이며 생활정서의 표현형식인 운률을 조건짓는 요인이 정서의 음악적흐름이기때문이다.

정서의 음악적흐름은 오직 생활정서를 강렬하게 체험하는 시인만이 파악할수 있다. 따라서 시적체험 즉 현실을 체험하고 생활을 정서적으로 깊이 파고드는것은 서정성을 강화하고 산문화와 류사성을 극복하는 기본방도이다.

시적체험이란 내부적체험, 정서적체험으로서 자연을 정복하고 사회를 개조하는 현실생활속에 깊이 들어가 생활을 정서적으로 깊이 파고들고 시적으로 생활을 뜨겁게 느낀다는것을 의미한다. 생활을 정서적으로 깊이 파고들어 인간들의 생활감정을 구체적으로, 심오하게 리해하고 그 정수를 찾아내야만 생활정서의 음악적흐름을 파악하고 운률의 바탕을 마련할수 있는것이다.

정서를 떠난 운률은 시적운률로 될수 없고 반대로 운률을 떠난 정서는 시적정서로 될수 없다. 그러므로 시적체험을 강화해야만 시문학의 고유한 특성인 풍부한 서정성을 강화할수 있고 또 생활정서의 음악적흐름을 파악하여 시적운률을 창조할수 있는것이다.

시창작에서 운률을 살리기 위해서는 다음으로 우리 말과 운률유산에 정통하여 운률창조에 필요한 언어적 수단과 기교를 풍부히 소유해야 한다.

우리 말과 운률유산에 정통해야 언어적수단을 틀어쥐고 운률을 실제적으로 창조해낼수 있다.

시에서 운률을 잘 이루어 서정성을 풍부히 하기 위해서는 우리 말의 음운적특성을 잘 리용해야 한다.

조선어의 말소리는 기본적으로 모음과 자음 체계로 나뉘며 토가 있고없는데 따라 소리의 고저, 장단, 강약, 억양의 현저한 변화를 가져오며 울림소리, 떨림소리, 터침소리, 막힘소리, 굳은 소리 등의 음운상 특징을 갖고있다. 시는 이러한 특징과 함께 높은 소리, 부드러운 소리 등의 음운상 특징들도 종합적으로 리용하여 각이한 음절수들의 음향적가치를 비슷하게 만들며 각이한 음절수들의 속도감을 조절하여 시문장의 흐름이 호흡률에 거슬리지 않게 순탄하면서도 자연스럽게 흐를 수 있게 한다. 그러므로 음향과 소리색채가 서로 비슷하거나 반대되는 시어들을 찾아서 적중하게 배렬해야 운률이 이루어진다.

또 운률조성의 수법에는 동일한 소리, 동일한 소리량을 가진 시어를 시간적간격으로 거듭하는 반복법과 의미상 련관되거나 상반되는 시구를 짝을 맞추어 대응시킴으로써 운률적효과를 얻어내는 대구법, 시어의 자리를 바꾸어 의미를 강조하면서 운률을 이루는 전도법 등 여러가지가 있다.

이와 같이 시적운률은 민족어의 어음론적, 어휘론적, 문장론적 특성에 의해 이루어지며 운문적인 언어에 의해 실현된다.

푸르다더니 과연 푸르구나
하늘이 내려앉아 푸르냐
청산을 품고 흘러 푸르냐
버들숲 머리채 감아 푸르냐

(김성휘 《압록강 누나의 강아》)

이 시는 형상적이고 표현적이고 운률적인 언어 그리고 음악적인 률조로 특징지어진다. 시인은 우선 3·3조 반복률에 《내려앉아》, 《품고 흘러》, 《머리채 감아》와 같은 음절음을 첨가시켜 수미반복률을 조성하였는가 하면 첫행에서는 5·2·4와 같은 음절군들의 음절수가 점차적으로 하강된 이음량련속결합률을 조성하였다. 이렇게 률동적인 음수률에 《냐》와 같은 가운, 유향자음 《ㄴ, ㄹ》의 반복으로 이루어진 음질률, 그리고 수사학적감탄, 반복법, 의문법, 렬거법으로 이루어진 음향률이 안받침되여 완벽한 운률을 조성하였다. 특히 이 시에서는 《푸르다》라는 단어가 여러번 반복되고 률동감을 주는 《ㄹ》음이 여러번 반복됨으로써 압록강의 푸른 물결을 음악적인 운률속에서 동적으로, 표상적으로, 색채적으로 훌륭히 보여주었다.

여기서 보는바와 같이 시가의 운률은 민족어의 음악적인 표현수단들을 구체적인 정서에 맞게 리용하는데서 이루어지므로 우리 말의 운률적 표현수단과 기교에 정통해야 한다.

또 시의 언어적표현을 세련시키고 시문장을 정서적으로 음악적으로 세련시키기 위해서 시인들은 반드시 인민들의 언어에서 다듬어지고 세련된 말들을 배워나가야 한다.

인민들속에는 참다운 시어가 있으며 인민들의 생활적인 언어속에 진정한 운률이 있다. 그러므로 우리 시인들은 인민들의 생활속에 깊이 들어가 인민들의 언어생활에 발을 붙이고 인민대중의 현대적미감과 민족적정서에 맞는 음악적언어로써 운률을 창조하기에 힘써야 한다.

시인들은 운률의 기교를 쌓기 위하여 민족어에 정통해야 할뿐만아니라 운률조성의 선행한 경험을 배워야 한다. 이것도 운률을 살리는 기초적요구의 하나이다.

운문적인 언어구사와 운률창조의 실천적경험은 우리 민족 시가의 전통과 유산에 풍부히 축적되여있다.

우리의 고전시가들은 오랜 력사적시기를 통하여 운률조성에서 풍부한 실천적경험과 빛나는 예술적성과들을 거두었다. 우리 민족 고전시가들이 운률조성에서 성과를 거둘수 있은것은 우리 말의 음악적특성을 잘 살렸기때문이다.

민족고전시가가 운률조성의 측면에서 달성한 성과는 우리의 시가문학이 반드시 계승발전시켜나가야 할 귀중한 경험으로 된다.

고전시가와 운률조성경험을 대함에 있어서 우리들은 통채로 받아들일것이 아니라 현대적미감에 맞게 창조적으로 리용하도록 해야 한다.

제1장 운률의 본질과 기능

제1절 운률의 본질

운률의 본질에 관한 문제는 시운률론의 핵심을 이루며 출발점으로 되는 가장 중요한 문제이다. 따라서 시의 산문화를 극복하고 운률을 살리기 위해서는 우선 운률의 본질이 과학적으로 해명되여야 한다.

운문은 산문과는 달리 음악적률조를 가지며 강한 정서를 자체의 고유한 특성으로 하고있다.

따라서 운문의 본질적특성은 현실과 그로부터 파악된 시인의 사상감정을 률동적인 언어로 표현하는데 있다고 할수 있다. 이와 같이 운문시가의 형식적특징은 운률적인 언어, 운률적인 시문장과 관련되여있다.

그러면 시의 운률을 어떻게 리해할것인가?

운률이란 정서의 음악적흐름을 반영한, 성음적요소의 주

기적반복에 의해 이루어지는 음악적률조로서 시문장의 고유한
형식의 요소이다.

여기서 《정서의 음악적흐름을 반영하다》는 내적인 정서적
률동을 말하고 《성음적요소의 주기적반복에 의해 이루어지는
음악적률조》라는것은 운률의 물질적기초를 말하고 《시문장의
고유한 형식의 요소》라는것은 운률이 내용에 속하는 요소가
아니라 형식에 속하는 요소임을 이야기한다.

이로부터 우리들은 운률의 본질이 정서의 음악적흐름에
기초하고있으며 성음적요소의 주기적반복에 있으며 내용에 속
하는 요소가 아니라 형식에 속하는 요소임을 알수 있다.

따라서 시운률은 내적인 정서적률동과 성음적요소의 주기
적반복의 완미한 결합이라고 할수 있다.

그러면 아래에 운률의 본질을 그 물질적기초와 정서적기
초 두 측면에서 구체적으로 보기로 하자.

1. 운률의 물질적기초

시운률은 우선 현실생활중의 부동한 음색, 부동한 고저,
부동한 강약으로 이루어진, 모종 리듬을 가진 사물의 반영이
라고 할수 있다.

일반적으로 말하여 리듬이란 소리의 주기적인 교체에 의
하여 일어나는 률동적인 현상을 말한다.

리듬은 자연과 인간생활에 다양하게 존재한다. 이를테면
쏴—쏴— 하는 파도소리, 공장에서 윙—윙— 하는 기계소리,
똑딱똑딱하는 벽시계소리, 일정한 시간적간격을 둔 달리는 기
차바퀴소리는 모두 리듬적이다.

이와 같이 리듬은 본래 자연현상자체에 의해 인간에게 암

시된것으로서 그것은 인간이 창조한 여러 예술형태에 체현된다. 그러나 시의 리듬은 다른 예술형태들의 리듬현상과 구별된다. 례컨대 시와 음악에는 다같이 리듬현상이 체현되여있지만 시에서의 리듬과 음악에서의 리듬간에는 상대적인 차이가 있다. 음악에서의 리듬은 고저, 장단, 강약 등의 일정한 법칙적인 진행과정을 말하는것으로서 순전히 음향 그 자체에 의해 조성되지만 시는 성음과 뜻을 함께 체현하고있는 시어를 통하여 의미적표상을 주면서 청각적인 리듬을 조성한다.

따라서 시어의 음운적—성음적요소는 시에서 운률을 조성하며 운률이 객관적으로 존재할수 있게 하는 물질적기초이다.

시문학에서는 청각적인 요인이 주도적인 감각기관으로 나서는바 시에서 체현되여있는 음운은 랑송을 통하여 성음화되며 그것이 청각에 작용하여 률조를 일으킨다. 따라서 운률은 음운에 기초한 성음적요소가 률동적으로 반복되여 일정한 음조를 얻는데서 이루어진다.

땅우에 새하얗게／오시는 눈／／
기다리는 날에는／오시는 눈／／

(김소월《오시는 눈》)

이 시에서는 시의 내용을 률조에 담아 노래하고있는바 그 음악적인 운률은 7/4／／와 같은 최저운률단위의 반복, 시행종말에서의 《오시는 눈》과 같은 시어반복, 그리고 스침성이 강한 《ㅅ》음과 공명성이 강한 《ㄴ》음의 음향적반복, 의미상 련관되는 시구를 짝을 맞춰 대응시킨 대구법 등에 의해 이루어지고있다.

이와 같이 시가의 운률은 시어성음의 흐름과정에 음운상
으로 같거나 비슷한 요소들이 반복되면서 사람들의 청각에 일
정한 음악적인 느낌을 줄 때에야 일어난다.

성음의 반복은 성음의 질과 량이 다양하고 반복의 주기와
형태가 다양한 조건하에서 다양하게 이루어지는데 이것은 시
어성음의 반복을 각이한 형태와 각이한 방식으로 조성할수 있
는 무한한 가능성이 있음을 말해준다. 따라서 개성적이고 독
창적인 운률을 얼마든지 창조할수 있는 기초가 마련되여있음
을 말해준다.

2. 운률의 정서적기초

운률을 단순히 성음적측면 즉 시어의 성음적요소들의 률
동적인 반복에 의한 음조로만 보아서는 아직 운률의 본질을
완전히 해명하였다고 할수 없다.

운률의 본질을 과학적으로 해명하려면 다음으로 운률을
조건짓는 내적요인을 밝혀야 한다.

례컨대 운률을 조건짓는 내적요인을 밝히지 않고 단순히
시어의 성음적요소들의 률동적인 반복만으로는 현대자유시의
운률이 시작품마다 고유한 형태를 띠고 다양하게 나타나는 현
상에 대해 해답할수 없는것이다.

운률은 정서의 음악적흐름에 기초하고있다. 즉 운률은 생
활감정의 음악적흐름을 반영한 시문장에서 생기며 운률의 본
질은 시문학의 고유한 특성인 풍부한 생활정서의 음악적흐름
에 맞게 엮어진 시문장에서 조성되는 음조미에 있다. 따라서
운률은 시인에 의해 파악된 생활정서의 음악적흐름에 의하여
조건지어지는 시형식이다.

운률은 생활의 다양성과 그로부터 얻어진 정서적색채의 다양성에 의존된다.

자연과 인간생활에서 나타나는 률동은 매우 다양한바 그 어느 하나도 꼭같은것이 없다. 례컨대 모내기로동, 벼가을로동, 탈곡로동의 률동이 서로 같을수 없다. 또 사람들 정서의 앙양과 침체, 환락과 비통, 열렬함과 랭담 등의 기복에는 같지 않은 음악적흐름이 있게 된다. 따라서 생활정서는 언제나 해당한 생활이 가지고있는 구체적인 률동을 체현하고있다.

운률이 정서적색채에 의하여 규정된다는것은 생활정서의 음악적흐름이 시인의 호흡과 음감에 옮겨져 시인이 시문장을 음악적으로 조직하는데 직접적으로 작용하는데서 찾아볼수 있다.

우선 생활정서의 음악적흐름새는 시인의 호흡에 옮겨져 정서적인 호흡을 조건짓는다.

례컨대 정서적색채가 밝고 발랄하면 그만큼 시인의 호흡이 많은 굴절을 나타내면서 진폭이 잦아져 시문장이 짧아지며 정서적색채가 장중하고 숭엄하면 그만큼 큰 호흡을 요구하면서 억양의 폭이 커서 시문장이 길어진다. 이렇듯 정서적호흡의 특성은 시문장의 구조에 예민하게 반영된다.

> 샘물이 혼자서
> 춤추며 간다
> 산골짜기 돌틈으로
>
> 샘물이 혼자서
> 웃으며 간다
> 험한 산길 꽃사이로

하늘은 맑은데
즐거운 그 소리
산과 들에 울리운다.

(주요한 《샘물이 혼자서》)

......
더는 이대로 나이를 먹을수 없어라
친할머니를 모르고 자라는 어린 가슴들에
하나의 나이를 더 보태주는 설과 설을 다시 더
맞을수 없어라
이 무서운 민족의 고통과 비극을 안고 이제 더
가야 한다면
무정한 세월이여, 수억만년 변함없던 지구의 공
전이여,
우리는 장수의 노한 칼을 뽑아들고 너를 멈춰세
우리라

(오영재 《복수자의 선언》)

앞에 인용된 주요한의 시에서는 춤추며 웃으며 흘러가는 샘물을 노래하였는데 명랑하고 발랄한 감정상태로부터 호흡의 주기와 시행이 짧게 되였다. 이와는 달리 뒤에 인용된 오영재의 시에서는 미제침략자에 대한 증오와 분노의 심정을 토로하였는데 장중한 정서의 흐름으로부터 시인의 호흡이 큰 진폭을 가지게 되여 시행은 한 호흡으로 읊기에 벅찬 정도의 길이를

· 20 ·

가지게 되였다.

　이와 같이 생활감정의 률동은 시인의 호흡에 반영되여 호흡의 주기를 규정하고 그것이 또한 시문장의 구절과 길이를 규제하여 서로 다른 운률을 낳게 하는 기초로 되는것이다.

　다음으로 생활정서의 음악적흐름새는 시인의 음향에 대한 감각을 조건짓는다.

　정서의 음악적흐름이 강렬한 음향으로 이루어졌을 때 시인은 보다 높고 강한 어음을 가진 시어를 선택하게 되며 보다 부드러운 흐름새를 가진 정서는 그에 맞는 음색과 음상을 가진 시어들을 선택하게 된다.

> 깎아세운 벼랑을 뛰쳐내려
> 바위에 부딪쳐 산산이 부서졌다간
> 또다시 달려들어 박차고 감뛰며
> 바위도 통채로 삼켜버리더니
>
> (송정환 《백두산 서정》)

> 조약돌 굴리며 바위돌 뛰여넘어
> 해종일 노래하며 흐르는 시내물
>
> (박화 《시내물》)

　이 두 시는 각기 장백폭포의 률동과 시내물의 률동을 음향적으로 잘 살렸다. 이런 음향적률조는 두 시인이 각기 장백폭포와 시내물의 률동을 생활의 음향으로 느끼고 장백폭포의 장쾌한 기상과 시내물의 부드러운 흐름새를 시의 운률로 전환시킨 결과이다.

그러나 생활정서의 음악적흐름새가 같지 않음으로 하여 두 시인은 시어선택에서 차이를 보여주고있다.

전자에서의 장백폭포의 장쾌한 음향과 힘찬 기세, 그 패기있는 률동은 시인에게 강한 음률을 안겨주었다. 그리하여 시인은 장백폭포에서 받아안은 생활의 음률을 시어의 선택에 반영하여 《ㄲ, ㄸ》, 《ㅊ, ㅋ, ㅌ》와 같은 된소리와 거센소리를 리용함으로써 강렬한 감정을 표현하는 음향률을 조성하였다. 이런 음률상의 효과로 하여 웅장하고 장쾌한 장백폭포의 장엄한 기상이 효과적으로 표현되게 되였다.

전자와는 달리 후자에서의 졸졸졸 노래하며 흘러가는 시내물의 부드러운 률동은 시인에게 명랑한 음률을 안겨주었다. 하여 시인은 시내물에서 받아안은 생활의 음률을 시어선택에 반영하여 탄력성이 강한 《ㄷ》, 동적인 파동과 경쾌한감을 주는 유향자음 《ㄴ, ㄹ, ㅁ》, 류체의 흐름상태에 대한 표상을 주는 자음 《ㅎ》를 반복시킴으로써 음향적반복률을 조성하였다. 자음에 의하여 이루어진 이런 음향적반복률은 조약돌을 굴리며 바위돌을 뛰여넘어 즐겁게 노래부르며 흐르는 시내물의 률동을 음향적으로 살리였다.

이상의 론술을 통하여 우리는 운률의 기초에 시인에 의해 파악된 생활의 정서가 놓여있으며 생활정서의 음악적흐름에 따라 운률형식이 조건지어진다는것을 알수 있다.

시인은 자신의 사상감정과 창작기량에 따라 생활의 정서를 파악하고 표현하며 생활의 다양한 률동가운데서 자기의 사회미학적리상과 예술적정서에 맞는것을 받아들이며 자신의 언어기교에 의하여 그것을 운률로 창조한다.

이런 사실은 운률조성의 커다란 가능성을 주게 되고 끊임없이 개성적이고 독창적인 운률을 창조할수 있는 기초가 있음을 말해주며 따라서 현대자유시의 운률로 하여금 작품마다 각이한 운률형식을 취하게 한다.

제2절 운률의 기능

시운률의 본질과 함께 시운률의 기능에 대한 문제는 시리론과 시창작에서 중요한 의의를 가지는 문제이다.

시에서 운률이 노는 기능은 다면적이다.

시에서 운률은 우선 호흡률을 순탄하게 조성하는 기능을 수행한다.

운률은 시어와 시문장의 균형적인 조절배치로써 정서적내용을 조화롭게 구성하며 운률조성의 외적인 균형미와 내적인 조화미를 보장한다.

운률이 없는 시는 운문으로서의 외적균형미를 갖지 못하여 시라고 할수 없다. 따라서 운률적인 조화를 보장한 시라야 읊기에 순탄하며 안정감이 있어 사람들의 입에 오른다.

또 언어형식상의 조화는 정서적내용의 조화를 보장하는데도 일정한 효과를 가진다.

그리하여 시문장형식에 균형과 조화미를 보장하면서 시에서 호흡률의 순탄성을 보장하는것── 이것이 운률의 기능에서 일차적인것이다.

시에서 운률은 다음으로 시의 정서적내용에 작용하여 정서를 효과적으로 살리는 미학적기능을 수행한다.

운률의 기능은 형식의 조화미를 넘어 시의 감정조직과 정서적내용을 살리는데 기여하고있다. 즉 운률적으로 조직된 언어형상이 정서의 부각을 위하여 적극 작용하는것이다. 따라서 운률의 정서적기능은 운률의 기본기능이다.

시어성음의 반복에 의한 운률이 사람들의 정서적반응을 일으키고 정서적효과를 달성하게 되는것은 성음의 률동적반응이 그 성음의 질과 반복주기에 따라 각이한 음조를 낳고 서로 다른 정서적작용을 놀기때문이다.

따라서 시음조의 이런 정서적효과를 정서적내용을 표현하는데 적극 리용함이 운률탐구의 목적으로 된다.

운률의 정서적기능은 시에서 정서적색채를 살리는데서와 감정조직에 효과적으로 작용하는데서 구체적으로 표현된다.

시인이 파악한 정서는 언제나 구체적인것으로서 희로애락 등 구체적감정색채를 떠날수 없다. 운률은 바로 시의 정서를 구체적인 색채로 살리는데 적극 이바지한다.

첫째, 호흡의 진폭으로 시의 정서적색채를 효과적으로 살릴수 있다.

그러면 아래에 두 시편을 대비적으로 고찰하기로 하자.

푸른 하늘
푸른 땅
푸른 잎에 괴인
천떨기 만떨기 붉은꽃

푸르러 봄이냐
붉어서 봄이냐

만경창파에서
청춘의 빛갈을 보고

만장화염에서
청춘의 불길을 보라

청춘은 행복의 물결!
사랑의 불꽃!

이 몸이 절로 늙을망정
청춘이야 시들가부냐
　　……

　　　　　　　　　　　　（리욱《청춘과 나》）

……
력사를 거슬리는 어리석은 꿈을
세습으로 물려받은 장개석악당
우리가 원쑤 왜를 물리친 뒤에도
그들은 또 착취에《문맹한》양코배기 금만가를 끌어들여
이 나라의 땅과 하늘과 바다까지도
두손에 받들어주기에 서슴지 않는 릉욕을 가져왔고
그도 부족해 인민을 굶기고 짓밟고 죽음에로 몰았나니

이때 오직 하나의 대오, 오각별을 이마에 인
불의와 싸우는 의의 용사 일어나 구름처럼 일어나
역적 매국의 족속들이 팔아먹은
땅을 찾고 하늘과 바다를 찾고
도탄, 진정 도탄에서 헤매이는 인민에게 해방을 주는
의로운 전쟁의 승리는 날마다 엽록처럼 뻗어가

해방도는 끊임없이 늘어만 가고 불어만 가고
역류하는 왕좌 허물어만 지고 깨여만 지고…

(설인 《양자강가에 봄이 오면》)

이 두 시편을 읽어보면 정서의 색채는 엄연히 다르다. 전자는 늙어가는 인생을 청춘답게 락천적으로 살아가려는 시인의 절절한 감정을 표현하였고 후자는 나라를 팔아먹은 매국역적 장개석악당에 대한 치솟는 분노의 감정, 조국의 완전한 해방을 념원하는 작자의 절절한 감정을 표현하고있다.

이 서로 다른 색채의 정서는 운률적인 진폭에서의 차이로 하여 보장되였는바 각기 체험된 정서의 색채에 맞는 호흡을 형성하였다.

전자는 운률의 진폭을 보다 짧게 하였는데 시행을 극히 짧게 하고 시행안의 음절군도 2~3개로 하였다. 이로 하여 이 시는 운률의 진폭이 최소로 되였고 감정의 열도가 보장되였다.

이와는 달리 후자는 운률의 진폭을 크게 조성하였는데 시행을 한 호흡에 담을수 있는 최대의 길이로 조성하였다. 이리하여 이 시는 운률의 큰 진폭을 우리 인민에게 민족적 고통과 불행을 강요한 장개석악당에 대한 원한과 증오의 감정, 해방의 은인 중국인민해방군에 의한 조국의 해방을 소리높이 환호하는 벅찬 감정을 펼쳐주는데 효과적으로 리용하였다.

우에서 설명한 례를 통하여 우리들은 시행의 길이로 호흡의 진폭을 조절하여 감정색채를 살릴수 있다는것을 똑똑히 알수 있다.

둘째, 호흡의 굴절을 운률로 조절하여 시의 정서를 살릴수 있다.

례컨대 리상화의 시 《빼앗긴 들에도 봄은 오는가》에서 매
련의 마지막행들은 그 길이가 한 호흡으로 발성할수 있는 최
대의 길이로 되였고 또한 비통한 정서적상태를 표현하기에 매
우 적합한 호흡상굴절을 조성하였다.

　　……

　　강가에 나온 아이와 같이
　　짬도 모르고 끝도 없이 닫는 내 혼아
　　무엇을 찾느냐 어디로 가느냐 우습다 답을 하려무나

(제9련)

여기서 마지막행은 《무엇을 찾느냐/어디로 가느냐//우습
다/답을 하려무나//》와 같이 호흡의 률조가 서로 대응하고있
다. 즉 한 시행을 크게 둘로 끊어 맞세우고 그 내부에서 각각
또 한차례씩 작게 굴절대응시켰다. 이런 호흡의 률조는 일제
침략자들에게 땅을 빼앗긴 피타는 울분을 훌륭히 표현하는데
이바지하였다.

이 모든것은 시행내부의 음절군배치로써 호흡의 굴절관계
를 다양하게 변화시켜 일정한 정서적상태를 효과적으로 표현
할수 있음을 말해준다.

운률은 이와 같이 정서적색채를 살리는데 이바지할뿐아니
라 감정조직의 힘있는 수단으로도 리용된다.

매 시작품은 자기의 정서적구조를 가지며 감정의 앙양도
와 기승전결의 특성으로 하여 고유한 정서를 띠게 된다. 따라
서 시인은 운률을 해당한 시적정서의 앙양도, 긴장도를 표시

• 27 •

하는데 효과적으로 리용한다.

<pre>
            나의 마음속에는
            한 영웅이 있다
            말로 글로 옮겨놓지 않으면
            누구도 알지 못하는
                  (중략)
            오, 영웅이여 나의 전우여
            그대의 눈을 빌려달라
            그대의 음성을 빌려달라
            그대의 손발을 빌려달라

            그대가 보고 느낀것을
            그대가 말하고 생각한것을
            그대가 남기고 간 발자취를
            나는 시로 엮으련다 노래하련다.
</pre>

                              (리삼월 《아, 전선길》)

보다싶이 이 시는 《그대의 (그대가)》라는 같은 음량과 음색을 가진 시어의 주기적반복을 감정조직에 매우 효과적으로 리용하였다.

만약 이 시에서 《그대》라는 특징적인 시어의 반복이 없었다면 조선전쟁에서 영용히 희생된 한 지원군전사에 대한 작자의 찬양과 추모의 감정을 진지하게 표현할수 없었을것이다. 독자들은 바로 이 시어가 울려주는 률조의 변화에 따라 감정을 점차 앙양시켜나가는것이다.

싸우는 조선의 전방아!
휘발유에 돌까지 타는 산에서
어떻게 원쑤를 물리쳤느냐
폭격에 밑바닥까지 뒤집히는 강하는
어떻게 넘었느냐
불타는 거리와 마을들은
폭격에 컴컴한 진지는
어떻게 지키느냐
누가 수류탄이 되여
적의 땅크밑에 뛰여들었던가!
누가 항일의 빛나는 전통을 이어
가슴으로 불뿜는 화구를 막았던가!
철화속에서 포연속에서
겨레의 죽음을 넘어
무한한 시련과 고통을 박차며
눈물도 잊어버리고
끝없는 증오에 불타는 눈이
어찌 눈물을 알것인가!
한숨도 없이
끝없는 복수에 불타는 가슴이
어찌 한숨을 알것인가!
모든것을
생명도 사랑도 청춘도
조국에 바치여
인민은 싸운다!

(조기천 《조선은 싸운다》)

여기서 《어떻게…느냐》, 《누가…던가!》 형식의 의문문의 련속적반복, 《어찌…알것인가!》 형식의 반문구의 련속적반복, 《~도》의 짧은 주기적반복, 거센소리와 된소리의 음향적반복 등은 정서적인 호흡을 긴장시키는 힘있는 작용을 놀고있다. 이런 운률조성방식은 위대한 조국해방전쟁에 한사람같이 일떠선 영웅적조선인민들의 숭고한 정신세계에 격동된 시인의 정서적흥분의 열도를 효과적으로 살려주었다.

이와 같이 운률은 감정의 열도를 표현함으로써 시에서 감정조직의 효과적인 수단으로 리용된다.

이상에서 우리들은 운률의 본질과 기능에 대하여 언급하였다. 운률의 본질과 기능에 대한 연구는 아직 리론 실천적으로 해결해야 할 점들이 허다하다.

이것은 우리 시인들과 리론가들이 합심하여 진지한 탐구를 벌릴 때 훌륭히 해결되리라 믿는다.

제2장 조선시가의 운률 조성기본원리

민족시가의 운률을 과학적으로 해명하고 시가에서 운률을 살리기 위해서는 민족어의 민족적특성과 그 민족의 운률관습에 기초한 운률조성의 기본원리를 연구해야 한다.

운률조성의 기본원리는 운률적기초에 관한 문제이다. 운률적기초를 정확히 파악하는것은 시창작에서 중요한 리론 실천적 의의를 가진다.

제1절 조선시가에서 운각의 조성과 조직배렬원리

민족시가의 운률적기초를 정확히 파악하기 위해서는 우선

시가의 운률적기초를 이루는 가장 작은 단위로 되는 최저운률
단위에 쓰인 음절군으로서의 운각의 조성과 그 조직배렬원리
를 아는것이 중요하다.

1. 조선시가에서의 운각조성특징

해당 민족시가의 운률적기초는 운률이 어떤 어음론적조건
에 의하여 언어를 어떻게 조직배렬함으로써 조성될수 있는가
하는 문제에 해답을 주는 운률조성의 언어학적기초원리이다.
이것은 민족어의 언어학적특성에 의하여 규제되는 운률조성의
기본원리를 밝히는것으로서 운률적문장론의 기초를 이룬다.

시가의 운률적기초는 해당 민족어의 어음론적특징과 해당
민족의 운률적관습과 밀접히 관련되여있다. 각 민족이 사용하
고있는 민족어의 어음론적특징에는 고저, 장단, 강약, 력점,
억양 등이 있으며 해당 민족의 운률적관습은 력사적인 선률적
관습으로서 인민가요의 선률적구조에서 전형적으로 나타난다.

운률조성의 기본원리를 장악하려면 우선 시가의 운률적기
초형성에 작용하는 운각조성방법과 운각조성의 특징을 알아야
한다.

운각이란 작시법에서 운률조성에 참가하는 최소의 언어결
합을 말한다. 그리고 몇개의 운각들이 결합되여 운률을 조성
할수 있는, 시가의 운률적기초를 이루는 가장 작은 단위를 최
저운률단위 혹은 운률적기초단위라고 한다. 이 최저운률단위
가 반복될 때 일정한 률조가 형성된다.

운각을 조성하는데서 성음적요인들의 결합관계는 매 민족
어의 어음론적, 문장론적 특성에 따라 같지 않다. 이것으로
하여 매개 민족 시가는 자체의 고유한 운률적기초와 작시체계

를 가지게 된다.

다른 민족어의 시가들을 보면 일반적으로 일정한 시간(약 2~3초내의 시간)을 가지는 여러 음절로 이루어진 음절군이 어떤 하나의 력점(고저 혹은 장단 혹은 강약 등)에 의하여 통솔되여 이루어진것이 운각으로 되며 그것이 조화롭게 결합, 반복되는데 따라 률조가 생긴다.

우리 민족 시가에서는 고저, 장단, 강약이 종합적으로 작용하기에 다른 민족 시가에서처럼 어느 하나가 두드러지게 나타나지 않는다. 이것은 고저, 장단, 강약중에서 어느 한가지 특징만을 기본으로 내세우는 다른 민족 시가의 운률적기초형성과는 다른 특성이다.

따라서 조선민족시가에서는 어음의 고저, 장단, 강약을 안받침하면서 주로 음절수에 기초하여 소리의 길이를 조절하는것으로 운각을 조성하고 음절수에 기초하여 이루어진 운각들의 음악적배렬에 의해 운률을 조성한다.

그리하여 조선민족시가에서는 최저운률단위에 쓰인 한 음절군이 한 운각으로 된다.

　　　　3천리,/3천리//
　　　　남북/3천리//
　　　　남해바다/저끝은// 언제/트일고? //

　　　　　　　　　　　　　(김응준 《먼먼 3천리》)

여기서 《남북》, 《언제》와 같은 2음절어, 《3천리》, 《저끝은》, 《트일고》와 같은 3음절어, 《남해바다》와 같은 4음절어는 시가의 운률적기초를 이루는 최저운률단위에 리용된 음절군

즉 운각들이다. 여기서 최저운률단위는 《3천리,/3천리 //》,
《남북/3천리 //》, 《남해바다/지꿈은 //》, 《언제/도일고?》 등
두개의 운각이 합쳐진 음절군의 결합을 의미한다.

　　　　그립던/푸른/벌에서 //
　　　　우리는/마음놓고/살리라! //

　　　　　　　　　　　　(정문향 《푸른 벌로 간다》)

　　여기서는 《푸른》과 같은 2음절어, 《그립던》, 《벌에서》,
《우리는》, 《살리라》와 같은 3음절어, 《마음놓고》와 같은 4음
절어가 운각으로 되며 《그립던/푸른/벌에서 //》, 《우리는/마음
놓고/살리라! //》와 같이 세개의 운각들이 결합되여 최저운률
단위를 이루었다.

　　최저운률단위가 한번 반복되면 운률이 형성된다. 례컨대
《3천리,/3천리》에서는 운률이 완전히 형성되지 않고 그것이
《3천리,/3천리 // 남북/3천리 //》와 같이 반복될 때 운률이 완
전히 형성된다.

　　이와 같이 조선민족시가는 우리 말의 어음론적특성에 근
거하여 고유한 자체의 운각조성방법을 가지고있다.

　　우리 말 단어의 말소리구성에서 특징적인것은 단어의 음
절수문제인데 이것은 우리 말의 민족적특성을 반영해주는 한
방면이다. 우리 말 단어는 2~4개의 음절로 된것이 가장 많은
데 이가운데서도 2개의 음절로 된 단어나 어근이 기본이며 여
기에 하나의 음절로 된 단어가 보충되고, 3~4이상의 음절로
된것은 대부분 합침이나 덧붙임이다.

　　○ 물, 불, 말

○ 물불, 물속, 불속, 물가

○ 불바람, 씨붙임, 검붉다

○ 바람바자, 받아물다

이렇게 대체로 2∼4개의 음절로 된 짧은 단어가 많이 쓰이고 긴 단어의 경우에도 음절수가 같거나 비슷한 형태부가 거듭되기에 률동이 자연스레 이루어진다.

○ 사회—주의—문화—농촌

○ 인민—경제—건설—부문

1음절어인 경우에도 거기에 《물이, 물에서, 물이라도》와 같이 토가 붙으면 흔히 2∼4음절어로 된다.

이와 같이 우리 말에 2∼4개의 음절로 된 단어가 압도적인것은 시가의 운률과 직접적인 관계를 가진다. 그것은 조선시가의 운률은 주로 음절수에 의해 이루어지기때문이다. 이리하여 조선어계통작시법에서는 2음절 내지 3, 4음절내외의 류형으로 결합하여 그의 운각을 조성하게 되는것이다.

조선시가에서의 운각은 운각음절수에 따라 몇가지로 나누어볼수 있다.

우리 인민들은 오랜 력사적행정을 거쳐 민족적호흡관습에 따라 몇가지 대표적인 운각을 창조하였다.

우리 말 단어의 음절수특징으로부터 보면 조선시가에서 운각의 기본적인 류형은 2음절운각, 3음절운각, 4음절운각이다. 즉 우리 민족 시가에서 운률적기초의 최저운률단위에 쓰이는, 우리 민족의 호흡률에 가장 적합하게 리용되는 운각음절수는 2, 3, 4이다.

이 기본적인 운각이외에 1음절운각, 5음절운각, 6음절운각, 7음절운각 등이 있다. 5음절운각은 지난날 가요나 시조 등에서 쓰이였는데 특히 현대에 와서 많이 쓰이고있다. 그리고 1음절운각은 주로 현대자유시에서 쓰이는데 개혁개방이후 사용빈도수가 점차 늘어나고있다.

운각중의 5음절, 6음절, 7음절 등은 그것을 구체적으로 따져보면 흔히 《3+2》, 《2+3》, 《2+4》, 《4+3》 등 음절의 성격으로 그 음절어를 분리할수 있는 성격을 가진다.

> 심장으로/심장을/울리며 //
> 시간에서/시간을/불러일으키며 //

(정문향 《시대에 대한 생각》)

여기서 음절군 《불러일으키며》는 사실상 2+4음절어의 결합형식이다.

운률적기초의 최저운률단위에 쓰이는 이상과 같은 운각조성은 우리 민족어의 어음론적특징과 우리 인민들의 언어호흡량의 특징에 기초한것으로서 다른 어족에서의 운각조성과 근본적으로 다른 특징을 보여준다.

2. 조선시가에서의 운각의 배합형태와
그 반복류형

운각을 조성하는 방법자체에도 각 민족 시가에는 민족적특성이 나타나지만 운각을 조직배렬하여 운률조성의 최저운률단위를 이루는데서와 그것을 반복시켜 운률을 조성하는데서도 각 민족 시가의 작시법은 민족적특성을 가진다.

지난 시기 여러 어종 시가에서의 정형시창작단계를 놓고 보면 한자어계통작시체계에서는 주로 5언과 7언을 4성평측법에 의거하여 결합시켜 운률을 조성하였고 슬라브어나 라틴어족계통 작시법에서는 시작품의 내용에 따라 선택된 한가지 류형의 운각을 련속반복의 형태로 결합시켰고 우리 민족 시가에서는 2, 3, 4 등 음절어의 운각을 련속반복과 교차반복의 형태로 결합시켰다.

우리 민족 시가의 운률은 일정한 운각의 반복에 의하여 생기므로 운각의 배합형태와 그 반복류형을 반드시 연구해야 한다. 즉 운각의 배합형태와 그 반복류형을 연구하게 되는것은 운각들의 결합이 다양한 배합형태를 이루고 운각들의 배합형태를 호흡에 맞게 운률적으로 반복하는 과정에 운률이 조성되기때문이며 여기에서도 우리 민족 시가의 민족적특성이 두드러지게 나타나기때문이다.

운각의 배합형태란 최저운률단위안에서 운각들이 배합된 형태를 말한다.

가다가/가다가/드로다//
에정지/가다가/드로다//

(고려가요 《청산별곡》)

여기서 최저운률단위에 쓰인 운각들은 3음절군이며 일정한 운각들이 배합된 운률적기초를 이루는 최저운률단위는 《3/3/3//》으로 된다. 즉 여기서 운각의 배합형태는 《3/3/3//》이다.

오동열매/검은열매//
요모조모/세모배기//

(민요《모밀국수》)

여기서 최저운률단위에 쓰인 운각들은 4음절군이며 운각의 배합형태는 《4/4//》이다.

운각의 배합형태는 내외구의 대응을 이룬다. 그리하여 3개의 음절군 결합으로 이루어진 운률배합형태도 운률조성에서는 내외구로 대응된다.

산에 가면/산꽃//
들에 가면/들꽃//
정깊은/조국땅/어데로 가나//
따사로운/해볕에/피여나는 꽃//

(김경석《내 사랑 고운 꽃》)

《산에 가면/산꽃//》,《들에 가면/들꽃//》에서 《산에 가면》,《들에 가면》은 외구(바깥구)이고 《산꽃》,《들꽃》은 내구(안구)이다. 그리고 《정깊은 조국땅 어데로 가나》,《따사로운 해볕에 피여나는 꽃》은 《정깊은/조국땅/어데로 가나//》,《따사로운/해볕에/피여나는 꽃//》과 같이 운률배합형태는 각각 3개의 음절군으로 이루어졌지만 운률조성에서는 《정깊은 조국땅/어데로 가나//》,《따사로운 해볕에/피여나는 꽃//》과 같이 대응된다.

조선시가의 최저운률단위는 주로 2, 3, 4 음절어운각과 1, 5, 6, 7 음절어운각의 복합형태에 의해 이루어진다.

우리 민족 시가에서 운률배합형태는 실로 다양한바 2, 3, 4 음절어운각들을 위주로 하여 최저운률단위에서 그것들이 결합되는 배합형태를 구체적으로 보면 다음과 같다.

・**두개 운각의 배합**

2・2, 2・3, 2・4, 2・5, 3・2, 3・3, 3・4, 3・5, 3・6, 4・2, 4・3, 4・4, 4・5, 5・2, 5・3, 5・4, 5・5, 6・3, 6・4, 6・6…

・**3개 운각의 배합**

2・2・2, 2・2・3, 2・4・2, 2・2・4, 2・3・3, 2・4・4, 2・3・2, 3・3・3, 3・3・4, 3・3・2, 3・4・4, 3・2・3, 3・4・3, 3・4・5, 3・3・5, 4・4・2, 4・4・3, 4・4・4, 4・3・4, 4・2・4, 4・3・5, 4・4・5, 5・3・4…

보다싶이 우리 민족 시가에서 최저운률단위에 결합되는 음절군 즉 운각의 수는 둘 내지 셋이다.

옥자동아/금자동아//
칠기천금/보배동아//
만첩청산/옥포동아//
오색비단/채색동아//

(민요 《자장자장》)

서경이/아즐가//
서경이/아즐가//
서경이/셔울히마르는//

위/두어렁셩//두어렁셩/다링디리//

(고려가요 《서경별곡》)

향 맑은/옥돌에/불이 달아//
사랑은/타기도/하오련만//
불빛에/연긴듯//희미론/마음은//
사랑도/모르리//내 혼자/마음은//

(김영랑 《내 마음을 아실이》)

시가에서 운각들이 배합된 최저운률단위는 반복되여 운률을 조성한다. 음절군배합형태의 반복이 가장 규칙적으로 나타나는것은 정형시이다. 운각배합형태의 반복류형을 구체적으로 보면 다음과 같다.

1) 련속적반복

이 형태에서는 동일한 운각배합형태가 련속적으로 반복된다.

초가삼간/집을 짓고//　　4/4//
량친부모/모셔다가//　　4/4//
천년만년/살고지고//　　4/4//
천년만년/살고지고//　　4/4//

(민요 《달아달아》)

장산곶/마루에//북소리/나드니//　3/3//3/3//

금일도/상봉에//님만나/보겠네// 3/3//3/3//
바람새/좋다구//돛달지/말구요// 3/3//3/3//
몽금의/포구에//들렀다/가려마// 3/3//3/3//

(민요《장상곶타령》)

여기서는 음절수가 꼭같은 말들이 잇달아 반복되였는데
음절군도 련속적으로 반복되였고 그의 배합형태인 4·4조, 3
·3조도 련속적으로 반복되였다.

다 썩은/지붕우에//청운이/서려있네// 3/4//3/4//
석로에/꽃이 피고//조로에/열매맺혀// 3/4//3/4//
태양에/살이 지고//천우에/세수하니// 3/4//3/4//
체격도/장도하고//풍신도/동탕하다// 3/4//3/4//

(민요《박노래》)

청년들아/참 분하고나// 4/5//
저 원쑤가/참 분하고나// 4/5//
저 원쑤를/다 몰아내고// 4/5//
자유천하/소원이로세// 4/5//

(창가《상봉유사》)

여기서는 동일하지 않은 두 음절군이 교차적으로 반복되
였는데 음절군배합형태인 3·4조, 4·5조는 각각 련속적으로
반복되였다.

·41·

$$\left.\begin{array}{l}\text{하늘에서}/\\ \text{내렸나}//\end{array}\right\} \quad 4/3//$$

$$\left.\begin{array}{l}\text{땅속에서}/\\ \text{솟았나}//\end{array}\right\} \quad 4/3//$$

$$\left.\begin{array}{l}\text{가도가도}/\\ \text{푸른물}//\end{array}\right\} \quad 4/3//$$

$$\left.\begin{array}{l}\text{호수끝은}/\\ \text{그 어디}//\end{array}\right\} \quad 4/3//$$

(림효원 《경박호》)

이 자유시에서도 같지 않은 두 음절군이 교차적으로 반복되였는데 운각배합형태인 4·3조는 련속적으로 반복되였다.

시가에서는 운률조성의 단조로움을 피면하기 위하여 3개의 음절군이 배합된 형태를 매 최저운률단위마다 동일하게 반복하기도 한다.

> 네조골/내조골/초록조골//　　3/3/4//
> 네치마/내치마/분홍치마//　　3/3/4//
> 네보선/내보선/삼수보선//　　3/3/4//

(민요 《야단난 소리)

> 화집령/수백길/바위밑에서//　　3/3/5//
> 남포와/동발로/싸워온 나날//　　3/3/5//
> 그때는/단풍든/가을이였고//　　3/3/5//
> 지금은/움트는/새봄이라네//　　3/3/5//

(김성휘 《고동하시초》)

첫례문에선 3·3·4가 련속적으로 반복되였고 두번째 례에선 3·3·5를 련속적으로 반복하였다.

특히 현대에 와서는 반복에서 단조로움을 피면하기 위하여 그 반복을 다양하게 시도하고있는데 현대가사에서 많이 취하는 7·5(3·4·5 혹은 4·3·5)는 이런 반복에서 나타난것이다.

우리 엄마/기쁘게/한번 웃으면//　4/3/5//
구름속의/해님도/방긋 웃고요//　4/3/5//
우리 엄마/즐겁게/한번 웃으면//　4/3/5//
아름다운/꽃들도/피여납니다//　4/3/5//

(가요 《우리 엄마 기쁘게 한번 웃으면》)

여기서는 7·5조(4·3·5)가 행마다 련속적으로 반복되였다.

2) 교차적반복

이 형태에서는 두 운각배합형태가 교차되면서 반복된다.

바드득/이를 갈고//　3/4//
죽어/볼가요//　2/3//
창가에/아롱다롱//　3/4//
달이/비친다//　2/3//

(김소월 《원앙침》)

여기서는 3·4와 2·3조가 교차적으로 반복되였다.

<pre>
        님과 난/   3/
        몇해만에 //   4 //
        어깨를/겯고… //   3/2 //

        칠석에/   3/
        까막까치 //   4 //
        오작교/걸어 //   3/2 //
</pre>

(김응준 《석별》)

여기서는 3·4조와 3·2조가 교차적으로 반복되였다.

3) 일정한 운각배합형태를 매 련의 대응되는 행에서 동일하게 반복하는 형태

이 형태에서는 첫련을 놓고보면 매 행의 음절군배합형태는 같지 않지만 매 련의 대응되는 행에서는 동일한 음절군배합형태로 나타난다.

<pre>
   1. 고향산/기슭에/올라서니 //   3/3/4 //
      사철푸른/소나무/반겨주고 //   4/3/4 //
      사원들/노래소리/들려오누나 //   3/4/5 //
      아,/사랑스런/산천아 //   1/4/3 //
      아,/내 정든/고향이여 //   1/3/4 //
      조국의/변강이여! //   3/4 //

   2. 고향산/기슭에/올라서니 //   3/3/4 //
      뜨락또르/달리는/넓은 벌로 //   4/3/4 //
</pre>

· 44 ·

유유히/해란강은/흘러가누나 //   3/4/5//
아,/사랑스런/벌판아 //   1/4/3//
아,/내 정든/고향이여 //   1/3/4//
조국의/변강이여! //   3/4//

(김경석 《고향산기슭에서》)

이 노래를 보면 매 절의 첫행은 3·3·4로, 두번째 행은 4·3·4, 세번째 행은 3·4·5로, 네번째 행은 1·4·3으로, 다섯번째 행은 1·3·4로, 여섯번째 행은 3·4로 되였는데 이런 운률조성방식은 전반 가사의 운률을 균형적으로 조절하였다.

이런 형태는 가사에서 많이 찾아볼수 있는데 민요 《대》, 항일가요 《통일전선가》 등도 이런 형태로 되여있다.

일정한 음절군배합형태를 매 련의 대응되는 행에서 동일하게 반복하는 형태는 현대자유시에서도 찾아볼수 있다.

그대의/눈동자는 //   3/4//
마음의/호수 //   3/2//
티없이/깨끗한/순정에 넘쳐 //   3/3/5//
언제나/맑은 웃음/넘실거리는 // 3/4/5//

그대의/눈동자는 //   3/4//
마음의/거울 //   3/2//
그대에게/바치는/나의 진정을 // 4/3/5//
언제나/거짓없이/비추어주는 // 3/4/5//

(박화 《그대의 눈동자는…》)

4) 서로 다른 운각배합형태의 련속적반복

형태에서는 서로 다른 여러가지 운각배합형태가 련속적으로 반복된다. 이런 형태는 현대자유시에서 많이 찾아볼수 있다.

해마다/여름/내내//   3/2/2//
박꽃이/지붕을 타고/놀다가//   3/5/3//
이맘/때쯤이면//주렁주렁/열리던//   2/4//4/3//
보름달만한/박들//   5/2//

꽹과리/징을/두들겨대며//   3/2/4//
풍년이/왔다고//흥청거리던/동네//   3/3//5/2//
그런 곳을/고향으로 둔/사람들은//   4/5/4//
이맘때면/가슴을/앓는다//   4/3/3//

(김사림 《가을》)

여기서는 운각들이 불규칙적으로 결합됨으로써 자유률을 조성하고있다.

이상에서 우리들은 우리 민족 시가에서의 운각의 종류와 그 배합형태 그리고 운각배합형태의 반복류형을 고찰하였다. 운각의 배합형태와 그 반복류형에는 조선시가의 민족적특성이 반영된다. 그러므로 우리 시인들은 이 민족적특성을 잘 장악하여 민족적운률을 창조하기에 노력해야 한다.

3. 운각의 음절수를 조절하는 수법

시가의 운률을 조성함에 있어서 운각의 음절수를 잘 조절하는것은 무엇보다도 중요하다. 그것은 운각의 음절수를 잘 조절해야 음절수에 기초하여 발성의 길이를 률동적으로 조절해서 운률을 효과적으로 다양하게 조성할수 있기때문이다.

운각의 음절수를 조절하기 위해서는 우선 시의 운률에 적합한 일정한 음절수로 된 단어를 잘 골라써야 한다.

시의 운률조성에 가장 적절한 단어를 골라쓰기 위해서는 부동한 음절수를 가진 동의어(문맥적동의어도 포괄하여)를 많이 장악하는것이 필요하다.

동의어들에는 음절수를 달리하여 선률을 위한 기초를 마련해주는것들이 있으므로 뜻표달에 큰 지장이 없는 전제하에서 그 대목에서 필요한 음절수를 가진 단어를 정확히 선택해써야 한다.

○아름답다—곱다, 넓다—광활하다, 크다—커다랗다, 착하다—얌전하다, 퍼붓다—쏟아지다, 악쓰다—몸부림치다, 에돌다—돌다, 아로새기다—새기다, 흐느끼다—느끼다, 아아로이—소소리, 설레이다—설레다, 나아가다—나가다…

나가자 판가리싸움에 나가자 유격전으로
손에 든 무장을 튼튼히 잡고 나갈 때에
용진용진 나아가세 용감스럽게

억천만번 죽더라도 원쑤를 치자

(항일가요 《유격대행진곡》)

여기서 보다싶이 1, 2행에서는 운률조성의 필요로부터 《나가자》, 《나갈》과 같이 《나가다》라는 말을 리용하였고 제3행에서는 4·4·5의 운각배합형태를 만들기 위해 의도적으로 《나가세》를 쓰지 않고 《나아가세》를 썼다.

두만강 칠백리 눈보라 몰아쳐도
친선의 꽃송이는 아름답게 피여나네

(가요 《친선의 꽃》)

여기서 뜻표달만 고려한다면 《아름답게》 대신 《곱게》를 써도 무방하다. 그러나 3, 4음절군으로 조직된 이 노래의 음절수를 고려할 때 《아름답게》를 선택함이 적당하다.

곱게 핀 함박꽃 반겨웃는 산기슭에
안개타고 내렸나 숲속에 숨었나

(가요 《내 고향 오솔길》)

여기서는 우의 례에서와는 달리 3음절군을 만들기 위한 필요로부터 《아름답게》를 쓰지 않고 《곱게》를 썼다.

단어에서뿐만아니라 부동한 음절수를 가진 동의어적관계에 놓인 토들에서도 운률조성을 위하여 적당한것을 골라잡는 것이 중요하다. 이를 위해서는 부동한 음절수를 가진 동의어적관계에 놓인 토들을 많이 알아둘 필요가 있다.

○ ～다/～다가, 아다/～어다/～여다, ～아다가/～어다가
/～여다가, ～며/～면서, ～아/～아서, ～고/～고서,
～리/～리라, ～에/～에다…

봉이마다 기암이요 절승이로세
오르면서 노래하고 내리며 춤을 추네

(가요 《온세상에 자랑높은 금강이로세》)

여기서 《오르다》엔 토 《～면서》를 쓰고 《내리다》엔 토
《～며》를 썼는데 이것은 작자의 의도적인 사용이다. 즉 《4/4
// 3/4 //》와 같은 음절군배합형태의 반복을 보장하기 위한 방
도로 쓰인것이다.

설레는 황금물결 바라다보니
이내 맘 설레여 앞이 흐린다

(가요 《고향길》)

폭탄과 권총을 손에다 들고
주권을 틀어쥐며 모여들어라

(항일가요 《끓는 피는 더 끓어》)

여기서는 토 《～아》, 《～에》를 써서 《바라다보니》를 《바

라보니》로, 《손에다》를 《손에》로 해도 뜻표달에는 아무런 지장이 없다. 그러나 5음절군을 만들기 위하여 의도적으로 토 《～아다》, 《～에다》를 써서 《바라다보니》, 《손에다 들고》로 한것이다.

운각의 음절수를 조절하기 위해서는 다음으로 일정한 음절군의 배합에서 운각의 음절수가 많거나 적거나 할 때 음절수를 조절하는 수법을 리용하여야 한다

음절수를 조절하는 수법은 운률조성의 한 보조적수단으로 된다.

조선시가에서 음절수가 적을 때는 가음법, 연음법, 음절반복을 쓸수 있고 음절수가 많을 때는 압축법, 략음법, 묶어서 잇는 수법 등을 쓸수 있다. 그리고 음절수조절의 수법으로 토를 떼고 붙이는 수법을 쓸수 있다.

1) 가음법

가음법은 시어구성의 음수를 더 늘구어 운률조성상 음수의 부족을 보충하는 수법이다.

조선어에서는 음조의 필요로부터 출발하여 음절수가 적을 때 어떤 음절을 가첨할수 있다.

조국진군 여울목을
고맙게도 수놓은
진달래/꽃잎속에/얼굴 묻으신//
어머님의/그 마음/뜨거웁구나//

(정동찬 《진달래》)

여기서는 《뜨겁구나》의 4음수에 《웁》이 가음되여 《뜨거웁구나》와 같이 5음수로 되였다. 이리하여 앞행의 7·5음조에 뒤행의 7·5음조를 맞춤으로써 률조를 더 고르롭고 순탄하게 하였다.

가음법은 음절수를 조절할뿐아니라 운률의 음조적색채와 운치도 돋구어준다.

　　　　바위 호올로 솟아
　　　　이끼에 바람만 스치여도
　　　　호랑이는 그 바위에 서고있는듯

(조기천 《백두산》)

여기서는 《홀로》에 《올》이 가음되여 《올》이라는 음이 두드러지게 강조되여 특색있는 운치를 돋구어준다.

우리 민족 시가에서 가음법을 리용한 력사는 매우 오랜데 고전시가에서는 민요와 가사(歌辭)에서 널리 쓰이였다.

조선시가에서 음절을 가첨할수 있는 경우는 다음과 같다.

① 어간중의 어느 한 모음을 늘이는 경우

이것은 모음을 길게 발음할수 있는 특성을 리용한것이다.

　　　　보옴이/다 가기전//
　　　　이 꽃이/다 흘기전//
　　　　그린 님/오실가구//
　　　　뜨는 해/지기전에//

(김소월 《그리워》)

　여기서 《보옴》은 《봄》중의 모음 《ㅗ》를 길게 발음할수 있는 특성을 리용하여 두 음절로 만든것이다. 그리하여 3. 4조의 음수률을 보장하였다.

　시창작에서 어간중의 어느 한 모음을 늘이는 구체적인 경우를 보면 다음과 같다.

　첫째, 접미사 《앟(얗)》이 들어있는 형용사에서 어근의 모음을 늘이는 경우

　이 경우는 소리를 길게 내는 표현적악센트와 관련되여있다.

파아란/잎새에/빨간 달을 인//
심산에도/산삼이/네가 아니냐//

（김태갑 《삼장의 처녀》）

하늘에/뜬 바다//
빠알갛게/속태우다//
살갗도/노오랗게/에이다가//
하이얗게/아픔을 쓸어낸/그 자리//

（리기반 《산너머 저 노을이》）

　둘째, 부사에서 어느 한 모음을 늘이는 경우

　이 경우도 소리를 길게 내는 표현적악센트와 관련되여있다.

시작은/어디고//끝은/어디냐//
머얼리/지평선이//하늘과/맞붙어//

(박화 《북대황서정》)

짜악 짝/찢어지여//
내 몸은/없어질지라도//

(량명문 《명태》)

② 개음절과 《ㄹ》받침아래 결합모음 《으》를 두는 경우
조선어에서는 일반적으로 《바다로》,《하늘로》와 같이 개음절과 《ㄹ》받침아래에서는 결합모음 《으》를 요구하지 않는다. 그러나 시가에서는 운률조성을 위하여 이 경우에 결합모음 《으》를 두는 경우가 있다.
첫째, 《ㄹ》받침아래 결합모음 《으》를 두는 경우

어머니/어머니는/왜 우십니까//
어머니가/울으시면/울고싶어요//

(가요 《토벌가》)

창공에/빛나는/밝은 별이여//
청산과/더불어/길이 빛나리!//
록수와/더불어/길이 살으리!//

(김태갑 《그리워라, 총리여…》)

여기서는 《우시면》을 《울으시면》으로 함으로써 4·4·5의 음절군결합을 보장했고 《살리》를 《살으리》로 함으로써 3·3·5의 음절군결합을 보장했다.

둘째, 개음절아래 결합모음 《으》를 두는 경우

그렇게/마지막//부르짖은/소년//
다시/스르르//모으로//쓰러진다. //

(조기천 《백두산》)

서으로/서으로//은하수/건너는//
중추라/명월//

(김응준 《중추명월》)

여기서는 《모로》를 《모으로》로, 《서로》를 《서으로》로 함으로써 3음절군을 보장하였다.

③ 어간의 끝음절이 《르》로 끝나는 형용사에서 《르》가 첨가되는 경우

누르른/가을의/들과 산을//
줄줄이/뻘겋게/물들인 수수//

(설인 《수수》)

여기서 작자는 6·4조를 보장하기 위하여 《누른》을 《누르른》으로 하였는데 의도적으로 어간에 《르》를 첨가시켰다.

④ 어간의 끝소리가 《ㅂ》으로 끝나는 용언에서 음절 《웁》
이나 《움》이 첨가되는 경우

○나의/따발총이여//
더웁게 단/총구멍//
식혀줄/사이도/없구나//

(안룡만 《나의 따발총》)

○아아, 어두움이/짙어가는// 떠날줄/모르는//
해산 없는/대회장//
나는/처음 보았네//

(정화수 《해산 없는 대회장》)

여기에서는 《덥게》에 《웁》이 가음되여 《더웁게》로, 《어
둠》에 《움》이 가음되여 《어두움》으로 되여 각각 음조를 조성
하며 운치를 돋구어준다.

2) 연음법

연음법이란 음절수가 적을 때 어연음을 길게 내게 함으로
써 시행의 음수를 보충조절하여 음량의 길이를 보충케 하는
수법이다.

이 수법은 조선어의 모음과 유향자음을 길게 발음할수 있
는 특성을 리용한것인데 문장부호가 발달한 근대, 현대에 와
서 발달한 수법이다. 연음법은 풀이표 《—》에 의하여 표시된
다.

연음법은 음량의 길이를 보충하기에 기실은 일정한 음절

수를 가첩하는 작용을 놀아 운률을 조성한다.

무슨 행장/하던가 //
지게행장/하—데 //
누가누가/울던가 //
암캐수캐/울—데 //

(충북민요)

여기서 《하》와 《울》이 연음됨으로써 4·3조의 운률을 조성하였다. 그리하여 《하—데》,《울—데》는 모두 2음절로 되였지만 실지 발음은 연음되여 《하던가》,《울던가》와 같은 길이로 발음된다.

연음법은 음절수를 조절하는 기능외에 여러가지 기능을 수행하는데 주요한 몇가지 경우를 보면 다음과 같다.

첫째, 연음법은 의성의태어에 쓰이여 음절수를 조절하는 기능을 놀면서 동시에 표현적악센트와 관련되여 표현의 생동성을 나타낸다.

획—/둘러보아도/천막이고 //
다시한번/보아도/한집식구다 //

(김철학 《탐사의 길에서》)

띄우는/뿔속에 // 기쁨이/동동— //
넘기는/줄끝에 // 동심이/훨훨— //

(김학송 《녀교원》)

둘째, 부사, 형용사 등에 쓰이여 음절수를 조절하면서 소리효과를 더 높여준다.

양지쪽/잔디언덕마냥//
파—란/꿈속에/포근하고//

(조기천 《백두산》)

장백에서/타오르던/화토불이//
환—하게/비추었고//

(리욱 《장백산의 전설》)

그려면/멀—리//
푸름푸름/동트는 아침//
노을이/피여오른다.//

(김철 《동틀무렵》)

셋째, 연음법은 시행의 끝, 특히는 생략된 시어의 끝에 쓰이여 여음을 끌면서 린접한 시행, 시련들과의 음악적련계를 지어준다.

다시 일어선 열풍로의
훈훈한 방부제냄새
녹쓸었던 철관에
다시 흐르는 증기소리—

(정문향 《새들은 숲속으로 간다》)

3) 음절반복

　음절반복은 음절수의 부족을· 보충하기 위하여　시어중의 어느 한 음절을 무의미하게 반복하는 수법이다.
　고전시가에서는 민요나 잡가에서 음절수를 조절하기 위한 한 수단으로 쓰이였다.

> 매화 녯등걸에
> 봄철이 도돌아온다
> 녯피던 가가지마다
> 피염즉도 하다마는
> 춘설이 란분분하니
> 필지말지 하다마는
> 북경가는 역역관들아
> 당사실한레 부붙임하세
> 그물맺세 그그물맺세
> 당사실로 그그물맺세

(잡가 《매화가》)

　여기서 보다싶이 잡가 《매화가》에서는 운률조성을 위하여 4음절어인 《돌아온다》, 《가지마다》, 《역관들아》, 《붙임하세》, 《그물맺세》중의 첫음절을 반복하여 《도돌아온다》, 《가가지마다》, 《역역관들아》, 《부붙임하세》, 《그그물맺세》와 같이 5음절어로 만들었다.
　이런 음절반복은 현대시가에선 찾아보기 어려운데 일부

시인들이 음절반복을 시창작에 의도적으로 도입하고있음을 찾
아볼수 있다.

산봉마다 숙연히 머리들어 맞고
강물마다 너넘실 웃음짓고 바래는
변강인민의 마음에 받들려
그날그날 그 시간에 오가는 렬차여

(김성휘 《북경렬차》)

여기서는 3음절군을 보장하기 위하여 《넘실》을 《너넘실》
로 만들었는데 이것은 무의미한 음절반복의 시도이다.

4) 압축법

압축법이란 운률적효과를 위하여 다음절로 된 단어의 한
두음절을 의도적으로 압축하는 수법이다.
이 수법은 시어구성의 음수를 줄이여 음수의 과다한 팽창
을 조절하며 운률의 음조적색채와 운치를 돋구어주기도 한다.
압축법은 조선어음절의 결합적특성을 리용한것인데 구체
적인 경우를 보면 다음과 같다.
① 모음과 모음이 어울릴 때 모음을 줄이거나 제3의 모음
을 이루는 경우

언제갚게/부엉 //
갈에갚지/부엉 //

(민요 《부엉》)

지는 해/그림자니 //
오늘은/어데까지 //
어둔뒤/아무데나 //
가다가/묵을네라 //

(김소월 《랑인의 봄》)

바른손/분필쥔듯 // 휘저으며/얘기하는 //
산촌의/녀교원, // 사원들의/사랑이여 //

(김경석 《백화로 피여날 때》)

여기서는 《가을》을 《갈》로, 《어두운》을 《어둔》으로, 《이야기하는》을 《얘기하는》으로 압축시킴으로써 각각 4·2조와 3·4조 그리고 4·4음절군배합을 보장하였다.

②《하다》가 붙어서 용언을 이룰 때 《하》의 《ㅏ》가 빠지고 거센소리화가 일어나면서 음절이 압축되는 경우

이러나/저러나 // 이 초옥/편코좋다 // (초장)

(시조 《가곡원류》)

지친 다리/끌고서/보보행진코 //
주린 배를/움켜쥐고/힘을 돋군다 //

(항일가요 《혁명군의 노래》)

여기서 첫 례문에서는 4음절군을 만들기 위해 《편하고》를 《편코》로 압축하였고 두번째 례에서는 5음절군을 만들기 위해 《행진하고》를 《행진코》로 압축하였다.

③ 단어안에서 모음과 자음이 이어지는 경우 자음이나 자음뒤의 .모음이 빠지면서 음절이 압축되는 경우

아홉이나/나마되는/오랍동생을//
죽어서도/못잊어/차마 못잊어//

(김소월 《접동새》)

예가 바로/황금들판//꽃피는/일터라오. //

(가요 《꽃피는 일터》)

여기서 쓰인 《오랍》, 《예》는 각각 《오라비》, 《여기》가 압축된 형태이다.

④ 어간과 토, 토와 토가 결합되는 경우 토가 웃음절과 함께 압축되는 경우

기세맞춰/승리의 함성/드높이//
전대동문/무장뺏아/둘러메고서//

(항일가요 《유격대행진곡》)

정든 님/계시게//
바라다/보지요//

(잡가 《수심가》)

여기서 《맞춰》, 《동문》, 《계시게》는 각각 《맞추어》, 《동무는》, 《계시기에》가 압축된 형태이다.

5) 략음법

략음법은 시어중의 어떤 음을 줄이여 음수의 과다한 팽창을 조절하는 수법이다.

① 구전민요에서는 어간을 줄이고 토만으로 단어처럼 어두에 쓴 경우가 있는데 이런 류형의 생략법은 현대시가에선 찾아보기 어렵다.

워라워라/그리워라//
님의 얼굴이/그리워라//

(민요 《양류가》)

나라나라/네오나라//
네가와야/나를 보지//

(우와 같음)

여기서 《워라워라》, 《나라나라》는 《그리워라 그리워라》, 《오나라오나라》중의 어간이 생략된 형태이다.

② 바꿈토 《～이》의 생략

일부 토는 받침으로 끝난 체언에 붙자면 바꿈토 《～이》를 매개로 해야 하는데 이때 음절수조절의 필요로부터 바꿈토 《～이》를 줄일수 있는 경우가 있다.

앞산에는／빨간꽃요／／
뒤산에는／노란꽃요／／

(민요 《꽃》)

여기서는 《꽃이요》를 《꽃요》로 함으로써 4·4조의 운률을 조성하였다.

③ 일부 다음절로 된 토가운데서 어떤 음절을 줄일수 있는 경우

여기서／월가의 ／망상이／마사진다／／
여기서／명중탄의／통쾌한／웨침에／／
세계제패의／단꿈이／부서진다／／

(조기천 《나의 고지》)

우리게로／올적에／／
잊지말고／날찾으오. ／／

(가사 《석별가》)

여기서 《여기서》, 《우리게로》중의 토 《～서》, 《～게》는 각각 토 《～에서》, 《～에게》중의 음절 《에》가 략음된 형태이다.

6) 묶어서 잇는 수법

묶어서 잇는 수법은 문장을 간결하게 짜는데서뿐아니라 시에서 음절수를 조절하는데서도 작용을 논다.

문헌상 이 수법은 고려시기 경기체가에서 처음으로 쓰이였다.

唐唐唐 唐楸子 皂莢남긔

(경기체가 《한림별곡》)

여기서 《남긔》는 《唐楸子》(호도나무)와 《皂莢》(조협나무)에 다 관계되는 말이다. 이렇게 두 대상에 관계되는 말을 한번만 씀으로써 3·3·4의 음절군배합을 보장하였다.

이 수법은 근대, 현대에 와서 산문에서 글의 간결성을 보장하기 위하여 널리 쓰일뿐아니라 시가에서 음절수조절의 한 수단으로 쓰이고있다.

질풍같이/달리며/기세드높이//
서로/돕고 이끌면서/기적을 낳네./

(가요 《혁신의 나날》)

여기서 《서로》는 《돕고》와 《이끌면서》에 공동히 관계되는 말이다. 이렇게 묶어서 한번만 씀으로써 4·4·5의 음절군결합을 보장하였다.

7) 토생략법과 토가첨법

조선시가에서의 운률은 주로 음절수를 맞추어야 하는데 이때는 음절수를 늘여야 할 경우도 있고 음절수를 줄여야 할 경우도 있다. 그런데 단어안에서 음절수를 줄이거나 늘일수 있는것은 일부 단어에 극히 제한되여있다. 그러므로 우리 민족 시가에서의 음절수조절은 주로 토에 의해 진행된다.

첫째, 음절수조절의 수요에 따라 《떡을/떡을랑》과 같이 동의어적토가운데서 어느 하나를 선택할수 있다.

둘째, 조선어토는 음절수가 많을 때 《하였다→했다》와 같이 웃음절과 합해 압축될수 있다. (압축법)

셋째, 조선어토는 음절수가 많을 때 《꽃이요→꽃요》와 같이 줄어들수 있다. (략음법)

넷째, 조선어토는 어간과 상대적자립성이 있고 1~2개 음절로 된것이 압도적이기에 작시법에서 토를 떼고 붙이는것으로 음절수를 조절할수 있다. (토생략법과 토가첨법)

운각의 음절수를 조절하기 위하여 토를 떼는것을 토생략법이라 하고 토를 붙이는것을 토가첨법이라 한다. 이 수법은 운각의 음절수조절에서 가장 많이 쓰이고 가장 령활하다.

우리 민족 시가에서는 일찍부터 운각의 음절수를 조절하기 위하여 시어에 토를 떼고 붙이고 하였다.

가다니/배부른/도긔//
설진/강수를/비조라//
조롱곳/누로기/매와//

잡사와니/내 엇디/하리잇고//

(고려가요 《청산별곡》)

여기서 대격토《～를》을 《강수》에서는 붙이고 《누로기》에서는 뗸것은 3음절군을 만들기 위한 의도적인 시도이다.

장백산에/기를 꽂고//두만강에/말 씻기니//(초장)

(김종서의 시조)

여기서 대격토《～를/～을》을 《기》에는 붙이고 《말》에서는 떼였는데 이것은 시조에서 초장의 3·4//3(4)·4//의 음절수를 맞추기 위해서이다.

벙어리로/삼년 살고//
장님으로/삼년 살고//
귀머거리/삼년 살고//

(민요 《시집살이》)

여기서는 4·4조를 만들기 위해 《벙어리》, 《장님》에는 조격토《～로/～으로》를 붙이고 4음절어인 《귀머거리》에는 조격토를 붙이지 않았다.

현대시가에서 토생략법과 토가첨법은 주로 격토, 복수토, 도움토, 바꿈토에서 찾아볼수 있다.

현대시가에서 토를 떼고붙임에 있어서 가장 널리 쓰이는

것은 격토이다. 특히 작시법에서 절대격은 음악적운률을 조성하는 유력한 수단으로 리용된다.

바람 불고/눈이 오고/비가 내려도//
어머니는/굴함없이/싸워갑니다//

(가요 《어머니는 굴함없이 싸워갑니다》)

여기서는 《바람》에는 주격토를 생략하고 《눈》과 《비》에는 주격토를 가첩함으로써 8·5조의 운률을 조성하였다.

산넘어/령넘어/어서 가세나//
버섯을/따세나/버섯 따세나//

(가요 《버섯따는 처녀》)

여기서는 6·5조를 보장하기 위하여 《버섯》에 대격토《~을》을 붙이기도 하고 떼기도 하였다.
복수토는 명사, 대명사뿐아니라 동사, 형용사, 부사 등에도 붙을수 있는 특성으로 하여 음절수조절의 수법으로 널리 쓰인다.

인민의/혁명정권/건설하고서//
붉은기를/휘날리며/나아들가자//

(항일가요 《유격대행진곡》)

서로들/도우며/이끌어가니 //
꽃다운/이야기로/수놓아가네 //

(가요 《판매원의 노래》)

　첫례문에선 5음절군을 만들기 위하여 《나아가자》를 《나아들가자》로 하였고 두번째 례문에선 3음절군을 보장하기 위하여 《서로》를 《서로들》로 하였다.
　도움토중에서도 《～야》, 《～나》 등은 강조의 뜻을 나타내면서 음절수조절에 널리 쓰이고있다.

봄농사/교향악이/하도 좋아서 //
너도야/기계농사/자랑하느냐 //

(박화 《좋구나, 내 고향의 종다리야)

5개년/계획은/어떻게 됐나 //
이 고장/영웅들과/물어나보세 //

(가요 《석두 어루화》)

　여기서는 음절수를 고려하지 않는다면 《너도》, 《물어보세》로 해도 뜻표달에는 큰 지장이 없다. 그러나 작자는 3음절군과 5음절군을 보장하기 위하여 도움토 《～야》와 《～나》를 가첩하여 《너도야》, 《물어나보세》로 하였다.
　음절수조절에는 격토, 복수토, 도움토이외에 바꿈토 《～이》도 쓰이고있다.

• 68 •

시에서 체언술어가 개음절인 경우 일반적으로 바꿈토《～이》가 끼이지 않는다. 그러나 운률조성을 위해 꼭 필요한 경우엔 바꿈토《～이》를 가첨시키기도 한다.

제국주의/《평화》란건/올가미이요//
《애국》이란/사탕떡은/양재물이라//

(항일가요 《아동가》)

여기서는 5음절군을 만들어 8·5조를 보장하기 위하여 《올가미이요》와 같이 바꿈토《～이》를 의도적으로 가첨시켰다.

이상에서 우리들은 운각의 음절수를 조절하는 수법에 대하여 고찰하였다. 운각의 음절수를 조절하는것은 시창작에서 음수률을 조성함에 있어서 매우 중요한 자리를 차지한다. 그러므로 우리 시인들은 운각의 음절수를 조절하는 수법을 잘 장악하여 시창작에 활용함으로써 아름다운 운률을 창조하여야 한다.

제2절 조선시가작시법의 운률적기초

조선시가의 운률은 무엇보다도 우리 민족어의 민족적특성과 밀접히 관련되여있다.

우리 조선시가의 운률은 주로 운각배합형태의 반복에 의해 이루어지는데 일정한 음절수에 의하여 나타나는 음량의 길이의 동일성문제이다. 그 음량의 길이는 음절수를 토대로 하고있다.

정형시에서는 운각배합형태의 규칙적반복에 의하여 운률이 이루어지는데 이 경우 음량의 길이의 동일성은 더 말할것 없다.

자유시에서는 불규칙적인 음절군배합의 반복 즉 같지 않은 어음수량의 대응에 의한 음량의 길이의 동일성에 의해 운률이 이루어지는데 이것은 같거나 비슷한 음절수를 가진 균형적음량의 시어들에 의한다. 같지 않은 어음수량의 대응에 의한 음량의 길이도 음절수량을 토대로 하고있는것은 사실이다.

이렇게 우리 민족 시가에서 정형률과 자유률은 그 표현되는 형태가 현저히 다르지만 운각을 기초로 하고있다는 점에서는 공통적이다. 즉 운각을 배합하고 배렬하는 조직방법이 다를뿐 운각배합형태의 반복에 의한 운률조성은 동일하다.

산이 높아/명승이냐//
물이 맑아/절승이냐//

(민요《산놀이》)

이 민요에서의 운률은 4·4조의 형태로 규칙적으로 반복시킨 결과 음량의 길이의 동일성에 의해 이루어졌다. 그 음량의 길이는 음절수량을 토대로 하고있다.

가던새/가던새 본다//

믈아래/가던새 본다//

여기서는 운률이 3·5와 3·5가 대응되는것으로써 이루어졌다. 즉 동일한 어음수량의 대응에 의한 음량의 길이의 동일성에 의해 이루어졌다.

산골짜기엔/약수,//
마을앞엔/푸른 강,//
강에/배띄고//고기잡던/옛시절//
내/고향은//이리도/아름다와라//

이 자유시도 그 운률적기초원리에서는 결코 우리 민족 시가의 기본특성에서 례외로 되지 않는다. 이 자유시에서는 운각들의 결합이 불규칙적이지만 같지 않은 어음수량의 대응에 의한 음량의 길이의 동일성에 의하여 운률이 이루어졌다. 이 음량의 길이도 음절수량을 토대로 하고있다. 구체적으로 보면 1, 2행에서는 《5/2//4/3//》과 같이 두 시행이 동일한 음량가를 가지고 대응되면서 운률을 조성하였고 3, 4행에서는 《2/3//4/3//》, 《1/3//3/5//》와 같이 시행의 전반부와 후반부가 동일한 음량가를 가지고 대응하면서 운률을 조성하였다. 이때 같지 않은 음절수는 그런 대응을 조성함에 있어서 큰 문제로 되지 않는다.

이상의 설명에서 알수 있는바 조선시가의 운률은 서로 성음직으로 대응하고 호응하면서 쌍을 이룬 운각결합형태의 호흡상균형에 의해 이루어진다. 즉 조선시가의 운률은 쌍을 이룬 두 운각결합형태가 대응관계에 놓이지 않고서는 이루어지지 않는다. 사실상 운률의 본질이란 비슷한 사물현상이 비슷한 시간을 두고 반복되는데서 얻어지는 률조인것이다.

  살구꽃 핀/마을은// 어디나/고향같다//
  만나는/사람마다// 등이라도/치고지고//

(리호우 《살구꽃 핀 마을》)

여기서 《살구꽃 핀 마을은》에서는 운률이 조성되다가 중도반단되였는데 운률이 완전히 조성되자면 그것이 다른 운각결합형태 《어디나 고향같다》와 대응되여야 한다. 즉 《4/3//3/4//》와 같이 두 운각결합형태가 대응되였을 때 시적운률이 발생한다.

  태산이/높다하되// 하늘아래/뫼이로다//
  오르고/또 오르면// 못오를리/없건마는//
  사람이 제 아니오르고 뫼만 높다 하더라

(양사언의 시조)

이 시조의 운률도(초중장에서) 《3/4//4/4//》와 같이 두 운각결합형태의 대응에 의해 운률이 이루어졌다.

  넘어야 하실/그 많은// 언덕을/두시고//

맞아야 하실/봄볕을// 앞에/바라보시며//
삶은/여기서/끝나는것인가//

(장건식 《영원한 신념》)

여기서 세번째 시행이 음절군결합형태의 대응이 없는 음절군이 세번 반복의 형태로 되여있으면서도 시의 운률에서 큰 영향을 주지 않는것은 시전체의 기본음조의 영향력과 관련되여있기때문이며 1, 2행에서 음조가 선률적으로 이루어졌으므로 거기에 2·3·6과 같은 이음량련속결합이 결합되였기때문이다.

시가의 운률적기초는 각 민족어의 어음론적 제 특징과 밀접히 관련되여있다. 시가의 운률문제와 관련된 어음론적특징은 주로 고저, 장단, 강약 등 음향학적측면에서 나타난다.

슬라브어족계통시가는 말의 강약에 의해 운률이 이루어지며 라틴어족계통시가는 말의 장단에 의해 운률이 이루어지며 한시의 절구와 률시들은 어음의 사성평측의 성음법칙에 의거하여 운률이 조성된다.

그러나 조선시가에서는 같은 시간적간격을 둔 류사한 현상의 규칙적반복 즉 음절군의 규칙적 혹은 불규칙적 결합의 반복을 운률조성의 유력한 수단으로 삼고있다. 이것은 다른 민족 시가의 운률조성과 구별되는 우리 민족 시가의 운률조성 특성을 보여준다.

이것은 우리 말 어음의 음향학적특징과도 관련된다.

민족어마다 성음의 다양한 특성은 운률적기초를 형성함에 있어서 각이한 비중으로 작용하고있다.

어떤 종류의 악센트가 있으며 그것의 기능이 무엇인가 하는것은 그 언어의 말소리체계, 말소리조직의 발전체계와 특성 그리고 그 언어의 구조적특성에 의해 제약된다.

영어나 로어에서는 음절구성이 복잡한만큼 자음과 모음의 결합이 긴밀하지 못하고 모음의 영향력이 약하기에 강약악센트가 있고 단어의 발음을 조직하는것이 악센트의 기본기능으로 되여있고 희랍어는 장단악센트만 있는데 단어를 구별하는 기능을 논다. 일본어나 한어는 음절구성이 단순한만큼 자음과 모음의 결합이 긴밀하고 모음의 영향력도 강하지만 음절이 많지 못하기에 고저악센트가 있고 단어의 발음을 구별하는것이 악센트의 기본기능으로 되여있다.

우리 말은 고저, 장단, 강약의 세가지의 운률요소를 다 갖춘 아름다운 언어이다. 우리 말의 악센트는 단어의 발음이 똑똑히 조직되고 음절이 충족한 조건하에서 《되다—되다》, 《눈—눈》과 같아 장단악센트에 의해 단어가 구별되는 경우도 있으나 악센트의 기본기능은 발음을 음악적으로 꾸미는데 있다.

우리 말 단어발음에서는 일반적으로 짧은 모음은 높고 긴 모음은 낮은것이 특징적이다.

○ 노래, 해바라기, 아름답다, 할아버지 (고저악센트)
○ 없다, 곱다, 전인민적, 차근차근, 가지런히, 불그스름하다 (장단악센트)
○ 나라, 말(馬) (짧고 높음)
○ 돌(石), 풀다 (길고 낮음)

강약악센트는 단어의 첫머리에 오는데 발음의 률동을 조성하고 기백있게 한다.

○ ˈ충실성, ˈ용감하다, ˈ철저히…

우리 말에서는 고저악센트와 장단악센트가 긴밀히 배합되
고 거기에 강약악센트가 규칙적으로 교체되여 발음을 아름답
게 꾸미면서 률조를 형성한다. 이런 운률체계는 특히 2~4개
의 음절을 기본으로 하는 우리 말 단어의 률동적인 길이와 배
합되여 말소리흐름이 음악적인 선률과 규칙적인 률동을 주게
된다.

    ꞌ돌담불을ꞌ지나면ꞌ샘치바위
    ꞌ진달래꽃에ꞌ불그스레한
    ꞌ그밑에는ꞌ샘터…

(조기천 《백두산》)

여기서 보다싶이 고저악센트와 장단악센트가 결합되고 거
기에 강약악센트가 규칙적으로 교체되여 음악적인 운률을 조
성하였다.

이와 같이 우리 말의 고저, 장단, 강약은 운률조성에 참
여하지만 언어생활에서 규범적으로 고착되여있지 않고 악센트
가 있는 단어와 없는 단어의 운률적변화의 차이가 심하지 않
다. 그리고 우리 말에서는 고저, 장단, 강약이 종합적으로 나
타나며 어느 하나가 두드러지게 나타나지 않는다. 이리하여
우리 말의 고저, 장단, 강약은 운률적기초형성의 요소로 되지
만 기본요소로 되지는 못한다.

성음적요소들은 실제상 고립적으로가 아니라 일정한 규칙
성을 갖고 밀접히 관련되여 소리덩이를 형성하며 그것을 단위

· 75 ·

로 삼고 률조를 조성한다. 그리하여 조선시가의 운률은 호흡의 길이나 음향들이 배합되여 일정한 성음적단위가 조성되며 그것이 여러 형태로 반복되면서 소리의 흐름에서 균형과 조화가 이룩될 때 발생한다고 할수 있다.

이리하여 우리 민족 시가에서는 운각과 음절수량, 음향가의 호상관계에 기초하고 우리 인민이 갖고있는 고유한 운률적관습에 따라 운률적기초를 형성한다고 할수 있다.

더 정확히 말하여 우리 민족 시가의 운률은 고저, 장단, 강약을 전면적으로 안받침하면서 음절수에 그 기초를 두고있다고 할수 있다.

그리하여 조선시가의 운률은 주로 음절수량에 기초한 운각배합형태의 반복에 의해 이루어진다고 할 때 고저, 장단, 강약에 운률적기초형성의 요소로 된다는것을 부정하는것이 아니라 운률적기초형성의 기본요소를 념두에 두고 한 말이다.

우리들은 음절수에 기초하여 발성의 길이를 률동적으로 조절함으로써 운률을 효과적으로 다양하게 조성하는데 선차적인 관심을 돌려야 한다. 그것은 이것이 우리 민족 시가의 운률적기초를 이룸에 있어서 주되는 요소로 되기때문이다.

삼만명은/망명이요 //
삼만명은/사망이요 //
삼만명은/철창인데 //
나머지는/행방불명 //

(가요 《진짜 가갸거겨나 배우자》)

여기서 매 시행을 놓고 보면 유향자음 《ㄴ, ㅁ, ㅇ》 등의 선률적반복이 운률조성의 주도적작용을 놀고있으나 시전체를 놓고 볼 때는 4·4조의 반복이 운률조성의 기본요소로 되고있다.

이와 같이 운각배합형태의 반복은 그 어떤 제한도 받지 않고 우리 민족 시가의 운률을 조성하는 보편적인 특징과 기본원리로 된다. 운각배합형태의 반복이 우리 민족 시가의 운률기초중에서도 기본원리로 되는것은 이 원리가 보장되지 않고서는 다른 작시법요소들이 무맥한것으로 되기때문이다.

이리하여 우리 선조들은 일찍부터 시가의 운률조성방도를 운각의 배합에서 찾았던것이다.

신라향가와 균여향가는 운각의 불규칙적결합으로 운률을 조성하였고 고려가요에서는 운각의 규칙적반복과 불규칙적반복으로 운률을 조성하였다. 그리고 경기체가에서는 시행에서의 음절수의 엄격한 규격화를 보였으며 시조는 기본적으로 3, 4음절군의 규칙적인 교차적반복에 의하여 운률을 이루었고 가사(歌辞)에서는 3·4조, 4·4조에 의해 운률을 조성하였다.

우리 민족 시가에서는 력사적으로 3·4조, 4·4조, 7·5조 등과 같은 작시법적이름을 불러왔다. 우리 민족 시가에서만 볼수 있는 이런 이름들은 그 자체가 바로 시가의 운률적기초를 반영한것으로서 그것은 성음적으로 대응하는 내외 두 부분 음절군으로 보았다는것을 의미한다.

이렇게 우리 민족 시가에서 운각배합의 력사는 매우 오래며 그 경험도 매우 풍부한것이다.

동시에 우리들은 시어의 음향적인 성질에도 마땅한 주의를 돌려야 한다.

시어와 시문장의 음악적인 률조를 조화롭게 조성하게 되는 물질적기초는 또한 시어의 음향적인 성질과 그것의 효과적인 조절배치에 있다. 시어는 성음상으로 각이한 음량과 음색을 갖고있기에 그 음향관계를 주기적으로 대응시키면 운률을 효과적으로 조성할수 있다.

시문장에서 음향적인 대응을 조성하는것은 주로 시어성음의 고저, 장단, 강약, 음색과 같은 음상관계라 할수 있다. 이것들은 조선시가에서 음절수에 의한 운각의 장단관계를 조화롭게 대응시키는 방법과 함께 률조의 형성에 참가한다.

우선 시어의 고저, 장단, 강약 현상은 운률을 조성해주는 물질적조건의 하나이다.

흰갈기 날리면서 내리쏟는 구룡폭포
함성인양 울리며 땅을 흔드니
만이천봉우리가 장검으로 치솟는가

(리종섭 《금강산아!》)

이 시구절에서는 강한 음절 《쏟》, 《폭》, 《포》, 《땅》, 《천》, 《치》를 설정하였는데 이것은 시어의 음향적성질을 률조를 형성하는데 적절하게 리용한것이다.

다음으로 유향자음 《ㄴ, ㄹ, ㅁ, ㅇ》, 터침소리 《ㄱ, ㄷ, ㅂ》, 터스침소리 《ㅈ》, 스침소리 《ㅅ, ㅎ》, 막힌소리 《ㅋ, ㅌ, ㅍ, ㅊ》, 굳은소리 《ㄲ, ㄸ, ㅃ, ㅆ, ㅉ》 등의 음상학적특징이 운률적기초형성에 영향을 준다.

즉 음색과 음상이 류사한 시어들도 운률조성의 중요한 수단으로 된다.

먼저 같은 음색을 가진 음절의 반복을 보자.

샛하야니 파도 밀려든다
불타는 거리로
무너진 거리로
어느새 구호대들이 일어선것이다
삽을 멘 사람들
갈구리 든 녀인들——
청년복구대 녀맹구호대들이
생명을 구하려
인민의 재산을 살리려
일어선것이다

(조기천 《불타는 거리에서》)

여기서 우리가 률조를 느끼게 되는것은 류사한 음절수를 가진 시구절의 반복과도 관계되지만 이와 함께 시어들의 음향학적성질의 동일성, 그 반복과 대응때문이다. 즉 같은 음색을 가진 《다》, 《로》, 《들》, 《려》들의 반복은 이 시에 일정한 조화를 부여하고있다.

다음으로 류사한 음상을 가진 자음의 반복을 보자.

붉은 전등
푸른 전등
넓다란 거리면 푸른 전등
막다른 골목이면 붉은 전등

(김소월 《서울밤》)

여기서는 우선 운각배합형태의 반복에 의하여 운률이 이루어졌다. 동시에 음상적측면에서의 울림이 강한 울림소리 《ㄴ, ㄹ, ㅁ, ㅇ》의 규칙적인 반복도 률조를 조성하면서 정서적효과를 높이고있다.

우리 말의 음향적특성 즉 음향가는 때에 따라 음절수량의 힘을 구제하기도 하며 하나의 어음이 한 음절군과 동등한 가치를 가지고 작용한다.

물로 사흘, /배 사흘//
먼/삼천리//
더더구나 걸어넘는 먼 삼천리
삭주구성은 산을 넘어 륙천리요

(김소월 《삭주구성》)

여기서 첫 두행은《물로 사흘,/배 사흘//》,《먼/삼천리》와 같이 같지 않은 어음수량의 대응으로 운률이 이루어졌는데 음량의 길이의 동일성을 보장함에 있어서 형용사 《먼》의 작용은 자못 크다. 이런 경우엔 조선어의 장단이 뚜렷한 면모를 가지고 작용한다.

운각결합형태의 대응에 의하여 운률을 이루는 우리 민족시가에서는 성음상의 률조가 읊는 과정에 호흡의 길이가 조절됨으로써 이루어진다.

시는 사람이 숨쉬면서 랑송할것을 전제로 하는 문학이므로 만약 시문장이 호흡률과 자연스레 어울리지 않는다면 률동적인 운률을 보장할수 없다.

다른 나라의 시운률도 호흡률이 작용하는것이 사실이지만

우리 민족 시가는 다른 민족 시가보다 호흡률과 더욱 밀접한 관련을 가지고있다. 그것은 다른 민족 시가의 운률이 어음의 고저, 장단, 강약에 의해 이루어지고 우리 민족 시가의 운률은 주로·장단을 동반하는 결합된 음절군의 반복에 의해 이루어지기때문이다.

그리하여 다른 민족 시가에서는 호흡률을 자기 민족 시가의 운률적기초에 포함시키지 않았으나 우리 민족 시가에서는 그 원리를 일찍부터 운률적기초로 삼았던것이다.

시에서 일정한 소리토막들이 이루어지게 되는 생리적기초는 호흡에 있다. 사람들이 시를 읊을 때 그 발성은 날숨과 들숨의 교체에 의해 일정한 길이의 소리토막들이 이루어지게 된다. 이런 소리토막들이 생긴다는것은 거기에 일정한 휴지와 휴식이 동반되였기때문이다. 이런 휴지와 휴식을 거쳐 발성이 련속되는 과정에 소리덩이들의 길이가 조절되고 그것들의 류사한 반복으로 률조가 조성되게 된다.

우리들의/소망은/별밭의 꽃//
사랑도/저 문밖에/지나간다//

(김광회 《피리를 불자》)

여기서 일정한 률조가 생기는것은 랑송자의 발성이 한 시행에서 세개의 소리토막으로 꺾어지고 그런 꺾음방식을 다시 다음 시행에서 류사하게 반복하였기때문이다. 이때 매 소리토막들이 운각으로 되며 세개의 운각이 결합되여 운률적기초단위를 이루고 그것이 반복되여 률조가 형성되여나간다.

이와 같이 우리 민족 시가에서는 운률이 우선 발성을 동반하는 날숨의 길이관계에 의해 조건지어지며 그 기초에는 음절수가 중요하게 작용한다.

즉 우리 민족 시가에서 운률이 이루어지자면 한 호흡에 발음되는 운각결합형태가 또 다른 한 호기에 의해 발음되는 운각결합형태와 동일한 호흡의 균형을 이루어야 한다.

몇개의 운각에 의하여 이루어진 한쌍의 운각배합형태는 호흡률에 있어서 하나의 휴지를 두어야 하며 균형이 잡히도록 해야 한다. 그리하여 설사 음절수에 차이가 있다 하더라도 한 쌍의 운각배합형태의 호흡상 균형이 음량가에 의하여 보장될 것을 엄격히 요구한다.

음절수에 기초한 휴지나 휴식은 시행의 길이, 시행내 음절군의 수, 음절군의 음절수 등으로 나타나며 일부 경우 음절자체의 장단관계의 영향도 받는다.

시행의 길이는 호흡의 길이관계를 직접적으로 규제하는 중요한 수단이다. 그것은 시행이 일반적으로 한번의 날숨으로 읽어야 하며 한 시행을 읽고서는 들숨을 쉬면서 끊어질것을 요구하는 시문장의 호흡단위이기때문이다.

부동한 시행의 길이, 련안에서와 련들 호상간에서 시행의 길이를 같지 않게 배렬하는것은 각이한 음악적률조를 낳게 한다.

리상화의 시 《빼앗긴 들에도 봄은 오는가》에서는 매 련의 첫행을 10음절로, 두번째 행은 13~16음절로, 세번째 행을 20~24음절의 길이로 이루어 시행들이 점차 길어지면서 파장식으로 확대되여나갔다. 파장식으로 시행을 확대한 련들이 조화롭게 반복배치됨으로써 이 시는 률조적인 느낌을 잘 조성하였다.

시행내에서의 음절군도 호흡의 굴절상태에 영향을 주어

운률을 조성하는 중요한 수단의 하나로 된다. 시행속의 음절
군은 호흡의 휴지를 조성하고 발성에서 굴절현상을 조건짓는
다.

> 맑은/강물은/거울같은데 //
> 두분의/영상이/비꼈는가 //
> 세찬/물결은/칠현금인가 //
> 두분의/맺은 인연/들려주누나 //

(리행복 《새벽빛》)

여기서는 한 시행을 세개의 음절군으로 나눔으로써 모든
시행을 두번 굴절시켰으며 동일한 굴절현상을 조화롭게 반복
하였다. 여기서는 음절의 수량보다 음절군의 수를 고르롭게
조성하였는데 이 경우 음절수의 약간한 불일치는 랑송과정에
시행사이에서 동화현상을 일으켜 해소된다.

음절군안에 있는 음절수를 조절하는것도 호흡과 발성의
길이관계를 규제하여 률조를 조성하는 중요한 수단으로 된다.

음절군의 수를 조절하면서 동시에 음절군안의 음절수를
조절하여 소리토막을 다양한 길이로 꺾어 조응시킬수 있고 따
라서 독특한 률조를 조성할수 있다.

> 과원의/오얏나무/가지 휘도록 //
> 함박눈/하염없이/내려오는 밤 //

(김경석 《사랑의 길에도…》)

여기서는 한 시행에서 3개의 음절군을 조성하였는데 그것
을 3·4·5의 음절수량으로 점차 확대시켜 발성의 꺾음새를
순차적으로 길게 만드는 방법을 취하였다. 이런 시행이 반복
될 때 독특한 운률을 조성할수 있다.

이렇게 한 시행안에서 호흡을 어떤 길이로 굴절시키고 조
절하겠는가 하는데는 음절군들의 음절수를 어떻게 조절할것인
가 하는 문제와 긴밀히 관련되여있다.

호흡률과 밀접히 관련된 조선시가의 운률은 그 음절수에
파격이 있는 경우에도 그 기본음조를 유지하면 별로 큰 문제
로 제기되지 않는다.

```
아리랑/아리랑/아라리요//   3/3/4//
아리랑/고개를/넘어간다//   3/3/4//
나를/버리고/가시는 님은//  2/3/5//
십리도/못가서/발병나네//   3/3/4//
```

(민요 《아리랑》)

여기서 최저운률단위는 3·3·4로 되여있는데 세번째 행
은 2·3·5로 되여있다. 그러나 기본음조가 작품전체에 보장
되여있기에 운률조성에 큰 손상이 없다. 즉 대응되는 두 운각
배합형태의 음절수는 차이가 있으나 호흡량과 음량가는 동일
한것이다.

```
이몸/삼기실제//        2/4//
님을 조차/삼기시니//   4/4//
한생/연분이며//        2/4//
```

하날모랄/일이런가//　4/4//

(정철 《사미인곡》)

　가사(歌辭)는 3·4조, 4·4조의 규칙적반복에 의하여 운률을 조성하지만 이와 같이 2·4조로 된 경우도 있다. 그러나 작품전반에 기본률조가 유지되는 한 운률조성에 큰 지장을 주지 않고있다.
　호흡의 길이를 조절하는데서 음절자체의 장단도 일정한 작용을 논다. 우리 말에 장음절과 단음절이 있는 조건하에서 때로는 한개 장음절이 두세개 음절의 길이를 대신할수 있다.

분이의/목화바구니엔//
늘/
흰구름이 머문다//

(양지상 《목화바구니》)

그제도/
어제도//
또/오늘도//

(임효원 《꿈결에도 갔건만…》)

　여기서 시어 《늘》과 《또》는 느린 속도로 읽음으로써 시전체의 기본음조에 자연스레 합류되고있다.
　이상의 사실들은 음악적선률을 가진 시를 쓰려면 시전체

· 85 ·

에서 기본음조를 유지하도록 노력해야 함을 알수 있다.

자유시의 운률이 음절군의 자유로운 결합에 기초하고있다 하더라도 대응관계에 놓이는 운각결합형태가 호흡률과 통일되여야 한다. 만약 운각결합형태가 호흡률과 부합되지 않는다면 운률이 이루어지지 않는다.

> 탄환을/재우라! /
> 쏘라! //
> 총창을/겨누자! /
> 찌르라! //
> 땅크는/최대속력! //
> 비행기는/하늘높이! //

(조기천 《죽음을 원쑤에게)

여기서는 시행의 길이가 같지 않음에도 운률이 조성되였는데 그것은 시의 기본억양이 호흡률과 부합되였기때문이다.

음절군의 결합이 호흡률과 잘 결합되여야 한다는것은 우리 민족 시가의 한 형태인 경기체가를 통해서도 잘 알수 있다. 경기체가에서는 우리 민족 시가상 처음으로 시행의 음절수고정을 보았지만 주로 우리 말의 호흡률과 부합되지 않았기에 음악적인 운률을 조성하지 못하였다.

> 黃金酒 柏子酒 松酒醴酒
> 竹叶酒 梨花酒 五加皮酒
> 鸚鵡盞 琥珀盃예 가득 브어
> 위 劝上人景 긔 엇더하니잇고

刘伶 陶潜 两仙翁의 刘伶 陶潜 两仙翁의
위 醉흥景 긔 엇더하니잇고

(경기체가 《한림별곡》)

매 행의 음절수를 구체적으로 보면 다음과 같다.

3　　3　　4
3　　3　　4
3　　4　　4
위 / 3 // 3 / 4 //
4 / 4 // 4 / 4 //
위 / 3 // 3 / 4 //

여기서 보는바와 같이 이 작품은 조선시가운률의 대응관계를 잘 구현하지 못하였는데 첫 두행에서 매 시행이 운률조성의 최저운률단위인지 아니면 각각 한 시행내에서 운률이 조성되는지 명확하지 않다. 그리고 제3행도 3·4·4와 같이 되여 기본음조를 상실하고있다. 그리하여 1—3 행에서는 호흡률과 결합된 기본억양을 형성하지 못하고있다.

이런 사실은 호흡률에 오르지 못하고서는 음절군이 아무리 정형을 이룬다 해도 운률이 잘 형성되지 않는다는것을 알려주고있다.

그러므로 우리들은 음절군을 호흡에 맞게 음악적으로 배렬하기에 노력해야 한다.

이상에서 알수 있는바 시의 운률이 호흡률과 통일되는 특성은 모든 민족어의 시운률에 공통적인 현상이지만 우리 민족

· 87 ·

시가는 대응되는 두 운각배합형태의 련결에 의하여 단락과 휴지를 주면서 호흡률과 통일되는것이다.

※   ※

이상에서 우리들은 조선시가의 운률조성기본원리에 대한 고찰을 진행하였다.

우리는 우리 민족 시가의 운률적기초와 운률조성특성을 다음과 같이 개괄할수 있다.

우리 민족 시가에서는 운각과 음절수량, 음향가의 호상관계에 기초하여 우리 인민이 갖고있는 고유한 운률적관습에 따라 운률적기초를 형성한다. 우리 말의 고저, 장단, 강약 등은 운률기초형성의 요소로는 되지만 기본요소로는 되지 못한다.

우리 민족 시가에서 운률조성의 보편적인 특징과 기본원리로 되는것은 운각배합형태(최저운률단위)의 반복 즉 쌍을 이루는 운각배합형태의 음량의 길이의 동일성인것이다. 쌍을 이룬 운각배합형태는 호흡상 균형을 이루어야 한다.

우리 민족 시가의 운률적기초를 정확히 리해하는것은 현대 시문학에서 운률을 강화하기 위한 조건의 하나이다.

우리 민족 시가의 운률적기초를 파악하지 않고서는 운률을 조성할수 없다.

시가의 운률적기초는 모든 시인에게 공통적으로 적용되는 운률형성의 가장 보편적인 기본원리이다. 그것은 공통적인 민족어의 어음론적특징에 기초하고있기때문이다. 민족어의 어음론적특징에 대한 리해의 부족은 시가창작에서 민족적운률과 시가의 음악적흐름을 구현하는데 지장을 준다.

우리 시인들이 시가창작에서 민족시가의 운률적기초를 옳게 구현해나가는것은 시대적내용을 민족적형식에 담아 약동하

• 88 •

는 운률로 표현할수 있게 하는 가장 중요한 조건으로 된다.

하나의 시작품의 운률은 운률적기초의 구현만으로 이루어지지 않으며 거기에는 각종 운률조성의 보조적수단들이 결합되여 완성된다.

뿐만아니라 서정시의 운률은 정서적내용을 반영하여 창조되는 시적운률이므로 그의 구체적 양태와 양상을 조건짓는 요인은 생활정서의 음악적흐름새이다.

그러므로 우리 시인들은 우리 민족 시가의 운률적기초를 잘 파악해야 할뿐아니라 운률조성에 이바지하는 민족어의 언어학적수단들을 잘 장악해야 하며 시적체험을 강화하여 생활속에서 정서를 음악적으로 파악해야 한다.

제3장 조선시가의 운률류형

제1절 운률류형

조선시가의 운률은 우선 운률이 규격화된 형태로 표현되는가 아니면 음절배합의 격식을 타파하고 자유롭게 운률을 조성하는가에 따라 정형률과 자유률로 갈라진다.

정형률이란 운률이 규격화된 형태로 표현되는것을 말한다. 정형시는 정형률에 의해 이루어지는데 약속된 격식에 따라 일정한 음절을 규칙적으로 결합한 시이다. 정형시는 음절군배합과 시행조직에서 엄격히 규격화될것을 요구한다.

조선고전시가에서 정형시인 시조, 가사(歌辭) 등은 음절군배합에서 격식을 요구하였고 시조에서는 시행조직까지 엄격히 규격화되였다.

류하주/가득 부어 //
달다려/물은 말이 //

영웅은/어데 가며 //
사선은/기뉘러니 //

(정철 《관동별곡》)

여기서는 3·4조의 규칙적반복에 의해 운률이 이루어졌는데 이와 같이 가사에서는 매 작품마다 3·4조, 4·4조의 운각배합형태를 엄격히 요구하였다.

현대의 정형시인 현대가사문학이나 동요에서는 전체적으로 또는 매 작품을 놓고 볼 때 조선고전시가에서의 정형시와 같이 어떤 격식이 있는것이 아니지만 한 작품을 놓고 보면 비슷한 음절어, 비슷한 운각결합형태, 비슷한 시행, 비슷한 후렴구를 써야 한다는 격식을 가진다. 이런 의미에서 현대가사나 동요에서도 운률이 일정한 규격화된 형태로 나타난다고 할 수 있다.

그렇게/알길없던/정든님소식 //
집에 들은/군대동무/전해주었네 //
미국놈/백놈이나/쓸어눕히고 //
불탄 고지/지켰으니/영웅되였네 //

(가요 《우리님 영웅되였네》)

이것은 현대가사인데 여기서 1, 2행의 《3/4/5 // 4/4/5 // 》와 같은 운각배합형태의 대응이 3, 4행에서도 똑같이 반복되였다. 이런 격식은 이 가사의 운률조성특징으로 될뿐 모든 현대가사가 다 이런 틀로 씌여지는것은 아니다.

운률이 정형시에서처럼 규격화된 형태로 나타나는것이 아니라 여러가지로 표현되는것을 자유률이라 한다. 자유시는 정형시의 작시법상격식에서 벗어나 자유롭게 운률을 조직하는 시이다. 자유시는 감정정서를 자유롭게 표현하는데 맞게 운률을 이루는것이 특징적이다. 시행의 길이도 다르고 행과 련도 자유롭다. 그리고 자유률은 음절수의 자유로운 결합과 여러가지 보조적수법들에 의해 시마다 제각기 다르게 나타난다. 현대자유시가 자유률을 가지게 되는것은 거창한 현실을 그 어떤 일정한 규격화된 틀로써는 다 담을수 없기때문이다.

정형률과 자유률은 운률조성에서, 정서적내용과의 호상관계에서, 그 기능적측면에서 일정한 차이를 가진다.

첫째, 정형률은 규격화된 형태로 표현되지만 자유률은 그 어떤 정형에 구속되지 않는 운률형식이다.

자유률은 종래의 작시법격식을 타파하고 그 음절군배렬에서 자유로우며 운률구조가 시인의 독창성과 개성에 의해 선택, 조성된다.

둘째, 정형률은 이미 형성된 일정한 운률구조를 가질수 있지만 자유률은 시가의 정서적내용과 밀접히 결합된 운률형식으로서 매 시가마다 내용에 적응한 새로운 운률형식을 창조한다.

례컨대 시조운률형식은 정서적내용이 없어도 형성된 일정한 틀을 가지고있지만 자유률은 철저히 내용에 적응한 새로운 형식을 창조한다.

셋째, 자유률은 우리 시문학이 의거해야 할 기본운률형식이다.

조선시가의 운률은 다음으로 어음배렬의 특성에 따라 음수률과 음질률로 갈라진다.

음수률은 어음의 량에 따르는 운률로서 결합되는 어음들이 가지는 장단에 의하여 음향흐름의 상태를 형성하게 된다. 어음의 량은 음절음들의 량에 기준을 두게 되는데 음수률은 일정한 음절음의 량에 의해서 이루어지는 음절군이 가지는 길이에 의존하게 된다. 이 음절군이 가지는 음향적장단은 기본적으로 음절수와 일치된다.

때로는 음절군이 가지는 음향적장단과 음절수가 일치되지 않는 경우도 있다. 례하면 한두음절의 수가 서너음절의 음량, 음향적길이에 해당하는 경우가 있는가 하면 반대로 대여섯음절의 수가 서너음절의 음량, 음향적길이를 나타내는 경우도 있다.

따라서 음수률은 정확히 말하여 음절수보다 음절의 량, 음향적길이에 기본을 둔다고 할수 있다.

음질률은 어음의 질(성질)에 따르는 운률로서 음절의 소리가 가지는 명암, 청탁, 강약, 경유, 경중, 농담 그리고 고저, 장단, 완급 등의 결합에 의하여 조성되면서 음향의 질감을 나타낸다.

이와 같이 음질률은 우리 말, 어음의 음성, 음성학적특성에 의거하고있다.

조선시가에서는 어음의 량과 질에 의한 두 부류의 운률조성법을 유기적으로 배합함으로써 훌륭한 음향적효과를 달성하여 운률이 조성된다. 사실상 이 두 부류의 운률조성법은 서로 유기적인 관계를 가지는것이다. 즉 어음의 량에 의하여 이루어지는 운률흐름에 어음의 질에 의하여 조성되는 운률이 안받침되는 가운데서 운률이 완벽하게 살아난다.

고전시가와 우리 시인들은 이 방면에서 실천적으로 훌륭한 경험을 쌓아올렸다.

제2절 음수률의 류형

조선시가의 운률조성에서 무엇보다 중요한것은 어음의 량에 의해 조성되는 음수률문제이다.

음수률은 동일한 음량을 가진 음절군들이 련속 반복되거나 서로 다른 음량을 가진 음절군들이 규칙적으로 혹은 불규칙적으로 반복결합되는데서 이루어진다.

음수률은 어떤 음절군이 어떤 배렬위치에서 어떤 결합상태를 이루는가에 따라 동음량운률, 이음량운률, 혼성운률로 갈라진다.

동음량운률이란 동일한 음량을 가진 운각들의 규칙적인 반복에 의해서 이루어지는 운률류형이다.

동음량운률은 고전시가의 음수률에서 지배적인 자리를 차지하였다. 현대시가에서는 정형시에서 많이 쓰이는데 자유시에서도 쓰이고있다.

동음량운률은 다시 동음량련속반복률, 동음량동위반복률, 동음량수미반복률로 갈라볼수 있다.

동음량운률에서 가장 널리 쓰이는것은 동일한 음량의 운각들이 련속적으로 반복되는 동음량련속반복률이다.

이 운률형태에서 대표적인것은 3·3조와 4·4조의 련속반복률이다. 이 두 운률류형은 각각 3, 4음절군의 길이(량)를 가지고 련속적으로 반복되면서 운률을 조성한다.

3·3조는 4·4조에 비해 그 흐름이 상대적으로 탄력성과 약동성, 경쾌성을 가지는데 정서적내용을 돋구는데 효과적으로 쓰인다.

정신을/깨치고 //
마음을/닦아서 //
이팔의/청춘을 //
허송치/말아라 //

(잡가 《이팔청춘가》)

천안도/삼거리 //
능수나/버들은 //
제멋에/겨워서 //
휘늘어/졌구나 //

(민요 《능수버들》)

말없이 /
공손히 //
한평생/일했소 //
슬픔도 /
기쁨도 //
인간에/맡겼소 //

(임효원 《소》)

이와 같이 3·3조의 련속반복률형태는 동일한 3음절음의
길이를 가진 운각들이 짝을 짓고 그 운각배합형태가 《3/3//3/
3//》과 같이 대응됨으로써 률조의 흐름이 부드럽고 순탄하게
흘러간다.

· 95 ·

4·4조는 우리 민족의 생리적특성에 맞고 우리 언어생활
에서 가장 익숙되여있는 운각결합형태로서 고전시가의 운률류
형에서 가장 뚜렷한 위치를 차지한다.

모야모야/노랑모야//
언제커서/열매열래//
이달가고//저달가고//
팔구월에/열매열지//

(민요 《모내기노래》)

잠을 깨세/잠을 깨세//
사천년이/꿈속이라//

(창가 《동심가》)

이와 같이 민족고전시가들중 민요, 가사와 잡가, 창가들
은 4·4조 반복률을 널리 리용하여 예술적성과를 이루고 후세
에 귀중한 경험들을 남기였다.

이 4·4조는 현대에 와서 정형시와 자유시에서 널리 리용
되고있다.

모내길세/모내길세//성수나는/모내길세//
모를 뜨는/아주머니//어깨춤이/슬렁슬렁//

(가요 《모내기노래》)

산을 넘어/강을 건너//기별전한/기쁨인가//
백리길에/지친 다리//새힘 솟아/거뜬하네//

(황상박 《향우원의 기쁨》)

이와 같이 4·4조 련속반복률은 동일한 4음절음의 길이를
가진 운각들이 짝을 짓고 그 운각배합형태가 《4/4//4/4//》와
같이 대응됨으로써 률조가 이루어지는데 시가의 정서적내용이
조용하면서도 유순하게 흐르는 경우에 효과적으로 쓰인다.

5·5조 련속반복률은 고전시가에서도 널리 리용되지 않았
는데 일부 민요에서 찾아볼수 있다. 현대시가에서도 널리 리
용되지 않는다.

농부일생은/무한이라네//
춘경추수는/년년이로다//

(민요 《농부가》)

팔월국화는/다돌아가고//
구월국화가/돌아를온다//

(민요 《농부가》)

우산도 없이/
등불도 없이/
다만 바람에/섞인 비소리//

(박세영 《위원회에 가는 길》)

동음량동위반복률은 동일한 음량을 가진 운각들이 동일한
위치에서 반복되는 운률형태이다.

이 형태에서는 동일한 량의 음절음을 가진 운각들이 시행
의 머리구 혹은 끝구에서 규칙적으로 배렬되면서 운률을 조성
하는데 정서적내용을 돋구는데 효과적으로 쓰인다.

서경이 아즐가
서경이 서울히마르는

(고려가요 《서경별곡》)

낮에는 흔히사 비여있어라
오늘은 그네들 어디로 날아갔나?
살뜰한 주부의 솜씨 채마전에 풍기고
세짝의 돼지 마당귀에 누워잔다

(홍창원 《수리개가 사는 집》)

여기서는 3음절음의 량을 가진 운각들이 머리구에서 반복
배렬되면서 3음절음의 파장과 진폭을 가진 파동이 매 행의 첫
위치에서 반복되게 하였다.

가시리 가시리잇고
나난 바리고 가시리잇고

(고려가요 《가시리》)

아! 종다리 온통으로 노래이냐
노래가 그대로 종다리냐
내 종다리 종다리 되곯아라

(박아지 《종다리》)

여기서는 4, 5음절음의 진폭을 가진 파동과 그에 따라 주어지는 률조의 매듭과 력점들이 시행의 끝구에 주어지면서 운률을 조성하였다.

이 운률형태는 고전시가에서는 주로 가사, 잡가, 창가에서 리용되였는데 현대에 와서는 특히 자유시에서 널리 리용되고있다. 그것은 이 운률형태가 같은 량의 운각들이 같은 위치에서 반복된 부분에서는 률조가 규칙적이지만 기타 부분에서는 불규칙성을 떠고있는것과 관련된다.

동음량수미반복률은 동일한 음량의 운각들이 다른 위치들에서 반복되는 운률형태이다.

이 운률형태는 동일한 음향을 가진 운각들이 시행, 시구의 머리구와 끝구에 주어지면서 률조를 이룬다.

이 운률형태는 음수률에서 단조성을 극복하고 률조의 흐름을 다양하게 하는데 작용한다.

청년들아 참 분하구나
저 원쑤가 참 분하구나

(창가 《상봉유사》)

아이고 내 딸 봉덕아

• 99 •

아이고 내 딸 승천아

(민요 《나질가》)

해도 영기서 솟고
달도 영기서 뜨는

(임효원 《꽃피는 대지》)

몇리나 걸었는지도 모른다
몇시나 걸었는지도 모른다

(조기천 《백두산》)

이와 같이 수미반복률은 같은 진폭을 가진 파동과 그에 따르는 률조의 력점이 시구, 시행들의 머리구와 끝구에서 반복되면서 운률을 조성한다.

음수률에서 또한 지배적자리를 차지하는것은 이음량운률이다.

이음량운률이란 각이한 음량을 가진 운각들에 의해서 이루어지는 운률형태이다.

이 운률형태는 서로 다른 음량을 가진 운각들을 다양하게 배렬하면서 률조를 조성한다. 현대자유시의 운률은 이 운률형태에 의해 많이 이루어진다.

이음량운률류형에는 이음량련속결합률, 이음량동위반복률, 이음량환형반복률 등이 있다.

이음량련속결합률은 각이한 음량을 가진 운각들이 련속적

· 100 ·

으로 결합되여나가면서 률조를 형성한다.

　이 운률형태도 운각들의 일정한 규칙적인 배렬에 의해 이루어진다.

　　　　나난/바리고/가시리잇고// 2/3/5//

　　　　　　　　　　　　　　(고려가요 《가시리》)

　　　　원근/천산이//　　　2/3//
　　　　홍일을/띄였으니//　3/4//
　　　　만경/창파에//　　　2/3//
　　　　오로지/금빛이로다//　3/5//

　　　　　　　　　　　　　　　(가사 《만언사》)

　　　마음껏/천지물을/마신 까닭에// 3/4/5//
　　　취중에/신선꿈을/꾸고있어라// 3/4/5//

　　　　　　　　　　　　　　(황희 《장백산폭포》)

　여기서 보다싶이 각이한 음절수를 가진 운각들이 련속적으로 배렬되면서도 일정한 자기의 독자적인 규칙성을 가진다. 즉 《2/3/5//》, 《2/3//3/4//》, 《2/3//3/5//》, 《3/4/5//》와 같이 음절군들의 음절수가 점차적으로 상승되면서 그에 따르는 장단과 파동을 형성하면서 그에 적응하게 음향의 흐름을 변화시키고있다.

오뉴월이면/록음방초/더욱 좋고// 5/4/4//

(잡가 《부모 생육하여》)

먼동 트는/새벽에//마을이/웃고// 4/3//3/2//
한낮의 길우에 축복이 넘치오

(김창석 《꽃수레》)

여기서도 각이한 음절수를 가진 운각들이 일정한 규칙성을 가지고 배렬되였는데 《5/4/4//》, 《4/3//3/2//》와 같이 음절군들의 음절수가 점차적으로 작아지면서 그에 맞는 장단과 파동을 형성하면서 음향적인 변화를 주고있다.

이음량련속결합률을 고전시가에서는 널리 리용하지 않았지만 현대자유시에서는 널리 리용하고있다.

이음량동위반복률은 각이한 음량의 운각들이 제각기 같은 위치에서 반복되는 운률형태이다.

이 운률형태는 서로 다른 운각들이 서로 교차되는 과정에서 교차률이 이루어진다. 즉 음절음의 량과 배렬위치를 놓고 볼 때 서로 다른 음량의 운각들이 각기 같은 위치에서 반복되지만 운률이 이루어지는 과정을 놓고 보면 그것이 서로 교차되고있다.

날거든/뛰지마나//
섰거든/솟지마나//
부용을/곶안난듯//
백옥을/묶어난듯//

(정철 《관동별곡》)

아침엔/삼죽동이 //
저녁엔/게죽동이 //
낮이면/랭수동이 //
밤이면/뜨물동이 //

(민요 《동이》)

가없는/하늘이여 //
끝없는/세월이여 //
천지로/맹세하리 //
세월로/언약하리 //

(김철 《새별전》)

이것은 3·4조 교차률인데 3음절군과 4음절군은 각기 같은 위치를 차지하고있으며 률조흐름에서는 3음절군과 4음절군이 서로 교차되고있다.

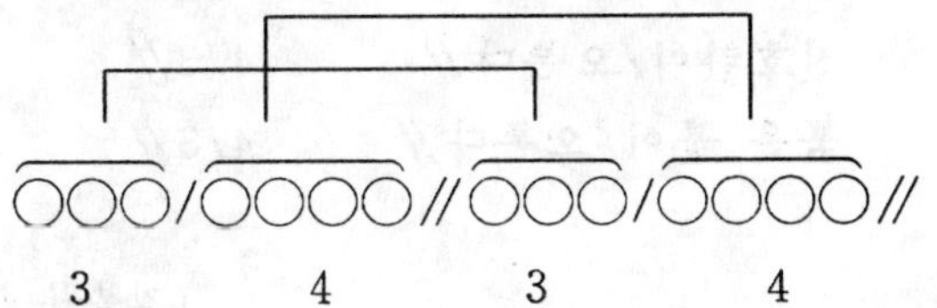

이 운률형태는 3·3조, 4·4조 련속반복률에 비해 률조의 흐름에서 변화를 주게 되며 동일한 음량의 련속적반복에 의해 초래될수 있는 단조성을 극복한다.

빛나는/훈장 //   3/2 //
가슴에/달고 //   3/2 //

• 103 •

돌아오시라
이겨서 오시라

(리정구 《이겨서 오시라》)

이것은 3·2조 교차률인데 3음절군과 2음절군이 제가끔 같은 위치를 차지하면서 서로 반복교차되고있다.

이 3·2조 교차률은 탄력이 있고 약동적이며 비교적 속도가 있는 흐름새를 가진 정서적내용과 흐름을 돋구는데 효과적으로 쓰인다.

이음량동위반복률에는 이외에도 4·3조 교차률, 2·3조 교차률, 2·4조 교차률 등이 있다.

일년이라/열두달//　　　　4/3//
정월달이/그첫달//　　　　4/3//

(민요 《정월》)

신호탄이/오른다//　　　　4/3//
붉은 불이/오른다//　　　　4/3//

(김복원 《락동강》)

천리/사막길//　　　　2/3//
만리/바다길//　　　　2/3//

(림효원 《등대》)

머리/고이빗고//   2/4//
시집/가고지고//   2/4//

(잡가 《새타령》)

쩡쩡/메질소리//   2/4//
쾅쾅/발파소리//   2/4//

(김학송 《내 고향의 메아리》)

　　3·4조, 3·2조를 비롯하여 4·3조, 2·3조, 2·4조 교차률들은 현대가사와 현대자유시에서 널리 리용하고있다. 현대가사에서 많이 시도되고 자유시작시법에서 널리 리용되는 7·5조는 바로 3·4조(혹은 4·3조)와 3·2조(혹은 2·3조) 음수률의 결합으로 이루어진것으로서 고전시가의 운률유산을 새롭게 계승하였다.

량볼붉은/련락병/갈 길 급한데//
심산속의/오솔길/멀기도 하네//
별빛도/포연속에/잠기였으나//
산허리를/감돌며/련락병 가네//

(가요 《심산속의 오솔길》)

해와 달/다하도록/무한대까지//
그대는/나를 믿어/탑처럼 믿어//
내 또한/그댈 믿어/탑처럼 믿어//

· 105 ·

마음속의/사랑탑/지지 않는 탑//

(김응준 《사랑탑》)

이음량환형반복률은 각이한 음량의 운각들이 제각기 다른
위치에서 반복되는 운률형태이다.

여기서는 각이한 음량을 가진 운각들이 제가끔 머리와 꼬
리, 꼬리와 머리에 배렬되면서 운률에서 환형을 이룬다.

열의열골/물이//
한데/합수되여//

(잡가 《유산가》)

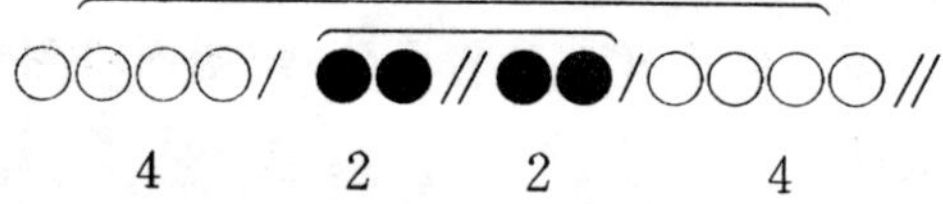

가지가지/꽃피여//
아마도/네로구나//

(잡가 《고고천변》)

우리 사는/세상은//
마음이/넘치는 곳//

(김문희 《우리 사는 세상》

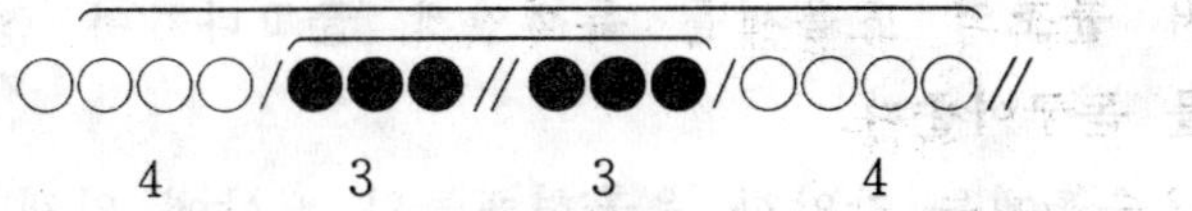

언제나/내 가슴에//
소리없이/뜨는 별//

(리승호 《많이 하도 좋아서》)

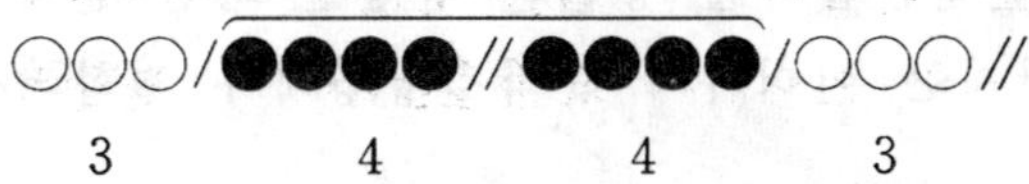

고향산/기슭에/올라서니//
사철푸른/소나무/반겨주고//

(김경석 《고향산기슭에서》)

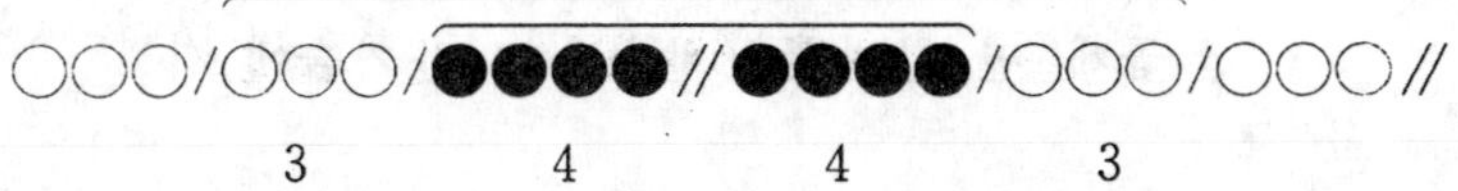

여기서 보다싶이 《열의열골》과 《합수되여》, 《물이》와 《한데》, 《가지가지》와 《네로구나》, 《꽃피여》와 《아마도》, 《우리 사는》과 《넘치는 곳》, 《세상은》과 《마음이》, 《언제나》와 《뜨는 별》, 《내 가슴에》와 《소리없이》, 《기슭에》와 《소나무》, 《올라서니》와 《사철푸른》 등 운각들은 각기 머리와 꼬리에서 배렬되면서 환형률을 이루었다.

이런 운률형태는 대칭적인 규칙성과 환형적인 조화미를

주면서 률조의 흐름새를 특색있게 끌고나가며 정서적내용과 색채를 돋구어준다.

음수률에는 각양한 운률형태들의 배합에 의해 이루어지는 혼성운률이 있다.

이 운률형태는 어음의 량에 의거하는 운률의 여러가지 류형들과 형태들의 혼합에 의해서 이루어진다.

혼성운률에는 동음량혼성운률, 이음량혼성운률 등의 형태가 있다.

동음량혼성운률이란 동일한 음량을 가진 운각들의 결합에 의해 이루어지는 여러가지 운각결합형태가 결합되는 혼성운률 형태이다.

봄바람/가을달//
·베오리에/북다니듯//

(가사 《규원가》)

곱게 핀/함박꽃// 반겨웃는/산기슭에//

(가요 《내 고향 오솔길》

허리굽고/늙은 송장//
광풍을/못이겨//

(잡가 《고고천변》)

사품치며/흘러가던// 강물을/보아라//

석자얼음/밑에서도// 굽이쳐/흐름을… //

(박화 《시내물》)

여기서는 운률이 3·3조와 4·4조가 혼합되여 이루어졌는데 다양한 장단과 파동들이 서로 결합되여 음향흐름의 조직에 변화를 주고 다양성을 보여줄뿐아니라 정서적색채를 돋구어준다.

귀촉도/귀촉도//   3/3//
슬피/운다//   2/2//

(잡가 《죽장망혜 단표자로》)

여기서는 운률이 3·3조와 2·2조가 혼합되여 이루어졌다.

혼성운률가운데서 또한 중요한 자리를 차지하는것은 이음량혼성운률이다.

이음량혼성운률이란 각이한 음량을 가진 운각들에 의해서 조성되는 여러가지 운률상태들이 결합되는 혼성운률형태이다.

현대자유시의 운률은 이 운률형태에 의하여 많이 이루어진다.

고전시가들은 이 이음량혼성운률을 창조적으로 리용함으로써 률조의 흐름을 색다르게 만드는 귀중한 경험들을 남기였다.

봉봉이/두견화는//   3/4//
우리 안면/기억할가//   4/4//

(가사 《춘유가》)

나를 보고/반기는듯//   4/4//
양류/천만사에//   2/4//

                    (잡가 《죽장망혜 단표자로》

이산에/가도//   3/2//
귀촉도/불여귀//   3/3//

                    (잡가 《죽장망혜 단표자로》)

뒤발은/깡충//   3/2//
허리는/늘썬하고//   3/4//

                    (잡가 《토끼타령》)

나리굽어/보느냐//   4/3//
백사지/땅이라//   3/3//

                    (잡가 《고고천변》)

무산/십이봉은   2/4//
병풍에/그림이요//   3/4//

                    (가사 《선루별곡》)

   이상의 례들에서는 3·4조 교차률, 2·4조 교차률, 3·2
조 교차률, 4·3조 교차률, 그리고 3·3조 반복률, 4·4조

반복률 둥이 서로 결합하여 혼성운률을 이루었다.

그러면 고전시가의 전통을 이어받은 현대자유시에서 이음량혼성운률이 이루어지는 몇가지 경우를 보기로 하자.

<pre>
        옥황산상/높이 올라//   4/4//
        서호를/바라보니//   3/4//
</pre>

(김철 《서호십경》)

<pre>
        분노의/불길//   3/2//
        증오의/화염을! //   3/3//
</pre>

(안룡만 《나의 따발총》)

여기서는 4·4조 반복률과 3·4조 교차률, 3·2조 교차률과 3·3조 반복률이 각각 결합되였다.

<pre>
        애지중지/다슬군//   4/3//
        옥룡의/구슬//   3/2//
</pre>

(임요원 《전설》)

<pre>
        등잔불을/끄고//   4/2//
        눈을/감으면//   2/3//
</pre>

(김우철 《농촌위원회의 밤》

여기서는 4·3조 교차률과 3·2조 교차률, 4·2조 교차

· 111 ·

률과 2·3조 교차률이 각각 결합되였다.

혼성률은 운률류형의 다양한 형태들이 결합되여 이루어질 수 있는데 다음과 같이 이채를 떠는 경우도 있다.

짤쿵짤쿵/짤쿵짤쿵//	4/4//
베틀다리는/두다린데///	5/4 ///
엉어대난/삼형제//	4/3//
누리개난/독형제///	4/3 ///

(민요《베틀노래》)

동명을/박차난닷//	3/4//
북극을/괴앗난닷///	3/4 ///
높을시고/만고대//	4/3//
외로울사/혈망봉이///	4/4 ///

(정철《관동별곡》)

이 운률조직은 교차률과 환형률의 결합으로 이루어진 혼성률의 한 형태이다.

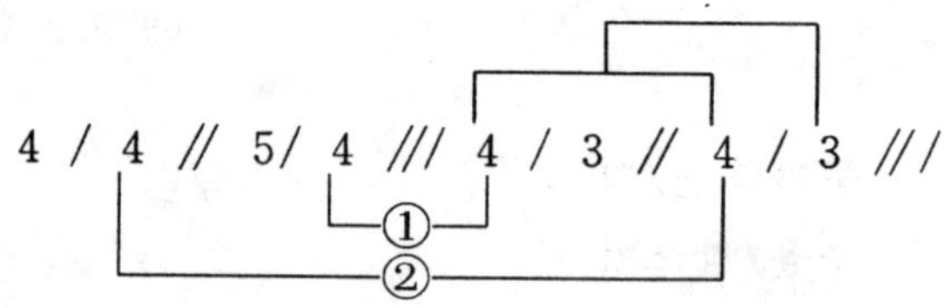

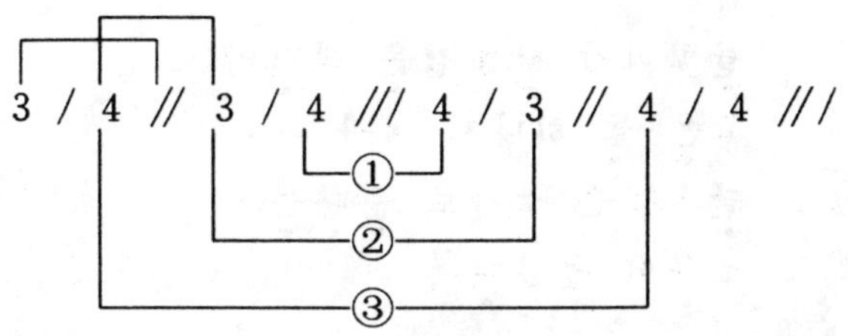

제3절 음질률의 류형과 음상학적수단

1. 음질률의 기능

우리 민족 시가에서의 운률은 음량에 의한 음수률에 어음의 질(성질)에 따르는 음질률이 안받침되여야 완벽한 운률을 조성할수 있다.

음질률이란 어음의 질에 의한 어음배렬에 의해서 이루어지는 운률이다. 음질률은 우리 말의 고유한 어음적특성과 음상학적특성에 기초하고있는데 동일한 음향의 반복에 의해 이루어진다.

이리하여 음질률은 우선 어음의 울림에 의하여 나타나는 음악적감각에 작용하여 음악적인 운률을 조성한다.

시어는 성음상으로 각이한 음향과 음색을 나타내므로 그 음향관계를 주기적으로 대응시키면 운률적현상을 효과적으로 조성할수 있다. 시어의 음향적인 성질도 운률을 조성할수 있는 물질적기초로 된다.

달빛이면 달빛같은 색갈의
고운 돌 하나가 서서
달빛같은 소리로 운다는
소문이 돌았다

(전봉건 《돌》)

　　여기서 률조는 음수률과도 관계되지만 이와 함께 시어들의 음향적성질의 동일성, 그 반복과 대응에 의해 이루어지고 있다. 초성에서 탄력성이 강한 《ㄷ》음과 종성에서 울림성이 강한 유향자음 《ㄴ, ㄹ》의 반복은 일련의 조화미를 조성하면서 음악적인 운률을 조성하고있다.

　　음질률은 음악적운률을 조성할뿐아니라 의미적 정서적 내용을 음향적으로 돋구어주기도 한다.

매국역적 장개석, 왕정위는
철천의 원쑤를 강토에 끌어들이고
동포의 가슴에 대포를 겨누어
피비린 소탕을 개시하였다

(김성휘 《장백산아 이야기하라》)

　　여기서 거센소리 《ㅊ, ㅌ, ㅍ》의 음향적반복과 된소리 《ㄲ, ㅆ》의 리용은 률조를 조성하였을뿐아니라 매국역적 장개석과 왕정위에 대한 적개심을 정서적으로 표현하였다.

　　이와 같이 음질률은 다양한 률조를 형성할뿐아니라 의미적내용도 각양하게 나타내며 정서적내용을 음향적으로 강조해

· 114 ·

준다.

음질률은 또한 시어의 음상에 의한 련상적작용도 일으켜
사물현상의 속성을 강조하여 화폭을 생동하게 그려내는 기능
도 수행한다.

흰 바위에 앉아서
나는 개울물과 이야기하노라
바위에 바위돌에 돌을 지나
구름인양 나리는 개울물
딩굴어 달리며 쫓으며
무삼 이야기 그리도 기쁘뇨?

(중략)

맑은 물줄기여
나도 너처럼 씩씩하리라
또 싸움의 길에 낭떠러지가 있으면
떨어져서 천야만야 창창 떨어져서
산산이 부서져야 된다면
내 서슴없이 뛰여들리라

(조기천 《흰 바위에 앉아서》

이 시는 음상으로 보아 구으는 느낌을 가진 《ㄹ》음을 위
주로 하고 거기에 부드러운 느낌을 주는 《ㄴ, ㅁ, ㅇ》음을 배
합하여 음조를 효과적으로 조성하였다. 유향자음의 이런 운률
적인 배합속에서 물결의 흐름을 련상시키는 생동한 음향이 강
조되고 물결의 표상을 조형적으로, 음향적으로 두드러지게 살
렸다.

이 시의 음상학적효과는 시의 뒤부분에 와서 《ㅊ》, 《ㄸ, ㅆ》등 거센소리와 된소리의 음상학적요소들을 률동적으로 결합하여 절벽에서 내려쩧는 물의 기상을 련상케 한다.

2. 음질률의 류형

어음의 질에 따르는 음질률은 음절음중의 자음이나 모음 또는 음절음, 음절묶음 등의 어음결합체에 그 률조의 기초를 두고있다.

온 길이 천리라오
굽이굽이 일만굽이
물빛이 하두 고와 언덕의 능수버들
탐스런 그 머리채 물속에 드리웠소

(김조규 《물길》)

소상강 메기러기
장승갈채 넘으려고
백운을 무릅쓰고
뚜루룩 너울너울 춤을 춘다

(잡가 《새타령》)

여기서 《만》, 《물빛》, 《머리채》, 《물속》중의 《ㅁ》는 음절음중의 자음이고 《굽》은 음절음으로 된 어음결합체이고 《뚜루룩》, 《너울너울》은 음절묶음으로 된 어음결합체이다.

음질률은 바로 이런 음절음중의 자모음이나 어음결합체들이 **여**러가지 형태로 반복결합되면서 이루어진다.

음질률은 음절음중의 자모음이나 어음결합체들의 결합방식과 배렬위치에 따라 동음질률, 이음질률, 혼성률로 갈라진다.

동음질률이란 동일한 음질을 가진 음절음중의 자모음이나 어음결합체들에 의해서 이루어지는 운률류형이다.

이 운률형태에는 련속반복률, 동위반복률 등 형태들이 속한다.

동음질련속반복률이란 동일한 음질을 가진 음절음중의 자모음이나 어음결합체들이 련속되는 위치에서 반복되는 운률형태이다.

이 운률형태는 음절의 무의미한 반복, 첩자반복률, 의성의태어반복률에서 두드러지게 나타난다.

어떤 단어의 음절을 따다가 무의미하게 반복시켜 운률을 조성하는 음절의 무의미한 반복은 조선시가상 고려시기 경기체가에서 처음으로 쓰이였는데 현대시가에서는 찾아보기 어렵다.

唐唐唐 唐楸子 皂莢남긔

(경기체가 《한림별곡》)

여기서 《唐唐唐》(당당당)은 아래의 《唐楸子》(당추자)란 말부터 첫음절을 따다가 무의미하게 포개쓴것이다. 여기서는 《ㅇ》발음의 련속으로 해서 경쾌한 느낌을 준다.

같은 글자의 음을 련속반복시키는 첩자법도 동음질련속반복률을 조성한다.

은하수 한 구배랄
촌촌이 버혀내여

(정철 《관동별곡》)

타고 남은 쓸쓸한 마을은
깊은 눈속에 잠기였고

(정문향 《다시한번 그는 바라보았다》)

여기서는 어음결합체 《촌》, 《쓸》이 련속되는 위치에서 《촌촌이》, 《쓸쓸한》과 같이 반복됨으로써 동음질련속반복률을 조성하였다.

의성의태어법에 의해 이루어지는 의성의태어반복률도 동일한 음질의 어음결합체들이 련속되는 위치에서 반복되는 동음질련속반복률의 한 형태이다.

오색실 한타래를
잘게잘게 썰어서
활활썩썩 뷔비면서
한줌을 잔득 쥐고

(가사 《연행가》)

봄구름 훨훨 하늘에 날고요
내버들 우쭐우쭐 춤추며 자랄시구

(가요 《세전의 저 벌로 밭갈이가세》)

여기서는 어음결합체《활》,《썩》,《훨》,《우쭐》이 련속되
는 위치에서《활활》,《썩썩》,《훨훨》,《우쭐우쭐》과 같이 반
복됨으로써 동음질련속반복률을 조성하였다.

동음질동위반복률이란 동일한 음질을 가진 음절음중의 자
모음이나 어음결합체들이 같은 위치에서 규칙적으로 반복되는
운률형태이다.

이 운률형태에는 같은 음질을 가진 음절음중의 자모음이
나 어음결합체들이 횡적으로 혹은 종적으로 같은 위치에서 일
정한 간격을 두고 규칙적으로 반복되는 두 형태가 있다.

• 횡적으로 같은 위치에서의 반복

이문저문/열어놓고//
이롱저롱/찾아낼제//

(가사《석별가》)

─ ● ─ ● / ── //

건시홍시/조홍시며//
인삼산삼/현삼이며//
하미중미/극상미며//

(가사《한양가》)

── ● ── ● / ── ● ── //

어긔야/어강됴리//

(고려가요 《정읍사》)

●————/●—————//

은실금실/오색당실/곱게 들이여//

(김태갑 《천짜는 복이》

—●—●/—●/— //

이헴저헴/아모헴도//
그만헤면/다헤려니

(가사 《만언사》)

—●—●/—●—//
—●—●/—●—//

밤윷콩윷/팥윷에다//
가락윷도/갖가지라//

(김철 《새별전》)

—●—●/—●—//
—●—/————//

　　이 운률형태에서는 동일한 음향이 흔히 한 시행안에서 배렬됨으로써 반복되는 간격이 좁고 반복되는 파동이 잦아서 음향적인 률동의 기복이 보다 뚜렷하게 나타난다.

　　● 종적으로 같은 위치에서의 반복

　　　　　천안두/삼거리 흥//
　　　　　능수나/버들은 흥//
　　　　　제멋에/겨워서 흥//

(잡가 《천안삼거리》)

　　　　　── ── / ── ── ● //
　　　　　── ── / ── ── ● //
　　　　　── ── / ── ── ● //

　　　　　꽃구름/흘러가는/맑은 하늘아래//
　　　　　꽃바람/불어오는/명절날의 거리//
　　　　　꽃처럼/아름다운/처녀들이//
　　　　　꽃차를/밀고와서/꽃을 파네//

(송정환 《꽃파는 처녀들》)

　　　　　● ── / ── / ── //
　　　　　● ── / ── / ── //
　　　　　● ── / ── / ── //
　　　　　● ── / ── / ── //

물반죽에/도장찍은//
기름반질/송편떡//
알락달락/물감들인//
동글동글/은행떡//

(김철《새별전》)

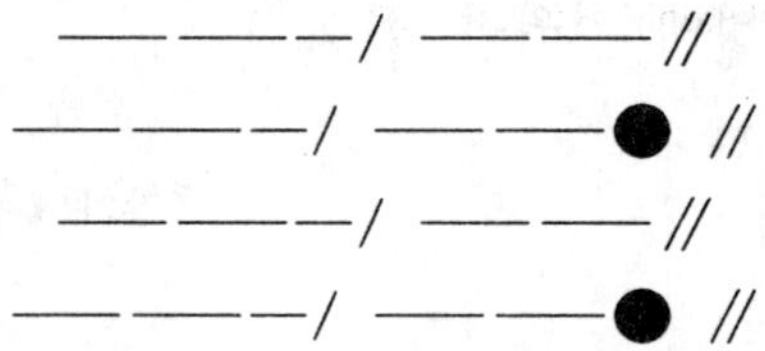

이와 같이 이 운률형태는 종적으로 같은 음질을 가진 음절음중의 자모음이나 어음결합체들이 같은 위치에서 일정한 간격을 두고 반복되면서 음향의 흐름을 형성한다. 그리하여 률조의 매듭과 력점들도 종적으로 동일한 위치들에서 일정한 간격을 두고 규칙적으로 주어진다.

그리고 이 운률형태는 한시행안에서 주어지는 횡적인 반복보다 간격이 넓어져 반복되는 음향의 파동도 그 진폭이 넓게 주어진다.

음질률에서 또한 중요한 자리를 차지하는것은 이음질률이다.

이음질률이란 각이한 음질을 가진 음절음중의 자모음이나 어음결합체들이 제가끔 여러가지 형태로 결합반복되면서 이루어지는 운률형태이다.

이 류형에는 련속결합률, 동위반복률(교차률) 등의 형태가 있다.

이음질련속결합률이란 각이한 음질을 가진 음절음중의 자모음이나 어음결합체들이 련속되는 위치에서 결합되는 운률형태이다.

이 운률형태는 의성의태어적 조흥구와 후렴구에서 많이 나타난다. 의성의태어적 조흥구와 후렴구는 비슷하면서도 서로 다른 음향들이 련속적으로 배렬되면서 음질률을 조성한다.

얄리얄리 얄랑셩 얄라리 얄라

(고려가요 《청산별곡》)

여기서는 비슷하면서도 서로 다른 어음결합체들의 결합으로 의성의태어적후렴구가 이루어졌는데 명동성을 가진 《ㅇ》, 전동성을 가진 《ㄹ》에 양성모음 《ㅏ》 계렬의 어음들이 결합됨으로써 률조가 매우 밝고 경쾌하다.

이음질련속결합률은 고전시가와 현대가요의 의성의태어적 조흥구와 후렴구에서 많이 찾아볼수 있다.

위 덩더둥셩 어마님 가티 괴시리 업세라.

(고려가요 《사모곡》)

어허야아자 좋을시고

(잡가 《황계가》)

어헤야 데헤야 왜적을 치고야 돌아온다오

(민요 《정방산성가》)

에헤 에헤헤야
당의 빛발아래 꽃피여나는
변강산촌은 자랑도 많네

(가요 《꽃피는 변강산촌 자랑도 많네》)

　이음질련속결합률은 의성의태어에서도 많이 나타난다. 많은 의성의태어들은 서로 다른 음향들이 련속적으로 배렬되면서 음향률을 조성한다.

로래자의 효성같이
아롱다롱 옷을 입고

(가사 《사친가》)

공기적동 공기뚜루룩
소꿍소떵 가가삽수리
날아든다

(잡가 《새타령》)

채찍소리 짱―짱
방울소리 왈랑절랑
얼마나 많은 수레 오고갔으랴!

(김경석 《수레길》)

　　이음질동위반복률이란 각이한 음질을 가진 음절음중의 자모음이나 어음결합체들이 제가끔 같은 위치들에서 반복되는 운률형태이다.

　　이 운률형태에서는 서로 다른 음질을 가진 음절음중의 자모음이나 어음결합체들이 제가끔 같은 위치에서 반복됨으로써 규칙적인 음향 즉 교차률을 형성한다. 그러므로 이 운률형태를 동위교차률이라고도 한다.

　　　　이골데골/소고비나물//
　　　　이깨데깨/깨나물//

(민요 《나물타령)

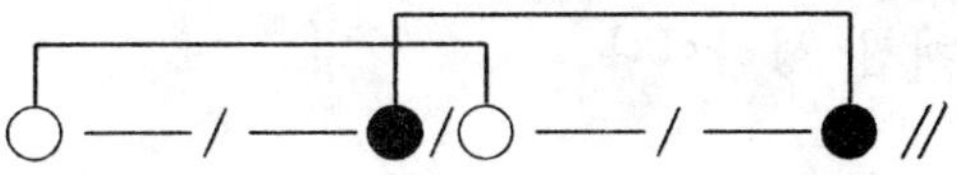

　　음질률에서 또한 중요한 자리를 차지하는것은 혼성률이다.

　　혼성률이란 각양한 운률형태들의 배합에 의해서 이루어지는 운률형태이다.

　　이 류형의 운률은 다양한 형태로써 시가의 음악성을 돋구어준다.

　　혼성률은 다시 동음질혼성률과 이음질혼성률의 형태로 갈라볼수 있다.

　　동음질혼성률이란 동일한 음질을 가진 음절음중의 자모음이나 어음결합체에 의해서 이루어지는 여러가지 운률형태들이 결합되는 혼성률형태이다.

이산으로/가도/뻐꾹//
저산으로/가도/뻐꾹//
뻑뻐꾹/뻐꾹//

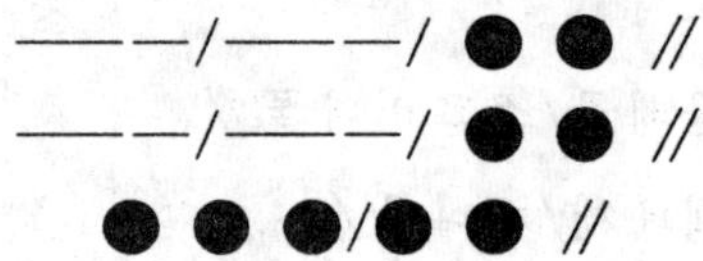

이 형태는 동일한 음질의 음향들이 종적으로 같은 위치들
에서 배렬되는 반복률에 횡적으로 같은 위치들에서 배렬되는
반복률이 합쳐진 형태이다.

민어석어/석수어며//
도미준치/고도어며//
낙지소라/오적어며//

이것은 동일한 음질을 가진 어음결합체들이 횡적으로 같
은 위치들에서 배렬되는 동위반복률과 종적으로 같은 위치들

에서 배렬되는 동위반복률이 합쳐진 형태이다.

이음질혼성운률이란 각이한 음질을 가진 음절음중의 자모음이나 어음결합체에 의해서 이루어지는 여러가지 운률형태들이 결합되는 혼성률형태이다.

금사 옥력은
면면히 벌여있고
벽도 홍량은
처처애 잦아시니

(가사 《도산가》)

여기에서 《―은》은 동위반복률형태로 배렬되여있고 《면면히》, 《처처애》는 첩자반복률형태로 되여있다.

이와 같이 혼성률은 음향의 속성, 울림의 파동과 굴곡 그리고 흐름의 매듭과 력점들을 조화롭게 조직해나감으로써 률조조직이 립체적이다.

이상에서 고찰한바와 같이 조선시가에서 운률의 류형과 형태들은 매우 다양하고 풍부할뿐아니라 그 체계도 매우 정연하다.

3. 음상학적수단

음상학적수단은 우리 민족 시가에서 운률의 음향성을 다양화하는 수단이다. 음상이란 말소리가 나타내는 여러가지 성질을 말한다. 밝은것과 흐린것, 밝은것과 어두운것, 부드러운

것과 딱딱한것, 울림성있는것과 마찰성있는것, 열린것과 막힌
것 등 말소리의 여러가지 성질은 운률조성에서 다양한 음색과
음향을 나타낸다.

민족시가의 음질률은 음상학적수단에 의해 이루어진다.
음질률은 유향자음, 거센소리와 된소리, 무성자음, 양성모음
과 음성모음의 리용, 그리고 자음의 반복 등을 통해 이루어지
는데 여기서 가장 중요한것은 자음들의 반복에서 오는 음상적
효과를 리용한 수법이다.

음질률을 이루는 음상학적수단으로는 압운법, 가음법, 가
조법, 시행의 끝에서 모음과 유향자음의 반복, 양성모음과 음
성모음의 리용, 의성의태어법, 첩자법, 의성의태어적 조홍구
와 후렴구의 리용, 토반복법 등을 들수 있다.

1) 압운법

조선말에서는 린접한 여러 시행의 첫머리나 가운데 그리
고 끝에서 같은 음을 규칙적으로 반복시켜 운률을 조성할수
있다. 이렇게 린접한 여러 시행의 앞뒤나 가운데서 동일한 음
을 반복시켜 운률을 조성하는 수법을 압운법이라고 한다.

그리고 린접한 여러 시행의 첫머리, 중간, 끝에 오는 같
은 음을 운이라 하고 운을 나타내는 글자를 운자라 한다.

압운법이 운률조성의 한 수법으로 되는것은 동일한 음향
이 반복되는데 있다.

운은 시행과 시행의 동일한 또는 류사한 간격에서 같은
음을 반복시켜 시행의 운률을 매듭지어주는 동시에 일정한 률
조주기마루를 지어 린접시행과의 조화로운 련계를 이룬다. 이
리하여 시련의 음조의 통일성을 담보하며 그 음악성을 강화한

다.

어떤 동일한 어음이 운으로 되기 위해서는 시행의 길이가 대체로 같아야 한다. 그것은 그렇게 되지 않으면 동일한 어음이 균등한 시간적간격을 두고 반복될수 없기때문이다. 그러나 우리 민족 시가에서는 호흡률의 영향을 많이 받기에 시행의 길이가 얼마간 차이가 있어도 운반복의 시간적간격에는 상대적으로 큰 차이가 없어 운현상이 주기성을 띠게 된다.

운에는 여러가지 형태가 있다.

운은 우선 위치에 따라 두운, 요운, 각운으로 나뉜다. 시행의 앞에 오는것을 두운이라 하고 가운데 오는것을 요운이라 하고 뒤에 오는것을 각운이라 한다.

우리 민족 시가에서는 요운보다 두운, 각운의 효과가 더 크다.

> 그 무슨 말로 당이여
> 그대의 위업을 다 노래하랴
> 그 어떤 감사와 영광을
> 그대에게 드리랴

(김상오 《당에 드리는 노래》)

> 어서 가시라
> 이겨서 오시라
> 오실 때에는 반드시
> 이 길로

(리정구 《이겨서 오시라》)

이 두 시에서는 각각 같은 어음 《그》, 《이》를 시행의 첫 머리에 압운하여 두운을 이루었는데 시련의 음조를 부드럽고 조화롭게 하였고 순탄한 음조를 조성하였다.

주강의 물우에 꽃배 띄우고
백운산 령길에 꽃마차 달려
광주의 거리에 꽃물결 밀려드네
광동아가씨는 꽃을 파네

(김태갑 《광동아가씨》)

여기서는 같은 어음 《꽃》을 매 시행의 중간에 규칙적으로 반복하여 요운을 밟고있다.

보는이 없는것,
알아주는이 없는것,
이마우에 이고 온
별빛을 풀어놓는다
소매에 묻히고 온
달빛을 털어놓는다

(박재삼 《어떤 귀로》)

여기서는 각각 같은 어음 《것》, 《온》, 《다》를 시행의 끝에 반복시켜 각운을 밟고있다.

운은 다음으로 병렬방식에 따라 병렬운, 교차운, 환운으로 나뉜다.

이 세가지 운은 반드시 4개의 시행과 2개의 운자가 있어야 한다.

병렬운이란 린접한 4개의 시행에서 두개의 운자가 각각 두 행을 단위로 가지런히 놓이는 운을 말한다.

병렬운에서는 한 운이 1, 2행을 련결시키고 또 다른 한 운이 3, 4행을 련결시킨다.

<blockquote>

바다 저쪽 모퉁이도 누우렇구나
동지마을 언덕목도 누우렇구나
하지만 올해에사 어김없지
우리 조합 보리가 상의상이지

</blockquote>

（리용악 《보리가을》）

교차운이란 한행 건너 같은 어음을 운으로 배렬하는것을 말한다.

교차운에서는 한 운이 1, 3행을 련결시키고 또 다른 한 운이 2, 4행을 련결시킨다.

<blockquote>

저렇게 많은중에서
별 하나가 나를 내려다본다
이렇게 많은 사람중에서
그 별 하나를 쳐다본다

</blockquote>

（김광섭 《저녁에》）

환운이란 한 운이 1, 4행을 련결시키고 다른 한 운이 2,

3행을 련결시키는것을 말한다.

> 불러라, 너 환락의 가수야
> 금낟가리 둥실 솟을 풍년가을 그리며
> 아름벌에 차례질 초산량 내다보며
> 마음껏 불러라, 종달새처녀야

(박화 《종달새처녀야》)

반복법중의 머리구반복, 중간구반복, 끝구반복과 두운, 요운, 각운의 차이는 전자가 의미적효과를 위주로 한다면 후자는 어음적효과를 위주로 하며 그 작용범위에서 전자는 주로 반복되는 시행에 미친다면 후자는 련전반의 음조와 관련된다는데 있다.

옛날 우리 민족 시가의 작시법에는 운을 가지고있지 않았다. 그것은 우리 민족 시가에서는 음수률과 음질률로 류창하고 아름다운 민족적운률을 창조할수 있었기때문이다.

그러나 고전시가를 놓고 보면 규범적인 압운법은 없었으나 압운현상을 많이 리용하였다는것을 찾아볼수 있다.

신라향가와 균여향가에서는 한자로 우리 말을 표기하는 리두식표기방법을 쓴것과 관련하여 압운법이 잘 쓰이지 않았다. 민족시가형태중에서 압운법이 가장 널리 쓰인것으로는 고려가요와 민요를 들수 있다.

고전시가에서 압운법이 쓰인 구체경우를 보면 다음과 같다.

• 두운을 밟은것

불가락 자밤마
불전등을 고티란대

(균여향가 《공양가》)

무슨 배 자라배
무슨 자라 옵자라
무슨 옵 솔옵
무슨 솔 청솔

(민요 《자라배》)

• 요운을 밟은것

달하 노피곰 도다샤
어긔야 머리곰 비춰오시라

(고려가요 《정읍사》)

• 각운을 밟은것

호매도 날히언마르는
낟가티 들리도 업스니이다
아바님도 어이어신마르는
위 덩더둥셩 어마님 가티 괴시리 업세라
아소 님하 어마님 가티 괴시리 업세라

(고려가요 《사모곡》)

상제상제 어디가우
회회회사러 가우
장사날이 언제요
일일 이레날이요

(민요 《상제》)

혼자 나가면 심심질
둘이 나가면 수작질
서이 나가면 가래질
너이 나가면 뒤전질
넝칙한 놈은 주먹질
역한 놈은 관청질

(민요 《장타령》)

• 두운과 각운을 함께 밟은것

어느이다 노코시라
어긔야 내 가논대 졈그랄셰라
어긔야 어강됴리
아으 다롱디리

(고려가요 《정읍사》)

서경이 아즐가
서경이 셔울히마르는

위 두어령셩 두어령셩 다링디리
닷곤대 아즐가
닷곤대 쇼셩경 괴외 마른
위 두어령셩 두어령셩 다링디리

(고려가요 《서경별곡》)

이돌저돌 돌나물
이뻐꾹뎨뻐꾹 뻐꾹나물
이골뎨골 소고비나물
이깨뎨깨 깨나물

(민요 《나물타령》)

• 두운, 요운, 각운을 함께 밟은것

구스리 바회예 디신달
구스리 바회예 디신달
깃힛단 그츠리잇가
즈믄 해랄 외오곰 녀신달
즈믄 해랄 외오곰 녀신달
신잇단 그츠리잇가

(고려가요 《정석가》)

근대, 현대 시가에서도 민족시가유산중의 압운법전통을
이어받아 정형시나 자유시나 할것없이 이 수법을 도입하여 시

• 135 •

의 음악적표현성을 높인 다양한 실례를 찾아볼수 있다.

우리 민족 시가에서는 규범화된 압운법은 없지만 이 수법이 실지 운률조성에서 큰 효과를 나타내고있다. 그러므로 우리들은 압운법을 더 세련시켜 운률조성에 적극 리용해야 한다.

근대, 현대 시가에서의 압운법은 우선 한개 련내에서 여러가지 형태로 밟는것을 찾아볼수 있다.

• 두운

푸른 바다를 넘어
푸른 하늘을 건너
푸른 물감을 싣고
푸른 바람이 불어온다

(김응준 《푸른 바람》)

이 사람 누구냐고 묻지를 마소
고향을 어깨에 며메고 가는
이런 사람 고향엔 많고많다오

(김성휘 《고향사람》)

• 두운(교차운)

조국이라고 할 때
그처럼 높은것 세상에 더는 없고
조국이라고 할 때

그보다 귀중한것 세상에 다시 없거니

(송정환 《나의 사랑, 나의 조국》)

• 두운(환운)

나의 봄은
너의 가슴에 깃들어있고
너의 가슴에선
나의 희망이 움트고있다

(김성휘 《애정시》)

• 요운

이제는 원이 없습니다
또 무슨 원이 있으리까

(정화흠 《감격의 이날》)

• 각운

딸자식의 눈물을 못보시나요
보시고도 슬픔을 모르시나요
아버지 구장노릇 그만두세요
비단옷 기름진 밥 원치 않아요

(가요 《아버지 구장노릇 그만두세요》)

산제비야 날아라
화살같이 날아라
구름을 휘정거리고 안개를 헤쳐라

(박세영 《산제비》)

• 각운(교차운)

불구슬의 봄새벽 아득한 길
하늘이며 들사이에 넓은 숲
젖은 향기 불긋한 잎우의 길
실그물의 바람 비쳐 젖은 숲

(김소월 《꿈길》)

• 두운과 각운을 함께 밟은것

바람보다 늦게 누워도
바람보다 먼저 일어나고
바람보다 늦게 울어도
바람보다 먼저 웃는다
날이 흐리고 풀뿌리가 눕는다

(김수영 《풀》)

• 두운(병렬운)과 각운(병렬운)을 함께 밟은것

                    하늘가에 잇닿은 넓은 바다에
                    하늘가에 치솟는 세찬 파도에
                    누구는 그 위력을 칭송하더라
                    누구는 그 기세에 겁을 내더라

                                        (박화 《옹달샘》)

• 두운(교차운)과 각운(교차운)을 함께 밟은것

                    아 세월이 이토록 빠를줄
                    내 조금만 더 일찍 알았던들,
                    아 청춘이 그토록 귀중한줄
                    내 조금만 더 깊이 알았던들……

                                        (송정환 《황금계절》)

• 두운(환운)과 각운(교차운)을 함께 밟은것

                    그대들 있는 곳에 언제나
                    우리가 있네
                    우리 있는 곳에 언제나
                    그대들 있네

                                        (김휘조 《형제》)

    다음으로 근대, 현대 시가에서는 련과 련 사이에서도 다
양한 압운법을 시도하고있음을 찾아볼수 있다.

특히 해방후 우리 시인들은 이 방면에서 귀중한 경험을
쌓아올렸다.

• 매 련의 첫행과 마지막행에서 각각 두운과 각운을 밟은
형태

              산에는 꽃피네
              꽃이 피네
              갈봄 여름없이
              꽃이 피네

                        (중략)
              산에는 꽃이 피네
              꽃이 피네
              갈봄 여름없이
              꽃이 피네

                                    (김소월 《산유화》)

이 시는 4행 4련으로 되였는데 매 시련의 첫행에서는
《산》이라는 두운을 밟았고 매 시련의 끝에서는 《네》라는 각운
을 밟았다.

• 매 시련의 끝에서 각운을 밟은 형태

한편의 시에 단일한 운을 리용한 시형태를 단운시라고 한
다.

              봄이면 민들레꽃 노랗게 피는
              고향의 들길이 나는 좋아라

• 140 •

하늘에는 종달새 노래부르고
사원들의 웃음소리 넘쳐나는 길

(김태갑 《고향길》 제1련)

이 시는 4행 3련으로 되였는데 《길》이라는 단일한 운을 매 시련의 끝에 반복하여 시의 정서적흐름을 순탄하고 조화롭게 하고있다.

조기천의 시 《그네》에서는 《오》라는 단일운을 시행에 잘 안배함으로써 민족적정서가 풍기는 소박한 음조를 잘 살리고있다.

버드나무 휘늘어진
5월의 푸른 강변에서
이 마을 처녀들이 그네를 뛰오
　　　　(중략)
맑은 하늘에 날아오르오

한번 구르면
푸른 물이 발밑에서 흘러흘러
　　　　(중략)
흰구름이 머리발에서 일어나오

붉어진 뺨 웃음을 날리며
처녀는 그 무엇 보련듯이
하늘가에 높이 날아오르오
날아올라선 그 무엇 찾는듯이

구름 저편을 넘어다보오
저산너머 구름 저편엔
우리 기발 날리는 평양성이 있다오
평양성엔 김일성대학——
그 대학에선 그리운이 글 배운다오
한뉘 머슴살이 하리라던
이 마을 총각이라오

(조기천 《그네》)

• 매 시련의 첫 두행에서 두운을 밟은 형태

산
산은 말없이 우람하여서
하늘처럼 쳐다보인다
(중략)
아, 산
산은 나의 고향집
나는 산의 아들

(김응준 《산》)

이 시는 6련으로 되였는데 매 련의 첫 두행에서 《산》이라는 두운을 밟고있다.

우리 시인들은 시의 산문화를 극복하고 음악성을 높이기 위하여 시련내와 시련사이에 압운법을 다양한 형태로 리용하고있다.

시인 박화는 자기의 서정시 《이 땅!》에서 의도적으로 압운법을 여러가지 형태로 리용하여 음악적운률을 조성하였다.

이 땅에서 태여난 그때로부터
이 땅의 사랑속에 우리 자랐다

이 땅의 젖줄기로 샘솟는 물이
우리의 혈관속에 굽이쳐흐르고
이 땅의 자양분이 엉킨 낟알이
우리의 뼈와 살을 키워주었다

이 땅을 개발하고 이 땅을 가꾼
부모와 형제, 이웃들의 품에서
우리 마음, 우리 지혜, 우리 리상이
우리의 몸과 함께 날로 커간다
저마다 제 길을 열어나가고
저마다 제 걸음 다그치면서
때로는 눈물나게 웃기도 하고
때로는 사색으로 엄숙해진다

슬픔도 있고 한숨도 쉬지만
우리는 실망을 모르고 산다
이 땅이 우리에게 굳센 힘 주고
이 땅이 우리에게 희망을 준다

조상의 뼈가 묻힌 고장이여서
이 땅이 더없이 귀중타 하며

우리가 나서자란 고장이여서
이 땅이 한없이 정답다 하랴

이 땅은 우리에게 생명을 주고
이 땅은 우리에게 행복을 준다
이 땅은 우리에게 용기를 주고
이 땅은 우리에게 보람을 준다

이 땅에 꽃동산이 펼쳐지라고
일터에서 아낌없이 주먹땀 쏟고
이 땅의 영원한 주인이 되려
싸움터에 서슴없이 목숨 바친다

이 땅에 보태지는 그것이라면
몸과 맘 아낌없이 모두 바치고
이 땅이 바라는 그것이라면
칼바다 불바다도 헤쳐넘는다

이 땅이 없이야 무엇이 있으랴
이 땅은 우리들의 모든것이다

(박화《이 땅!》)

　　여기서 보다싶이 이 시의 시련내와 시련사이에 리용한 압
운법의 형태는 실로 다양하다.
　　먼저 시련사이를 놓고 보면《이》라는 운을 시행들의 첫머
리에다 규칙적으로 안배함으로써 음악적운률을 살렸고 시련의

끝에다 《다》라는 운을 반복함으로써 조화로운 정서적흐름을 창조하였다.

시련내에서 운을 밟은 형태는 더욱 다양한바 구체적으로 보면 다음과 같다.

제1련: 《이》라는 두운

제2련: 《이》, 《우》라는 두운(교차운)과 《이》라는 각운

제3련: 《우》라는 두운

제4련: 《저》와 《때》라는 두운(병렬운)과 《고》라는 각운

제5련: 《이》라는 두운과 《다》라는 각운

제6련: 《이》라는 두운과 《서》라는 각운

제7련: 《이》라는 두운과 《고》, 《다》에 의한 각운(교차운)

제8련: 《이》라는 두운과 《고》라는 각운

제9련: 《이》라는 두운과 《면》이라는 각운

제10련: 《이》라는 두운

이와 같이 이 시에서는 시련내에서 여러가지 형태로 운을 밟음으로써 운률조성에서 이채를 떠고있다.

2) 가음법

민족시가유산가운데는 가음법의 일종으로 유향자음 《ㅇ》을 첨가시켜 음향적반복을 조성함으로써 운률을 조성히기도 했다. 이런 수법은 현대시가에서는 찾아보기 어렵다.

고려가요에서는 일부 부사나 토에 《ㅇ》음을 첨가하여 음향적반복을 조성하였다.

멀위랑 다래랑 먹고

《청산별곡》

이링공 뎌링공 하야

《청산별곡》

이 말삼이 이 점밧긔 나명들명

《쌍화점》

이런 수법은 구전민요에서도 찾아볼수 있다.

여덟살에 민며느리
방축건너 삼실집에
울명불명 자라나서
열한살에 머리얹어

(민요 《민며느리》)

3) 가조법

가조법이란 우리 말 자모음의 음향적특징을 창조적으로 시가에 리용한것인데 음향적반복으로 운률을 조성하는 한 수법이다.

가조법은 동일한 글자의 음 또는 동일한 자음을 반복시키는데서 이루어진다. 우리 조선말은 동일한 글자음이나 자음을 반복시켜도 그 음향이 두드러지게 나타난다.

가조법은 음상학적수단가운데서 매우 중요한 자리를 차지한다. 이 수법을 잘 리용해야 시가에서 아름다운 음향률을 조성할수 있다.

우리 선조들은 일찍부터 가조법을 리용하여 우리 말의 민족적특성을 훌륭히 살렸는데 가조법이 쓰인 력사는 매우 오래다. 민족시가형태중 가조법이 가장 널리 쓰인것으로는 고려가요와 가사(歌辭), 민요 등을 들수 있다.

우리 민족 시가유산이 남겨놓은 가조법전통을 몇가지로 귀납해보면 다음과 같다.

① 초성에서 유향자음《ㄴ, ㄹ, ㅁ》의 음향적반복

나마자기 구조개랑먹고
바라래 살어리 랏다

(고려가요《청산별곡》)

오려논에 실어두고 면화밭 매오리라
울밑에 외를 따고 보리능거 점심하소
뒤집에 술이 닉거든 외잘망정 내여라

(시조《청구영언》)

② 종성에서 유향자음《ㄴ, ㄹ, ㅁ, ㅇ》의 음향적반복

원왕생 원왕생

그리 사람 잇다 삽고샤셔

(향가 《달하가》)

대동강 아즐가
대동강 건너편 고즐여

(고려가요 《서경별곡》)

아참비 오더니 늦은후는 바람이라
천리만리 길에 풍우는 무삼일고
두어라 황혼이 멀었거니 쉬여간들 어떠하리

(신흠의 시조)

강실강실 강실도령
강실책을 옆에 끼고
삼간초간 지나가니
동실동실 동사방에

(민요 《강실도령》)

홍실로 홍글위 매요이다

(경기체가 《한림별곡》)

③ 초성에서 자음 《ㄷ, ㅅ, ㅊ, ㅎ》의 음향적반복

어긔야 어강됴리
아으 다롱디리

(고려가요 《정읍사》)

어디라 더디던 돌코

(고려가요 《청산별곡》)

돌아보면 도라지
둘러보면 두릅이요

(민요 《나물타령》)

비루봉 상상두에
올라보니 그뉘신고

(정철 《관동별곡》)

삭삭기 셰몰애 별혜 나난

(고려가요 《정석가》)

지광은 칠백리
파광은 천일색

(잡가 《고고천변》)

• 149 •

천리추마 채를 쳐서
천하명승 구경한후
천하대부 힘을 쓰자

(민요 《농부가》)

회회아비 내 손모글 주여이다

(고려가요 《쌍화점》)

④ 일음절의 음향적반복

살어리 살어리 랏다
바라래 살어리 랏다

(고려가요 《청산별곡》)

메벼논에 메벼심고
찰벼논에 찰벼심어
논뚝마다 참깨심고
밭뚝마다 들깨심어
들깨베서 들기름짜
참깨베서 참기름짜
메떡에는 들기름 발고
찰떡에는 참기름발라

(민요 《근친가는 길》)

⑤ 복합형태

이상에서 말한 여러가지 형태들은 단독으로 쓰일 때도 있지만 흔히는 몇가지 류형들이 복합되여 쓰이였다.

　　　이숭뎌숭 다지내고 하롱하롱 닌일업네
　　　공명도 어근버근 세사1라도 싱숭생숭
　　　매일에 한잔두잔 하면 그렁저렁 하리라

(시조 《청구영언》)

이 시조에서 가조법의 여러가지 류형이 복합되여 음향률을 조성한 구체정황을 보면 다음과 같다.

· 초성에서 동자음의 반복
ㅅ : 숭—숭—세—사—싱—숭—생—숭
ㅎ : 호—하—한—하—하
ㄴ : 내—닌—네
ㄹ : 롱—롱—라—렁—렁—리—라
ㅁ : 명—매—면

· 종성에서 유향자음 《ㄴ, ㄹ, ㅇ》의 반복
ㄴ : 닌—근—근—한—잔—잔—면
ㅇ : 숭—숭—롱—롱—공—명—싱—숭—생—숭—렁—렁
ㄹ : 일—일

· 《ㅇ》 말음을 가진 동음절의 반복

· 151 ·

이숭뎌숭, 하롱하롱, 싱숭생숭, 그렁저렁

송강 정철은 명가사 《관동별곡》에서 조선어자모음의 음향적특성을 낱낱이 장악하고 시창작에 창조적으로 리용함으로써 민족적운률을 훌륭히 살렸는데 실로 우리들을 탄복케 한다.

> 백천동 겨테두고
> 만폭동 드러가니
> 은가탄 무지개
> 옥가탄 룡의 초리
> 섯돌며 뿜난소래
> 십 리에 자자시니
> 들을제난 우레러니
> 보니난 눈이로다

(정철 《관동별곡》)

여기서 이루어진 음악적운률은 3·4조에 의한 교차률 그리고 정제된 대조법과 대구법 등과도 관련되지만 가조법에 의한 음향률과도 밀접히 관련된다. 초성에서 《만—러—니—무—룡—리—며—난—래—리—니—난—레—러—니—니—난—눈—로》와 같은 유향자음 《ㄴ, ㄹ, ㅁ》에 의한 경쾌하고 부드러운 운률, 종성에서 《천—동—만—동—은—탄—탄—룡—돌—뿜—난—들—을—난—난—눈》과 같은 유향자음 《ㄴ, ㄹ, ㅇ》에 의한 경쾌하고도 동적인 음조, 《동—두—동—드—돌—들》과 같은 터침소리 《ㄷ》에 의한 명랑하고 탄력성있는 표현, 《섯—소—십—시》와 같은 스침소리 《�》의 선률적반복, 초성에서

《천—톄—폭—탄—탄—초》와 같은 거센소리의 음향적반복에
의한 절벽에서 내려쩔는 물의 기상을 련상케 하는 거창하고
웅대한 음조, 종성에서의 《백—폭—옥—섯》과 같은 받침소리
〔ㄱ, ㄷ〕의 음향적반복에 의한 강하고 촉급하고 긴장된 정서
와 그에 의한 음조에서의 매듭 등은 웅장한 폭포의 거세찬 흐
름을 음악적으로 그려내였다.

          람여 완보하여
          산영루 올나하니
          령롱 벽계수와
          수성 제조난
          리별을 원하난닷

（정철 《관동별곡》）

  여기서는 음상으로 보아 구으는 느낌을 주는 《람—루—올
—령—롱—리—별—을》과 같은 유향자음 《ㄹ》, 부드러운 느
낌을 주는 《람—완—산—영—나—니—령—롱—성—난—원—
난》과 같은 유향자음 《ㄴ, ㅁ, ㅇ》을 배합하여 음조를 조성하
였다. 이리하여 개울물의 흐름과 메새들의 재잘거림을 련상케
하는 생동한 음향을 창조하였다.
  가조법은 근대, 현대 시가에서 운률조성의 유력한 수단으
로 널리 리용되고있다.
  가조법가운데서도 유향자음의 음향적반복이 그 사용빈도
수가 가장 높다. 그것은 유향자음이 울림소리라는 특징과 관
련되기때문이다. 유향자음 《ㄴ, ㅁ, ㅇ》은 공명성이 강하고
《ㄹ》은 탄력성, 유연성, 원활성이 강하기에 시창작에 잘 리용

• 153 •

하면 시어의 운률미를 한충 돋굴수 있다.

근대, 현대 시가에서 가조법이 의도적으로 도입되고있는 구체적경우를 보면 다음과 같다.

① 끝소리(받침소리)에서 딱딱하고 연한 성질의 대립

우리 말에서는 음절의 끝소리에서 딱딱하고 연한 소리의 대립을 이루는 음상학적특징을 가진다.

음절의 끝소리 즉 종성에서는 막힘소리《ㄱ, ㄷ, ㅂ》과 울림소리《ㄴ, ㄹ, ㅁ, ㅇ》만이 구별되는데 같은 자리에서 울림의 유무가 대립된다.

ㄱ—ㅇ 박—방 ㄷ—ㄴ 받(밭)—반

ㅂ—ㅁ 밥—밤

이런 대립이 생기는것은《ㄱ, ㄷ, ㅂ》은 울림이 없고 음절을 꽉 막으나《ㄴ, ㄹ, ㅁ, ㅇ》은 울림이 있고《ㄴ, ㅁ, ㅇ》은 음절을 아주 막지 않고 다른 길로 날숨이 흘러가면서 공명을 일으키기때문이다.

이리하여 음절의 끝소리는 울림없는 소리인《ㄱ, ㄷ, ㅂ》를 한편으로 하고 울림소리인《ㄴ, ㄹ, ㅁ, ㅇ》을 다른 한편으로 하는 소리의 딱딱하고 연한 성격이 대립된다.

시가에서 그 음절의 수가 동일하다 해도 그 음절에 끝소리의 유무에 따라 장단이 달라지며 그 음절에 붙은 끝소리가 울림소리인가 울림없는 소리인가에 따라 그 음조가 상당한 차이를 나타내면서 시가운률조성에 영향을 미친다.

울림소리의 음상학적특징은 그 발음상특징에 의하여 어느 자음들보다도 울림이 강하다는데 있다. 그리하여 울림소리는 강한 음향률을 산생시킨다. 그리하여 끝소리유향자음을 반복시키면 윤활하고 공명성이 강한 음조가 생기며 시문장의 음향적성격을 더욱 뚜렷이 해주고 호흡률을 순탄하게 해준다.

유향자음《ㄴ, ㄹ, ㅁ, ㅇ》을 끝소리로 하는 시어들이 반복되는 시는 음들의 음상의 특징에 의하여 부드럽고 명랑하고 경쾌한 운률을 조성하는 동시에 동적인 음조의 파동을 주면서 시어의 흐름을 순탄하게 한다.

봄에 부는 바람, 바람 부는 봄
작은 가지 흔들리는 바람, 부는 바람
봄이라 바람이라 이내 봄에는
꽃이라 술잔이라 하며 우노라

(김소월 《바람과 봄》)

능수버들 휘늘어진 뒤동산 그네터로
오월이라 실바람이 훈훈하게 불어오네
머리마다 꽃송이로 귀밑머리 단장하고
분홍치마 하늘하늘 바람타고 춤을 추네
에헤야 즐거워라 오월단오 즐거워라
선녀도 부럽잖게 창공에 나래펴고
너와 나와 쌍그네로 구름밖을 날아보자

(가요 《그네뛰는 처녀》)

해란강 여울소리 은은히 울리며
산벼랑 굽이돌아 은구슬 굴려오네

(김성휘 《해란강》)

유향자음을 끝소리로 하는 시어를 많이 쓰려면 우선 유향자음을 끝소리로 하는 시어들을 골라씀이 중요하고 다음으로는 자음의 소리닮기법칙을 잘 리용할 필요가 있다.

속력〔송력〕　　집마을〔짐마을〕
있는〔인는〕　　　앞만〔암만〕

이런 소리닮기법칙을 리용하면 울림이 없는 소리를 부드럽고 연한 소리로 바꿀수 있고 이렇게 소리가 바뀌면 울림소리자음편에 서서 운률조성에 참가하게 된다.

꽃향기 맡으며 오르며 이십리〔이심리〕 내리며 이십리〔이십리〕고개

꽃무지개〔꼰무지개〕 내리드리웠나〔내리드리원나〕 하얀 비단을 펼쳤는가〔펼천는가〕

（가요 《모아산고개》）

반면에 끝소리 《ㄱ，ㄷ，ㅂ》으로 끝나는 종성의 시어들의 반복은 그 음들의 음상적성격에 따라 강하고 거친 표현에 쓰이여 촉급하거나 긴장된 정서를 주며 음조에 매듭을 설정하고 절제를 줌으로써 운률을 산생시킨다.

밥짓던 누나는 식칼들고 나오고
글읽던 오빠는 책상들고 나오라

（항일가요 《총동원가》）

착취와 압박 받는 무산대중아
하루속히 단결하여 파업을 하자

(항일가요 《혁명가》)

여기서도 돌격의 《악!》
저기서도 《악!》《악!》

(조기천 《백두산》)

② 초성에서 자음의 음향적반복

음절의 초성에서는 유향자음 《ㄴ, ㄹ, ㅁ》, 터침소리
《ㄷ》, 스침소리 《ㅅ, ㅎ》, 거센소리와 된소리 등의 음상학적
특징을 리용하여 규칙적으로 반복시킴으로써 표현성을 높이는
동시에 운률을 조성한다.

• 초성에서 유향자음 《ㄴ, ㄹ, ㅁ》의 음향적반복

유향자음 《ㄴ, ㄹ, ㅁ》는 경쾌하고 명랑하고 부드러운 표
현에 쓰이여 아름다운 운률을 조성한다.

물빛이 하두 고와 언덕의 능수버들
탐스런 그 머리채 물속에 드리웠소

(김조규 《물길》)

이랑이랑 맑은 물은 흘러넘치고

(백하 《사랑의 물소리 밭에 넘치네》)

초성과 종성에서의 유향자음반복을 배합적으로 사용하면
운률조성의 효과를 한결 높일수 있다.

앞강물 뒤강물
흐르는 물은
어서 따라오라고 따라가자고
흘러도 련달아 흐릅니다

(김소월 《가는 길》)

여기서 초성과 종성에 쓰인 유향자음, 특히 《ㄹ》음의 빈
번한 사용은 강물의 흐름새와 그 률동적인 흐름을 표현하는데
훌륭히 이바지하였다.

• 초성에서 터침소리 《ㄷ》의 음향적반복

터침소리 《ㄷ》는 탄력성이 있고 명랑한 표현에 쓰이여 운
률을 조성한다.

다달았네 다달았네 온천지에
무산혁명시기가 다달았네

(항일가요 《결사전가》)

알락달락 물감들인
동글동글 은행떡

(김철 《새별전》)

• 초성에서 스침소리 《ㅅ, ㅎ》의 음향적반복

스침소리 《ㅅ, ㅎ》은 경쾌하고 사치한 표현에 쓰이여 선
률적인 반복을 이룸으로써 운률을 조성한다.

산상에도 상상봉
더 오를수 없는 곳에
깃들인 제비

(박세영 《산제비》)

산이 좋아 우리는 산에서 살고
산이 좋아 우리는 취해서 간다

(김철 《산향길》)

흰꽃 흰꽃 흰나비와
흰이마 흰눈물 검은머리,
흰꽃 흰꽃 나붓는데
흰이마 흰눈물 검은머리

(김소월 《항전애창 명주딸기》)

• 초성에서 입술소리 《ㅂ》의 음향적반복

초성에서 입술소리 《ㅂ》가 반복되면 개연성(开然性), 광
활성(光滑性) 등을 나타내면서 운률을 조성한다.

반짝반짝 반디불 손벽치면 온다야

파란 전등 켜고서 한들한들 온다야

(조룡남 《반디불》)

보리피리 불며
봄언덕
고향 그리워
필닐니리

(한하운 《보리피리》)

• 초성에서 혀끝소리 《ㅈ》의 음향적반복

초성에서 혀끝소리 《ㅈ》가 반복되면 침체성, 둔중성을 나타내면서 운률을 조성한다.

아, 지금은 제 땅에 제 집 짓고
딸자식 공부까지 보내는
꿈같은 오늘을 울었습니다

(리찬 《달과 딸과 어머니와》)

• 초성에서 자음 《ㄱ》의 음향적반복

자음 《ㄱ》의 반복은 견실성의 소리느낌을 주면서 음향의 파동을 조성한다.

갈래갈래 갈린 길
길이라도

(김소월 《길》)

가고가고 한없이 가고픈 이 길
일편단심 혁명위한 장정의 길

(김응준 《가고가고 가고픈 길》)

· 초성에서 거센소리와 된소리의 음향적반복

거센소리와 된소리의 음상학적특징은 음질이 세고 탄력성이 강하다는데 있다.

거센소리나 된소리는 그 음들의 음상학적특징에 의해 강력한 내용의 표현에 쓰이면서 선률적인 반복으로 운률을 조성한다.

태양도 검은 연기속에서
피같이 타고있는 조선!
폭격에 참새들마저 없어진 조선!

(조기천 《조선은 싸운다》)

여기서는 매 시행앞에서 강한 음절 《태, 피, 폭》이 련속적으로 설정되고 거센소리 《ㅊ, ㅌ, ㅍ》가 규칙적으로 반복되여있다. 이것은 시어의 음향적성질을 률조를 형성하는데 적절하게 리용한것이다.

싸우는 조선의 전방아
휘발유에 돌까지 타는 산에서
어떻게〔케〕 원쑤를 물리쳤느냐

· 161 ·

폭격〔격〕에 밑바〔빠〕닥까지 뒤집히〔피〕는 강하는
어떻게〔케〕 넘었느냐

(조기천 《조선은 싸운다》)

여기서는 거센소리 《ㅋ, ㅍ》와 된소리 《ㄲ, ㄸ, ㅆ》의 반복 그리고 거센소리 《ㅊ, ㅌ》와 된소리 《ㅃ》의 리용에 의해 률조가 형성되고있다. 이와 같이 거센소리와 된소리는 음상적 측면에서 반복되여 률조를 조성하였다.

초성에서 거센소리와 된소리의 음향적반복은 전투적기백으로 흘러넘치는 항일가요와 조기천의 시에서 많이 찾아볼수 있다.

초성에서 거센소리와 된소리를 음향적으로 반복시킬 때 우선 거센소리, 된소리를 끝소리유향자음들과 잘 결합하면 두드러진 웅장한 음향으로 하여 시가의 음조에 높은 격조와 힘있는 탄력을 줄수 있다.

첩첩 청산이 호수를 끼고
총총 보탑이 옥주를 추세운듯

(김철 《서호십경》)

여기서는 거센소리 《ㅊ》가 6번 반복되고 거기에 《ㅌ, ㄲ》가 잘 안배됨으로써 거창하고 웅대한 음조를 형성하고있다. 특히 거센소리 《ㅊ》가 끝소리유향자음 《ㅇ》과 결합하여 《청》, 《총》으로 되여 그 음상학적효과가 더 높아졌다.

다음으로 거센소리와 된소리를 잘 안배하면 서로 대조를

이루면서 시련의 전반음조에 높은 격조와 기백을 줄수 있다.

쓰러지며 부축하며 다시 일어서
바위돌에 칼을 갈아 날을 세워
원쑤의 정수리에 번개를 칠 때
조선아, 너의 심장엔 피가 뛰였고
너의 머리우엔 려명이 비껴왔다

(정서촌 《조선》)

우리 피땀 빨아먹던 자본가들은
총창끝에 쓰러지며 아우성친다
제놈들의 썩은 통치 무너지더니
간곳마다 갈팡질팡 게걸음친다

(항일가요 《끓는 피는 더 끓어)

끝으로 거센소리, 된소리가 《ㄱ, ㄷ, ㅂ》 받침소리와 잘
결합되면 시가의 음조에 촉급하고 긴장된 격조를 준다.

폭탄과 권총을 손에다 들고
주권을 틀어쥐려 모여들어라

(항일가요 《끓는 피는 더 끓어》)

썩어가는 제국주의 뚜드려부시고
무너진 그 터전에 새터를 닦고

(항일가요 《유격대행진곡》)

여기서는 《폭》, 《썩》과 같은 음절에 받침소리 《ㄱ》이 옴으로써 음조에 매듭을 지어주면서 힘찬 기백을 돋구어준다.

초성에서 거센소리와 된소리의 음향적반복은 현대가사창작에서도 널리 리용되고있다. 특히 전투성이 강한 행진곡의 선률에 맞추어 거센소리와 된소리를 많이 도입하고있다.

일어나라 피가 끓는 이 땅의 남아들
총을 메고 싸움터로 뛰여서 나오라

(가요 《싸우려 나가자》)

총창을 들어라 복수의 총창을 들어라
원한을 풀리라 쌓이고쌓여온 원한을
족쳐라 원쑤를 무찔러라 원쑤를
피흘린 겨레의 사무친 원한을 풀자

(가요 《총창을 들어라》)

이 두 가사를 읊으면 인차 강한 반응을 일으키게 된다. 그것은 가사 전반에 거세게 울리는 강음인 거센소리와 된소리를 음향적으로 잘 리용하였기때문이다.

③ 일음절의 음향적반복

가조법에서는 하나의 음절로 된 말을 규칙적으로 반복하여 음향률을 조성하기도 한다.

새벽 새가 울며 지새는 그늘로

(김소월 《나의 집》)

골에 나서 골에 사는 골사람들

(문혁 《봄사람》)

1. 이 산 저 산 푸른 산 황금의 강산
   이 땅우에 백화만발 락원이 솟네
   ......

2. 산에 산에 산나무 들에 들나무
   산과 들에 우리 모두 나무 심었네
   ......

(가요 《푸른 숲 설레이네)

4) 시행의 끝에서 모음과 유향자음의 반복

음절의 끝소리에서 막힘소리 《ㄱ, ㄷ, ㅂ》은 《박》, 《밭(반)》, 《갑》에서와 같이 울림이 없고 음절을 콱 막으므로 짧은 소리이다. 그러나 음절의 끝소리에서 유향자음 《ㄴ, ㄹ, ㅁ, ㅇ》은 《논》, 《잘》, 《맘》, 《강》에서와 같이 울림이 있고 《ㄴ, ㅁ, ㅇ》은 소리마디를 아주 막지 않고 다른 길로 닐숨이 흘러나가면서 공명을 일으키기에 유향자음은 막힘소리 《ㄱ, ㄷ, ㅂ》보다 길게 발음할수 있다. 그리고 모음은 울림소리로서 길게 발음할수 있다.

모두어말하면 음향학적으로 볼 때 모음과 유향자음은 모두 길게 발음할수 있는 소리이며 울림소리로서 발음이 류창하다. 우리 말에서 모음과 유향자음의 이런 특성을 정형시의 시행끝에 리용하면 음향의 반복적작용으로 운률을 보장할수 있다.

그리하여 음악과 밀접히 결부된 조선고전시가의 모든 민족적형태들——민요, 향가, 고려가요, 경기체가, 시조, 가사(歌辭), 창가 등은 기본상 시행끝이 모음이나 유향자음으로 끝난것이다.

운률적으로 잘 다듬어진 고려가요를 보면 모든 작품들에서의 시행끝은 모음이나 유향자음으로 끝났다.

가시리 가시리잇고
나난 바리고 가시리잇고
나난 위 증즐가 대평성대

날려는 엇디 살라하고
바리고 가시리잇고
나난 위 증즐가 대평성대

잡사와 두어리 마나난
선하면 아니올셰라
나난 위 증즐가 대평성대

셜은님 보내압노니 나난
가시난닷 도셔오쇼셔
나난 위 증즐가 대평성대

(고려가요 《가시리》)

여기서 보다싶이 고려가요 《가시리》에서는 매 련의 시행 끝이 《ㅗ, ㅗ, ㅒ》, 《ㅗ, ㅗ, ㅒ》, 《ㄴ, ㅏ, ㅒ》, 《ㄴ, ㅕ, ㅒ》와 같이 모음 《ㅗ, ㅏ, ㅕ, ㅒ》와 유향자음 《ㄴ》으로 끝났다.

우리들은 고전시가가 남겨놓은 시행끝에서 모음과 유향자음을 반복시켜 운률을 조성한 귀중한 경험을 정형시창작에 도입하여야 한다. 특히 가사는 노래로 부를것을 전제로 하는 이상 이 원칙을 지켜야 한다.

즉 우리들은 가사창작에서 받침소리 《ㄱ, ㄷ, ㅂ》으로 끝나는 폐음절을 긴 음으로 된 시행의 끝에 배치하지 말아야 한다.

한개 시행의 마지막음절은 보통경우에 긴 음으로 작곡되기에 이를 주의해야 한다. 받침소리 《ㄱ, ㄷ, ㅂ》으로 끝나는 폐음절은 입을 다물고 울리지 않게 발음하므로 악보에 있는 긴 음을 부를수 없는것이다.

가사시행의 끝이 모음이나 유향자음으로 끝나면 첫째, 이런 음들의 반복으로 운률을 조성할수 있고 둘째, 발음이 류창하여 읽기에도 좋고 뜻전달에도 지장이 없으며 셋째, 작곡이나 노래부르기에 좋다.

물론 정형시에서 절대적으로 모든 시행끝이 꼭 그렇게 되여야 한다는것은 아니지만 될수록 이 원칙을 지켜야 한다. 특히 서정적인 노래에서 긴 음으로 된 위치에 받침소리 《ㄱ, ㄷ, ㅂ》으로 된 폐음절이 배치되면 길게 노래부를수 없는것이다. 례컨대 《조국》의 《국》을 두박자 혹은 네박자로 노래부르면 《국》으로 발음되는것이 아니라 《구—》로 발음되여 뜻전달에도 지장이 있을수 있다. 이런 경우 물론 작곡과도 관계되지만 어쨌든 시행끝을 모음이나 유향자음으로 끝맺는것이 우리 민족 시가의 유구한 전통이라는것을 잊어서는 안된다.

가요 《고향길》을 례로 들어보자

봄이면 민들레꽃 노랗게 피는
고향의 들길이 나는 좋아라

(가요 《고향길》)

여기서 시행 마지막의 4박자로 불러야 할 《는》과 《라》가
유향자음이나 모음으로 끝나지 않고 막힘소리 《ㄱ, ㄷ, ㅂ》으
로 끝났다면 노래에서처럼 그런 박자로 부르기 곤난하다.

5) 양성모음과 음성모음의 리용

우리 말에서 《ㅏ, ㅗ, ㅚ》 등의 양성모음은 밝고 명랑한
음향을 조성하고 《ㅓ, ㅜ, ㅔ, ㅟ》 등의 음성모음은 어둡고
무겁고 깊은 음향을 조성한다.

그러므로 우리들은 시창작에서 양성모음과 음성모음을 잘
리용하면 정서적색채를 잘 나타낼수 있고 음악적운률을 조성
할수 있다.

도라지 도라지 백도라지
강원도 금강산 백도라지

(민요 《도라지》)

나가자 나가자 싸우러 나가자

(항일가요《총동원가》)

사랑사랑 내 사랑 그대 모습 꽃인가
꽃보다도 어여쁜 내 사랑이야

(가요《사랑사랑 내 사랑》)

이런 시들에서는 양성모음을 잘 리용하여 밝고 명랑한 음조를 조성하였다.

구국구국 구국구국
기집죽고 구국구국

(민요《구국구국》)

오늘도 걷는다만은 정처없는 이 발길
지나온 자욱마다 눈물 고였다

(가요《나그네 설음》)

주재소 교번순사도
꺼덕꺼덕 조을고있을 때

(조기천《백두산》)

이 시들에서는 정서적색채에 순응하여 음성모음을 잘 리용하였는데 어둡고 무거운 음향을 조성하고있다.

6) 첩자법

첩자법은 첩자반복률을 조성한다.

첩자법은 같은 글자의 음을 련속반복시킴으로써 짧은 기복을 가진 률동을 조성한다. 그리고 첩자법은 사물현상의 표상과 그에 대한 정서적감각을 돋구어준다.

마암에 맺힌 시람
첩첩이 쌓여이서

(정철 《사미인곡》)

여기서 무겁고 어두우며 침침한감을 주는 《ㅊ》와 《ㅓ》음의 결합에 말소리흐름에 매듭을 주는 《ㅂ》음이 합하여 이루어진 《첩첩이》는 음향학적률조를 어둡고 무겁게 울리도록 한다.

첩자법은 《첩첩, 력력히》와 같이 결합관계가 이미 공고한것으로 나타난다. 이것은 문맥우에서 이루어지는것이 아니라 이미 굳어져있는것이다. 이 수법의 특성은 반복을 새로 만드는것이 아니라 이미 주어져있는 반복을 찾아쓰는것이다.

고전시가에서는 같은 글자의 반복으로 이루어진 단어를 의도적으로 가요에 리용함으로써 음악적인 운률을 조성하였다. 이런 수법은 특히 가사(歌辞)에서 널리 쓰이였는데 많이는 부사에서 찾아볼수 있다.

민족시가유산에서 이 수법이 구체적으로 쓰인 경우를 보

면 다음과 같다.

① 독자적인 리용

중향성 바라보며
만이천봉을
력력히 헤여하니

(정철 《관동별곡》)

앞못의 창포잎은
층층이 움돋는다

(민요 《농부가》)

② 시행들 머리구에서의 리용

랭랭한 예곡조를
줄줄이 고롸내여

(박인로 《도산가》)

장장히 뷔아내야
자자히 외온후에

(박인로 《도산가》)

③ 시행들 중간구에서의 리용

산은 첩첩 고개되고
물은 충충 소이로다

(가사 《상사곡》)

여기서 《첩첩》은 그 어음적특성에 맞게 무겁고 어둡고 막히는듯한 률조를 조성하며, 무겁고 침침한감을 주는 《ㅊ》와 《ㅜ》음의 결합에 또 울리는 어감을 주는 《ㅇ》이 합쳐 이루어진 《충충》은 그 어음적특성에 맞게 어둡고 무거운 음향적률조를 조성하였다.

④ 시행들 끝구에서의 리용

국화는 점점
장송은 락락

(잡가 《고고천변》)

여기서 《ㅈ》, 《ㅓ》, 《ㅁ》의 결합음인 《점점》의 반복음향은 일정하게 무겁고 어두우며 잔잔한 률조를 조성하며, 률동적인 감각을 주는 《ㄹ》, 밝은 어감을 주는 《ㅏ》 그리고 어음흐름에 매듭을 주는 《ㄱ》음의 결합으로 된 《락락》은 밝고 경쾌한 률동을 조성한다.

⑤ 한 시행에서의 련속적리용

장장하일 긴긴날에
해는어이 수이가노

(민요 《농부가》)

⑥ 련속적리용과 머리구리용의 배합

　　봉봉 곡곡이
　　면면에 벌었거든

(박인로《사제곡》)

　조선어에는 같은 글자의 반복으로 이루어진 단어가 많기에 운률조성을 위한 한 수단으로 시가에서 효과적으로 쓰일수 있다.
　현대시가에서는 정형시나 자유시나 할것없이 첩자법을 널리 리용하여 운률을 조성하고있다.

　　심심한 낮, 대견스런 밤을
　　단둘이서 우리는 몸 부딪는 비둘기

(김재원《몸 부딪는 비둘기》)

　　천안에 삼거리 실버들도
　　촉촉히 젖어서 늘어졌다네

(김소월《왕십리》)

　　비내리고 눈내리는 춘하추동 긴긴날에
　　산을 넘어 칠십리 초원길로 칠십리

(가요《연변목가》)

7) 의성의태어법

의성의태어법은 민족적특성을 훌륭히 나타내는 수법인데 여기서는 의성의태어법에 의해 이루어지는 의성의태어반복률에 대해서 이야기하려 한다.

의성의태어반복률은 우리 민족 시가의 민족적운률특성을 진하게 나타내는 운률형태이다.

의성의태어반복률은 동일한 음절의 어음결합체들이 간격없이 련속적으로 반복됨으로써 이루어진다.

의성의태어의 어음적특성은 그 운률적성격에 있다. 의성의태어의 조직은 거의다 같은 음수, 같은 자음, 같은 모음의 규칙적반복으로 이루어졌기에 그 자체가 음수적으로나 음향적으로 잘 조화되여 일정한 률조를 형성한 단어를 이루고있으며 특히 음향률을 두드러지게 나타낸다.

그리고 의성의태어는 사물, 현상의 모양과 소리를 본딴 말이기에 그 말 자체가 다양한 음상을 구현한 세련된 말로 되여있다.

봄바람 불어불어 진달래 피고
강물도 출렁출렁 령넘어오네

(가요 《진달래꽃동산》)

여기서 《출렁출렁》은 2음절로 된 같은 어근의 반복으로 되여있고 자음 《ㅊ, ㄹ, ㅇ》과 모음 《ㅜ, ㅓ》가 규칙적으로 반복되여 음향적으로 잘 조화되고있다. 그리고 자음 《ㅊ, ㄹ,

ㅇ》은 출렁거리는 물결의 모양을 나타내는데 훌륭히 이바지하고 있다.

이와 같이 세련된 음향과 률조를 가진 의성의태어를 시어로 잘 리용하면 높은 운률적효과를 거둘수 있다.

의성의태어가 운률조성의 수단으로 리용되는 원인을 구체적으로 보면 다음과 같다.

첫째, 의성의태어의 단어조성에서 기본특징은 반복인데 전형적인것은 두 음절로 된 어근의 반복이다. 이렇게 같거나 비슷한 어근의 반복은 반복적수법의 작용도 놀아 운률을 조성한다.

흥분된 대렬속엔 무용가도 있어
금실같은 무도곡에 덩실덩실 춤춘다
남녀의 사교춤도 너슬너슬 나오며
어린이 딴스도 동실동실 나온다

(항일가요 《즐거운 무도곡》)

세월아 돌아라 매돌 돌듯이
빙빙빙 어서 돌아 빨리 가거라

(가요 《세월아 돌아라 매돌 돌듯이》)

둘째, 의성의태어는 같은 자음이 규칙적 혹은 교차적으로 반복되여있기에 음향적으로 잘 조화되여있으며 다양한 음향과 음색을 나타낸다.

창문마다 초롱초롱 불이 밝은데
달이 떴네, 둥둥
해방산우에 달이 떴네

（안호근《개선의 달밤》）

　여기서는 《초롱초롱》중의 자음 《ㅊ》와 《ㄹ》의 교차적반복,《둥둥》중의 자음 《ㄷ》의 규칙적반복으로 하여 시의 음조에서 강한 음향적인 인상을 준다.
　의성의태어에서 어말에서 자음으로 끝나는것이 압도적인데 받침으로는 《ㄱ, ㄴ, ㄹ, ㅁ, ㅂ, ㅅ, ㅇ》 등이 쓰인다. 특히 유향자음으로 된 받침의 규칙적반복은 운률조성의 작용을 논다.

동글동글 동나물
얼럭얼럭 얼럭치
느실느실 풀고비
울긋불긋 타산고비
들들말아 비늘고비
요리조리 캐여주마

（민요《나물노래》）

산들산들 꽃바람 봄바람 싣고왔나
지종지종 종다리 봄갈이 재촉하네

（가요《행복의 첫씨앗》）

셋째, 같은 모음(또는 양성모음과 음성모음)의 규칙적반
복은 음향을 조성하면서 음색에서 여러가지 차이를 보여준다.
　　모음조화현상은 조선어에서 의성의태어에서 가장 강하게
나타난다.

　　　　　　저벅저벅 밟고간 자국소리
　　　　　　아직도 가시잖은 그 소리에 맞추어
　　　　　　너무나 작은 발로 나도 딛는 땅

　　　　　　　　　　（리용악 《우리 당의 행군로》）

　　　　　　발밑에선 돌돌돌 내물 속삭이는 소리
　　　　　　귀가에선 고르로운 달콤한 숨소리

　　　　　　　　　　　（김태갑 《행복》）

　　　　　　미로를 헤치는
　　　　　　인생길은 본디 오불꼬불

　　　　　　　　　　（김응준 《미궁의 길》）

　　여기서 《저벅저벅》, 《돌돌돌》은 각각 음성모음 《ㅓ》와 양
성모음 《ㅗ》가 규칙적으로 반복되였고 《오불꼬불》은 양성모음
《ㅗ》와 음성모음 《ㅜ》가 교차적으로 반복되였다.
　　넷째, 하나의 어근으로 이루어진 의성의태어에는 같은 음
절의 반복으로 이루어진것이 많은데 이것은 소리를 조화시켜

음악적인 운률을 조성한다.

둥글둥글 청수박을

대모장도 드난칼로

웃꼭지를 스루루 돌려

강릉 생청을

또루루 부은후에

（잡가 《제전》）

바람이 우수수

소나무를 흔든다

（조기천 《백두산》）

다섯째, 소리의 고저, 장단, 강약, 끊기 등에 의한 표현적악센트가 작용하면서 운률을 조성한다.

• 소리를 길게 내는 경우

돌아라 매돌아 빙빙 돌아라

설음을 담아싣고 어서 돌아라

（가요 《세월아 돌아라 매돌 돌듯이》）

• 소리를 짧게 내는 경우

두귀는 쫑긋

두눈은 도리도리

(잡가 《토끼타령》)

• 소리를 높이 내는 경우

풍년든 이 가을날
듬뿍 벼단을 싣고
통통 연기뿜는 뜨락또르를 몰아
들에서 마을로 돌아오는 길

(김병두 《발자국》)

• 소리를 낮게 내는 경우

씨만 송송 골라놓고

(잡가 《제전》)

신록이 우거진 산발을 따라
사뿐사뿐
초록치마에 빨간 수건 날리는
삼장의 처녀

(김태갑 《삼장의 처녀》)

• 소리를 약하게 내는 경우

• 179 •

시집으로 올 때에는
느름나무 꺾어쥐고
느름느름 오고지고

(민요 《가고지고》)

　　의성의태어반복률은 고전시가에서 널리 쎠여온 운률형태
이다.　고전시가에서 의성의태어반복률을 조성한 주요형태를
보면 다음과 같다.
　①　독자적리용

복글복글 우는 새는
이내넋이 아니런가

(가사 《형제소회가》)

빵긋빵긋 웃는님은
못다보고 황천가오

(민요 《님》)

　②　한시행에서의 련속적리용

흰두루미 한두쌍이
뒤룩뒤룩 성큼성큼
유리어항 오색붕어

움실움실 멀적멀적

(가사 《연행가》)

③ 시행들 머리구에서의 리용

무렁무렁 크는양은
아침이슬 물외같다
방실방실 웃는양은
동해사창 꽃이로다
오똑오똑 서는양은
주소개의 해금인가
앙금앙금 걷는양은
하루이틀 다르도다

(민요 《귀녀딸》)

례문중의 《무렁무렁》에서는 《ㅜ》와 《ㅓ》음이 《ㅗ》와 《ㅏ》음에 비해 어두운 음이 가지는 특성으로부터 상대적으로 규모가 큰것을 나타낸다. 그리하여 《무렁무렁》이라는 어음적표현은 아이들이 빨리 자라는 표상을 돋구는데 작용하면서 그에 어울리는 음향적운률을 조성한다. 그리고 《방실방실》, 《오똑오똑》, 《앙금앙금》이란 어음적표현은 《ㅏ》, 《ㅗ》와 같은 밝은 음이 가지는 특성으로부터 아이들의 귀염성을 나타내는데 이바지하면서 률조를 조성한다.

④ 시행들 끝구에서의 리용

사모쓸 머린가 둥실둥실
사선들 손인가 넘실넘실
관대멀 허린가 능청능청
쇠자신을 발인가 굼실굼실

(민요 《둥게야》)

벽수는 뚝뚝
장송은 락락

(잡가 《고고천변》)

여기서 쓰인 의성의태어반복률은 음향적운률을 조성하면서 시가의 의미정서적내용부각에 중요하게 작용하였다.

례컨대 《뚝뚝》이라는 어음덩이의 반복은 물방울이 한방울 두방울 떨어지는 표상을 어감적으로 잘 안겨주는데 《ㄸ》의 된소리는 물방울이 억지로 한방울 두방울씩 떨어지는 상태를 어감적으로 돋구어주고 《ㄱ》받침은 어음을 막히게 함으로써 물방울이 겨우 한방울 떨어졌다 중단되며 또 어쩌다 한방울 떨어졌다 중단되는 상태를 잘 반영하고있다.

우리 시인들은 민족고전시가가 의성의태어반복률을 창조함에 쌓아올린 귀중한 경험을 계승하여 시창작에서 의성의태어반복률을 살리기 위하여 여러가지 방도를 시도하고있다.

우선 자유시에서 의성의태어가 쓰이는 주요한 몇가지 경우를 보면 다음과 같다.

① 한시행에서의 사이뜬 리용

· 182 ·

천심만심 밀을 알아 수레채가 휘여들제
소방울 쩔렁쩔렁 황금산 우줄우줄…

(김경석 《밀낟가리》)

② 시행들 머리구에서의 리용

억실억실 잘도 자란 벼포기들에
번쩍번쩍 빛나는 은빛낫을 대노라

(박화 《황금벌에서》)

③ 시행들 중간구에서의 리용

애비 욕 에미 망신 고래고래 터뜨리며
벌떼처럼 에워싸고 빙빙 돌아가는데

(구상 《수난의 장》)

④ 시행들 끝구에서의 리용

소나무 창창!
산제비 씽—씽!
칼벼랑 쩡—쩡!
붉은기 펄—펄!

(김성휘 《장백산아 이야기하라》)

⑤ 한시행에서의 사이뜬 리용과 머리구리용의 배합

나붓나붓 납신거리며 도동실 뜨는
하늘하늘 하느작이는 노랑나비떼

（양명문《은행나무 산조》）

⑥ 의성의태어가 한시행을 이루는 경우

종달새
지종지종
발동기도
우릉우릉

（임효원《옥분의 풀피리》）

⑦ 의미정서적내용에 맞게 의성의태어를 리용

짤각짤각 짤각짤각
복이는 일할수록 힘만 납니다
해살도 웃음도 우리네의것
로동도 노래도 우리네의것…

（중략）

그렇지만 할머님이 복이 나이때

찌그러진 베틀놓고 베를 짤적엔
찌국찌국 베틀도 눈물을 짜고
북바다도 한숨쉬며 드나들었소

(김태갑 《천짜는 복이》)

시인은 여기서 의미적내용에 맞게 의성어를 적절히 선택해쓰고있다. 즉 시인은 해방된 새 사회에서 기대앞을 돌아가며 천을 짜는 복이의 로동을 노래할 때는 《짤깍짤깍》이라는 의성어를 씀으로써 《짜》, 《끼》와 같은 된소리, 울리는감을 주는 《ㄹ》, 밝은감을 주는 모음 《ㅏ》, 절주적인 매듭을 주는 받침 《ㄱ》에 의하여 행복한 로동생활을 반영하면서 그에 맞는 률동적인 운률을 조성하였다. 이와 반대로 복이 나이때 할머니가 눈물을 머금고 베틀에 앉아 천을 짜는 대목에서는 《찌국찌국》이라는 의성어를 씀으로써 된소리 《짜》, 어둡고 침침한 감을 주는 모음 《ㅣ》와 《ㅜ》에 의하여 저주로운 낡은 사회에서의 눈물겨운 로동생활을 반영하면서 무겁고 어둡고 침침한 내적정서에 맞는 운률을 조성하였다.

다음으로 현대가사창작에서도 의성의태어반복률의 조성은 그 의의가 매우 큰바 가사의 음향적효과를 높임에 있어서 중요한 수단의 하나로 된다.

현대가사에서 의성의태어를 리용하여 운률을 조성하는 방도는 여러가지인데 주요한 몇가지를 보면 다음과 같다.

1. 백두산말기에 백학이 너울너울
   이 강산 골마다 뻐꾸기 뻐꾹뻐꾹
   (후렴 략)

2. 기장밥 먹을라 씨망태 탈랑탈랑
   키다리 령감네 물방아 돌고돌아
   (후렴 략)
3. 개울가 실버들 바람에 늠실늠실
   부인은 황지에 거름을 차곡차곡
   (후렴 략)

(가요 《밭갈이노래》)

이 가사에서는 본절의 끝에 의성의태어를 배치함으로써 가사의 음조미를 강화하고있다.

1. 통일렬차 달린다 부산행렬차 달린다
   ....
   차창밖에 어뜩어뜩 어뜩어뜩 남녀형제 반겨온다

2. 직통렬차 달린다 동해선끼고 달린다
   ....
   차창밖에 출렁출렁 출렁출렁 남해바다 반겨온다

3. 통일렬차 달린다 부산행렬차 달린다
   ....
   차창밖에 번쩍번쩍 번쩍번쩍 남녀땅이 달려온다.

(백운산 《통일렬차 달린다》)

이 가사는 3절로 되였는데 매 절의 마지막 행 중간에다

각각 《어뚝어뚝》, 《출렁출렁》, 《번쩍번쩍》과 같은 의성의태어
를 반복시키고있다.

1. 풍년이 든 농장벌로 가마마차 달린다
   대오의 뒤를 따라 가마마차 달린다
   ·········
   부업으로 기름진 마차
   풍년벌로 덜렁덜렁 달린다 달린다

2. 구불구불 산골길로 가마마차 달린다
   전사들의 뒤를 따라 가마마차 달린다
   ·········
   화식전투 번창한 마차
   풍년벌로 덜렁덜렁 달린다 달린다

3. 덜렁덜렁 자갈길 가마마차 달린다
   휴식하는 전사들께 위장벗고 달린다
   ·········
   풍작으로 기름진 마차
   우리앞에 덜컹덜컹 다가온다네

4. 곧게 뻗은 신작로로 가마마차 달린다
   병영으로 병영으로 가마마차 달린다
   ·········
   혁명가로 흥겨운 마차
   신작로로 달랑달랑 달려간다네

                              (김정춘 《가마마차 달린다》)

이 가사에서 작자는 사물의 특징에 맞게 의성어를 리용하였는바 1, 2절에서는 구불구불한 산골길로 마차가 달리기에 《덜렁덜렁》이란 말을 썼고 제3절에서는 마차가 강가의 자갈길로 달리기에 《덜컹덜컹》이란 말을 썼고 제4절에서는 마차가 곧게 뻗은 신작로로 달리기에 《달랑달랑》이란 말을 썼다.

이와 같이 이 가사에서는 의성어 《덜렁덜렁》, 《덜컹덜컹》, 《달랑달랑》을 의미적내용에 맞게 잘 골라씀으로써 정서적내용을 음향적으로 강조했을뿐아니라 그에 맞게 음악적인 의성의태어반복률을 조성하였다.

8) 의성의태어적 조흥구와 후렴구의 리용

원래 조흥구란 생활행정에서 발현된 서정적인 흥조와 락천적인 감정을 그대로 언어운률로 반영한것이다. 때문에 서정의 독특한 형태로 다분히 의성의태어적인 언어운률로 반영된다.

의성의태어적조흥구는 우리 인민이 오랜 력사적과정을 거쳐 생활과 밀착된 구체적이고 선명한 생활적인 언어형상인 동시에 음악적표현수단이다. 의성의태어적조흥구는 시작품에 제시된 기본선률에 흥조를 안겨주며 기복성과 서정을 주어 락천화시키는데 복무한다.

의성의태어적 조흥구와 후렴구는 조선어의 음상학적특징을 기초로 하고있다.

의성의태어적 조흥구와 후렴구는 그 형태가 다양하고 운률조성작용도 다양하다. 여기서는 주로 비슷하면서도 서로 다른 음향들이 련속적으로 배렬되여 이음질련속결합률을 조성하는 의성의태어적 조흥구와 후렴구를 취급하려 한다. (의성의태어적후렴구는 제6장 제3절을 참고하라.)

의성의태어적조흥구는 일찍부터 우리 민족 시가의 세련된 운률조성에 크게 이바지하였는데 고려가요, 가사(歌辞), 잡가, 민요 등에서 널리 쓰이였다.

얄리얄리 얄랑셩 얄라리 얄라

(고려가요 《청산별곡》)

위 두어렁셩 두어렁셩 다링디리

(고려가요 《서경별곡》)

동호랄 돌아보며
서호로 가자사라
지국총지국총 어사와

(윤선도 《어부사시가》)

에헤에 에화 좋고좋다
어루마둥둥 내 사랑아

(잡가 《개성난봉가》)

허널널 허널널이 상사나디야
가지나무 수절절이

노다노다 가오

(민요 《농부가》)

그러면 아래에 비슷하면서도 서로 다른 어음결합체들의 결합으로 되여있는 조흥구(여기서는 후렴구의 작용도 놀고있다)《얄리얄리 얄랑셩 얄라리 얄라》와《위 두어렁셩 두어렁셩 다링디리》를 대비해 설명해보자.

《얄리얄리 얄랑셩 얄라리 얄라》에서는 명동성과 전동성을 가진 자음 즉 공명하는 울림을 주는《ㅇ》과 가볍게 전동하는《ㄹ》에 밝은 음향을 가진《ㅏ》계렬의 양성모음들을 결합함으로써 밝고 경쾌하고 률동적인 흐름을 형성하였다. 그러나《위 두어렁셩 두어렁셩 다링디리》에서는 명동성을 띤《ㅇ》과 전동성을 띤《ㄹ》이 있기는 하지만 그 수가 적고 여기에《ㅓ》계렬의 음성모음들이 결합됨으로써 상대적으로 어둡고 무거운 률조적인 흐름을 형성하였다.

이 두 후렴구는 음향적인 선률의 파동과 굴곡에 있어서도 차이를 보여준다. 《얄리얄리 얄랑셩 얄라리 얄라》에서는《ㅑㄹㄹㅣㅑㄹㄹㅣ ㅑㄹㄹㅏㅇㅅㅓㅇ ㅑㄹㄹㅏㄹㅣ ㅑㄹㄹㅏ》와 같이 전동성과 명동성을 가진 어음들의 파동이 좁은 진폭으로 주어지고《ㄹ》,《ㅇ》으로 된 받침소리에 의해 매듭이 지어짐으로써 그 파동의 굴곡이 잘고 경쾌하게 련속되여나가며 률동성이 뚜렷이 나타난다. 그러나《위 두어렁셩 두어렁셩 다링디리》에서는《ㄷㅜㅓㄹㅓㅇㅅㅓㅇ ㄷㅜㅓㄹㅓㅇㅅㅓㅇ ㄷㅏㄹㅣㅇㄷㅣㄹㅣ》와 같이 명동성과 전동성을 가진 어음들이 넓은 진폭으로 주어지고 그 수가 적기에 그 파동의 굴곡이 커져서 상대적으로 률동이 뜨고 약하게 나타난다.

이러한 률조는 각기 부동한 감흥세계를 표현하는데 효과
적으로 작용하고있다.

구전민요에서는 무한히 다양한 조흥구를 갖고있다. 현재
우리에게 전해진 로동민요가운데서 수적으로 가장 많고 중심
을 이루는것은 《에헤(에헤야)》, 《어야(어기야)》 등이다. 이것
을 기본으로 해서 다양한 조흥구가 창조되고 변형되여나간다.

《에헤(에헤야)》:

에라 에헤라, 에헤에헤 에헤라, 에헤야 에헤야 에헤이야,
에헤이 에헤야, 에헤이 에헤로구나, 에요 에헹 에헤요,
에야지야 에헤야, 에헤 에헤루 상사듸여, 에잉요 에잉요
헤헤이…

《어야(어기야)》:

어야디여차, 어그야에야, 어이허야 허여차라, 어화나 둥
둥, 어야흥 어야흥, 어기야 어야라…

로동민요에서 의성의태어적조흥구를 리용하여 음향률을
조성한 례를 보이면 다음과 같다.

어널널 상다디야

(《모심는 소리》)

에이여라 방아여

(《논김매는 소리》)

얼싸 데질이요 얼싸 덩이요

(《덩이소리》)

에헤라 에헤 소스라야

《쇠스랑소리》

이히아이 에헤이헤이 허절시구

《버치는 소리》

어야홍 어야홍 하야도 하야

《보리타작》

에헤야 에헤야 어기여차 헤

《가래질소리》

이런 의성의태어적조흥구들은 작업과정에서 사람들의 동작, 호흡, 감정과 심리상태까지 조절하고 표현하면서 음향률을 조성하고있다.

의성의태어적조흥구는 현대시가에서 주로 가사에 널리 쓰이는데 흥을 돋구고 운률조성을 위한 수단으로 리용된다.

에루화 어절시구 좋구나 좋네
해란강도 노래하고 장백산도 환호하네
에루화 두둥실 장고를 울리세
연변조선족자치주 세웠네

(가요 《자치주창립경축의 노래》)

어야듸야 어허야듸야 떼목이 내린다
푸른 산을 안고돌아 꽃피는 마을로!

(가요 《떼목이 내린다》

백두산의 나무로다 에헤야 데헤야

승리를 위해 벌목을 하세

(가요《벌목부의 노래》)

이와 같이 가사에 쓰인 의성의태어적조흥구는 구체적인 시문맥속에서 정서적색채를 띠고 시적운률을 조성하며 시—음악의 성격을 더욱 뚜렷이 한다.

9) 토반복법

우리 말 토는 조선어의 민족적특성을 살리는 매우 특징적인 언어수단이다. 우리 말은 여러가지 토가 체계적으로 발달되여있는데 우리 인민들은 일찍부터 토의 민족적특성과 운률조성적특징을 시가에 리용하여 음악적인 운률을 조성하였다.

토반복이 운률조성의 수단으로 되는것은 같은 음질을 가진 같은 토가 규칙적으로 반복되는데 있다.

같은 토를 여러번 반복시키면 개별적인 시어들을 강조하면서 음조에 굴곡을 주고 어세를 강화하며 규칙성있는 률조를 조성하고 그 흐름새를 더디게 하여 사색을 자아내고 시의 정서적내용을 더 깊게 하여준다.

토반복은 반복법과 류사하지만 반복법은 시어들의 반복에 의해 이루어지고 토반복은 토들을 반복시켜 규칙성있는 운률을 조성한다.

여러가지 토가 반복되는 구체류형을 보면 다음과 같다.

(1) 횡적으로 같은 위치에서의 반복

이 형태에서는 같은 음질을 가진 토들이 횡적으로 같은 위치에 놓이면서 일정한 간격을 두고 규칙적으로 반복되여 동음질동위반복률을 조성한다.

멀위랑/다래랑 먹고//

(고려가요 《청산별곡》)

사람도/땅도//허리펴는/세월//
종다리도 즐거워라 하늘에서 지종

(문혁 《아, 좋구나 발동소리》)

──●/──●── //
──●/──●//── /── //

이와 같이 이 형태에서는 동일한 토들이 한 시행안에서 배렬됨으로써 반복되는 간격이 좁고 반복되는 파동이 잦게 주어지면서 그 음향적인 률동의 기복이 보다 뚜렷하게 나타난다.

다음과 같이 같지 않은 두 토가 교차적으로 반복되거나 같은 토가 붙은 두 단어사이에 다른 말이 끼우는 경우엔 앞에서 본 토가 붙은 두 단어가 가지런히 놓이는 경우에 비해 간격이 넓어져 반복되는 음향의 파동도 그 진폭이 상대적으로 넓게 주어진다.

북을 보고 서를 보고

(허남기 《내 조국을 찾아가게 되면》)

이렇게 깊어간 백두의 밤이
몇밤이나 되던가, 몇천밤이나 되던가

(정서촌《날이 밝는다》)

눈에 암암 귀에 쟁쟁

(가사《상사곡》)

말해다오, 오늘은 어찌하여
황산이 청산, 꽃산이 되였나

(김응룡《모아산에 올라》)

(2) 종적으로 같은 위치에서의 반복

이 형태에서는 같은 토가 종적으로 같은 위치들에서 일정한 간격을 가지고 규칙적으로 반복되여 동음질동위반복률을 조성한다.

이 형태는 한시행안에서 주어지는 횡적인 반복보다 간격이 넓어지게 되여 반복되는 음향의 파동도 그 진폭이 넓게 주어진다.

종적으로 같은 위치에서의 반복은 그 위치에 따라 아래와 같은 세가지로 나누어볼수 있다.

① 머리구들 끝에서의 반복

· 195 ·

주야에/흘러내여 //
창해에/니었으니 //

(정철 《관동별곡》)

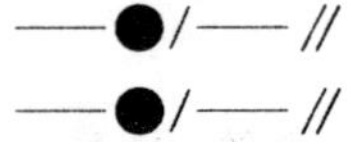

머리구들 끝에서는 여러가지 토들이 반복될수 있다.

물은 맑고
산은 웅장한데

(창가 《한반도》)

봉마다 맺혀있고
굿마다 서린 기운

(정철 《관동별곡》)

붉고붉은 동백꽃
피고 지는 고향마을에도

(안룡만 《동백꽃》)

쏠수록 커지는 땅크소리 사격소리
갈수록 가까와지는 땅크소리 만세소리

(김북원 《락동강》)

② 중간구들 끝에서의 반복

흰기 눈/같으니 // 서시의/후신인가 //
곱기 꽃/같으니 // 태진의/넋이런가 // (초중장)

(시조 《가곡원류》)

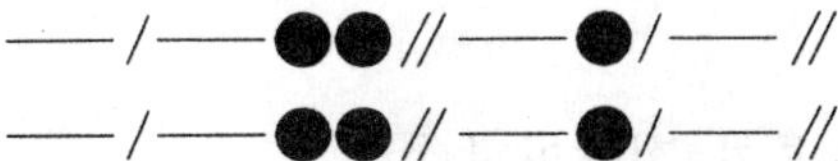

가물가물/허물어지며 // 떨어지는/연을 따라 //
아아아/고함지르며 // 달려가고/싶어라 //

(박남철 《연날리기》)

③ 끝구들 끝에서의 반복

울먹이는/발길에도 //
숨고싶은/몸에도 //

(리성교 《어머니》)

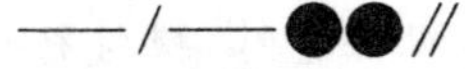

시행의 끝구들에서도 여러가지 토들이 반복될수 있다.

가던새 가던새 본다
믈아래 가던새 본다

(고려가요 《청산별곡》)

붉은기 휘날리고
천리마 내달리고

(리욱 《송가》)

사느냐
죽느냐
수술대에 오른 환자
위급한 생명

(김창규 《의사의 량심》)

종적으로 같은 위치에서의 반복은 여러가지 류형이 배합되여 쓰일수 있다.

이 반복형태는 서로 다른 음질을 가진 어려가지 토가 제각기 같은 위치에서 반복됨으로써 규칙적인 음향률을 조성한다. 여기서는 제가끔 같은 위치에서 반복되는 각이한 음향에 의해서 2개이상의 동위교차률이 형성된다.

ㄱ) 2쌍의 동위교차률

교차률에서 가장 많이 쓰이는것은 2쌍의 동위교차률이다.

여기서는 서로 다른 성질을 가진 2쌍의 토들이 교차되면서 음향이 울리는 파동과 굴곡, 음향이 흐르는 매듭과 거기에 주어지는 력점들이 서로 교차를 이루게 된다.

앉거라/인물보자//
서있거라/거래보자//

(민요 《가락지》)

어쩌면/독버섯같은//
어쩌면/미소같은//
비물의 무늬

(강민 《비가 내린다》)

여기서 보다싶이 두가지 토 《―거라》와 《―자》, 《―면》과 《―은》이 서로 제가끔 머리구와 끝구의 끝에서 반복되면서 2쌍의 반복률형태를 이루었다. 그러나 률조가 조성되는 상태를 보면 2쌍의 교차률로 되여있다.

2쌍의 동위교차률은 머리구들 끝에서의 반복과 끝구들 끝에서의 반복이 배합되여 이루어질뿐아니라 중간구들 끝에서의 반복과 끝구들 끝에서의 반복, 머리구들 끝에서의 반복과 중간구들 끝에서의 반복이 배합되여 이루어질수도 있다.

금을 주고/너를 사랴//

은주기로/너를 사랴//

(잡가 《제전》)

강바람이/세차게/불어와도//
흙모래/모질게/휘몰아쳐도//

(서광억 《두 젊은이》)

여기서는 중간구들 끝에서의 반복과 끝구들 끝에서의 반복이 배합되여 2쌍의 동위교차률을 이루었다.

금을 주고/너를 사랴// 은주기로/너를 사랴//

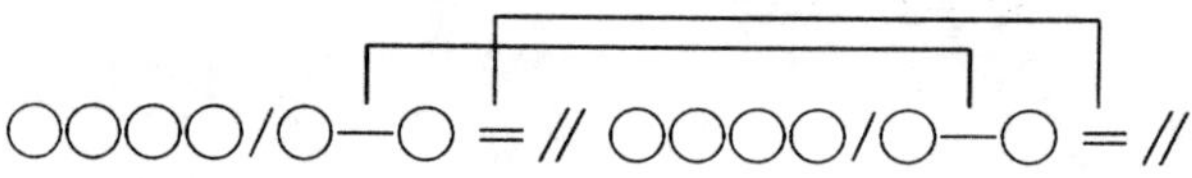

산이라도/예보던/산이오//
물이라도/예보던/물이라//

(잡가 《배따라기》)

골연에/서면/버섯풍년//
벌판에/서면/곡식풍년//

(김응준 《무지개》)

여기서는 머리구들 끝에서의 반복과 중간구들 끝에서의

반복이 배합되여 2쌍의 동위교차률을 조성하였다.

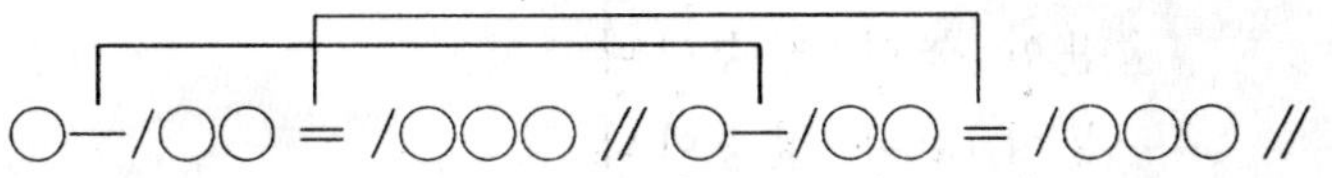

○一/○○ = /○○○ // ○一/○○ = /○○○ //

ⓒ 3쌍의 동위교차률

이 교차률에서는 서로 다른 음질을 가진 3쌍의 토들이 교차되면서 그 반복음향들이 울리는 파동과 굴곡, 그 흐름을 타고 주어져나가는 매듭과 력점들이 서로 엇갈려나가도록 하며 3쌍의 각양한 음향들로 교향률을 이루게 한다.

옥상 조량에
제비되여 날고지고
옥상 앵도화에
나비되여 날고지고

(가사 《춘면곡》)

나래돋힌 학이 되여
날아가서 보고지고
만리장천 구름되여
떠나가서 보고지고

(가사 《만언사》)

이 교차률에서 가장 많이 쓰이는 형태는 한쌍의 머리구
끝에서의 반복, 한쌍의 중간구들 끝에서의 반복, 또 한쌍의
끝구들 끝에서의 반복이 배합되여 쓰이는 경우이다.

산이 높아 명승이냐
물이 맑아 절승이냐

(민요 《산놀이》)

타도하자 군벌과 제국주의를
박멸하자 불평등과 모든 착취를

(항일가요 《불평등가》)

구름처럼 살아라 한다
바람처럼 살아라 한다

(박목월 《산이 날 에워싸고》)

ⓒ 4쌍의 동위교차률
여러가지 쌍을 이루는 이런 동위교차률형태는 운률조성에
서 변화를 주게 되며 률조의 흐름새에서 설레임과 운동감을
조성한다.

오리나무란것은
십리밖에 섰어도
오리나무요

고향목이라 하는것은
타관에 있어도
고향나무요

(가사 《엮음수심가》)

심심은 하다마난 입업슬손 마이로다
답답은 하다마난 한가할손 밤이로다(초중장)

(윤선도의 시조)

해지고 저물도록 귀에 들려요
밤들고 잠들도록 귀에 들려요

(김소월 《님의 노래》)

㉣ 5쌍의 동위교차률

5쌍의 동위교차률도 일정하게 리용되고있는데 여기서는 5쌍을 이루는 각이한 음질을 가진 토들이 제가끔 같은 위치에서 일정한 간격을 가지고 서로 엇갈려나가면서 운률을 조성한다.

나는 별처럼 피여나는 불꽃을 본다
나는 강물처럼 흐르는 쇠물을 본다

(김성휘 《쇠돌골의 아들》)

여러 쌍의 반복교차률은 고전시가에서는 가사, 잡가 등 비교적 긴 형식의 작품들에서 리용되였으나 시조와 같이 짧은

· 203 ·

형식에서는 널리 쓰이지 못하였다..

반복교차되는 음향들의 쌍을 격에 맞게 배렬하면 다양한 교향률을 이룰수 있으나 작품의 감정세계의 색조와 정서발전의 강조를 고려하지 않고 번다한 교차반복률을 조성하면 도리여 음악률조도 얻어낼수 없다.

(3) 세번반복법

토반복에서 민족적특성을 잘 보여주는것은 세번반복법이다.

토의 세번반복법은 민족시가에서 일찍부터 쓰이였는데 운률조성에서 매우 매력적이다.

① 한행에서 세번반복

여기서는 동일한 토가 한시행안에서 배렬됨으로써 반복되는 간격이 좁고 반복되는 파동이 잦게 주어지면서 음향적률동의 기복이 보다 뚜렷한것이 특징적이다.

<blockquote>
모야모야 노랑모야
언제 커서 열매열랴
</blockquote>

(민요 《모내기》)

<blockquote>
식량도 신발도 옷도
쪼들린 살림마냥 찌그려진 오막살이도
</blockquote>

(리일복 《혁명주권의 노래》)

② 두행에서 세번반복

이겨주소 이겨주소
우리륙군 이겨주소

(민요 《쾌지나 칭칭나네》)

불속에서도 흙속에서도
생무덤 생지옥 속에서도

(조기천 《나의 고지》)

이 운률형태에서는 종적으로와 횡적으로 이루어지는 동위반복률이 어울려 쓰인다.

토반복에는 세번반복뿐아니라 네번반복도 쓰인다. 이 경우는 한행 또는 두행, 세행에서 이루어질수 있다.

사람도 산천도 마을도 옥토도
뜨겁게 안아주신 당의 넓은 품

(리상각 《꽃피는 내 고향》)

나가자 마중가자 밝은 동이 튼다
싸우자 총과 칼로 우리 길 닦자

(항일가요 《청년선봉대》)

순녀도 뽑고

나도 웨치고
홀로도 뽑고 같이도 웨쳐

(김응준 《사랑의 메아리》)

제4장 조선시가작시체계와 그 음수률

제1절 조선시가작시체계와 시가형태

오늘 유구한 전통을 남겨놓은 우리 민족 시가문학의 운률유산을 계승하는것은 우리 민족 시가를 발전시킴에 있어서 커다란 의의를 가진다.

우리 민족 시가는 음악과의 밀접한 관계속에서 발전되여왔는데 고려가요, 시조, 잡가의 가창성, 민요와 항일가요의 음악성 등은 우리 시가전통이 음악과 밀접히 관련되여있음을 말해준다. 우리 민족 문학유산가운데서 많은 운문체시가를 가요라고 부르는 리유가 바로 여기에 있다. 이것은 우리 민족 시가가 약동하는 음악성으로 충만되여있음을 말해준다.

우리 민족 시가형태는 음악과 밀접히 관련되여있을뿐아니라 그자체가 훌륭한 음악적표현성을 가지고있다.

우리 민족 시가에서의 운률은 주로 음절수의 일정한 반복에 의하여 이루어진다. 그러므로 운률문제연구에서 중요한 자리를 차지하는것은 시운률의 한 종류인 음수률문제이다.

조선시가의 이 운률적기초는 우리 시가의 력사적발전행정에서 당대인민들의 미학적요구와 작시법경험의 축적에 따라 몇가지 체계로 구현되는데 이것을 작시체계라 부른다.

이 작시체계는 일정한 민족시가형태들로 표현된다.

조선시가의 력사는 원시사회로부터 시작된다. 이렇게 발생한 시가는 력사시기마다 민족적특징으로 가득찬 시가형태를 뚜렷하게 형성발전시켰다.

그중에서 대표적인것은 민요, 향가, 고려가요, 경기체가, 시조, 가사와 잡가, 창가, 항일가요, 현대시 등이다. 현대시는 다시 자유시(서정시, 서사시, 서정서사시), 가사(歌词), 동요, 동시로 갈라볼수 있다.

이렇게 운률에 대한 문제는 작시법과 민족시가형태가 직접 관련된 문제이므로 민족시가운률의 유구하고 풍부한 전통과 현대시의 음수률문제는 조선시가작시체계와 시가형태의 력사적발전행정과의 긴밀한 관계속에서 고찰해야 한다.

그것은 민족시가의 음수률이 이런 작시체계와 민족시가형태의 발전과 함께 발전해왔기때문이며 같지 않은 민족시가형태에는 같지 않은 운률적언어, 운률적표현수법을 소유하고있기때문이다.

례컨대 고려가요에는 거기에 고유한 비상히 높은 운률조직의 법칙이 있으며 민요에는 맑고 빛나는 말과 운률속에 고유한 음악적인 민족적특징이 간직되여있다.

그러므로 우리들은 민족시가형태의 발전에 따라 발전해온 음수률을 깊이 연구해야 한다. 시가의 음수률에 대한 사적연구는 유구한 시가력사에 오른 우리 민족어의 운률적관습과 어떤 사상을 어떤 언어와 운률과 표현수법에 의해 노래하였는가를 리해하고 그의 전통과 유산을 계승함에 실천적의의를 가지며 현대시에서 산문화를 극복하고 시적운률을 살리는데 큰 의의를 가진다.

조선시가의 작시체계는 력사적발전과정에 따라 세가지 작시체계 즉 인민구전가요작시체계, 정형시작시체계, 자유시작시체계로 나눈다.

인민구전가요작시체계는 인민들의 입에서 입으로 전해져 내려오면서 집체적으로 창작되고 다듬어진 민족시가의 토양이다. 원시로동가요로부터 시작된 인민구전가요는 시문학령역에 침투되여 조선시가의 운률적기초형성에 큰 영향을 주었다.

인민구전가요작시체계에는 로동가요, 서정가요, 의식가요, 풍요, 참요 등의 민요와 고려가요를 들수 있다.

이 작시체계에서 민요는 인민구전가요작시체계의 특징을 가장 뚜렷이 체현하고있는데 시행, 시련이 짧고 간결하여 음조가 4·4조 등으로 매우 단순하게 반복된다.

인민구전가요작시체계에서 높은 예술적경지를 개척한 고려가요는 음수률과 음질률 그리고 보조적수단에 의한 음향률을 훌륭히 살린 민족시가유산이다.

정형시작시체계란 일정한 음절수를 규칙적으로 결합하여 그 반복과 표현형식을 엄격히 규격화한 작시체계를 말한다. 이 작시체계에서는 음절수의 배합과 시행의 구성 그리고 그 반복형태가 규격화된다.

조선시가에서 정형시작시체계의 기본특징은 시행조직과

음절수의 동일성에 의하여 우리 민족 시가의 운률적기초를 구현한것이다.

정형시작시체계에는 향가, 경기체가, 시조, 가사(歌辞), 창가, 항일가요, 현대가사(～歌词), 동요 등이 포함된다.

조선시가의 세번째 작시체계는 자유시작시체계이다.

이 작시체계에는 현대자유시와 동시가 포함된다.

자유시작시체계의 특징은 정형시작시법의 틀에서 벗어나 음절수의 배합이 상대적으로 자유로우며 시행의 길이, 시행수, 련수도 다양한것이다.

현대자유시는 고유한 민족적인 운률적기초를 다양하게 구현하면서 현대인들의 미학적요구에 맞는 다양한 시대적운률을 창조한다.

제2절 인민구전가요작시체계와 그 음수률

1. 민요와 그 음수률

문학의 력사가 구전문학으로부터 시작되는것과 같이 시가의 력사도 바로 구전가요로부터 시작된다. 시가사의 막을 열어놓은 민요창작은 고대에 왕성하였으나 인멸된것이 적지 않다. 그리하여 현존하는 작품의 대다수는 그 전통을 이어받은 봉건말기에 창작된것이다.

민요는 로동가요, 의식가요, 세태민요, 풍요와 참요 등으로 갈라볼수 있는데 그중 가장 대표적인것은 로동가요이다.

민요의 한 형태인 참요는 예언적성격, 풍자적성격으로 특징지어지는데 그 예봉은 봉건통치자들의 폭정에 돌렸다. 이런 관계로 참요는 공개적으로 가창되지 못하였다. 참요는 9세기말 통일신라말기의 사회현실을 반영하여 창작되기 시작하여 13세기에 와서는 활발히 창작되였다.

원시사회에서 발생한 민요는 유구한 세월을 두고 면면히 계승되였다.

우리들은 우선 지난 시기 문헌을 통하여 일부 민요와 어떻게 창작되였는가를 알수 있으며 민요의 창작년대와 최초의 작자의 이름도 알수 있다.

우리는 《삼국유사》, 《삼국사기》, 《고려사》, 《문헌비고》, 《열하일기》, 《유양잡조》 등 력사적문헌을 통하여 고구려시기에는 《래원성》, 《연양》, 《명주》, 《인삼찬》과 같은 민요들이 창작되였고 백제시기엔 《산유화》, 《선운산》, 《무등산》, 《방등산》, 《지리산》, 《고유란》 등과 같은 민요와 참요 《백제는 둥근달바퀴》가 창작되였고 전기신라시기엔 《회소곡》, 《물계자가》, 《실혜가》, 《치술령곡》, 《해론가》, 《양산가》, 《대악》(碓乐) 등과 같은 민요들이 창작되였음을 알수 있다. 이가운데서 대부분 민요는 가사가 전해지지 않고 오직 민요 《인삼찬》과 참요 《백제는 둥근달바퀴》만이 가사가 한역되여 전해지고있다.

향가가운데서 현존작품이외에 더 많은 작품이 있어 민요와의 관계를 보여주는 작품이 많았으리라고 인정되나 유감스럽게도 《삼대목》(三代目)과 같은 귀중한 가집이 인멸된 관계로 그런 흔적은 오직 향찰로 적힌 《오라가》, 《서동가》에서 보게 된다. 《삼국유사》를 통하여 《오라가》는 7세기 전반기에 창작되였고 《서동가》는 6세기말—7세기초에 백제사람 서동에 의해 창작되였음을 알수 있다.

통일신라(7세기 후반기—9세기)시기의 참요로는 《삼국유사》 권2에서 《지리다도파가》, 《타라니은어》 등이 한역되여 전해왔다.

10세기—12세기엔 민요가 활발히 창작되였다고 한다. 리인로(1152—1230)는 《파한집》(破閑集)에서 이 시기 민요를 수집하여 묶은 《풍요선》까지 나왔다고 하였다. 그러면서 그는 고려 의종왕(1147—1170)년간에 어느 한 역사벽에 붙었다는 풍요 《해종일 밭갈아도》를 한역해놓았다. 고려 후반기 리제현의 《의제란고》(益齊乱毗) 권4 소악부에는 민요 《사리화》, 《장암》, 《거사련》, 《제위보》 등을 한역해놓았다. 《사리화》와 같은것은 14세기 리제현의 생존시기까지 전승되여왔다는것밖에 모른다. 고려시기의 참요로는 한역된 《묵책요》, 《보현찰》, 《아야가》, 《호목》, 《우대후》, 《서경성》 등이 전해왔는데 《문헌비고》, 《동국통감》, 《고려사》, 《동각잡기》 등의 문헌을 통해 알수 있다.

우리는 다음으로 작품에 반영된 시대배경과 내용에 근거하여 그 창작년대를 추측할수 있다.

례컨대 《쾌지나 칭칭나네》, 《강강수월래》, 《정방산성가》, 《전주기생 의암이》, 《왜장청정》 등은 내용상 임진조국전쟁(1592—1598)을 반영한것으로 하여 16세기에 창작된것임을 알수 있다.

우리들은 또 작품에 반영된 시대배경과 옛기록 및 전설이 일치한데 근거하여 그 작품의 창작년대를 판단할수 있는데 이런 경우는 많지 못하다.

그리하여 어숙권의 《패관잡기》(稗官杂记)에 한역되여있는 참요 《남산의 정》은 15세기 리성계시대의것으로 간주할수 있고 김안로의 《룡천담적기》(龙泉谈寂记)에 한역되여있는 《노구》(卢古), 《충의가 사모냐》 등은 15세기말—16세기초 연산군시대의 작품임을 알수 있다.

우리는 이상에서 16세기에 이르기까지의 민요발전의 일반에 대하여 고찰하였다. 이 시기엔 많은 민요들이 창작되였으나 적지 않은것들이 인멸되였는가 하면 어떤것은 가사는 전해지지 않고 노래이름만 전해지고있다. 리두로 적힌 《오라가》, 《서동가》 그리고 임진조국전쟁을 내용으로 한 몇편의 민요는 그 음수률을 엿볼수 있으나 그외 현존하는 민요의 가사는 한역되여있기에 그 내용은 알수 있지만 그 음수률은 구체적으로 이야기하기 어렵다. 이런 사정으로 하여 민요의 음수률은 주로 현존하는 민요작품의 민요의 음수률은 주로 현존하는 민요작품의 대다수를 차지하는 봉건말기에 창작된것들을 통해 고찰하게 된다.

그리고 많은 경우 잡가와 민요가 잘 구별되지 않는바 이것은 잡가도 3·4조, 4·4조를 기본토대로 한다는 점, 민요와 내용상 류사한 점 등으로 하여 인기된것이다.

그리하여 《새타령》, 《토끼타령》, 《농부가》, 《성주본풀이》 등과 같이 전통적으로 잡가로 취급한것은 잡가에서 취급하고 그외 잡가적민요는 민요에서 취급하기로 한다.

민요는 직접 인민들자신에 의하여 창작되고 인민들속에서 사랑을 받으면서 전승되여온만큼 인민들자신의 시며 음악이다. 그리하여 구전민요의 생기발랄한 시—음악적형상속에는 민족적향기가 진하게 풍기며 그 선률은 맑고 아름답다. 즉 민

요는 단어들의 결합에 의하여 이루어지는 음향의 음악성, 시
행들의 운률, 인민가요의 가락에 의하여 인민들의 기억속에
뿌리깊이 남은것으로 특징지어진다.

구전민요의 운률도 주요하게 일정한 음절군의 결합과 반
복에 의하여 이루어진다.

현존구전민요의 절대다수는 4음절군의 련속적반복으로 되
였는데 이것은 4·4조가 우리 민족의 호흡과정과 합치되기때
문이다.

평북녕변/찾아가자//
약산동에/찾아가자//
울긋불긋/무르녹아//
봉이마다/진달래요//
오를사록/승지로다//
약산동대/찾아가자//
제일봉을/올라서니//
학벽루가/이 아니냐// ·

（《녕변가》）

옥자동아/금자동아//
칠기천금/보배동아//
만첩청산/옥포동아//
오색비단/채색동아//

（《자장자장》）

민요에서 로동민요를 포함한 가창민요와 랑송민요의 음절
수는 서로 현저한 차이를 보인다.

랑송민요는 자체의 음절수에 의해서만 운률을 표현해야
하기에 4·4조에 충실한다.

고초당초/맵다더니//
시집살이/더맵더라//
시집삼년/살고나서//
미나리꽃/다피였네//

(《시집살이》)

반면에 로동민요를 포함한 가창민요는 상대적으로 음절군
의 결합이 다양하다. 그것은 가창민요는 음악과 결부되면서
상대적으로 음절수에 구애되지 않고 악곡운률의 힘으로 음악
성을 보장할수 있기때문이다. 운률에서 적지 않은 로동민요는
일반서정민요보다 정형률을 벗어나 자유분방한 특징을 가진
다. 로동민요가 각이한 작업과 각이한 로동의 률동과 밀접히
결부되여 불리우며 로동과정에서의 사람들의 감정정서를 민감
하게 그리고 보다 자유롭게 표현하려는데서 오는것이다. 그리
하여 가사의 음절과 운률이 조절되는데서 일반서정민요보다
자유률적이고 음수률에 구애되지 않는다. 이런데서 로동민요
는 가사의 매 행 단위에서 신축성이 생겨 자유률이 형성되고
불균등한 시행과 절들이 형성되였다.

에야라차 에헤라차
가래질은 소리가 날개로다

월출동산에 돋으신 해는
벌써 난중낮 되였구나
얼른 한참에 다 막아놓고 끝을 보잔다
우리 앞줄동무 어데서 왔는지
맹호같은 장수로구나
키같은 큰 가래로
부자집 막내딸 고리짝만큼씩 크게 떠도
크다작다 말도 없이 들고만 서린다

(《가래질소리》)

여기서는 벌써 시행속에 일정한 음절수의 제한이 없이 불규칙적인 자유률을 취하고있다.

구전민요에서는 4·4조가 기본이 되면서 3·3조, 3·4조, 4·5조, 5·5조, 6·4조, 6·5조 등이 쓰이였다.

3·3조:

물레야/돌아라//
가락아/싸려라//
시부모/보며는//
꾸중을/듣겠소//

(《물레타령》)

오르며/나리며//
나막신/소리에//
물만두/이밥이//

· 216 ·

중치가/메누나//

(《흥타령》)

3·4조:

아침엔/삼죽동이//
저녁엔/게죽동이//
낮이면/랭수동이//
밤이면/뜨물동이//

(《동이》)

4·3조:

에라얼싸/좋구나//
농사한철/해보세//
에라얼싸/좋은데//
무슨농사/해볼가//

(《농사타령》)

벼랑우의/진달래//
꽃중지왕/목단꽃//
구월달에/들국화//
잎이납작/접시꽃//
명지같은/함박꽃//

· 217 ·

허리가는/양귀비//

《꽃노래》

4·5조:

집에반초/심으지말아//
반초잎에/물지는소리//
없는 랑군/발자취소리//
귀에 쟁쟁/어리워서리//

《반초》

5·4조:

이논배미를/얼른 찢고//
웃논배미로/올라가자//

《뎅이소리》

5·5조:

울담밑에/꼴비는 총각//
외넘어갔네/외받아먹게//
받으란외는/제아니 받고//
요내손목만/휘갈마쥔다//

《외》

풍년이 왔네/풍년이 왔네//
금수강산에/풍년이 왔네//
지화자 좋다/어절시구나//

(《풍년가》)

6·4조(3·3/4):

팔르랑/팔르랑/공초댕기//
담장안에서/날속이네//
물레를/가주고/자사낼가//
낚시를/가주고/낚아낼가//

(《댕기》)

6·5조(3·3/5):

저놈의/가시내/눈매를 보소//
겉눈을/감고서/속눈만 떴네//

(《진도아리랑》)

누구를/보자고/이단장 했나//
님가신/나루에/눈물비 온다//

(《긴아리랑》)

적지 않은 민요들에서 찾아볼수 있는 음절군의 다양한 결

· 219 ·

합형태는 자유률의 연원으로 된다.

<pre>
강선루야/성천/강선루야//   4/2/4//
신선이/온다/강선루겠지//   3/2/5//
오라는/신선은/오지 않고//   3/3/4//
서울/날랑이만/오고가네//   2/4/4//
</pre>

《강선루야》

<pre>
함경도/큰애기//   3/3//
명태/잡으러/나간다더라//   2/3/5//
함경도/큰애기/다그러하겠니//   3/3/6//
명태잡는/곳이라/그렇겠지//   4/3/4//
에라/쩔어라/방아로구나//   2/3/5//
</pre>

《잦은 방아타령》

이런 가요의 불규칙적인 음절군배렬은 자유시에 못지 않다. 이것은 그의 운률구성이 자유률에 과도할수 있는 바탕을 가졌음을 말해준다.

2. 고려가요와 그 음수률

인민구전가요작시체계에서 높은 예술적경지를 개척한 고려가요는 구전가요에서 가장 빛나는 자리를 차지하는 시가유산이다.

고려가요는 고려시기에 인민들속에서 창조되여 입으로 전해내려오다가 우리 글자가 만들어진 다음인 15~16세기에 《약학궤범》과 《악장가사》라는 책에 우리 글로 기록되였는데 《동동》, 《정읍사》, 《가시리》, 《처용》, 《정과정》, 《정석가》, 《청산별곡》, 《서경별곡》, 《사모곡》, 《리상곡》, 《쌍화점》, 《만전춘》 등이 있다.

이가운데서 《동동》은 고구려의 가요이고 《정읍사》는 백제의 가요이고 《처용》은 신라시대의 노래이지만 이 가요들은 고려시기를 거쳐왔고 그 시기에 많이 불려졌으며 또 15~16세기에 우리 말로 고정될 때는 언어상 많은 변화를 가져왔다는것을 고려하여 편의상 고려가요에서 취급하기로 한다.

고려가요는 선행하는 향가와 더불어 직접적으로는 인민들의 구전악곡가사를 계승하였는데 시가의 운률형식이 음악적인데 그 주요특징이 있다.

고려가요는 정형시가 아니지만 그 음악적인 운률은 우선 일정한 음절수를 가진 시어들의 비규칙적이면서도 음악적인 배렬에 의하여 이루어진다.

고려가요중의 《정과정》은 예술적형식면에서 10구체향가형식을 계승하고있는데 음수률을 보면 2음절군이 우세다. 즉 《정과정》의 음수률은 2, 4음절군의 비규칙적이면서도 음악적인 배합에 의해 이루어졌다.

과도/허믈도// 천만/업소이다//
말힛/마러신뎌//
살읏브뎌/아으//
니미/나랄//하마/니자시니잇가//

아소/님하// 도람 드르샤/괴오쇼소//

《정과정》

고려가요중의 《동동》은 2음절군이 지배적인데 2, 3, 4 음절군의 비규칙적이면서도 음악적인 반복에 의해 운률이 이루어지고있다.

룩월ㅅ/보로매//
아으/별해 바톤/빗다호라//
도라 보실/니믈//
적곰/좃니노이다//
아으/동동다리//

《동동》 제7분절)

고려가요중의 《사모곡》, 《리상곡》, 《처용》, 《정읍사》도 음절군들의 비규칙적이면서도 음악적인 배합에 의해 운률이 조성되였는데 《정읍사》이외는 단절가요형식으로 되여있다. 이런 가요들은 3음절군을 기본으로 하면서 2, 4, 5 음절군을 배합시켜 다양한 운률을 조성하였다.

내 님/두압고// 년뫼랄/거로리//
이려쳐/뎌려쳐//
이려쳐/뎌려쳐/기약이잇가//

《리상곡》

이런 저긔/처용 아비옷/보시면//

열병신이아/회ㅅ가시로다//
칠급을/주리여/처용아바//
칠급을/주리여/처용아바//

《처용》

　　고려가요는 정형시가 아니지만 일부 가요는 정형시적특징
을 보여주고있다. 그리하여 《청산별곡》, 《가시리》, 《서경별
곡》, 《정석가》, 《쌍화점》, 《만전춘》 등의 분절가요들은 대체
로 일정한 음절군들을 규칙적으로 배합시켜 운률을 조성하고
있다.
　　《청산별곡》은 대체로 3·5조로 되여있고 《가시리》는 3·
6조, 3·5조를 주장으로 하고있다.

이링공/뎌링공 하야//
나즈란/디내와 손뎌//
오리도/가리도 업슨//
바므란/또엇디/호리라//

《청산별곡》 제4분절

가시리/가시리잇고//
(나난)바리고/가시리잇고//
나난 위 증즐가 대평성대

날려는/엇디 살라 하고//
바리고/가시리잇고//

· 223 ·

나난 위 증즐가 대평성대

(《가시리》제1, 제2 분절)

《서경별곡》은 3·3조를 주장으로 하고있다.

구스리/아즐가//
구스리/바회에/디신달//

(《서경별곡》제5분절)

《정석가》는 1, 2, 3, 4, 5 음절군을 다양하게 배합시켜 다양한 운률을 조성하였는데 대체로 6·4조(3·3/4)를 기본으로 하고있다. 이런 6·4조는 특히 매 분절의 첫 두행에서 많이 나타난다.

삭삭기/셰몰애/별혜 나난//
삭삭기/셰몰애/별혜 나난//
구은밤/닷되를/심고이다//

(《정석가》제2분절)

《만전춘》은 2, 3, 4 등 음절군이 쓰이였는데 3, 4음절군이 지배적이다. 이런 음절군들이 다양하게 배합되여 운률을 조성하였는데 그중에서 3·3조, 3·4조, 4·4조가 기본이다.

녁시라도/님을 한대// 녀닛경/너기다니//

넉시라도/님을 한대// 녀닛경/너기다니//
벼기/더시니// 뉘러시/니잇가// 뉘러시/니잇가//

(《만전춘》 제3분절)

《쌍화점》은 고려가요중에서 가장 정형적인 노래인데 2,
3, 4 음절군들의 규칙적인 배렬에 의해 운률이 조성되였다.
《쌍화점》에서는 4음절군이 위주로 쓰이였다.

　　《쌍화점》은 매 분절의 매 시행이 일정한 음절군의 규칙적
인 배합으로 되여있다.

　　　　4/4/4//
　　　　4/4/4//
　　　　4/4/4//
(다로러 거디러)　4/4//4/3//
(더러둥성 다리러디러 다리러디러 다로러 거디러 다로러)
　　　　4/2//2/3//
(위위 다로러 거디러 다로러)
　　　　3/2//4/2//

《쌍화점》 제1분절의 가사를 보면 다음과 같다.

쌍화점에/쌍화사라/가고신댄//
회회아비/내손모글/주여이다//
이마삼미/이점밧긔/나명들명//
(다로러 거디러) 죠그맛갓/삿기광대// 네마리라/호리라//
(더러둥성 다리러디러 다리러디러 다로러 거디러 다로러)

긔자리예/나도//자라/가리라//
(위위 다로러 거디러 다로러)
긔잔대/가타//덦거츠니/업다//

이상을 종합해보면 《정과정》,《동동》에서는 2, 3, 4 음절군이 쓰이였는데 2음절군이 지배적이다. 《사모곡》,《리상곡》,《처용》,《정읍사》에서는 주로 2, 3, 4, 5 음절군이 쓰이였고 《가시리》,《청산별곡》,《서경별곡》,《정석가》에서는 주로 3, 4, 5 음절군이 쓰이였는데 이 두 부류의 가요에서는 모두 3음절군이 지배적이다.

《만전춘》,《쌍화점》에서는 주로 2, 3, 4 음절군이 쓰이였는데 《만전춘》은 3, 4 음절군이 지배적이고 《쌍화점》은 4음절군이 지배적이다.

그리하여 고려가요의 음수률은 2, 3, 4 음절군이 지배적이라 할수 있다.

음절군의 배합에서 정형시적분절가요에서는 주로 3·3조, 3·4조, 4·4조, 3·5조 등이 쓰이였다.

고려가요에서 5음절군과 3·5조의 사용은 시조의 3·5조에 영향을 주었고 3, 4음절군의 사용과 음절군배합에서 3·3·4와 4·4 등은 경기체가에 영향을 주었다.

제3절 정형시작시체계와 그 음수률

1. 향가와 그 음수률

조선에서는 기원전 오랜 시기로부터 한자를 리용하여 서

서수단으로 삼았는데 전기신라(6세기말—7세기초)에서는 한자의 소리와 새김을 리용하여 조선말을 적은 이른바 향찰을 창안하였다.

사뇌가 또는 향가란 본래 신라노래 또는 조선의 고유의 노래라는 의미로 쓰이였으나 그후 자기의 개념을 좁히게 되였다. 그리하여 오늘날 우리가 말하는 향가란 향찰로 씌여진 가요를 가리킨다.

현존하고있는 작품으로는 《삼국유사》에 실린 신라향가 14수와 1075년 혁련정(赫連挺)의 《균여전》에 실린 균여향가 11수 그리고 《평산신씨 고려태사 장절공유사》(平山申氏 高丽太师 壮节公遗事)라는 책에 실린 고려 예종의 《추도가》(《도이장가》라고도 함)를 해서 도합 26편이다.

신라시기엔 향가창작이 매우 왕성했는데 8세기전후가 향가전성기였다.

문헌을 통해 우리는 현존하는 신라향가 14편이외에도 신라시기에 많은 향가가 창작되였음을 알수 있다.

《삼국사기》 권11 신라본기 제11의 진선왕 2년조에는 다음과 같이 적혀있다.

《왕이 각간(角干) 위홍(魏弘)과 더불어 좋아했는데 이때로부터 위홍이 늘 궁중에 들어와서 권리를 잡았다. 이에 그로 하여금 대구(大矩)란 중과 함께 향가를 모아서 수정하게 하고 그 책을 삼대목(三代目)이라 이름지었다고 한다. 》

여기서 알수 있는바 9세기말에는 향가집 《삼대목》까지 편찬되였는데 유감스럽게도 인멸되고말았다.

《삼국유사》의 저자는 자기 저서의 도처에서 향가의 인멸에 대하여 지적하고있으며 월명사의 《산화가》(散花歌)는 알면서도 길기에 적지 않는다고 하였으며 《신공사뇌가》(身空词脑

歌)는 저자가 불명하므로 알수 없다고 하였다. 그리고 《앵무가》(鸚鵡歌), 아간(阿干)의 《신회가》(神会歌), 세 화랑이 지어 대구에게 바쳤다는 노래 등도 가사는 전해지지 않고있다.

향가는 12세기 전반기까지 존속되여오다가 점차 그 흔적을 감추고말았다.

향가는 구전가요의 전통을 직접 계승하여 그것을 개인서정가요로 더욱 발전시켰으며 구두문학을 서사문학으로 전환시켰으며 기승전결과 분단, 분행법 그리고 시가운률의 민족적원류를 형성하였다.

향가는 일정한 운률을 가진 정형시이다. 향가는 정형시이지만 구수의 고정만 본 정형시로서 시행내부에서의 음절군조직의 정형은 이루지 못하였다. 이리하여 우리 민족시가에서의 정형시는 음절수량의 엄밀한 정형으로부터 시작된것이 아니라 시행의 정형으로부터 시작된다.

> 울워리/치매//
> 나토샨/다리//
> 흰 구름/조초 뗘간/안디하//
> 므리/파란/나리여해//

(《기파랑가》)

〔현대의역〕

> 우려려 보니
> 뚜렷한 저 달은
> 흰 구름 좇아서 떠가지는 않거니
> 물이 파란 나루가에

여기서 보다싶이 향가는 음절군의 일정한 결합과 그 규칙적반복에 의하여 운률이 이루어지는 정형시는 아니다. 향가는 행수의 고정, 3분단기승전결의 리용(발전된 10구체향가인 경우), 후구의 설정과 후구 첫음절군에서의 감탄사의 삽입 등은 아직 시행내부의 음절군조직의 정형은 이루지 않아도 그를 정형시로 되게 하였다.

향가는 불규칙적이지만 일정한 음절군들의 배합과 두행의 대응관계에 의하여 운률이 조성되고있다.

우선 14편의 신라향가의 음수률을 보기로 하자.

녜/동ㅅ 나라//
건달파의 놀온//잣하란 바라고//
예ㅅ군도/옷다//
봉 살얀/가애고야//
세 고즤/오람 보샤오리 듣고//
달도 브지리/혜렬 바에//
길 쓸 벼리/바라고
혜성야 살바야/사라미 잇다//
아야
다라라/뗘가잇다라//
이 버댜/잣브솜 혜ㅅ기 이실고//

(《혜성가》)

〔현대의역〕
　　　　동쪽 옛나루

건달파 노니는 고장을 바라보고
왜병이 들어왔다
봉화를 올린 국경이고나
세 화랑이 명산유람 가련다 듣고서
달수를 부지런히 헤여갈제
길 쓸 별을 바라보고
혜성이라 여쭙는 사람이 있다
아야
드르르 떠갔더라
이 벗아 께름한 혜성이랄것이 있을가

이 향가의 음수률을 도표로 보면 다음과 같다.

$$\left[\begin{array}{l} 1/3// \\ 4\cdot 2//3\cdot 3// \\ 3/2// \\ 3/4// \end{array}\right.$$

$$\left[\begin{array}{l} 3/2\cdot 4\cdot 2// \\ 2\cdot 3/4// \\ 2\cdot 2/3// \\ 3\cdot 3/3\cdot 2// \end{array}\right.$$

$$\left[\begin{array}{l} 2/3\cdot 5// \\ 3/3\cdot 2\cdot 3// \end{array}\right.$$

여기서 보다싶이 《혜성가》는 31개의 음절군으로 이루어졌는데 2음절군이 10개, 3음절군이 15개, 4음절군이 4개, 1음절군과 5음절군이 각각 한개이다.

이와 같이 신라향가에서는 2, 3 음절군이 많이 쓰이고 그

외 4음절군이 일부 쓰이였다. 즉 신라향가에서는 주로 2, 3
음조의 불규칙적인 배합에 의해 운률이 조성되였다.

그리고 도표가 말해주는바와 같이 향가에서의 내외구대응
의 운각들은 2, 3, 4 음절군의 다양한 리용에 의거하였으며
그의 대응력, 호응력도 아직 정제되지 못하여 그 내외구대응
은 매우 산만하고 불명확하다.

균여향가는 2, 3, 4 음절군의 불규칙적인 배합에 의하여
운률이 조성되였다.

불가락/자밤마 //

불전등을/고티란대 //

등주는/수미야 //

등유는/대해 일우고야 //

소난/법계 맛다로기 하며 //

소내마다/법ㅅ공으로 //

법계 차샨/부텨 //

불불 두루/갓 공하삽져 //

아야 /

법ㅅ공사 하나 //

이어의 바/최승공야 //

《공양가》

〔현대의역〕

부처를 잡을지어다

부처앞의 등불을 돋울제

심지는 수미산 같고나

기름이 큰 바다를 이루어라

법계가 다하도록 두손을 가지고
손마다 법공으로
법계에 가득히 찬 부처
모든 부처 두루두루 가지 공하오리
아야
법공이야 많아도
이거 봐, 최승공(最勝供)이야

　《공양가》의 음수률을 도표로 보면 다음과 같다.

$$
\begin{bmatrix}
3/3// \\
4/4// \\
3/3// \\
3/2 \cdot 4//
\end{bmatrix}
$$

$$
\begin{bmatrix}
2/2 \cdot 4 \cdot 2// \\
4/4// \\
2 \cdot 2/2// \\
2 \cdot 2/1 \cdot 4//
\end{bmatrix}
$$

$$
\begin{bmatrix}
2/3 \cdot 2// \\
3 \cdot 1/4//
\end{bmatrix}
$$

　이 도표에서 보다싶이 《공양가》에서는 도합 28개의 음절군이 쓰이였는데 2음절군이 11개, 3음절군이 7개, 4음절군이 8개, 1음절군이 2개이다.
　이와 같이 균여향가도 신라향가와 마찬가지로 2, 3 음절군이 많이 쓰이였고 4음절군이 적지 않게 쓰이였다. 신라향가와 다른 점이라면 4음절이 많이 쓰이는 추세를 보여주는것이다. 이것은 신라향가에서는 4음절이 3음절보다 더 많이 쓰인 작품이 한편도 없지만 균여향가에서는 《부처가》, 《여래가》, 《공양가》, 《중생가》, 《회향가》 등 5편에서 4음절이 3음절보다 더 많이 쓰인것으로 설명된다.

음절군 향가명	1	2	3	4	5	6	7
부처가		14	2	9			1
여래가	2	13	4	8	1		
공양가	2	11	7	8			
중생가	3	14	3	4	1	1	2
회향가	5	19	5	6			

모두어말하면 신라향가에서는 2, 3 음절군을 기본으로 하였고 균여향가에서는 2, 3 음절군을 기본으로 하면서 4음절군을 적지 않게 리용하였다.

그리고 향가는 정형시적작시체계로서의 엄격한 음절수의 격식을 완성하지 못한 과도단계에 처해있었고 시행내부에서의 성음상 대외구대응은 강하지 못하였고 정형시로서의 균형성도 이루지 못하였다.

2. 경기체가와 그 음수률

향가의 뒤를 이어 13세기에 경기체가가 나타났다. 경기체가는 조선어정형시작시체계의 두번째 민족시가형태이다.

경기체가는 구의 고정, 향찰표기법의 적용, 락구의 리용 등 향가형식을 이어받았으며 다른 한편으로 분절가요라는 점, 《별곡》이라는 이름, 후렴구의 리용, 음절수의 고정 등 방면에서 고려인민서정가요와도 관련을 가지는 정형시이다.

경기체가는 13세기 전반기에 《한림별곡》에서 시작되여 14세기에 안축의 《관동별곡》, 《죽계별곡》 등에 리용되였다. 리조에 와서도 경기체가는 한동안 류행되였는데 《악장가사》에는 리조초기의 작품 《유림가》, 《화산별곡》(변계량), 《상대별곡》(권근), 《오륜가》, 《연형제곡》 등 5편이 실려있다. 그리고 《자암집》(自庵集)에 김구의 《화전별곡》, 《무릉잡고》(武陵杂稿)에 주세붕의 《도동곡》, 《륙현가》, 《엄연곡》, 《태평곡》, 《송암속집》(松岩续集)에 권호문의 《독락팔곡》 등이 전해지고 있다.

경기체가는 량반문인들에 의하여 창조된 시가형식으로서 사상예술적으로 볼만한 작품이 없으나 조선어정형시가의 력사적발전과 관련되여있다는 점에서 의의를 가진다.

경기체가는 13세기 전반기에 산생하여 쓰이다가 내용에 따르는 시어의 고답성, 후렴구의 고답성, 운률이 우리 인민의 호흡률과 부합되지 못한 점으로 하여 16세기에 자취를 감추었다.

경기체가의 형식상특징은 그것이 분절가로 된 6구체의 음절수고정이라는데 있다. 즉 매 절은 6구체에 음절수가 고정되여있다. 경기체가의 가장 전형적인 형식은 《한림별곡》에서 볼 수 있는데 조선시가사상 음절수의 최초의 고정을 본 작품이다.

3 3 4

              3 3 4
              4 4 4
              위 / 3 // 3 / 4 //
              4 / 4 // 4 / 4 //
              위 / 3 // 3 / 4 //

《한림별곡》의 제5분절을 례로 보이면 다음과 같다.

            红牡丹　白牡丹　丁红牡丹
            红芍药　白芍药　丁红芍药
            御柳玉梅　黄紫蔷薇　芷芝冬柏
            위 / 间发人景 // 긔 엇더 / 하니잇고 //
            合竹桃花 / 고온 두분 // 合竹桃花 / 고온 두분 //
            위 / 相映人景 // 긔 엇더 / 하니잇고 //

　　이와 같이 음절수의 정형화는 조선정형시의 발전력사에서 큰 의의를 가진다. 그것은 인민구전가요와 향가의 기본음절수를 정형화하고 그의 배치를 규칙적반복형태로 엄격히 규격화한데 있다. 즉 조선시가의 음절수구성원리는 이전에는 실천적 탐구과정에 있었다면 경기체가에서는 음절군의 조직원리를 확정한 셈이다. 그리하여 음절수조화에 의한 운률조성법은 조선시가발전상 이 시가형태가 과도적단계로 된다. 경기체가에 고정된 3, 4 음절군, 4·4조와 3·3·4와 같은 음절군배합형태는 그의 연원이 구전가요나 향가에 있었으나 이를 더욱 공고화하고 뚜렷이 하였다.

　　경기체가는 비록 시행이 고정되고 음절수의 정형화를 이룬 정형시이지만 운률이 우리 인민의 호흡에 맞지 않아 운률적인 노래로 되지 못하였다.

내외구 성음적대응을 구분할수 있는 행은 4~6행인데 여기서는 《위 3//3·4//》, 《4·4//4·4//》와 같이 되여 우리 민족시가의 운률적관습을 구현하고있다.

그러나 1~3행에서는 내외구대응에 의한 운률조성원리를 잘 구현하지 못하고있다. 《3/3/4//》는 우리 인민의 운률관습과 거리가 멀며 《3/3·4//》나 《3·3/4》도 우리 인민의 호흡률과 잘 맞지 않는다. 그렇다고 하여 1, 2행을 《3·3·4/3·3·4//》와 같이 구획한다면 정형시작시체계의 규범으로서는 너무나도 자의적이다. 이런 조잡성은 제3행의 《444》에서 더욱 우심하게 나타난다.

경기체가의 창작경험은 우리들에게 시가의 운률은 결코 자수의 규격화로만 이루어질수 없으며 음절수의 결합에 의하여 호흡률에 순탄성이 부여되여야 하며 성음상 내외구대응관계가 잘 구현되여야 한다는것을 보여준다.

리조에 와서 경기체가는 점차로 본래의 음절수류형을 깨뜨리기 시작하였다. 《도동곡》, 《태평곡》, 《륙현가》, 《동락팔곡》에 이르러서는 음절이 4음절을 위주로 하면서 3, 4, 5 음절을 혼용하고있으며 시행에 제한이 없어졌고 한련에서의 전후반부의 구별조차 없어졌다. 경기체가는 이와 같이 그 운률형식의 부자유로 인하여 허물어지고말았다.

天之涯　地之头　一点仙岛
左望云　右锦山　봉내고내
山川奇秀　钟生豪俊　人物繁盛
위　天南胜地　人景　긔엇더하니잇고
风流酒色　一时人术（再唱）

위 날조차 몇분이신고(제1장)

(중략)

京洛繁华야 너는 불오야
朱门酒肉이야 너는 불오냐
石田茅屋 时和岁丰
乡村会集이야 너는 됴하노라(제6장)

《화전별곡》

여기서 보다싶이 1장과 6장은 현저한 차이를 가지는바 6장에서는 경기체가의 흔적을 찾아보기 어렵다.

총적으로 경기체가는 조선시가사상에서 최초의 음절수의 고정형식이였을뿐아니라 시조, 가사체의 선행형식으로 간주된다. 즉 시조, 가사체의 3·4조, 4·4조의 선행형식으로 되여 있다. 특히 경기체가는 시조의 형식 즉 6구형식, 3·4조의 음절수고정, 락구의 흔적 등에 줄을 잇는 과도적인 조선어정형시형식이다.

3. 시조와 그 음수률

시조는 대체로 14세기에 경기체가의 뒤를 이어 산생한 조선어정형시형식인데 조선시가사상에서 보다 세련되고 발전된 시가형식중의 하나이다.

시조는 향가, 고려가요, 경기체가 등 선행시가의 전통을 계승하여 14세기에 합법칙적으로 산생하였는데 17세기에 더욱 성행하였고 18세기에 이르러서는 서민계층에 리용되면서 엇시조, 사설시조로 발전하였다. 19세기에 들어서면서 시조는 가창으로 널리 보급되였으나 시조형식으로는 구체적인 묘사를 요구하는 시대의 미학적요구를 충분히 만족시킬수 없어 새로운 창작성과를 보지 못하였다.

시조의 형식상특징은 3장6구, 12음절군, 40여자의 정형시라는데 있다. 즉 초장, 중장, 종장의 3개 장으로 된 6구체의 음절수고정단절가라는데 있다.

시조는 기본적으로 3, 4음절군을 규칙적교차법에 의하여 반복시킴으로써 운률을 조성하였다. 즉 시조는 경기체가와 같이 3·4조, 4·4조를 기본으로 하면서도 종장에 《3/5 // 4/3 // 》의 음절군배합을 투입하였다.

평시조의 운률조직은 고정불변한것이 아니고 작품에 따라 약간의 가감이 있으나 대체로 다음과 같다.

3/4 // 3(4)/4 // ·········초장

3/4 // 3(4)/4 // ·········중장

3/5 // 4/3 // ·········종장

평시조에서는 1행내의 두 음절군이 정제된 내외구를 이루면서 대응하며 이 음절군배합이 다시 다음의 두 음절군의 배합과 음향상 대응을 이루는 형식으로 조선시가운률의 기초를 구현하였다

<u>동창이</u> / <u>밝았느냐</u> // <u>노고지리</u> / <u>우지진다</u> //
　3　　　　4　　　　　4　　　　　4

<u>소치는</u> / <u>아희들은</u> // <u>상긔아니</u> / <u>일었느냐</u> //
　3　　　　4　　　　　4　　　　　4

재넘어 / 사래긴밭을 // 언제갈려 / 하나니 //
  3   5   4   3

여기서 보다싶이 시조는 1행 2구가

3 / 4 // 4 / 4 // (초중장)
  ①   ②

3 / 5 // 4 / 3 // (종장)
  ①   ②

과 같이 서로 대응되여 운률을 조성하였다.

시조에서 《3/4//3/4//》로 복합시킨것은 정형률적시가로서의 높은 기교를 말해준다. 시조문학의 3/4교차반복은 굴곡과 파동을 비교적 잘 표현할수 있는 음절교차방법이다.

시조는 기본음조 3/4가 네번 반복되는 단조성을 극복하기 위하여 종장에서 《3/5//4/3》의 변화를 준 작시기교를 보여준다. 종장의 이 음수조직은 초중장에서 내려오는 시의 사상감정을 결론지어야 할 기승전결의 내용상 과업을 해결하는데 적응시킨 형식이다. 종장의 이 음수조직은 시조의 기본음조를 파괴하지 않으면서 운률의 다양성을 보장하였다.

시조는 그 대응법을 《3/4//3/4//》하나로 일률적으로 고식화한데 그의 시대적제약성이 있다.

시조는 초기에 비교적 정제된 기준형에 따라 창작되였으나 차차 음절수가 많거나 적은 작품들이 더 많이 나타났다.

엇시조와 사설시조는 형식에서 평시조와 다른 큰 변화를 보여주는데 엄격한 정형률이 흐려지기 시작했고 엇시조에선 어느 한 장이 길어져서 그 장에선 시조의 원형을 찾아보기 힘들며 사설시조는 이야기식으로 매 장이 씌여져서 평시조의 원형을 거의 찾아보기 힘들다.

그러나 엇시조와 사설시조도 시조인만큼 3·4조의 음수률이 보존되고있으며 3개 장의 형식이 그대로 남아있다.

엇시조의 례:

저멋고져 저멋고져 열다섯만 하였고저
어여쁜 얼굴이 내가에 섰는 수양버드나무 광대등걸이 되
거고나
우리도 소년행락이 어제런듯 하여라

(《청구영언》)

사설시조의 례:

바독이 검둥이 청삽사리중에 조 노랑암캐 같이 얄뮙고 잣
믜오랴
믜온님 오게 되면 꼬리를 회회치며 반겨내닫고 고온님 오
게 되면 두발을 벗듸듸고 코살을 찡그리며 무르락 나오락 캉
캉 짖는 요 노랑암캐
이튿날 문밖긔 개 사옵세 웨는 장사 거거드란 찬찬 동혀
내여 주리라

(《청구영언》)

시조는 민족적고전시가의 한 형태로서 오늘날 창작분야에
서 평시조, 련시조 등이 계속 리용되고있으며 독자들의 사랑
을 받고있다.

• 240 •

4. 가사(歌辞)와 그 음수률

　　민족시가형식으로서의 가사란 향가, 고려가요, 경기체가, 시조 등 시가형식을 제외한 3·4조, 4·4조에 의해 분절없이 시행을 잇닿아쓴 음절수고정의 장가형식을 말한다.

　　가사는 우리 민족 시가사상 네번째로 출현한 정형시이다.

　　가사는 생활과 감정을 폭넓게 반영하기 어려운 경기체가나 시조의 형식상 제한성을 극복하고 발생하였는데 향가, 고려가요, 경기체가의 긴 노래 형식의 경험을 발전시켜 락구와 후렴구를 떼버리고 행수를 한정없이 늘여간다.

　　가사는 이전 조선시가들이 의거하던 여러가지 음수률가운데서 3·4조, 4·4조를 기본음조로 하였는데 가사내부에서 다양한 형식을 보여주고 시대에 따라 일정한 변화를 보여주기에 한마디로 그 구체적인 음수률을 말하기 어렵다.

　　가사의 첫 작품은 15세기중엽 정극인(1401～1481)의 《상춘곡》이다. 15세기에 발생한 가사는 16세기에 들어와 더욱 성행하였는데 정철의 《관동별곡》, 《사미인곡》, 《속미인곡》, 《성산별곡》과 리황의 《환산별곡》, 차천로의 《강천별곡》, 박인로의 《태평사》 등을 들수 있다. 지금 전하는 16세기 부녀가사로는 허란설헌의 《규원가》, 《봉선화가》 그리고 무옥의 《원부사》 등을 들수 있는데 이것은 부녀가사의 선구로 된다.

　　15～16세기 가사의 음수률을 보면 3·4조, 4·4조를 기본으로 하고있으나 3·4조가 4·4조보다 더 많이 쓰이고 음절군들의 배합류형도 퍽 다양하였다.

　　정철의 《속미인곡》을 구체적으로 보면 다음과 같다.

$$3 \cdot 4조 \qquad 38개$$
$$4 \cdot 4조 \qquad 29개$$
$$3 \cdot 3조 \qquad 12개$$
$$2 \cdot 4조 \qquad 12개$$
$$2 \cdot 3조 \qquad 3개$$
$$4 \cdot 3조 \qquad 1개$$
$$3 \cdot 2조 \qquad 1개$$
$$기타 \qquad 1개$$

여기서 보다싶이 《속미인곡》은 97개 행인데 그중 3·4조가 38개이고 4·4조가 29개이다. 이와 같이 15~16세기 가사에서는 3·4조가 4·4조보다 더 우세를 차지하였다. 그리고 음절군배합류형도 3·4조, 4·4조이외에 3·3조, 2·4조, 2·3조, 4·3조, 3·2조와 같이 퍽 다양하였다.

음절군류형에서 매 행의 두번째 음절군은 기본상 4음절을 견지하고 첫번째 음절군은 2, 3, 4와 같이 불규칙적인 특징을 가진다.

제가난/저각시님 //	3/4 //
본댓도/한저이고 //	3/4 //
천상 /백옥경을 //	2/4 //
어지하야/리별하고 //	4/4 //
해다져/져믄날에 //	3/4 //
눌을 보라/가시난고 //	4/4 //

(정철 《속미인곡》)

17세기에 창작된 가사작품으로는 박인로의 《선상탄》, 《루항사》, 《사제곡》, 《독락당》, 《로계가》 등과 윤선도의 《어부사시가》 등을 들수 있다.

17세기 가사도 15~16세기 가사와 같이 3·4조가 4·4조보다 우세를 차지하고 음절군배합류형도 다양했는데 4·4조가 15~16세기 가사에서보다 더 많은 비중을 차지하는 추세를 보여주었다.

이 시기 가사는 평민들에게 리용되면서 일정한 변화를 가져와 창곡과 결부된 잡가로 이루어지기 시작했다. 이 시기 잡가로는 《백구사》, 《상사곡》, 《춘면곡》, 《황계가》 등을 들수 있다. 잡가의 음수률을 보면 일반가사와 달리 자유로운 시가형식을 취하는 경향을 보여주었다. 《춘면곡》은 3·4조, 4·4조로 되고 《상사곡》은 4·4조로 되였으나 《백구사》, 《황계가》는 운률조성의 자유형식을 취하는 경향을 보여준다.

<blockquote>
병풍에/그린 황계//   3/4//

두나래를/둥둥치며//   4/4//

사경일점에/날새라고   5/4//

꼬끼요울거든/오려는가//   6/4//

어허야아자/좋을시고//   5/4//
</blockquote>

(《황계가》 제3분절)

평민들의 창작에로의 진출로 하여 18세기엔 가사가 잡가, 부녀가사, 기행가사 등으로 분화되여 발전하게 되였다.

18~19세기에 창작된 《석별가》, 《사친가》, 《사봉가》, 《추풍감별곡》 등 부녀가사와 《만언사》(안조환), 《북천가》(김

진형),《한양가》(한산거사),《일동장유가》(김인겸),《연행가》
(홍순학),《표해가》(리방익) 등의 기행가사 그리고《농가월령
가》,《속사미인곡》(리진유),《별사미인곡》(김춘택),《희설가》
(홍계영), 작자미상인《선루별곡》,《초당문답가》, 신가인《성
주본풀이》 등 일반가사는 전시기 가사와 달리 3·4조, 4·4
조의 규칙적반복에 의하여 운률이 조성되였다.

　　잡가는 기본적으로 가사의 률조에 토대하여 창조된 가사
의 변종인데 리조말기부터는《기나리》,《배따라기》,《천안삼
거리》,《닐리리야》,《도라지타령》,《어랑타령》 등 민요들이
잡가로 불리워졌고 또 잡가도 인민들속에서 입으로 전해지면
서 민요와 섞이게 되였다. 그리하여 형식적측면에서 가사의
기본운률인 3·4조, 4·4조를 토대로 하고있으면서도 보다 자
유로운 시가형식을 취하고있다. 18～19세기 잡가의 음수률을
구체적으로 보면 다음과 같다.

　　《천안삼거리》,《이팔청춘가》는 3·3조로 되였고《담바구
타령》은 4·4조로 되여있다.

　　　　　　　　　월색이/명랑해//　　　　　3/3//
　　　　　　　　　회포가/있거든//　　　　　3/3//
　　　　　　　　　옛일을/공부코//　　　　　3/3//
　　　　　　　　　새일을/배호소//　　　　　3/3//

　　　　　　　　　　　　　　　　　　　　　《이팔청춘가》

　　　　　　　　　청동화로/백탄숯을//　　　4/4//
　　　　　　　　　이글이글/피아놓고//　　　4/4//

　　　　　　　　　　　　　　　　　　　　　《담바구타령》

단가 《고고천변》, 《죽장망혜 단표자로》, 《부모생육하여》, 《하사일 초파일》, 《한송정》 등과 《농부가》, 《새타령》, 《토끼타령》, 《십장가》, 《제전》 등은 3·4조, 4·4조를 토대로 하고있으면서도 때로는 음절수의 균형을 깨뜨리고 시적정서를 표현하고있다. 즉 3,4음절군이외에 2, 5, 6 등 음절군을 서로 배합해서 다양한 운률을 조성하였다.

무곡통한섬에/칠분오리해도//   6/6//
오리가 없어/못팔아먹고//   5/5//
저 방정맞은/할미새//   5/3//
경술년/대풍시절에//   3/5//
쌀을량에/열두말씩해//   4/5//
굶어죽게 생긴/저 할미새//   6/4//

《새타령》

《기나리》, 《배따라기》, 《연분홍저고리》, 《수심가》, 《엮음수심가》, 《매화가》, 《호미타령》, 《흥타령》, 《닐리리야》, 《도라지타령》, 《사발가》, 《어랑타령》, 《난봉가》 등은 3, 4음절군을 토대로 하면서 파격적인 운률을 갖고있는데 일반가사의 단조로움을 떠나서 자유분방한 격조를 보여준다.

연분홍저고리 님길소매
너 입기 좋고 나 보기 좋구나
아공아공 송화로다

《연분홍저고리》

도라지도라지 백도라지
강원도금강산 백도라지
한두뿌리만 캐여도
대바구니가 스리살살 넘는다

　　　　　　　　　　《도라지타령》

바람세 좋다고 돛달지말라
몽금이 포구 들렸다 가렴

　　　　　　　　　　《기나리》

　　이리하여 잡가는 20세기초의 자유시형식과 계승적관계를
가진다.
　　총적으로 말하여 가사체시가에서의 운률적기초는 그 내외
구대응을 시조문학보다도 더 단일화하였으며 런도 없이 두 음
절군의 배합을 장편적으로 련결하였다. 이리하여 가사체시가
는 조선시가의 성음상 내외구대응의 운률적기초원리를 보편화
하고 대중화하는데 일정한 역할을 수행하였다.

5. 창가와 그 음수률

　　선행시기 시가 특히 가사문학의 유산을 계승혁신하여 19
세기말—20세기초에 새로운 정형시형식으로 나타난 창가는 그
당시의 사회생활을 반영하였다. 창가는 무너져가는 봉건제도
의 태내에서 형성된 자본주의적 제관계에 기초하여 발생하였

으며 반봉건, 문맹개화의 시대적요구를 반영하여 갑오개혁 (1894)이후 급격히 발전한 시가의 새 쟝르이다.

그리하여 이 시기엔《동심가》(1896),《학도가》(1907), 《득의천지》(1908),《신문가》(1896),《상봉유사》(1906),《한반도》(1910),《개꼬리3년》(1909),《소년남자가》(1909) 등 많은 창가들이 창작되였다.

시가형태상으로 본 창가의 특점은 내용에서의 계몽적정론성과 형식에 있어서의 가사형식의 계승과 새로운 운률적혁신 그리고 표현에 있어서의 현대적음악성이다.

창가는 시가사상 중세기 고전시가에서 현대시에로 이행하는 과도적시가형태로 된다. 감정과 시어에서 현대에로의 지향이 강하게 반영되였으며 표현의 현대적성격, 정형률의 파괴와 자유률에로의 지향 등이 나타나고있다.

창가는 그 형식에 있어서 재래식시가에 지배적이였던 음수률법칙에 의거하면서도 그 음수률은 비교적 자유로왔다.

초기창가들은 4·4조가 지배적이였다.

범을보고/개그리고//	4/4//
봉을보고/닭그린다//	4/4//
문명개화/하려하면//	4/4//
실상일이/제일이라//	4/4//

(《동심가》)

아마도/이목수는//	3/4//
양공중/제일이라//	3/4//
헌연목과/헌기둥을//	4/4//

그대로나/반듯세워//   4/4//
아무리/풍우라도//   3/4//
삼우전복/없이하여//   4/4//
공평렴직/벽을치고//   4/4//

《신문가》

이런 형식은 정형가사작시체계라는 점에서는 가사문학과 다름이 없다. 그것은 3·4조, 4·4조의 반복으로 되여있기때문이다.

그후 창가의 음절수는 점차 내용의 요구에 따라 7·5조(3·4·5), 8·5조(4·4·5), 6·5조(3·3·5)로 발전하여 운률을 다양하게 조성하였다.

학도야/학도야/청년학도야//   6/5//
벽상의/패종을/들어보시오//   6/5//
한소래/두소래/가고못오니//   6/5//
인생의/백년가기/주마같도다//   7/5//

《학도가》

창가 《학도가》는 6·5조로 되였는데 운률은 《6/5》와 같이 대응되는데서 이루어졌다.

6대주/대륙의/형편살피니//   6/5//
양육강식과/우승렬패라//   5/5//
국권을/보존하고/동포구제는//   7/5//

• 248 •

우리들/쌍견상에/달린의무라//   7/5//
혈루를/휘새하고/분발심으로//   7/5//
실지상/학문을/연구합세다//   6/5//
일신이/영귀하고/일국흥망은//   7/5//
학문일사/밖에는/다시없겠네//   7/5//

《권학가》

여기서 보다싶이 《권학가》는 7·5조를 기본음조로 삼고있다.

이상에서 언급한 사실을 통해 창가의 음수률과 그 변화과정을 찾아보게 된다.

창가는 4·4조, 3·4조, 5·5조, 6·5조, 7·5조, 8·5조 등 다양한 음수률에 의거하고있다. 이것은 운률조직의 기본단위가 일정한 음절군으로 되여있음을 말해준다. 경우에 따라 동일한 음절군이 규칙적으로 반복되기도 하고 일정한 음절군이 불규칙적으로 반복되기도 한다.

창가는 그 발전초기에 주로 4·4조가 지배적이였는데 다양한 현실생활을 반영하는 가운데서 점차 4·4조가 자취를 감추면서 다양한 음조로 쓰이였다. 이는 창가가 자유시에로 발전하는 과도적단계에 속함을 의미한다. 즉 창가는 중세기시가로부터 현대자유시를 산생시키는 교량적작용을 놀았다.

례컨대 《상봉유사》는 우선 그 사상감정이 현대자유시에 접근하였을뿐아니라 그 운률조직에서 4·4조나 6·5조 등 창가와 달리 자유시에 접근하고있는 형식적특징을 보여주고있다.

청년들아 참 분하고나
저원쑤가 참 분하고나
저원쑤를 다 몰아내고
평천하 소원이로세
언제나 언제나
개선가를 높이부를가

《상봉유사》 제2절)

보는바와 같이 그 시행에서의 시어 배렬은 4·4조, 6·5조, 7·5조 등을 깨뜨리고 4·5조를 보다 자유로운 시문장으로 조직하고있는데 이것은 창가가 자유시의 선구자로 되고있음을 말해준다.

이리하여 1910년대에 자유시가 나오게 되였다.

6. 항일가요와 그 음수률

항일가요는 선행시기 가사나 창가의 유산을 계승하였다. 즉 항일가요에서는 형식적면에서 전시기가요의 전통을 이어받아 4·4조가 쓰이였고 창가의 전통을 이어받아 6·5조, 7·5조, 8·5조 등이 쓰이였다. 그러나 항일가요는 그 내용과 형식 전반에 있어서 새로운 본질적특징을 가지고있다.

항일가요는 혁명적내용의 가사나 현대음악과의 결합에서 오는 시가의 강한 음악성을 갖는다. 그리하여 속도가 빠르며 탄력성있게 압축된, 앙양된 정서적운률이 특징적인데 기본적으로 집단적행동에 맞는 음조를 선택하고있다.

항일가요의 운률조성에서는 음절군의 규칙적인 다양한 배

합이 중요한 의의를 갖는다. 그 운률은 3， 4， 5 음절군의 정
제성과 규칙적반복으로 이루어진다.

　　항일가요의 음절군은 하나의 행진곡형식을 띠는 음악과
결부된것이 압도적인 다수를 차지하기에 자연히 다른 가사에
비해 8·5조(4·4·5)로 되는 경향이 특징적이다. 이 8·5조
는 우리의 호흡과 운률적관습에 매우 잘 부합되는것이다.

　　　　　　　동무들아/준비하자/손에다든무장 //
　　　　　　　제국주의/침략자를/때려부시고 //
　　　　　　　용진용진/나아가세/용감스럽게 //
　　　　　　　억천만번/죽더라도/원쑤를치자 //

　　　　　　　　　　　　　(《유격대행진곡》제1절)

　　이 노래에서는 무장을 튼튼히 잡고 적들을 때려부시는 결
전에로 달려나가는 항일유격대오의 거세찬 전진을 노래한 사
상정서적흐름에 맞게 행진곡률조를 설정하고 8·5조를 리용하
였다.

　　이렇게 항일가요에서는 8·5조로 된것이 많은데 8·5조
로만 되였거나 8·5조를 기본음조로 한 가요로는 《추도가》，
《옥중투쟁가》, 《불평등가》, 《나오라 혁명전에》, 《녀성해방
가》, 《농민혁명가》, 《무산혁명가》, 《오월행진곡》, 《기민투쟁
가》, 《가난한자의 노래》, 《계급전가》, 《붉은 봄 돌아왔네》,
《반일혁명가》, 《모두다 반일전으로》 등을 들수 있다.

　　항일가요에서는 3，4，5 음절군을 리용하여 8·5조를 많이
리용하였을뿐아니라 그것들의 다양한 배합으로 운률을 조성하
였다.

3·3조:

> 혁명을/위하여//피끓는/동무들//
> 놈들의/학살에//주저치/말아라//
> 눈보라/아무리//세차게/날려도//
> 봄바람/불며는//붉은꽃/피리라//

(《망명자의 노래》 제4절)

4·4조:

> 의를 위해/분투하고//의를 위해/죽는것은//
> 사람마다/적분이요//사람다운/모범이라//
> 부모처자/다버리고//모두간고/무릅쓰고//
> 혁명전에/몸을바쳐//끝날까지/싸웠도다//

(《유격대추도가》 제1절)

7·5조(3·4·5)(4·3·5):

7·5조는 항일가요에서 단독으로 쓰이지 않고 다른 조와 배합되여 쓰이거나 한편 가요의 어느 한 절에서만 쓰이였다.

> 놈들이/쓰고사는/벽돌집들도//
> 놈들이/먹고입는/금의옥식도//
> 비행기와/자동차/온갖상품도//
> 모두다/우리들의/피와땀이다//

(《일어나라 만국의 로동자》 제2절)

6 · 5조 (3 · 3 · 5):

> 권리를/박탈한/자본사회에 //
> 청춘의/붉은꽃/못피운 원한 //
> 아느냐/그대여/녀성동무들 //

(《녀성해방가》 제1절)

4 · 4조와 4 · 3조의 배합:

> 우리가슴/붙는불로 // 낡은사회/태우고 //
> 팔다리에/흘린피로 // 새력사를/써놓자 //

(《혁명군이 되였다》 제1절)

3 · 3조와 4 · 3조의 배합:

> 왔고나/왔고나 // 혁명이/왔고나 //   3/3 // 3/3 //
> 혁명의/기세는 // 전세계를/덮었다 //   3/3 // 4/3 //
> 돈없는/로동자 // 망치메고/나오고 //   3/3 // 4/3 //
> 땅없는/농민은 // 호미메고/나오라 //   3/3 // 4/3 //

(《총동원가》 제2절)

가요 《즐거운 무도곡》도 3 · 3조와 4 · 4조의 배합으로 되였다.

7·5조(3·4·5)와 8·5조의 배합:

1. 뼈만남은/팔다리를/훨씬걷고서 //   4/4/5 //
   춘하추동/사시절을/로동하여도 //   4/4/5 //
   기한에/떨고있는/우리로동자 //   3/4/5 //
   불평등한/자본사회/마사버리자 //   4/4/5 //

(중략)

3. 명절이/돌아오면/어린아이들 //   3/4/5 //
   새옷과/맛난음식/어서달라고 //   3/4/5 //
   가슴이/미여지게/울어만댄다 //   3/4/5 //
   불평등한/자본사회/때려부시자 //   4/4/5 //

《로동자가》

가요 《끓는 피는 더 끓어》에서는 어떤 절은 7·5조 혹은 8·5조로 되고 어떤 절은 이 두조가 배합되였다.

1. 모여라/동무들아/붉은기아래 //
   한마음/한뜻으로/모여들어라 //
   폭탄과/권총을/손에다들고 //
   주권을/틀어쥐며/모여들어라 //

2. 우리피땀/빨아먹던/자본가들은 //
   총창끝에/쓰러지며/아우성친다 //
   제놈들의/썩은통치/무너지더니 //

간곳마다/갈팡질팡/게걸음친다//

(중략)

6. 착취에/시달리던/무산대중아//
   우리 피땀/빨아먹던/지주자본가//
   모조리/목을 잘라/불속에 넣고//
   우리의/붉은 주권/건설을 하자//

《《끓는 피는 더 끓어》》

여기서 보다싶이 제1절은 기본상 7·5조로 되였고 제2절
은 8·5조로 되였고 제6절은 7·5조와 8·5조가 배합되였다.
일부 가요는 6·5조, 7·5조, 8·5조가 혼용되고있는데
이런 류형의 가요는 행 내부 시어의 음절배합이 자유로와 자
유시와 류사한 점이 있다.

가혹한/착취와/강제압박에//   6/5//
우리는/도저히/살수 없다고//   6/5//
소리높이/웨치는/만국로동자//   7/5//
굳게 뭉쳐/용감하게/싸움판으로//   8/5//

《《일어나라 만국의 로동자》》 제4절

다음으로 항일가요에선 민요나 경기체가요와 같이 매 절,
매 행의 음절수가 고정된 노래들이 적지 않은데 그 류형도 다
양하다. 몇가지 례를 들면 다음과 같다.

매 절이

4/4/5//

4/5/5//

5/1/5//

로 된것은 《무산자의 노래》를 들수 있다.

오막살이/랭돌방에/주저앉아서//

주린창자/부둥켜안고/목이붓도록//

부르짖는말/아/쌀이없고나//

(《무산자의 노래》 제1절)

매 절이

3/4//3/3//

3/4//3/3//

3/3/3//

3/3/3//

으로 된것은 《청년선봉대가》를 들수 있다.

오너라/동무들아//우리의/세계로//

로력의/공화국을//굳세게/세우자//

근로잔/세계의/주인공//

몸과맘/하나로/뭉쳤다//

(《청년선봉대가》 제4절)

항일가요중의 아동가요는 어린이들의 년령심리적특성에

맞게 운률이 조직되였는데 적지 않은것들은 어린이들의 유희,
춤과 결부되여 많이 불리워졌다.
항일가요중 아동가요의 음수률을 구체적으로 보면 다음과
같다.
4·4조：

우리우리/동무들아 // 기쁜날을/만났으니 //
우리우리/즐거웁게 // 손벽치며/놀아보자 //

(《유희곡》 제1절)

8·5조：
《유격대행진곡》이 행진곡률조에 맞게 8·5조(4·4·5)로
된것과 같이 아동가요 《아동가》, 《소년군가》 등도 8·5조로
되였다.

제국주의/《평화》란건/올가미이요 //
애국이란/사탕먹은/양재물이라 //
로동자의/피땀으로/총칼만들어 //
우리부모/죽일전쟁/또벌어졌다 //

(《아동가》 제1절)

7·5조：
성인을 대상으로 한 항일가요에선 7·5조(3·4·5), (4
·3·5)가 단독으로 쓰이지 않고 다른 조와 배합되여 쓰이거
나 한편 가요의 어느 절에서만 쓰이였지만 아동가요에서는 이

· 257 ·

7·5조가 단독으로 쓰이여 운률을 조성하였다.

자유의/강산에서/우리자라고//   3/4/5//
평화의/락원에서/꽃피려하는//   3/4/5//
새나라/어린동무/노래부르자//   3/4/5//
세상에/부러울것/그무엇이냐//   3/4/5//

《어린동무 노래부르자》 제1절)

어깨동무/세동무/아동단동무//   4/3/5//
우리들은/나어린/프로레타리아//   4/3/6//
올망졸망/동무야/다나오너라//   4/3/5//
골목골목/모여라/한뭉치되자//   4/3/5//

《아동단가》 제1절)

아동가요에서도 2, 3개의 조를 배합하여 다양한 운률을 조성하였다.

동요 《어데까지 왔나》는 문답식가요인데 유희적질문이 4·3(2)조로 되고 그 대답이 4·2조로 되여 운률조성이 매우 매력적이다.

어데까지/왔니//마을까지 왔다//
어데까지/가려니//학교까지 간다//
무엇하려/가려니//공부하러/간다//
누구하고/가려니//우리모두/간다//

《어데까지 왔니》 제1절)

아동가요 《나도 자라》, 《무산아동가》에서는 6·5조, 7·5조, 8·5조를 서로 배합하여 음악적인 운률을 조성하였다.

어머니/어머니/념려마세요 //   3/3/5 //
나도자라/원쑤를/갚으오리다 //   4/3/5 //
돌아가신/아버지의/뒤를이어서 //   4/4/5 //
혁명에/흘린피/빛내오리다 //   3/3/5 //

(《나도 자라》 제3절)

만천하를/둘러싼/무산어린이 //   4/3/5 //
모두다/용감하게/싸워나가자 //   3/4/5 //
착취압박/쇠사슬을/끊어버리고 //   4/4/5 //
자유의/강산에서/노래부르자 //   3/4/5 //

(《무산아동가》 제2절)

우에서 고찰한바와 같이 항일가요는 운률조성의 다양한 유산을 남겨놓았는바 그것은 현대가사문학의 발전에 직접적인 영향을 주었다.

7. 동요와 그 음수률

동요란 어린이들의 생활감정에 맞게 음악적효과를 전제로 하면서 그들의 생활을 정서적으로 반영한 시형식이다.

고대중세의 동요는 창작이 목적의식적으로 진행되지 못한

탓으로 하여 자기의 독자적인 령역을 넓히지 못하였고 양식상
민요와의 구별도 뚜렷하지 못한 점도 있다.

고대중세동요는 아이들의 생활과 그들의 정서적감정을 비
교적 넓게 반영하였는데 가난한 아이들의 생활처지를 비교적
생동한 동적인 음악속에서 반영한 구전동요 《떡해먹자 부엉》,
《끌끌꿩서방》과 량반통치배들을 신랄하게 풍자조소한 《연자방
아》, 《량반량반 개팔아 두량반》, 《두꺼비노래》 등을 들수 있
다. 아이들이 부른 동요에는 이밖에도 그들의 생활과 관련되
여있는 《새쫓는 노래》, 《나물캐기》 등과 유희놀이와 결부된
유희동요 《소꿉놀이》, 《숨박곡질》, 《수박따기놀이》, 《팽이돌
리기》 등이 있다.

고대중세에는 동요와 함께 동시도 적지 않게 창작되였다.
그러나 이것은 그리 널리 보급되지 못하였다. 그리하여 근대
이전시기까지는 아동문학에서 주로 노래로 불려지는 구전동요
가 위주로 발전하였다.

구전동요는 민요의 전통적인 음수률인 4·4조를 계승하여
기본으로 하고있다.

꽃분네야/꽃분네야//
너어드메/울며가니//
우리오만/산수앞에//
젖먹으려/나는간다//

《우리 엄마》

구전동요에서는 이와 같이 4·4조를 기본으로 하면서 3·
2조, 3·3조, 3·4조, 4·3조, 6·5조, 7·5조 등에 의하여

다양한 운률을 조성하였다.

　　3·2조：

　　　　　왜가리/장사//
　　　　　뭘하려/가니//
　　　　　콩사러/간다//

(《왜가리》)

　　3·3조：

　　　　　어제도/쿵덕쿵//
　　　　　오늘도/쿵덕쿵//

(《쿵덕쿵》)

　　3·4조：

　　　　　잔치집/감주동이//
　　　　　초상집/팥죽동이//
　　　　　삼대손/내린동이//
　　　　　샌님집/개 깨쳤네//

(《동이》)

　　4·3조：

뒤동산의/할미꽃//가시돋은/할미꽃//
싹날때에/늙었나//호호백발/할미꽃//

(《할미꽃》)

7·5조:

팔랑팔랑/방패연/우리오빠연//
새파란/하늘에서/춤을추어라//
어제밤/길떠나신/우리아버지//
지금은/어데까지/가셨을가요//

(《방패연》)

6·5조:

길고긴/장대를/높이들고서//
동그란/저달님/가운데 꽂으면//
넓다란/저하늘/우산되겠지//

(《우산되겠지》)

동요는 근대, 현대에 와서 널리 창작되였는데 특히 해방후 우리 아동문학에서 동요는 왕성한 창작기를 이룩하였다.

원래 동요라는 말은 아이들이 부르는 노래라는 뜻에서 씌여왔다. 따라서 동요는 읊을수 있을뿐아니라 노래부를수 있게 되여있다. 이것은 동요가 음악적효과성을 최대한 살린 시형식이라는것을 말해준다.

동시가 서정적방식으로서 읊을수 있게만 되여있다면 동요
는 시로서 읊을수 있을뿐아니라 노래부를수 있게 되여있다.
즉 동요는 동시와는 달리 읊기보다도 노래로 부를것을 전제로
하여 씌여진다. 이것은 동요가 시음악적인 형식으로써 노래부
를수 있게 음악성이 보장되여있으며 시의 운률조직이 되여있
다는것을 말해준다.

동요가 노래부를것을 전제로 하고 음악성을 가진다는 면
은 가사(歌词)와 비슷하지만 가사와 똑같은것은 아니다.

동요는 아이들의 감정정서를 대상으로 하고 그들의 심리
정서에 맞게 운률이 조성된다. 그리하여 모든 동요들이 현대
적가사와 같이 규격화된 분절형식을 취하지 않으며 일부 동요
에서는 가사와 똑같은 구성형식을 가지지 않는것도 있다.

동요의 운률을 보면 보통 음절군의 규칙적인 반복에 의한
정형률적특성을 많이 가지면서 행동성이 강한 동적인 운률로
특징지어진다.

고개고개/고개길/
　　학교 가는 길//
공부하고/휘호호/
　　휘파람 불며//
붉은 댕기/팔라라/
　　오빠 오는 길//

(김례삼 《고개길》)

이 동요는 운률조직에서 동일음절량을 규칙적으로 반복시
켜 음악적선률을 조성하였는데 7·5조의 정형률에 의거하고있

다. 그리고 동적인 정서와 행동성을 강하게 주면서 아이들의 정서에 젖어들도록 음악성을 주고있다.

이렇게 동요는 노래부를것을 전제로 하기에 음악성을 최대한으로 살려야 한다. 이를 위해서는 음절군배합을 정형률에 기초하여 잘 조직하고 다듬어야 한다. 동요의 운률은 2·3조, 3·3조, 3·4조, 4·2조, 4·3조, 4·4조, 6·5조, 7·5조, 8·5조 등에 의하여 다양한 운률이 이루어지는데 가장 많이 시도되는 운률조성형태는 7·5조이다. (6·5조와 8·5조 등은 7·5조의 변형이다)

그러면 아래에 몇가지 실례를 들어 보기로 하자.

4·3조:

춤을 추며/내려요//
소복소복/쌓여요//
밤에밤에/오는 눈//
소문없이/오는 눈//
올해에도/이곳에//
풍년들라/온대요//

(김동호 《함박눈이 내려요》)

4·4조:

우리 마을/양봉장엔//
꿀벌들이/붕붕붕붕//
피나무꿀/빚어왔다//

기뻐하며/붕붕붕붕//

(김득만 《꿀벌》)

7·5조:

산들산들/봄바람/꽃마차타고//
아장아장/봄아씨/령넘어와요//
시내가에/파란 풀/곱게 피우며//
봄아씨/찾아와요/새봄이 와요//

(전복록 《새봄이 와요》)

8·5조:

하늘보다/넓고넓은/조국의 품속//
그 품에서/우리들은/배워갑니다//
해살보다/따사로운/조국의 사랑//
그 사랑을/우리들은/노래합니다//

(김예 《조국의 품속》)

6·5조와 8·5조는 사실상 7·5조에서 갈라저나온 운률조직형태이므로 창작실천에서는 7·5조, 6·5조, 8·5조가 많은 경우에 서로 배합되여 쓰인다.

해님이/서산에/기울어지면//   6/5//

• 265 •

반짝반짝/가로등/길을 밝혀요//   7/5//
힘내여/일하신/아저씨들께//   6/5//
다투어/마중나와/비춰줍니다//   7/5//

（최금란《가로등》）

여기서는 6·5조와 7·5조가 배합되여 리용되였다.

창문가에/피는 꽃도/아름답지만//   8/5//
거리마다/피는 꽃/더욱 좋아요//   7/5//
언제나/산뜻하고/청신한 환경//   7/5//
우리는/이 꽃을/사랑합니다//   6/5//

（김문《문명의 꽃송이》）

여기서는 7·5조, 6·5조, 8·5조가 종합적으로 리용되였다.

해빛을/안고서/꽃이 폈어요//   6/5//
살구꽃/복사꽃/웃음웃어요//   6/5//
희망이/꽃처럼/피여나는 봄//   6/5//
꽃도 웃고/나도 웃고/모두 웃어요//   8/5//

（김응준《꽃도 웃고 나도 웃고》）

여기서는 6·5조와 8·5조가 배합되여 리용되였다.
그리고 한 동요작품에는 반드시 한가지 규칙만이 작용하

는것이 아니라 여러가지 조가 서로 결합되여 쓰일수도 있는것
이다.

지지배배/제비들아//　　　4/4//
꽃이 피는/우리 나라//　　　4/4//
봄이 봄이/그리워//　　　4/3//
강남에서/또 왔나//　　　4/3//

(최형동 《제비》)

여기서는 4·4조와 4·3조가 어울려 쓰이였다.

봄바람이/살랑//　　　4/2//
꽃바람이/살랑//　　　4/2//
모두 나와/뿌려요//　　　4/3//
꽃씨앗을/뿌려요//　　　4/3//

(서영 《꽃3월이 웃어요》)

여기서는 4·2조와 4·3조가 어울려 쓰이였다.

보슬보슬/내려요//　　　4/3//
보슬비/내려요//　　　3/3//
애기꽃모/귀엽다고//　　　4/4//
꽃밭에/내려요//　　　3/3//
마른목/추겨주며//　　　3/4//
어서어서/크라고//　　　4/3//

보슬비/내려요//   3/3//
보슬보슬/내려요//   4/3//

(최문섭 《보슬비》)

여기서는 4·3조, 3·3조, 4·4조, 3·4조가 배합되여 쓰이였다.

동요에는 곡을 붙여 노래부르기 위해서가 아니라 읽기 위한 목적으로 씌여진 랑송동요가 있다. 랑송동요의 운률은 노래부를 목적으로 씌여지는 동요에 비해서 상대적으로 자유롭다. 그리하여 랑송동요는 련별로 하나의 완결된 사상을 나타내지 않아도 되며 시행들의 음절수가 다를수가 있다. 그러나 랑송동요도 동요인만큼 작품전반에 꼭같은 음악적률동이 있어야 한다.

오늘 아동가사문학이 독자적으로 발전하고있는 조건하에서 거의 모든 동요들은 읽히기 위한 목적에서 씌여진다.

유년기의 어린이들을 위하여 씌여지는 동요를 유년동요라 하는데 그 특점은 보다 단순하고 말마디들이 쉽고 부드러운것이다.

일반적으로 동요가 학령전아이들과 소학교시기의 아이들을 포함한 넓은 범위에서 대상성을 갖고있고 음악적효과성을 기본으로 하여 동시와 구별하여 아이들에게 주어진다. 여기서 특히 유년기아이들을 대상으로 하여 그들의 생활감정과 정서에 맞게 씌여진 짧은 형식의 동요가 주로 유년동요에 속한다.

떠떠뿡뿡 떠뿡뿡
샛노란 뻐스

거리거리 돌아서
　　　달려온다야
어서 오라 애들아
　　　유치원 가자
떠떠뿡뿡 재촉하며
　　　달려온다야

라라라라 라라라
　　　유치원 뻐스
어깨동무 노래 싣고
　　　달려간다야
너도 방긋 나도 방긋
　　　정말 좋구나
라라라라 노래하며
　　　앉아간다야

떠떠뿡뿡 떠뿡뿡
　　　고마운 뻐스
우리우리 유치원에
　　　벌써 왔구나
선생님께 인사하라
　　　알려주면서
떠—떠— 다 왔다고
　　　노래부르지

（김선과 《샛노란 뻐스》）

이 동요에서는 기본상 7·5조를 써가면서 동적이며 경쾌한 운률을 조성하였다. 동시에 유치원어린이들의 년령에 맞게 매우 알기 쉽고 간단한 동요적내용을 불과 몇마디 안되는 동요적표현의 반복으로 재미있게 노래하였다.

동요에서 큰 비중을 차지하는것은 유희동요이다. 유희동요는 일반적동요와 구별되는 특성을 가진 행동성이 강한 동요이다.

유희동요는 어린이들의 놀이와 결합된 동요를 말한다. 아이들은 재미나는 놀이를 즐겨한다. 유희동요는 어린이들이 좋아하는 놀이를 리용하여 그들의 생활을 반영하는 동요의 한 형태이다.

기관사: 칙칙폭폭 칙칙폭폭 영웅기차 떠나요
여럿이: 기관사동무 좀 태워주세요
기관사: 무엇하려 어디로 가는 학생입니까?
탈놀이: 나는요 영화구경 하고 오는 길
　　　　이번엔 뽈차기 들로 나가요
기관사: 아니아니 안되오 타지 못해요
탄 아이들: 기관사동무 참 잘했습니다(이번 아이는 태우
　　　　지 않고 떠나간다.)
기관사: 칙칙
탄 아이들: 폭폭

(윤동향 《기차놀이》)

보다싶이 유희동요도 행동성이 강한 동적인 운률로 특징지어진다.

8. 현대가사와 그 음수률

현대가사는 가사문학의 전통을 계승발전시키면서 현대악곡의 가사로 풍부화되였다.

근대에 와서 현대자유시가 나오면서부터 서정시와 가사는 같은 현대의 문학이면서도 각각 상대적독자성을 가지고 발전하였다. 서정시는 읊는것을 전제로 하고 가사는 노래하는것을 목적으로 하여 쓰는 서정시이다.

가사가 서정시의 한 형태인만큼 창작원리는 서정시창작원리와 다를것이 없으나 가사가 음악과의 결합을 목적으로 하는 문학이므로 그 창작에서는 일련의 특성을 나타낸다.

가사란 노래의 곡을 붙이기 위해서 씌여지는 시 즉 노래에 붙는 서정시의 한 형태이다. 노래는 가사와 곡으로 이루어지는만큼 가사가 좋아야 곡도 좋을수 있다.

이와 같이 가사는 내용상 서정성을 가지며 한편의 시이면서도 노래로 불리워지기에 일정한 요구성과 특성을 갖는데 형식상 고도로 정결하고 정제된 정형시적인 특성을 요구한다.

가사의 운률은 가사문학의 형태적특성으로부터 나서는 필수적요구이다.

가사는 일정한 운률적통일성을 가진 정형시로서 규칙적음악박자와 밀착되여 류창하게 읊을수 있는 음악성을 전제로 한다. 이런 특성은 가사가 문학적으로 되여야 할뿐아니라 운률적으로 될것을 요구한다.

그러므로 우리는 가사에서 인민의 호흡률과 부합되는 운률적시어를 예술적으로 사용하여 류창한 정형률적인 운률과 세련된 음악성을 보장해야 한다.

가사창작에서 중요한 한 고리는 가사의 운률을 음악적으로 류창하게 조직하는것이다. 가사에서는 서술적문장을 끌어들이지 말아야 하며 노래부르는 식으로 운률을 잘 조직해야 한다.

가사의 운률은 정형률로 되여야 한다. 그러나 현대가요의 가사문학은 고전시가의 정형시와 구별된다. 현대가요의 가사문학은 총체적으로 어떤 격식이 있는것이 아니며 련과 련 사이에 비슷한 음절군, 비슷한 내외구, 비슷한 시행, 비슷한 후렴구를 쓴다는데 특징이 있다. 그것은 절가형태로 매개 련이 같은 악곡과 밀착되여야 하기때문이다.

이렇게 현대가요의 가사문학이 완전한 정형시적시가형태가 아니며 음악악곡과 결합될것을 예상하여 준정형시로 창작되기에 일부 시론가들은 조선시가의 작시체계에 창가나 현대가요의 가사와 같은 시가형태를 따로 묶어 준정형시작시체계를 설정하기도 한다.

가사의 운률조직에서 중요한것은 절가형식의 가사에서 매개 분절은 같은 음절, 같은 운률을 가지도록 하며 내용상 통일을 보장하여 음악적통일성을 보장하는것이다. 절가는 하나의 완결된 선률이 여러 절의 가사와 결합되여 반복되는 특성을 가진다.

<pre>
가렬한/전투의/저기 저언덕//   3/3/5//
피흘린/동지를/잊지 말아라//   3/3/5//
쓰러진/전우의/원한 씻으려//   3/3/5//
나가자/동무여/섬멸의 길로//   3/3/5//
        (후렴)
만세 만세 만세 높이 부르며
</pre>

원쑤의 화점을 짓부시며 앞으로
원쑤의 화점을 짓부시며 앞으로
나가자 동무여 결전의 길로

《결전의 길로》 제1절)

이 가사의 본절은 6·5조로 되여있다. 전체 3절로 되였는데 매 행이 3·3/2·3 혹은 3·3/3·2의 음절로 이루어졌다. 그리고 후렴도 1, 2, 3 절에서 똑같은 음절로 조직되고있다. 만약 제1절의 첫째 행이 3·3/2·3의 음절로 되였는데 제2절의 둘째 행이 4·5/3·4의 음절로 되면 음악적통일성이 파괴되고 매 절마다 곡을 붙여야 한다.

가사의 음악적통일성을 보장하기 위해서는 우선 시행조직을 잘해야 하는데 가사의 기본음조인 7·5조를 위주로 하면서 여러가지 운률형태로 다양한 운률을 조성해야 한다.

현재 우리 가사에서 가장 많이 시도되는 운률조성형태는 7·5조이다. 이 7·5조는 3·4·5 또는 4·3·5의 음절수에 의한 운률조성수법으로서 3·3조나 4·4조보다 운률의 단조로움을 극복할수 있고 내용전개도 현대적요구에 맞게 표현할수 있다.

사랑을/팔고사는/꽃바람속에//
너혼자/지키려는/순정의 등불//
홍도야/울지 말아/오빠가 있다//
안해의/나갈 길을/너는 지켜라//

《홍도야 울지 말아》 제1절)

· 273 ·

해맑은/하늘가에/꽃구름피고 //
전야엔/푸른 물결/넘실대누나 //
우리가/지나온 길/몇백리런가 //
이 산골/언덕찾아/마음은 꽃피네 //

(후렴)
(아) 간곡한/나의 념원/1" 마음이여 //
영원히/그대 품에/돌아왔노라 //

(《산간마을에 드리는 노래》 제1절)

이런 7·5조는 3·3조나 4·4조의 고정된 운률보다 그 음절수가 많아서 그 자체에 기초하여 다른 운률형태를 조성할 수 있는 우점을 가진다. 즉 7·5조에 기초하여 6·5조 또는 8·5조와 같은 운률을 조성할수도 있다. 그리하여 6·5조와 8·5조는 7·5조의 변형이라고 할수 있다.

보람찬/내 삶이/시작된 곳은 //
고향집/어머니/그 품이런가 //
금물결/설레는/들판을 지나 //
초소로/떠나던/동구길인가 //

(《내 삶이 꽃펴난 곳》 제1절)

이것은 조선민족의 운률적관습에서 좋은 선률적미감을 안겨주는 6·5조로 씌여진 작품이다.

장하고나/우리들은/힘찬 근로자 //
새세기를/창조하는/승리의 주인 //
자유기발/휘날리며/나아가나니 //
온세계를/진감하는/단결의 웨침 //

(《승리의 5월》 제1절)

보는바와 같이 이 가사의 시문장은 매우 운률적인데 8·5조로 되여있다. 이 작품에서 보게 되는 중요한 특징의 하나는 내외시구들이 호흡률상의 균형미를 잘 조성하고있는것이다.

7·5조는 운률조성에서 안정감을 가지므로 가사의 내용요구에 따라 음절수를 한음절씩 줄이거나 늘구었지만 기본은 7·5조운률의 동화작용에 의하여 7·5조로 읽히우는것이다. 그리하여 실제 가사창작에서는 한개 절에서 7·5조를 기본음조로 하면서 6·5조나 8·5조를 배합해쓰는 경우가 많다.

별들이/조으는/깊은 밤에도 //　　　　6/5 //
꺼질줄/모르는/밝은 저등불 //　　　　6/5 //
선생님의/들창가/지날 때마다 //　　　　7/5 //
내 가슴/언제나/뜨겁습니다 //　　　　6/5 //

(《선생님의 들창가 지날 때마다》) 제1절)

경치도/좋지만/살기도 좋네 //　　　　6/5 //
금강산/골안에는/보물도 많네 //　　　　7/5 //
비루봉/밑에선/산삼이 나고 //　　　　6/5 //
옥류동/골안에는/백도라질세 //　　　　7/5 //

(《경치도 좋지만 살기도 좋네》 제1절)

아름다운/무지개/빛이 어렸나//   7/5//
빨갛고/노랗고/푸르기도 해//   6/5//
알알이/눈부신/사과알마다//   6/5//
풍년소식/기쁘게/전해보내요//   7/5//
사과풍년/쌀풍년/모두다 풍년//   7/5//
농촌테제/해마다/꽃피여가요//   7/5//

(《사과풍년》 제1절)

이것은 7·5조와 6·5조가 배합되여 쓰인것이다.

시내물/속삭이는/언덕을 넘어//   7/5//
종달새/노래하는/논판을 지나//   7/5//
울렁이는/내 가슴에/망울터치는//   8/5//
봄바람이/봄바람이/나는야 좋아//   8/5//
(후렴)
(아) 청춘의/봄바람이/나는야 좋아//   7/5//

(《봄바람》 제1절)

1. 심산속에/이른새벽/밥푸는 처녀//   8/5//
    대장부/우리들의/어머니런가//   7/5//
    꽃같이/웃는 얼굴/바라다보니//   7/5//
    기쁨절로/노래절로/웃음도 절로//   8/5//

2. 심산속에/꽃이 피는/백도라질세//   8/5//

약초로도/좋지만/먹기도 좋아//   7/5//
산삼이/되려다가/못되였지만//   7/5//
촌수를/따진다면/팔촌은 되리//   7/5//

(《기쁨절로 노래절로 웃음도 절로》)

이것은 7·5조와 8·5조가 배합되여 쓰인 경우이다.

하늘엔/꽃구름/피여나고요//   6/5//
과원엔/사과배꽃/하얗게 폈소//   7/5//
선녀들도/부럽잖게/하늘에 올라//   8/5//
송이송이/꽃송이/피워간다오//   7/5//

(《과원의 처녀들 노래부르오》 제1절)

사랑하는/오빠와/우리 삼형제//   7/5//
여섯해전/다정하게/심은 꽃나무//   8/5//
무궁화는/자라서/키를 넘건만//   7/5//
그리운/오빠는/오지를 않네//   6/5//

(《사랑하는 오빠와 우리 삼형제》 제1절)

이것은 7·5조와 6·5조, 8·5조가 서로 어울리여 쓰인 경우이다.

가난한/살림에/끼를 굶을 때//   6/5//
누구보다/아픈것은/어머니 마음//   8/5//

• 277 •

한그릇의/수수범벅/안겨주고도 //   8/5 //
어머니는/눈물속에/웃음집니다 //   8/5 //

《가난한 살림에도 살뜰한 정 오가네》 제1절)

이것은 6·5조와 8·5조가 배합되여 쓰인 경우이다.

이처럼 7·5조는 생명력을 가진 운률조성의 단위이지만 그렇다고 하여 모든 가사를 반드시 7·5조로 일색화한다면 선률에서 류사성을 면치 못한다. 그러므로 우리들은 여러가지 음절군배합류형을 리용하여 가사의 다양한 운률을 조성해야 한다.

7·5조이외에도 여러가지 운률조성형태를 들수 있다.

시행마다 동일한 음절군의 결합형태를 반복하여 운률을 조성할수 있는데 7·5조이외에 다음과 같은 형태들도 있다.

4·4조:

박달나무/반겨주는 // 이내 고향/고개길에 //
방울소리/왈랑절랑 // 량식수레/줄쳐간다 //
이른봄에/일찍 손써 // 두엄싣던/우차마다 //
수레채가/부러질듯 // 백옥미를/실었구나 //
얼싸좋다/둥글이야 // 영각소리/더 높여라 //
발걸음을/재우치며 // 고개를랑/어서넘자 //

《징구량타령》 제1절)

전호속의/나의 노래 // 고향으로/울려가라 //
우리 행복/삼키려는 // 원쑤미제/쳐부시고 //

빛난 훈장/가슴팍에 // 내 집으로/돌아가면 //
사랑하는/부모처자 // 두팔로써/안기리 //
사랑하는/부모처자 // 두팔로써/안기리라 //

(《전호속의 나의 노래》)

4·5조:

뻐꾹새가/노래하는 곳 //
사랑하는/내 고향일세 //
로동으로/행복을 열고 //
로동으로/꽃이 피는 곳 //

(후렴)

아 언제나/좋은 곳일세 //
아 내고향/어머니 품아 //

(《내 고향》제1절)

3·3조와 4·3조의 배합:

아침의/해빛이 // 아름답고/곱다고 //
우리의/이름을 // 조선이라/불렀네 //
이처럼/귀하고 // 아름다운/내나라 //
이 세상/그어데 // 찾아볼수/있을가 //

(《조선의 노래》제1절)

여기서는 3·3조와 4·3조가 교차적으로 반복되였는데
매 행이 《3/3//4/3//》으로 되여있다.
3·3조와 3·4조의 배합:

가야하/푸른물이//논판을 적시고//
갈모자/산기슭에//소나무/무성한//

(후렴)

에에헤요 흥흥흥
데에헤요 흥흥흥
내 고향 좋구좋아

《내 고향 좋구좋다》 제1절)

여기서 본절은 3·4조와 3·3조가 교차적으로 반복되였
는데 매 시행은 《3/4//3/3//》으로 되여있다.
이상에서 우리들은 시행마다 같은 음절군결합형태를 반복
하여 운률을 조성하는 몇가지 경우를 보았다.
가사의 운률조성에는 시행마다 같은 음절군결합형태를 반
복하여 운률을 조성할수 있을뿐아니라 여러가지 음절군배합형
태를 시행에 따라 달리 리용함으로써 다양한 운률을 조성할수
있다. 이 경우는 한절에서 여러가지 음절군배합형태들이 시행
에 따라 달리 리용되지만 매 절의 대응되는 시행은 일반적으
로 같은 음절군배합형태로 나타난다. 현대가사창작에서는 현
대사회의 복잡한 생활감정과 날로 높아가는 인민들의 미학적
· 280 ·

요구를 반영하여 이 형태의 운률조성을 많이 시도하고있다.

    문패도/번지수도/없는 주막에 //　　　　7/5 //
    궂은비/내리는 // 이 밤도/애절구려 //　　　3/3 // 3/4 //
    능수버들/채질하는 // 창살에/기대여 //　　　4/4 // 3/3 //
    어느 날자/오시겠소/울던 사람아 //　　　　8/5 //

《번지없는 주막》 제1절)

    이 가사는 고정된 틀에서 벗어나 특색있는 운률을 조성하고있다. 1, 4행은 각각 7·5조와 8·5조의 운률조성법을 시도했고 2,3행에서는 각각 3·3조와 3·4조, 4·4조와 3·3조를 배합시켰다.

    하늘엔/따사론/해빛넘치고 //　　　6/5 //
    땅우엔/금나락/설레이네 //　　　6/4 //
    농장벌/지나던/병사는 //　　　6/3 //
    벼이삭/물결치는/소리를 듣네 //　　　7/5 //
    아 인민의/기쁨이/커가는 소리 //　　　7/5 //
    병사의/가슴에도/파도쳐오네 //　　　7/5 //

《병사는 벼이삭 설레이는 소리를 듣네》 제1절)

    여기서는 7·5조를 위주로 하면서 6·3조(3·3·3), 6·4조(3·3·4), 6·5조(3·3·5)가 배합되여 쓰이였다.

    누가 볼가/두근두근 // 그대와/나란히/강변거닐면 //

어리석은/이내마음//달님이/보는가//
풀벌레/삘리리//용기없다/웃겠지//
난 몰라/그대 손//덥석/잡으니//
　　(후렴 략)

(《안타까운 밀회》제1절)

이 가사는 행마다 조가 다르다.

이상에서 고찰한바와 같이 가사창작에서 운률조성의 형태는 매우 다양하다. 그러므로 우리들은 우리 민족 시가의 운률적기초를 참답게 탐구하여 우리 인민들의 운률적관습에 맞는 운률적인 가사를 창작하기에 힘써야 한다.

제4절 자유시작시체계와 그 음수률

1. 현대자유시와 그 음수률

시는 운률을 가진 문장으로 강한 정서와 감정을 나타내는데 만약 시에 운률이 없으면 서정도 없게 된다.

시에서 운률을 살리고 산문화의 경향을 극복하는것은 오늘 자유시의 형상성을 높이는데서 중요한 문제로 나선다. 즉 운률은 현대시의 형식가운데서 가장 기본적인것이라고 할수 있다. 그것은 운률은 시로 하여금 시로 되게 하는 본질적특징이며 그것을 산문과 구별케 하는 기본표징이기때문이다.

지금 일부 시인들이 쓴 자유시는 문장을 토막으로 끊어 련으로 나누어 산문화의 경향을 보여주고있는데 그 토막을 련결해놓으면 하나의 산문으로 되고만다.

이런 산문화의 경향에는 여러가지 원인이 있을수 있는데 그중 하나가 정서라는 시의 내용적요소만을 내세우고 시형식요소로서의 운률에 대하여 응당한 주의를 돌리지 못한것과 관련된다.

그리하여 시대의 요구와 인민들의 지향을 민감하게 반영한 사상예술적으로 우수한 시작품을 창작하는데서 운률문제는 근본문제의 하나로 제기된다.

현대자유시에서 산문화를 극복하기 위해서는 조선시가의 운률적기초와 현대자유시의 운률조성특성에 대하여 잘 알아야 한다.

오늘 현대자유시창작에서 왜 산문화를 극복하고 운률을 살릴 문제가 그처럼 예리하게 제기되는가?

자유시에서 운률문제가 현시기 창작실천의 중요한 문제로 제기되는것은 자유시가 일정한 운률법칙의 구속을 받지 않는 시형태이기때문이다.

앞에서 고찰한바와 같이 시가가 현대자유시로 이행하기 시작한것은 창가로부터 시작된다. 즉 4·4조의 창가가 그 정형률이 흐트러지는 과정에 악곡비중이 경시되면서 자유시에로의 이행이 시작되여 1910년대에는 자유시가 나타나기 시작하였다.

원래 시가는 그 발생의 시초인 구전민요의 발생부터 소박한 음악과 결부되였다. 그리하여 19세기까지의 민족시가는 고전음악과 결부되여 발전하였으며 창가는 현대음악과 결부되여 발전하였다. 현대에 이르면서 시의 독자적기능이 더욱 제고되고 음수률의 자유로운 배렬로 하여 현대자유시는 음악과 결별하게 되였다. 그리하여 음악악곡과 결부된 형태의 기능은 현대가사가 담당하게 되였다.

또 현대자유시이전의 조선시가는 기본적으로 정형시였으며 그 운률은 정형률이였다. 그것은 현대인의 복잡하고 자유분방한 사상감정을 담기에는 너무나도 협소하고 단조롭고 틀에 매여두는 구속이였다. 그리하여 중세정형률의 구속으로부터 벗어나온것이 현대자유시인것이다.

그러면 아래에 중세정형시의 약점에 대해 구체적으로 이야기해보자.

정형시는 그 운률조성이 비교적 쉬우나 3·4조, 4·4조 등 몇개의 틀에 고정되는 단조성과 단순성을 갖고있다. 정형시는 음절군의 규칙적반복에 의해 운률이 이루어지는데 그것이 없어지면 운률도 없어진다.

그런데 동일한 음절수의 반복은 우리 말의 어음구조와 운률적관습에 의해 2·2조, 3·3조, 3·4조, 4·4조, 7·5조 등과 같이 일정하게 제한된다. 그러므로 정형률은 자유분방한 사상감정을 담기에는 너무나도 협소한것이다.

오늘해도 정낮인지
새별같은 점심그릇
반달같이 높이뗬네
반달같은 점심그릇
새별같이 높이뗬네

(민요 《메나리》)

따북따북 따북녀야
물에둥둥 방울녀야
살공아래 삶은팥이
열매열적 오마더라
아강아강 가지말아

(민요 《따북녀》)

이 두 민요는 정서적내용과 부동한 보조적수단의 리용에
따라 서로 다른 운률적흐름을 갖고있지만 4·4조라는 음수률
의 공통성을 갖고있다.

이와 같이 정형시에서는 률조의 단조성을 면치 못한다.

또 중세정형시는 현대정형시보다도 더 큰 약점을 가지고
있다.

현대가사와 같은 정형시는 총체적으로 보아 일정한 틀이
있다고 할수 없으며 다만 개개의 작품에 일정한 틀이 있지만
중세정형시는 일정한 시가형태에 일정한 틀이 있는것이다.

례컨대 김철이 쓴 가사 《선생님의 들창가 지날 때마다》는
6·5조로 되였고 김경석이 쓴 가사 《산간마을에 드리는 노래》
는 7·5조로 되였고 조선가사 《전호속의 나의 노래》는 4·4조
로 되였다.

이런 사실들은 현대가사는 정형시이지만 이 시가형태에는
고정된 그 어떤 격식이 없다는것을 말해준다. 이렇게 현대가
사에 총체적으로 그 어떤 틀이 없음으로 하여 매 작품마다 비
교적 다양한 운률을 조성할수 있게 된다.

현대가사도 개개 작품에는 일정한 격식이 있는바 절가에
서 첫련의 음절군배합형태는 기타의 련에서도 그대로 반복되

여야 한다.

　　그러나 중세정형시에서는 민족시가형태에 따라 일정한 격식이 있었는바 례컨대 가사는 3·4조, 4·4조로 일관되였고 시조는 《3/4∥3(4)/4∥》(초중장), 《3/5∥4/3∥》(종장)과 같은 기본형식을 가지고있었다. 그리하여 중세정형시에서는 작품의 사상정서적내용을 미리 만들어진 일정한 틀에 맞추어넣지 않으면 안되였다.

　　시조는 운률조직에서 단조성과 평탄성을 피면하기 위해 종장에다 《3/5∥4/3∥》과 같은 음절군배합을 도입하였지만 중세정형시의 약점을 완전히 극복하지 못하였다. 즉 시조도 작품을 쓰기전에 벌써 천편일률적인 틀이 주어지는것이다.

　　이와 같이 중세정형시에서는 형식에 내용이 복종하고있으며 형식미를 위하여 내용이 복종하였다. 이렇게 중세정형시는 기존형식에 내용을 맞추는것으로 하여 사상정서적내용에 알맞는 다양한 운률을 조성할수 없었다. 이것이 바로 중세정형률의 본질적인 약점이다.

　　현대자유시는 바로 중세정형시의 이런 약점을 타개하였기에 매 시편마다에서 그 사상정서적내용에 알맞는 독창적인 운률을 조성할수 있는 무한한 가능성을 가진다.

　　이와 같이 자유시란 정형시의 작시법상격식에서 벗어나 자유롭게 운률을 조직하는 시로서 사상감정을 자유롭게 표현하는데 맞게 운률을 이루는것이 특징적이다.

　　여기에 자유시에서의 운률문제해결의 복잡성이 있는것이다.

　　정형시형식이 지배하던 지난 중세기에는 민족시가의 운률적기초를 파악하고 몇가지 시격식을 소유하면 서정시를 창작할수 있었고 운률도 쉽게 조성할수 있었다.

그러나 현대자유시는 중세정형시의 틀을 벗어나 자유롭게 운률을 조성하기에 그 운률조성작업이 힘들며 경우에 따라 산문화의 경향에 떨어질수 있는것이다.

이상에서 이야기한것이 현대자유시창작에서 산문화를 극복하고 운률을 살릴 문제가 중요한 문제로 제기되는 근본요인이다.

그러면 아래에 현대자유시의 운률조성특성을 구체적으로 보기로 하자.

자유시는 그 운률조성작업이 힘들고 경우에 따라 산문화경향에 떨어질수 있으나 음절군의 자유로운 결합에 의해 다양한 운률을 창조할수 있는 가능성을 가지며 사상감정을 자유분방하게 표현할수 있는 가능성을 가진다.

현대자유시에서는 중세정형시와는 달리 민족시가의 운률적기초원리를 다양하고 능란하게 구사하여 매 시편에서 내용에 적응한 운률형식을 창조적으로 조성할수 있게 하는 내적요인, 근본요인의 지배를 받게 되였다. 이것은 오늘의 서정시가 현대생활의 다양성, 복잡성을 반영하고 현대인민들의 사상감정을 민감하게 반영하는데 적합한 자유시의 창조적인 형식으로 발전하면서 필연적인것으로 나선다.

이리하여 현대자유시의 운률조성에서는 시인이 민족시가의 운률적기초를 파악하는것과 함께 생활정서의 음악적파동에 대한 파악이 중요하게 작용하며 그것이 운률조성의 다른 요인들을 지배하며 제약한다.

누구 하나/가꾸지도/않았건만//
길가에/태없이//가득 핀/들국화//

아침이면／아침마다 //
이슬／방울방울／머금고 //
해사하지도／수집지도／아니한 //
이름할수／없는 // 향긋한／웃음으로 // 반겨주는／들국화 //

(설인 《들국화》)

여기서 첫련의 1행은 4·4·4로 되고 2행은 3·3·3·3
으로 되였다. 그러나 2련에서는 이런 형식이 전혀 무시되고
행수도 다르다. 이런 운률적변화는 시의 내용과 정서의 색채
가 바로 이런 호흡과 흐름을 요구한것이다. 여기서는 시의 정
서적내용에 알맞는 운률을 탐구하고있으며 운률이 그 사상정
서적내용을 보충하고 부각시키는데 복무하고있다.

우리는 우에서 든 례를 통하여 자유시의 운률문제는 시의
내용과 형식의 호상관계의 측면에서 옳게 해명해야 한다는것
을 알수 있다.

우선 자유시는 기존형식에 내용을 들어맞추는것이 아니라
내용에 따라 그에 알맞는 운률을 창조한다.

자유시의 운률은 시인의 머리속에서 미리 준비되거나 이
미 짜놓은 음절수배합의 일정한 양식에 의하여 조성되는것이
아니라 그것은 생활이 시인에게 제시해주며 시적주제, 사상감
정이 시인에게 제시해주는것이다. 즉 현대자유시의 운률은 그
사상정서적내용이 요구한것이며 그것은 사상정서적내용을 완성
하기 위한것이다. 이것은 현대자유시가 무한히 다양한 운률적
형태를 가진다는것을 의미하며 매 편의 시마다 자기의 운률,
구조적형식이 있으며 자기의 내용에 맞는 독자적인 운률을 가
지게 된다는것을 의미한다.

시대가 발전하고 생활이 더 풍부하고 다양해짐에 따라 시

는 응당 시대감정을 담아야 하는데 이런 시대감정은 그 어떤 정형시의 격식화된 음절적틀로써는 담을수 없을만큼 벅차고 다양하다. 이런 현실은 시에 무한히 다양하고 자유로운 운률 구사를 요구한다.

다양한 생활은 저마다 다른 생활정서와 음악적흐름을 갖고있다. 시에서 운률은 바로 이런 다양한 생활정서와 음악적흐름에 그 바탕을 두고있다. 또 시인은 시적체험과정에서 생활정서와 음악적요소들을 자기의 창작적개성에 의하여 파악하고 받아들인다. 이와 같이 생활정서와 운률의 바탕인 생활의 다양성과 시인의 창작적개성이 현대자유시의 다양성과 독창성을 조건짓는다.

여기에 현대자유시운률조성의 다양성의 근거가 있으며 현대자유시운률의 본질적특성과 우점이 있다.

다음으로 자유시에서는 외형적운률의 인위적조성보다 시의 사상정서적흐름의 파동, 의미적내용의 굴곡을 더 중요시한다.

운률은 사상감정의 흐름과 굴곡의 형식적반영이다. 자유시는 그 어떤 음절수의 규칙적반복에 의한 고정된 규범의 제약을 받지 않는만큼 창작에서는 보통시의 의미적내용에 충실하면서 거기에 음의 률동을 복종시키는것이 특징적이다.

그리하여 자유시의 운률이 정형시와는 달리 보다 시의 사상정서적내용에 충실하다는것으로 하여 창작실천에서 자칫하면 음절군의 규칙적배합에 의한 외형적인 운률조성을 무시할수 있다.

그러면 현대자유시에서 어떻게 운률현상이 일어나는가?

자유시는 음악과 분리되여 운률조성에서 자유률을 획득한 시이다. 그러면 왜서 자유시의 운률을 자유률이라고 부르는가? 그것은 자유시가 시적감정의 자유로운 표현에 맞게 종래의 정형시의 음절배합의 격식을 타파하고 다양한 음절어들을 격식없이 운률적으로 리용하며 시행의 길이도 각이하며 시행수, 련수도 상대적으로 자유롭기때문이다.

이와 같이 자유시는 정형률의 구속으로부터 해방의 구호를 들고 나온 시형식이지만 운률로부터의 자유와 해방을 의미하는것이 아니며 음절의 자유로운 음악적배합과 운률조성의 보조적수단에 의하여 류창한 시적운률을 조성해야 한다.

조선시가의 운률조성기본원리는 정형시에만 작용하는것이 아니다. 정형시나 자유시나 할것없이 음절수의 배합에 의해 운률이 조성되는 민족시가의 운률조성기본원리가 적응된다. 오직 정형시는 음절수의 배합이 규칙적이라면 자유시는 그 음절수의 배합이 불규칙적이고 복잡할뿐이다. 결국 자유시란 규칙적인 음절수배합의 제한을 받지 않는다는 점에서 정형시와 구별된다.

현대자유시가 아무리 자유시라고 해도 운문인만큼 불규칙적이지만 음악적으로 일정한 음절수의 배합형태를 취하면서 운률을 조성해야 한다.

자유시운률조성의 징조는 민족고전시가인 민요, 향가, 고려가요, 가사(歌辭) 등에서 이미 나타났다.

쪘네쪘네/모를/한짐 쪘네//
여보소/계원님네//일심져서/찌여보세//
쪘네쪘네/너두나/한짐 쪘으면//
나두나/한짐 쪘구나//

(민요 《모찌는 소리》)

여기서 보다싶이 이 민요의 음절군배합형태는 자유시에
못지 않은바 2, 3, 4, 5 음절군들의 불규칙적인 배렬에 의해
운률이 이루어졌다.

불근/바호/가해 //
자바모손/어미쇼/노하겨시고 //
나할/아닌디/붓그리샤단 //
곳할/것거/반자호리미다 //

(향가 《꽃홀가》)

여기서는 2, 3, 4, 5, 6 등 음절군들이 불규칙적으로 배
렬되여 운률이 조성되였는데 그 배렬은 음악적으로 되여있다.

구월/구일애 //
아으/약이라/먹는 황화 //
고지/안해/드니 //
새셔가/만하얘라 //
아으/동동다리 //

시월애/
아으/져미연 // 바랏/다호라 //
것거/바라신/후에 //
디니실/한 부니/업스샷다 //
아으/동동다리 //

(고려가요 《동동》 제10, 제11 분절)

《동동》의 운률은 정형률이 아니다. 보는바와 같이 시행내에서의 음절군의 결합형태도 매우 자유로우며 2, 3, 4 음절군들이 아무런 격식도 없이 자유롭게 결합되였다. 그럼에도 불구하고 이 가요가 약동하는 음악성으로 충만된것은 2, 3, 4 등 음절군들이 자유로우면서도 음악적으로 배렬되여 쓰인데 있다.

두견이/울음운다//
이 산으로/가며/귀촉도//
저 산으로/가며/귀촉도//
짝을/지어서/울음운다//

(잡가《새타령》)

잡가에서는 기본률조를 떠난 파격적인 현상이 특히 많았다. 이런 파격현상은 가사의 기본음조인 3·4조나 4·4조를 몰라서가 아니라 사상정서적내용의 표달에서 오는 자연적인 파격이였다.

이로부터 알수 있는바 자유시는 비록 규격화된 음절수에 의한 정형률에서 해탈된다 해도 시어의 음악적배렬조직에 의하여 운문시가로서의 형식을 갖추어야 한다.

그러면 자유시에서의 음절군들의 불규칙적결합, 자유로운 결합에서 운률이 어떻게 조성되는가?

우리 민족 시가의 운률적기초는 동일량의 음절군배합형태의 반복에 있다. 현대자유시작시체계도 이 민족시가의 운률적기초에 의거하고있다.

자유률은 민족시가의 운률적유산을 적극 리용하는 운률형 식으로서 정형률을 완전히 배제하는것이 아니며 그 제 요소들을 적극 활용한다.

조선시가의 운률적현상은 중세기정형시와 현대자유시에 있어서 적지 않은 차이를 보이고있지만 본질상 한가지 기초원리에 의거하고있다. 현대자유시에서는 조선어의 어음론적특징을 부인하지 않으며 우리 민족이 오랜 력사행정에 시가창작에서 쌓은 운률적기초형성의 민족적특징을 부인하지 않는다. 그들사이 차이는 주요하게 중세기정형시가가 운률조직에서 운각의 리용과 시행조직을 극도로 격식화한데 반하여 현대자유시는 운각의 리용과 시행조직을 다양하게 한데 있다.

자유시가 음절군배합에서 아무리 자유롭다 하여도 거기에는 일정한 반복의 법칙이 작용하고있는것이다. 따라서 음절군배합에서의 자유는 정형시에 비한 상대적자유이지 결코 작시규범과 민족시가의 운률적기초를 부정하는 절대적인 자유는 아니다. 자유시에서 음절군결합은 자유롭고 불규칙적이지만 불규칙결합의 반복형태가 있는것이다.

오늘 운률이 좋다고 인정되는 현대자유시작품을 보면 모두 우리 민족 시가의 운률적기초에 의거하고있음을 볼수 있다.

옥같은/맑은 물/흘러내리는 //　　　　3/3/5 //
시내끼고/올라가면 //　　　　4/4 //
찻봉산/기슭이라 //　　　　3/4 //

응달이/져서 // 으슥한/골짜기엔 //　　　　3/2 // 3/4 //
깊고얕게/고이여/흐르는 물 //　　　　4/3/4 //

세상에선/아끼는/물이라//   4/3/3//

찌는/볕이/지나도//   2/2/3//
보이는/사람은/없이//   3/3/2//
물길은/굽어/내리고//   3/2/3//
돌씻는/소리만/나네//   3/3/2//

(박세영 《처녀동》)

여기서는 2, 3, 4, 5 음절군의 각이한 결합으로 하여 그 반복형태가 쉽게 눈에 안겨오지 않는다. 그러나 이 시를 자세히 살펴보면 2, 3, 4, 5 음절군의 결합의 련속, 교차, 점차적 확대와 축소 등의 반복을 통하여 률조가 조성되고있다. 이것을 구체적으로 보면 다음과 같다.

•동음량동위반복률:

    4/4//
    3/4//

•수미반복률:

    ○ 4/3/4//
    ○ 3/2/3//

•이음량련속반복률(확대와 축소):

○ 3/3/5 //
○ 3/4 //
○ 2/2/3 //
○ 4/3/3 //
○ 3/3/2 //

• 이음량혼성률:
○ 3/2 // 3/4 //

이와 같이 이 시에서는 2, 3, 4, 5 음절군의 음악적배렬에 의하여 음수률의 여러가지 형태를 조성하고있다.

그리고 이 시에서는 한련에서 매 행의 음절수가 큰 차이가 없으므로 한련에서 운률이 비교적 고르롭게 조성되고있다.

내가 만일/까치라면 //
내가 진정/까치라면 //
칠월칠석/아니여도 // 견우직녀/만나라고 //
날마다/훨훨 날아 // 오작교/놓을것을 //

(박화《내가 만일 까치라면…》)

이것은 현대자유시이지만 음악적흐름이 충만되여있다. 이런 음악적흐름은 1, 2 행과 3행에서 리용한 4·4조에 의한 동음량련속반복률, 4행에서 조성된《3/4 // 3/4 // 》와 같은 이음량동위반복률에 의하여 이루어지고있다.

고개뒤에/또 고개 //　　　　4/3 //

몇몇이나/있으련고//   4/4//
넘어넘어/또 넘어도//   4/4//
기다린듯/다가만 서라//   4/5//

(조기천 《백두산》)

보다싶이 이것은 정형률에 없는 음절군결합이다. 그러나 우리는 여기서 음절군의 음악적배렬을 찾아볼수 있다. 여기서는 4음절군이 기본을 이루면서 특수하게 3,5 음절군을 섞어쓰고있다. 그러나 우리는 시를 읊을 때 3음절군과 5음절군의 말도 4음절군에 동화시켜 읊게 된다. 《또 고개》라고 할 때 《또》의 발음은 2음절어의 호흡으로 읽게 되며 《다가만 서라》에서 《다가》라는 두마디의 발음은 받침이 있는 글자 하나를 읽을 때와 같은 소리의 량으로 읊게 된다. 이것은 그 말 자체의 소리의 특성에서도 오지만 중요하게는 그 련속에 4음절어가 많으므로 자연히 동화되여 읽기때문이다. 그리고 이것은 우리말의 고저, 장단도 운률조성에 중요하게 영향을 미침을 실증해준다. 이리하여 이 시의 음절수반복은 불규칙적이지만 음미하는데서는 거의 규칙적인 반복 즉 4·4조와 같은 인상을 주면서 운률을 조성한다.

고향산천/바라보는/이 순간에도//
내 가슴에/깊이깊이/느껴지는것은//
사람도/산천도//마을도/옥토도//
뜨겁게/안아주신//당의/넓은 품//

(리상각 《꽃피는 내 고향》)

여기서는 1, 2 행이 동일한 음량가를 가지고 대응되고 3, 4행에서는 각각 시행의 전반부와 후반부가 동일한 음량가를 가지고 대응되면서 운률을 조성하고있다. 이렇게 대응관계를 조성시키는 경우 부동한 음절수는 문제로 되지 않는다.

노을/한자락이 //
서산에/아름다운데 //
이슬/한방울 //
풀잎초리/붙잡고있네 //
가는/바람결에 //
떨어질가/아슬아슬해 //
어스름/한줌에 //
먹힐가/조민조민해 //
혼신/다해 //
대롱대롱/매달려있네 //

(최룡관 《선살을 살면서》)

여기서는 2·4조, 3·5조, 2·3조, 4·5조, 3·3조, 2·2조가 배합되여 쓰이였는데 하나의 기수행과 하나의 우수행이 서로 조응하여 하나의 통일을 이루면서 시적운률을 산생시키고있다. 조응되는 형태 5개가 반복되여 렬거의 어조를 동반하면서 전체의 운률을 강화하고있다.

그립던/고향을/눈앞에 두고 //
꿈같은/변천을/황홀히 보며 //

들뛰는/마음을/진정 못한채 //
고향의/나루터에/서성거릴제 //

(김철 《나루터》)

이 시련의 음절수와 음절군배합을 도해하면 다음과 같다.

3 · 3 · 5

3 · 3 · 5

3 · 3 · 5

3 · 4 · 5

한행에서 보면 3·3·5는 불규칙적인 음절군의 결합이지만 그러나 이것이 전 련에서는 3번 반복되고있다. 그리하여 여기서는 6·5조가 기본음조로 되여 불규칙적인것이 규칙적인것으로 전환되였음을 말해준다. 이 시련에서 운률이 조성되는것은 바로 여기에서 기인된다. 제4행에서는 3·4·5조로 변조하고있는데 이것은 3·3·5의 변조굴절로서 단순성, 평탄성을 피면케 한다.

이상의 분석에서 알수 있는바 현대자유시에서는 시행 또는 시련에서 동일량의 일정한 음절군의 결합과 반복이 각종 반복형태를 통하여 진행되는바 여기에 바로 운률조성의 근거가 있다. 현대자유시의 음절군결합의 불규칙성은 운률의 불규칙성을 이야기하는것이 아니며 여기에도 엄연한 규칙성과 규범성이 있다.

자유시는 다양한 음절군의 자유로운 결합에 의해 이루어진다 하더라도 대응관계에 놓이는 음절군의 결합은 호흡률과 통일되여야 한다.

>　사시장철/꽃피는/광동땅//
>　광동/아가씨는/꽃을 파네//
>
>　주강의/물우에/꽃배 띄우고//
>　백운산/령길에/꽃마차 달려//
>　광주의/거리에//꽃물결/밀려드네//
>　광동/아가씨는//꽃을/파네//
>
>　날밝으면/새해/설명절//
>　식구들/단란히/모일터인데//
>　그믐밤/지새도록//꽃은/왜 파느냐//

(김태갑 《광동아가씨》)

　여기서는 한련에서 포함되는 행수가 다르고 행의 길이 즉 행안에서의 음절수량도 각이하며 음절군의 음절수도 2, 3, 4, 5 등이 아무 구속 없이 사용되였다.

　그러나 대응관계에 놓인 음절군의 결합이 호흡률과 통일되였기에 그 률조는 매우 아름답다. 1련의 두행은 각각 대응하는 음절군의 결합을 이루고 하나의 호흡률을 형성하였다. 2련의 1, 2 행은 각각 6·5조로 되였는데 서로 대응하는 음절군의 결합을 이루고 하나의 호흡률을 이루었고 3,4 행은 각각 한시행이 하나의 운률적단위로 되였다. 3련의 호응하는 첫 두행은 하나의 운률적주기를 형성하면서 하나의 호흡률을 형성하고 3행은 한 시행이 하나의 운률적단위로 되였는데 음악적선률을 강화하고있다.

이 시는 전체가 아름다운 음악적인 시적운률을 나타낼수 있게 그 음절이 조직되여있다. 이렇게 민족의 호흡률과 운률적관습에 맞는 일정한 수량의 음절군을 가진 시행, 시구들의 대응관계가 있으며 균형이 잡힌 시구가 주기적으로 반복되고 있다.

자유률은 운률구조가 시인의 독창성과 개성에 의하여 선택, 조성되므로 운률조성의 다양한 수법과 수단의 기능이 높아지고 시인의 높은 운률적기교가 요구된다.

자유시에서 음절군의 자유로운 결합은 다양하고 독창적인 운률을 창조할수 있는 가장 중요한 특징이며 장점이다. 그러나 여기에는 음절군의 동일단위성의 반복이 아닌 불규칙적인 자유로운 결합으로 인한 산문화의 경향에로 떨어질수 있는 요소도 내포하고있다.

이리하여 정형시에서보다 자유시에서는 보조적수단의 역할이 더욱 커지는바 운률조성의 보조적수단은 자유시에서 나타날수 있는 산문화의 경향을 극복할수 있는 수단으로 쓰이며 운률적기초를 도와 운률조성을 돕고 개성적인 운률을 창조함에 이바지한다.

그러므로 우리 시인들은 운률조성의 기본수단뿐아니라 보조적수단을 솜씨있고 다양하게 활용하여 다양하고 독창적인 운률을 창조해야 한다.

현대자유시에서의 운률문제를 다음과 같이 개괄하여 말할수 있다.

첫째, 자유시는 정형시의 작시법체계에서 벗어나 자유롭게 운률을 조직하는 시로서 사상감정을 자유롭게 표현하는데 맞게 운률을 조직한다.

자유시의 운률은 시인의 사상감정의 흐름과 굴곡의 형상적반영이며 시의 사상감정, 정서의 률동이 물질적으로 표현된 것이며 숨결의 흐름이다. 따라서 서정시의 운률은 노래하는 내용, 생활, 정황에 따라 달라지며 또한 대상에 대한 시인들의 개성적체험에 따라서 다를수 있다. 이리하여 자유시의 운률은 무한히 다양하다.

둘째, 자유시의 운률은 음절군의 불규칙인 배합과 반복에 의해 이루어지는데 민족시가의 운률적기초에 의거하고있다.

자유시의 운률에 대한 작시법적 연구와 창작실천이 많이 진행되였으나 아직 해결해야 할 문제들이 많다.

우리 시인들은 자유시창작에서 도달한 성과에 자만하지 않고 자유시창작에서 일대 비약을 이룩하기 위하여 새로운 운률탐구를 부단히 진행하고있다.

중국조선족시단을 놓고 보면 대체로 70년대까지는 7·5조와 7·5조의 시행을 기둥으로 삼은 시문장형식이 주류가 되여 자유시가 창작되였다고 말할수 있다. 이런 운률조직은 우리 민족 시가의 시문장형식의 발전력사에서 비교적 세련되고 공고화된 한 운률형태를 보여준다는데서 적극적인 의의를 가진다.

그러나 이런 상대적규격화로 하여 우리 중국 조선족시단의 운률조직이 7·5조에만 매달린다면 현대인의 복잡한 감정, 현대생활의 복잡하고 다양한 절주를 폭넓게 담기 어려운것이다.

중국조선족시단에서는 새로운 력사시기에 진입한 이래 개혁개방과 사상해방의 물결속에서 7·5조의 구상에 도식적으로 매달리지 않고 격변하는 생활과 날로 다양해지는 정서적생활을 반영함으로써 80년대로부터 점차적으로 새로운 운률조직을 탐구하여 7·5조의 공고화된 운률조직에서 벗어나 시행내에서의 음절군결합을 다양하게 조직하였다.

례컨대 지난 시기 7·5조의 음악적운률을 추구하던 시인 박화는 개혁개방이후 현대생활의 절주를 반영하여 7·5조에 얽매이지 않았다.

<pre>
        울타리/꿍꿍//   3/2//
        울타리/꿍꿍//   3/2//

        보이든/안보이든//   3/4//
        세상/울타리//   2/3//

        원하든/안원하든//   3/4//
        울타리/세상//   3/2//

        언제인가/기필코//   4/3//
        없어질/것을//   3/2//

        울타리/꿍꿍//   3/2//
        울타리/
        꿍/   3/1/1//
        꿍//
</pre>

(박화《울타리에 관한 서정별곡》)

여기서는 3·2조, 3·4조, 2·3조, 4·3조 등을 자유자재로 그리고 음악적으로 배렬함으로써 닫겨진 공간에 대한 염

오와 반발, 열려진 세상에 대한 갈망과 동경을 운률적으로 표현하였다. 이것은 정형시가 아닌 현대시에서 정서적내용을 능동적으로 담기 위한 운률조직이며 자유시에서의 요구를 실현하면서도 운률적인 균형에 조화를 보장하기 위한 효과적인 탐구라 할수 있다.

> 하나의 피줄속에
> 굽이쳐 오면서
> 두만강 대동강 한강을 다 합하여
> 백두의 폭포수로 쾅쾅 쏟아질줄도 아는
> 아버지의 눈빛을 거쳐
> 온세상 만물을 이름지으며
> 해
> 달
> 별
> 천만년 이어온
> 그 빛발과 같이
> 또다시 천만년을 이어갈
> 우리 말

(석화《우리 말 우리라는 말》제4련)

여기서 보다싶이 이 시는 현대생활의 절주를 반영하여 때로는 긴 시행으로, 때로는 의도적인 짧은 시행으로, 때로는 한 음절로(해/달/별) 시행을 조직함으로써 7·5조의 운률적조직에서 철저히 해방되였다.

2. 동시와 그 음수률

동시와 동요는 다같이 아동문학의 형태들이므로 그 사상 정서적내용에 있어서나 시형식상에 있어서 많은 공통점을 가지고있다.

그러나 동시와 동요는 서로 다른 점도 갖고있다.

동시와 동요의 가장 본질적인 차이는 운률을 조직하는데서 나타난다.

동시는 곡을 붙여 노래부를것을 전제로 하지 않고 읊기 위해서 씌여지는 어린이들의 서정시이다. 즉 동시는 아이들의 감정정서를 반영한 서정시이다. 동시라는 말 자체가 아이들의 시라는 뜻에서 씌여진것이다. 이것은 동시가 대상성을 가진 서정시라는것을 말해준다.

동시는 동요와는 달리 유년기를 벗어난 소학교, 중학교 학생들을 대상으로 하기에 시적구조가 복잡하고 사상감정도 더 깊으며 감정정서를 자유롭게 조직하게 된다.

동요가 짧은 형식에 정형률이 지배적이라면 동시는 그 분량이나 구조형식 또는 음절결합관계에서 동요의 째인 틀에서 벗어나 자유롭게 씌여진다. 즉 시행길이, 련들의 시행수가 일정하지 않으며 운률에서도 비교적 단조로운 동요적형태에서 벗어나 자유률이 지배적이다. 이런 의미에서 동요는 정형시와 비슷하고 동시는 자유시라 할수 있다.

뚱땅뚱땅/메끝에선 //   4/4 //

금별이/반짝 //   3/2 //

풀럭풀럭/풀무에 //   4/3 //

불길이/활활//   3/2//

우리 형님/헹헹//   4/2//
기운차게/메질하며//   4/4//
반짝반짝/벼려요//   4/3//
가을걷이낫을/벼려요//   6/3//

(김득만 《야장간》)

　　보는바와 같이 여기서는 같은 수량의 음절수를 규칙적으로 반복시키지 않고 자유롭게 운률을 조성하였다.
　　동시가 자유롭게 사상감정을 표현한다고 해서 아무런 운률도 없이 산문화되게 해서는 안된다. 다만 음절의 결합관계가 규칙적인 동요에 비해서 상대적으로 자유로울뿐이다.
　　동시는 운률조성에서 자유률에 속하지만 동시가 아이들을 위한 시이기에 아이들의 정서에 맞게 음악적효과성을 높여야 한다.
　　그러자면 동심세계에 맞게 음절들을 조화롭게 엮어서 동적인 운률을 강하게 조성해야 한다. 기실 아이들은 률동과 음악적인 현상을 즐겨하기에 운률을 더 치밀하게 조직해야 한다.
　　동시의 운률적기초는 동요와 같다. 상대적으로 자유시라는 점에서 음수률은 거의 정형화하지 않아도 된다.

소쩍새 우는/산촌의/밤//
소리없이/깊어만/가는데//
금쟁반같이/둥근달아//

(리수길 《달아 별아 밝은 빛 뿌려주렴》)

이 동시에서 정형률은 주어지지 않았다. 그러나 대응되는 두 음절군 결합형태에 의하여 조화롭게 자유률을 형성하고있다.

동시에서의 음절군결합은 동요에 비해 상대적으로 자유롭지만 어린이들의 정서에 맞게 운률을 조직하는데서 규칙적인 음절군결합을 시도한 작품도 많다.

(강길 《둥근달아》)

여기서는 첫련의 음절군결합형태가 두번째 련에서 똑같이

반복되고있다.

<pre>
     울긋불긋/꽃들이//   4/3//
     곱게곱게/피여도//   4/3//
     물이/없다면//   2/3//
     물이/없다면//   2/3//

     홍송백송/꿋꿋이//   4/3//
     높이높이/자라도//   4/3//
     흙이/없다면//   2/3//
     흙이/없다면//   2/3//
</pre>

(박화 《영예지닐 때》)

　이 두 시련에서는 똑같이 4 · 3조와 2 · 3조에 의한 이음량동위반복률이 조성되였다.

<pre>
     4/3//4/3//
     2/3//2/3//

     풍년벌의/잠자리/
     고운 잠자리//   7/5//
     가을바람/동동 타고/
     날아들더니//   8/5//
     고개숙인/벼이삭에/
     앉으려 해요//   8/5//
</pre>

잠자리야/잠자리야/
앉지를 말아 //   8/5 //
우리 나라/주체농법/
빛발속에서 //   8/5 //
토실토실/알알이/
잘 익는 이삭 //   7/5 //

너무너무/벼알이/
무겁게 달려 //   7/5 //
땅에땅에/벼이삭/
닿을듯한데 //   7/5 //
너마저/앉으면/
부러질라야 //   6/5 //

(리원우 《풍년벌의 잠자리》)

여기서는 7·5조(6·5조와 8·5조는 7·5조의 변형이다)
에 의해 운률을 조성하고있다.

제5장 운률조성의 보조적수단

제1절 보조적수단의 류형과 운률적기능

운률조성의 보조적수단이란 운률조성의 기초를 보충하여 시가의 운률성을 더욱 높이는 수단을 말한다.

조선시가의 운률조성방도에는 기본수단과 보조적수단이 있다.

운률적기초는 운률조성의 주도적요소이고 보조적수단은 운률적기초를 보충하고 풍부화하여 운률을 더 음악적으로 완성시키는 보조적요소이다.

작시법의 기본요소는 운률적기초이다. 우리 민족 시가에서의 주되는 운률적기초는 일정한 음절수의 규칙적 혹은 불규칙적 배렬에 있다. 즉 일정한 음절수들을 규칙적 혹은 불규칙

적으로 배합하는데서 음악적요소의 굴곡이 이루어져 음수률이
형성된다. 때문에 시가에서 운률적기초를 잘 구현하는것은 운
률조성의 기본요구이다. 운률적기초가 잘 구현되여야 시가의
사상정서적내용이 비로소 운률적파동에 실리게 된다. 그러므
로 우리들은 운률조성의 방도를 연구함에 있어서 우선 이 운
률조성의 기본수단을 연구해야 한다.

다음으로 우리들은 운률조성의 기본수단이외에 다양한 감
정정서를 음악적으로 표현하는데 훌륭히 이바지하는 운률조성
의 많은 보조적수단을 깊이 연구해야 한다.

운률적기초의 구현은 운률의 완성을 의미하지 않는다. 운
률적기초는 운률이 운률로 되게 하는 기본조건을 지어줄뿐 운
률의 높은 음악성과 다양성, 시대성과 독창성을 담보하지는
못한다. 그러므로 시가창작에서 음악적운률을 창조하자면 운
률조성의 기본요구를 잘 구현하는 동시에 운률조성의 기초를
보충하여 시가의 운률성을 더욱 높이는 보조적수단들을 능란
하게 리용해야 한다. 보조적수단은 운률적기초를 보충하고 풍
부화하여 시가의 운률을 더욱 음악적으로 완성시켜준다.

우리 시문학이 축적한 보조적수단은 매우 다양하며 운률
조성수단의 풍부한 보물고를 이루고있다. 우리 민족 시가에서
는 운률조성의 기본수단이 세련되고 민족적이고 시대적이였을
뿐아니라 운률조성의 보조적수단도 극히 다양하고 민족적이고
시대적이였다.

운률조성의 보조적수단이 극히 다양하고 민족적이기에 우
리 민족 시가에서 운률조성에 작용하는 그 수법들을 낱낱이
밝혀내여 그 운률조성의 민족적특징을 연구해야 한다.

운률조성의 수단인 보조적수단은 고정불변한것이 아니라
시대의 사상, 미학적 요구에 따라 변화발전한다. 이것은 우리

시가의 력사적발전과정을 보아서 충분히 알수 있다. 우리 민족 시가의 기본음조는 물론 보조적수단도 유구한 력사를 두고 력사적으로 발전해온만큼 마땅히 그 력사적발전을 고찰해야 한다.

그리고 해방후 우리 시가문학은 고전시가의 유산을 비판적으로 계승하여 그 사상내용에서뿐아니라 형식에 있어서도 비약적인 발전을 가져왔으며 여러가지 표현수법과 함께 운률조성의 보조적수단들도 더욱 다양화되고 풍부화되였다.

오늘 우리 시가문학에서 활용하고있는 보조적수단의 다양한 종류와 그 특성을 밝힘에 있어서 우리 민족 고전시가가 넘겨준 유산과 해방후 우리 시문학이 보조적수단을 보충풍부화시키는 과정에 축적한 풍부한 실천경험에 의거하는것이 매우 중요하다.

보조적수단은 여러가지 기준에 따라 나눌수 있다.

보조적수단은 작용대상에 따라 즉 음수률강화에 작용하는가, 음향률조성에 작용하는가, 률조의 조절기능을 수행하는가에 따라 구분할수 있다. 또는 어음, 어휘, 토, 문장중 어떤 법칙을 리용했는가에 따라 몇가지로 나누어 볼수 있다. 그리고 문장론에 적을 둔 수법인가, 수사학에 적을 둔 수법인가, 음상학에 적을 둔 수법인가에 따라 각각 구분할수도 있다.

보조적수단의 종류 구분에서 운률조성의 보조적수단과 시문장의 표현수법을 엄격히 구별해야 한다.

보조적수단은 운률조성에 직접 참가하여 운률조성을 보조하는 수단이고 문장론적표현수법은 시문장의 의미적내용과 표현성을 높이기 위한 수법이다.

보조적수단과 시문장의 표현수법은 긴밀히 련관되여있다. 그것은 시문장자체가 의미적기능, 표현적기능, 운률적기능을 동시에 수행하기때문이다. 그러나 보조적수단과 시문장의 표현수법은 시문장에서 노는 역할이 다르므로 엄격히 구별해야 한다.

대조, 대구, 렬거, 점층, 왕복, 련쇄 등은 의미정서적내용의 표현에 쓰이는 문장론적범주에 속하지만 동시에 음향 및 률조를 간접적으로 보조하므로 보조적수단의 개념에 통합된다. 시운률론에서 이런 수법의 특성을 밝힘에 있어서 오직 운률적기능만을 문제시하여야 한다.

그러면 아래에 우리 말의 어떤 법칙을 리용했는가 하는 기준에 따라 보조적수단의 류형을 나누어보기로 하자.

우리 민족 시가에는 어음, 어휘, 문장, 토의 민족적특성과 그 법칙을 리용하여 만들어진 운률조성의 보조적수단들이 체계적으로 발전되여있다.

운률조성의 보조적수단은 크게 어음론적수단, 어휘—문장론적수단, 형태론적수단으로 갈라진다.

어음론적수단은 주로 우리 민족 시가의 음수률, 음질률 조성에 참여한다.

어음론적수단가운데서 압축법, 략음법, 가음법, 연음법, 음절반복 등은 음절수를 조절하는 기능을 수행하는데 이미 제2장 제1절 3에서 고찰하였다. 그리고 압운법, 가조법, 가음법(유향자음받침의 첨가), 시행끝에서 모음과 유향자음의 반복, 양성모음과 음성모음의 리용 등은 음상학적수단으로 리용되여 음질률을 조성하는데 이미 제3장 제3절 3에서 고찰하였다. 중간휴식법은 억양으로 음향률조성에 참여한다.

어휘—문장론적수단들은 주로 민족시가의 운률적기초를 도와 음향률과 음질률 조성에 참여한다.

어휘—문장론적수단가운데서 반의어의 리용, 동의어의 리

용, 반복법, 렬거법, 점층법, 대구법, 대조법, 련쇄법, 문답법, 자문자답법, 왕복법, 단어맞물림법, 다접속, 풀이법 등은 반복률조성에 참여하며 전도법, 호소법, 수사학적감탄, 반문법, 의문법, 제시법, 무언 등은 어세나 억양 또는 여운으로 그 음향가를 높여 음향률조성을 돕는다. 그리고 첩자법, 의성의태어법, 의성의태어적 조흥구와 후렴구의 리용 등은 음상학적수단으로도 리용되여 음질률을 조성한다. (제3장 제3절 3을 참고하라) 또 묶어서 잇는 수법은 음절수를 조절하는 기능을 수행한다. (제2장 제1절 3을 참고하라)

형태론적수법은 민족시가의 운률적기초를 도와 주로 음질률과 음향률조성에 참여한다.

형태론적수법가운데서 토반복법은 음질률조성에 참여하고 무접속법은 음향률조성에 참여한다. 그리고 토를 떼고붙이는 수법은 음절수를 조절하는데 제2장 제1절 3에서 이미 고찰하였다.

운률조성의 보조적수단에 대한 깊은 연구는 우리 민족 시가에 있어서의 운률조성의 경험과 운률형식의 형성과정을 력사적으로 볼수 있게 하며 오늘 시가창작에서 민족적특성을 높이고 현대 정형시와 자유시의 운률조성을 방조할것이다.

특히 이 보조적수단에 대한 연구는 현대자유시창작에 극히 큰 실천적의의를 가진다. 자유시는 음절군의 결합이 불규칙적인 관계로 운률조성에서 많은 힘을 넣어야 한다. 자유시에서 다양한 보조적수단들이 노는 작용은 매우 큰바 운률조성을 위하여 많이 리용되고있다.

운률조성의 보조적수단은 아래와 같은 세가지 운률적기능을 수행한다.

첫째, 음수률을 조절하는 기능을 논다.

이것은 시어음량 즉 음절수가 많거나 적을 때 조화롭게 률조를 조절하는 기능을 말한다. 이런 기능은 제2장 제1절 3 에서 본 운각의 음절수를 조절하는 수법 즉 가음법, 연음법, 음절반복, 압축법, 략음법, 묶어서 잇는 수법, 토를 떼고 붙이는 수법 등이 놀게 된다.

하늘엔 뭇별들이 호올로 조을고
대동강 물결소리만이 정겹게 들려오던
밤도 퍼그나 깊었는데

(김태경 《영원한 그 사랑 조국의 품이여》)

이 시에서는 《홀로 졸고》에 《올》이 각각 가음되여 《호올로 조을고》로 되였는바 음수에서 2·2가 3·3으로 됨으로써 3·3조 반복률조가 조성되고 또 유향자음 《ㄹ》이 반복됨으로써 울림성이 강한 음향률을 산생시키고있다.

둘째, 음질률을 조성하는 기능을 수행한다. 이런 기능은 음상학적수단 즉 압운법, 가음법(유향자음받침의 첨가), 가조법, 시행의 끝에서 모음과 유향자음의 반복, 양성모음과 음성모음의 리용, 의성의태어법, 첨자법, 의성의태어적 조흥구와 후렴구의 리용, 토반복법 등이 수행한다.

첩첩층암이 창공을 치뚫으고
절벽에 눈뿌리 아득해지는 이곳

(조기천 《백두산》)

여기서 가조법으로 쓰인 자음《ㅊ》의 음향적반복은 맑고 청량한 음향의 울림을 조성하여 음질률을 이루고있다.

이 시를 다음과 같이 고쳐보자.

겹겹한 바위돌 반공에 춫았고
절벽에 눈뿌리 아득해지는 이곳

여기서는 음수배렬에서 우의 시와 별차이가 없어 같은 음수적률조를 느끼나 맑고 청량한 음향의 울림은 느낄수 없다.

셋째, 음수률을 강화하는 기능을 수행한다.

이것은 운률적기초를 실현하는 음수률을 보충하여 더 풍부히 해주는 기능을 말한다.

이런 기능은 주로 어휘—문장론적수단이 수행하게 된다.

달빛은 고요히 흘러흘러
포전에 은빛무늬를 짜고
달빛은 부드럽게 내려내려
과일동산을 얼싸안는다

(김응준《월청의 달밤》)

여기서는 1행과 3행의 끝이 각각 같은 단어의 반복으로 되여있다. 이 시를 다음과 같이 고쳐보자.

달빛은 고요히 흘러서는
포전에 은빛무늬를 짜고
달빛은 부드럽게 내려서는

이렇게 해도 음수배렬이 같기에 음수률에서는 아무런 변화가 없다. 그러나 고치기전의 시에서 더 아름다운 음조미를 느끼게 되는것은 반복의 운률적효과가 운률적기초를 보충했기 때문이다.

이와 같이 보조적수단은 시가의 다양한 운률을 담보하는데 큰 의의를 갖고있다.

보조적수단은 운률적기초를 보충하여 시가의 음악성을 더욱 높일뿐만아니라 시가형상의 독창성과 개성화를 담보하는 중요한 수단으로 된다.

오늘날 새로운 운률창조에서 보조적수단은 시인의 독창성을 발현시키는 가장 중요한 요소이다. 그것은 보조적수단이 운률조성의 제 요소에 다 작용하기때문이며 시인의 시적기교에서 개성을 발현할수 있는 기본수단이기때문이다.

그러므로 우리 시인들은 보조적수단을 창조적으로 리용하여 구체내용에 적응한 독창적인 새로운 운률을 창조하기에 노력해야 한다. 새로운 운률을 떠난 시가의 독창성이란 있을수 없다. 우리가 한편의 시를 썼을 때 그 운률조성에서 다른 시와 류사성이 나타나면 그는 벌써 자기의 독창성을 잃게 된다.

따라서 보조적수단은 시인들에 의하여 부단히 높아가는 현시대 우리 인민들의 미학적요구에 맞게 독창적으로 리용될 때만이 형상적수단으로서의 자기 사명을 다할수 있는것이다.

내용과 형식, 사상정서와 운률의 완벽한 통일은 시인들의 작시법의 높은 기교에 의해서만 달성될수 있다. 그러므로 우리 시인들은 운률의 기교를 높이기 위하여 시가운률의 기초원리와 함께 여러가지 보조적수단에 대하여 정통해야 하며 그것을 창조적으로 리용해야 한다.

그러면서 우리들은 보조적수단의 리용을 정서적내용과 떼여놓을 때 운률조성에서 형식주의에 떨어지고 반면에 보조적수법의 기능을 과소평가하면 산문화의 길로 나간다는것도 알아야 한다.

그러면 아래에 보조적수단의 대표적인 형태들과 그 특성에 대하여 고찰해보기로 하자.

제2절 반복의 수법

운률조성의 보조적수단가운데서 여러가지 반복형태를 잘 살려쓰는것이 자못 중요하다. 그것은 일찍부터 우리 인민들이 같은 시간적간격을 두고 류사한 현상의 규칙적반복을 운률조성의 강유력한 수단으로 삼았기때문이며 실제 조선시가의 운률은 주로 여러가지 반복형태에 의하여 이루어지기때문이다.

일반적으로 반복은 운률조성의 기본조건으로 된다. 운률현상은 동일한 음 또는 음량의 동일한 시간적간격을 두고 반복되는데서 생긴다. 반복의 수법은 이 원리에 의거했기에 강한 운률적기능을 가진다.

사실 음절군의 배합형태가 반복되여 운률을 조성하는 운률조성의 기본수단도 반복에 의거한것이다.

이리하여 조선어운률은 반복률이라는데 그 특징이 있다. 음수률, 음질률도 반복률에 속하며 많은 어휘—문장론적수단과 형태론적수단도 반복률조성에 참여한다. 그리고 어세, 억양, 여운으로 음향률을 조성하는 문장론적수단도 사실은 이렇게나 저렇게나 음향적반복을 강조하는데 이바지하고있으며 반복률을 조성하는데 도움을 준다.

운률조성의 보조적수단가운데서 가장 핵심적인것은 여러 가지 반복의 수법이다. 그러면 아래에 단어, 단어결합, 문장, 시행, 시련 등의 반복형태에 대하여 보기로 하자.

1. 반복법의 특성과 그 리용

운률은 무엇보다도 동일한 현상의 반복에서 나타나는만큼 운률조성의 보조적수단가운데서 반복법이 가장 널리 쓰인다.

반복법은 같은 단어, 같은 단어결합, 같은 문장, 같은 시행, 같은 시련을 반복시켜 그 의미를 강조하면서 운률을 살리는 수법이다.

반복법은 음절군들의 률조적결합을 강화하고 음향을 두드러지게 하며 의미를 강조하면서 운률적기초를 강화한다.

반복법은 다른 수법들과는 다른 표현적기능을 놀고있다. 시어가 반복되면 시어의 의미적반복이 진행되여 의미가 강조되고 음향적반복이 진행되여 음향률이 생기며 같은 음수가 반복되여 음수률이 생긴다. 이 세가지 반복이 동시에 통일적으로 진행되기에 의미가 더 강조되고 음향이 선명해지고 음조에 파동이 생긴다.

얼마나 정든 얼굴들이냐
그래도 자꾸만자꾸만 보고싶구나
얼마나 귀익은 목소리들이냐
그래도 자꾸만자꾸만 듣고싶구나

(최삼룡 《강철의 날개를 펼쳐라》)

여기서는 《얼마나》, 《그래도 자꾸만자꾸만》이라는 시어가 각각 반복됨으로써 의미가 강조되였고 음향과 음수가 운률화되여 음조의 파동을 일으킨다.

반복법은 우리 민족 시가에서 가장 일찍 쓰인 수법중의 하나이며 고대 인민구전가요로부터 현대시에 이르기까지 가장 널리 쓰이는 보조적수단이다.

문헌상으로 반복법이 제일먼저 쓰인것은 원시사회말기 사람들이 창조한 가요 《영신가》이다.

> 거북아 거북아
> 머리를 들어라
> 들지를 않으면
> 구워서 먹겠다

여기서 《거북아 거북아》는 반복법으로 쓰이였는데 반복률조성에 참여하고있다.

고구려, 백제, 전기신라 때의 가요와 신라향가에서는 단어반복만이 쓰이였다.

> 오라 오라 오라
> 오라 셜브다라
> 셜브다 의내야
> 공덕 닷가라 오라

(향가 《오라가》)

원왕생 원왕생
그리 사람 잇다 삽고샤셔

(향가 《달하가》)

즈믄 소나로 즈믄 눈을
하다날 노하 하다날 덜아디

(향가 《관음가》)

고려시기 시조, 《균여향가》에서는 단어반복이 쓰이였는데
《균여향가》에서는 《ㄴ》, 《ㄹ》발음을 가진 1음절단어의 련속반
복이 특징적이다.

이런들 어떠하리 저러한들 어떠하리(초장)

(태종의 시조)

진진(塵塵)마다 부텨ㅅ뎌리

(향가 《부처가》)

불불(佛佛) 두루 갓 공하삽져

(향가 《공양가》)

여러가지 형태의 반복법이 다양하게 쓰인것은 고려가요로
부터이다. 고려가요에서는 단어반복, 단어결합반복, 문장반

복, 시행반복 등 여러가지 반복형태가 쓰이였다.

16세기 시조와 가사에서도 주로 단어반복이 쓰이였는데 정철의 송강가사에서는 련속적단어반복이 특징적으로 쓰이였다.

높으나 높은 낡에 날 권하여 올려놓고(초장)

(리양원의 시조)

이제와 보게 되니
유정도 유정할사

(정철《관동별곡》)

시련의 반복은 근대, 현대 자유시에서 널리 쓰이기 시작하였다.

우리 민족 시가유산에는 반복법이 다양한 형태로 나타나고있는데 이 전통을 이어받아 현대시가에서도 널리 리용되고있다. 그리하여 반복법은 그 형태에 있어서 복잡성과 세련성을 가진 보다 높은 단계에로 발전하고있는것이 특징적이다.

현대시에서는 단어반복, 단어결합반복, 시행반복뿐아니라 시련조직에서까지 반복법의 효과를 시도하고있다.

반복법에는 여러가지 형태가 있다. 반복의 모양에 따라 련속반복, 교차반복으로 나누며 반복위치에 따라 머리구반복, 중간구반복, 끝구반복으로 나누며 반복대상에 따라 시어반복, 시행반복, 시련반복으로 나눈다. 그리고 반복의 특수형태인 《세번반복법》, 《네번반복법》 등이 있다.

1) 련속반복과 교차반복

런속반복과 교차반복은 반복이 런속적으로 진행되는가 사이뜨게 진행되는가에 따라 반복의 시간성을 반영하는데 이 반복형태는 시간의 지속관계를 가지고 운률조성에 작용한다.

런속반복은 반복음조의 반복주기를 짧게 하고 교차반복은 사이뜬 시간만큼 반복음조의 반복주기를 더디게 한다.

런속반복이 진행되는 위치와 형태를 구체적으로 보면 다음과 같다.

• 런속반복형태가 한 시행을 이루는 경우

피하여 피하여
비켜서 온 자리
사방이 내것이 아닌 자리

(조병화 《안개로 가는 길》)

오 조국이여 조국이여
너는 손이 닳도록
쓰다듬고싶은 우리의 땅

(김상오 《나의 조국》)

• 시행의 앞부분에서 런속반복이 이루어지는 형태

달아달아 밝은 달아
리태백이 놀던 달아

(민요 《달아달아》)

왔고나 왔고나 혁명이 왔고나
혁명의 기세는 전세계를 덮었다

(항일가요 《총동원가》)

• 시행의 중간에서 련속반복이 이루어지는 형태

아! 종다리 온통으로 노래이냐
노래가 그대로 종다리냐
내 종다리 종다리 되곺아라

(박아지 《종다리》)

• 시행의 뒤부분에서 련속반복이 이루어지는 형태

사래도 길고길고
한참도 질고질고

(민요 《김매기노래》)

탄환이 시간을 뚫으며
한분이 지나고 또 지나고…

(조기천 《항쟁의 려수》)

• 여러개의 련속반복이 배합되여 쓰인 형태

장백 험준한 산발에

원천을 엎고
흘러흘러 몇백리냐
어랑천 어랑천

(김순석 《어랑천》)

험산 또 험산
오르고 또 오른다
봉이봉이에 붉은기 높이 날리며
넘어가자 오르자 또 오르자

(김성휘 《폭풍의 대오 나아간다》)

교차반복이 진행되는 위치와 형태를 구체적으로 보면 다음과 같다.
 • 교차반복이 한 시행내에서 이루어지는 형태

가재잡이로 나간다
이돌 들썩 저돌 들썩
가재잡이가 격이라

(민요 《개고리타령》)

님이라 부르리까 당신이라고 부르리까
사랑을 하면서도 사랑을 참고사는

(가요 《님이라 부르리까》)

교차반복에서 중요한 자리를 차지하는것은 시어들로 이루어지는 수미반복률이다. 여기서 같은 시어를 한행의 머리구와 끝구의 위치에 반복시킨다.

이 형태는 동일한 시어들이 서로 반대되는 위치에서 대칭적으로 배렬반복되는데 그 특성이 있다.

말자 그 말/하지 말자//

(가사 《석별가》)

탄식하니/신명탄식//

(가사 《부녀가》)

보고싶어/꿈결에도/보고싶어//

(리정술 《무포의 밤》)

이 형태에서는 그 반복되는 간격과 울림의 진폭이 넓어지고 그 파동의 굴곡도 커진다.

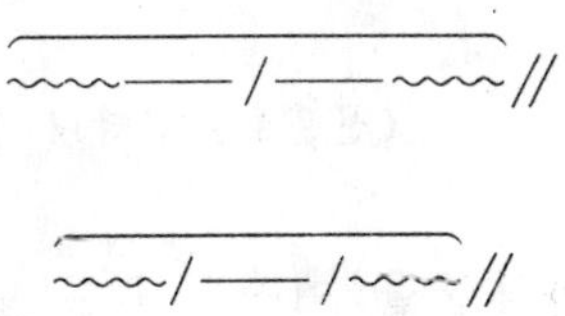

• 교차반복이 한 시행의 머리구와 다른 한 시행의 끝구에서 이루어지는 형태

비나이다 하날님끠
님생기라 비나이다

(가사 《상사곡》)

죽음을 원쑤에게
복수의 죽음을!

(조기천 《죽음을 원쑤에게》)

∙교차반복이 한 시행의 끝구와 다른 한 시행의 머리구에
서 이루어지는 경우

우리가/살며는//백년을/사느냐//
살아서/생전에//사업을/이루세//

(잡가 《이팔청춘가》)

녀전사들/조국땅의//진달래를/못잊어//
못잊어/아름아름//안고 온/꽃이여! //

(신운호 《진달래 봄빛 안고 설레이였네》)

이 경우도 수미반복률을 이루는데 그 반복되는 간격과 울
림의 진폭이 좁아지고 그 파동의 굴곡도 작아진다.

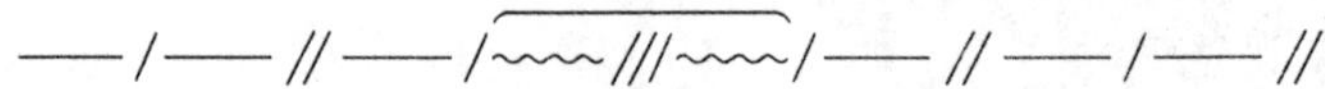

2) 머리구반복, 중간구반복, 끝구반복

이 반복형태들은 반복되는 위치가 중요한 의의를 가지는데 모두 동음질동위반복률을 조성한다.

머리구반복, 중간구반복, 끝구반복은 시적운률을 조성하고 시적정서, 가요적특성을 보장하는데 특별한 의의를 가진다. 여기서는 련속반복보다 그 간격이 넓어져 음향의 파동도 그 진폭이 넓어진다. 따라서 반복음향의 률동성이 상대적으로 약하다. 일반적으로 말하여 머리구반복, 끝구반복이 중간구반복보다 그 윤률적효과가 더 두드러지게 나타난다.

먼저 머리구반복을 보기로 하자.

• 머리구에서 련속적으로 반복된 형태

어긔야 즌대랄 드대욜셰라
어긔야 어강됴리

(고려가요 《정읍사》)

전등은 반짝입니다
전등은 그무립니다
전등은 또다시 어스렷합니다
전등은 죽은듯한 긴밤을 지킵니다

(김소월 《서울밤》)

어쩌면 꽃
어쩌면 잎새
어쩌면 산마루에 바람소리

흐르는 물소리

(리형기 《송가》)

• 머리구에서 사이뜨게 반복된 형태

모아산 소나무는
어째서 바다처럼 푸른지
모아산의 배꽃은
어째서 눈처럼 하얀지

(강길 《모아산의 전설》)

중간구반복은 같은 시어가 시행들 중간의 같은 위치에서 규칙적으로 반복되는데 현대시인들은 이 반복법을 시창작에 널리 도입하고있다.

청산은 어찌하여 만고에 푸르르며
류수는 어찌하여 주야에 끝지 아닛는고(초중장)

(리황의 시조)

너의 눈은 노래하고
나의 눈은 속삭이네

(임효원 《너의 눈은 노래하고…》)

끝구반복은 아주 매력있는 운률조성수법인데 특히 가요체에서 널리 쓰인다.

• 끝구에서 련속적으로 반복된 형태

어디라 더디던 돌코
누리라 마치던 돌코

(고려가요 《청산별곡》)

누워서도 조국의 하늘이 보고싶어서……
꿈결에도 그 하늘 더듬어보고싶어서……

(리정술 《무포의 밤》)

• 끝구에서 사이뜨게 반복된 형태

원근간 봉우들이
유유상종 찾아오니
년만하신 손님들은
로주인을 찾아오고
년소하신 손님들은
젊은주인 찾아오니

(가사 《경녀가》)

대한세월 왕가물에
비발본듯 즐긴 사랑

장장하일 줄장마에
해빛같이 반긴 사랑

(김철 《새별전》)

3) 여러가지 반복형태의 배합

여러가지 반복형태들은 독자적으로도 쓰이지만 혼히 배합적으로 쓰이여 운률적효과를 높인다.

주요한 몇가지 류형을 보면 다음과 같다.

• 련속적반복과 교차적반복의 배합

산은 산이 좋아 물은 물이 좋아

(송정환 《아, 그리운 고향이여》)

• 머리구반복과 련속적반복의 배합

산향은 영원히 가난을 쫓아버린곳
산향은 새날을 꿈꾸며 꿈꾸며
밭사래 늠늠히 산기슭을 기여오른다

(리맥 《새날의 산향》)

• 끝구반복과 련속반복의 배합

날다려 날다려 가려무나
여험 날다려 날다려 가렴

한양의 랑군이 날다려 가려무나

(민요 《갑내기》)

불어 또 불어 철호를 건네우라
압록강을 건네우라

(조기천 《백두산》)

• 머리구반복과 끝구반복의 배합

새들도 그것이 기쁨인줄 아는양
새들도 세월이 좋아진줄 아는양

(김응준 《산새》)

이처럼 용감한 사람들에게
어찌 승리가 빛나지 않으랴
이런 장한 사람들에게
어찌 영예가 깃들지 않으랴

(김조규 《이 사람들속에서》)

• 머리구반복과 중간구반복의 배합

너로 하여 이 세상 밝아오듯
너로 하여 이 세상 차오르듯

(오세영 《너 없음으로》)

머리구반복과 중간구반복의 배합형태는 련속반복, 교차반
복과 복잡하게 배합되여 쓰일수 있다.

> 어느 고개 어느 골짜기에
> 어느 나무 어느 돌밑에
> 이름도 없이 그들이 묻히였노

(조기천 《백두산》)

이것은 머리구반복, 중간구반복, 교차반복이 배합된 형태
이다.

> 그때문에 그대의 몸엔 붉은 피가 감돌고
> 그때문에 그대는 눈과 귀를 가지고있고
> 그때문에 그때문에 초병이여!

(정문향 《그대 말없이 서있어도》)

여기서는 같은 음색을 가진 시어들이 머리구반복, 중간구
반복, 련속반복을 이루어 음악적운률을 조성하고있다.
　• 중간구반복과 끝구반복의 배합
여기서도 두쌍의 동위반복률을 조성한다.

> 천금을 주리여 처용아바
> 칠금을 주리여 처용아바

(고려가요 《처용》)

저기서 반짝, 별이 총총
여기서는 반짝, 이슬이 총총
오며가면서 반짝, 반디불 총총
강변에는 물이 흘러 그 소리가 돌돌이라

(김소월 《칠석》)

중간구반복과 끝구반복이 배합된 형태는 다시 련속반복, 교차반복과 배합되여 쓰일수 있다.

나는나는 될터이다 교육가가 될터이다
옳다옳다 될터이다 교육가가 될터이다

(항일가요 《유희가》)

여기서 《나는나는》, 《옳다옳다》는 련속반복형태이고 매 행에서 쓰인 《…될터이다 교육가가 될터이다》는 《될터이다》가 교차반복으로 쓰인 형태이다. 이와 같이 여기서는 련속반복, 교차반복, 중간구반복, 끝구반복이 배합되여 쓰이였다.

• 머리구반복, 중간구반복, 끝구반복의 배합

이 반복형태에서는 3쌍의 동위반복률을 조성한다.

또한모래 넘어가니 혼자탄말 죽는고나
또한모래 넘어가니 상각탄말 죽는고나

(민요 《하동땅에 한 선부》)

차고 단단한 목소리 하나
차고 단단한 슬픔 하나

(리종욱 《돌》)

4) 세번반복법, 네번반복법, 다섯번반복법

이 반복법들은 우리 민족 시가에서 가장 특징적인 민족적 수법들이다.

반복법가운데서도 이 수법들은 운률조성에서 매우 매력적인데 이 반복법들에 의해 조성된 운률은 민족적관습에 맞는다.

세번반복법, 네번반복법, 다섯번반복법 가운데서 세번반복법이 가장 널리 쓰이는데 이 수법은 우리 민족 시가에 고유한 수법이다.

① 세번반복법

이 수법은 고대가요에서부터 씌여왔으며 시가의 발전에 따라 다양하게 발전하였다.

현존하는 자료에 의하면 이 수법은 신라향가 《오라가》에서 《오라 오라 오라》와 같이 제일 처음 쓰이였는데 이것으로 보아 이 수법은 먼 옛날부터 인민가요에 리용된것으로 인정된다.

세번반복법은 반복이 세번 반복되면서 운률의 완전한 한 단락을 짓는다. 이 반복법은 급하고 기백있고 긴장하며 굴곡있는 률조를 조성하기도 하고 부드러운 음조를 조성하기도 한다.

세번반복법의 구체적류형을 보면 다음과 같다.

(ㄱ) 한행에서의 세번반복

이 형태에서는 한행에서 같은 시어가 세번 반복된다. 이 반복형태는 다시 련속반복과 교차반복, 련속반복과 교차반복의 배합 등으로 나누어 볼수 있다.

• 련속반복

좋을 좋을 좋을 경을
어사 옳다 경이로다

(잡가 《황계가》)

고개고개 고개길 학교가는 길

(김례삼 《길》)

• 교차반복

요모조모 세모백이
조랑조랑 달렸으나

(민요 《모밀국수》)

어깨동무 세동무 아동단동무
우리들은 나어린 프로레타리아

(항일가요 《아동단가》)

사과풍년 배풍년 마음도 풍년
온 나라에 행복이 꽃피여가요

(가요《사과풍년》)

• 련속반복과 교차반복의 배합

잎은잎은 떡잎이요

(민요《모밀국수》)

학도야 학도야 청년학도야

(창가《학도가》)

사랑사랑 내 사랑 그대 모습 꽃인가

(가요《사랑사랑 내 사랑》

(ㄴ) 두행에서의 세번반복

우러라 우러라 새여
자고니러 우러라 새여

(고려가요《청산별곡》)

이 골물 저 골물
양골물 합수되여

(잡가《죽장망혜 단표자로》)

오는 비는
올지라도 한댓새 왔으면 좋지

(김소월 《왕십리》)

두행에서의 세번반복은 다음과 같이 수미반복률도 함께
조성하는 경우도 있다.

이 산에/가도 뻐꾹//
뻐꾹뻐꾹/울음운다//

(잡가 《죽장망혜 단표자로》)

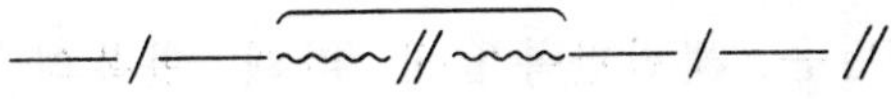

이런 수미반복률은 반복울림의 진폭과 굴곡이 좁게 주어
지고 률조의 력점도 가운데부위에 집중적으로 주어지게 된다.
이런 배렬에 의해서 반복음향은 그 부위의 의미적, 정서적 내
용을 집중적으로 돋구는데 작용한다.
현대시에서는 민족고전시가의 유산을 계승하여 세번반복
법이 그대로 쓰일뿐아니라 전개된 형태로도 많이 쓰인다. 그
것은 현대생활의 다양한 정서가 세번반복의 단조로운 률조의
제한성을 극복할것을 요구하기때문이다.

눈이 내린다 흰눈이 내린다
밀림의 긴긴밤 못잊어 차마 못잊어
함박눈이 송이송이 고요히 내린다

(김재화 《눈이 내린다》)

여기서는 세번반복법의 단조로움을 극복하기 위하여 두번째 반복구를 《흰눈이 내린다》로, 세번째 반복구를 《고요히 내린다》로 함으로써 류창한 선률적흐름을 창조하였다.

이상에서 본바와 같이 우리 민족의 운률적관습에 맞는 세번반복법은 인민들의 다양하고 깊은 정서를 훌륭히 담을수 있고 민족적운률을 창조할수 있다.

② 네번반복법

민족시가유산에서는 네번반복법이 널리 쓰이였는데 이 유산을 이어받아 현대시에서도 민족적운률조성의 수단으로 리용하고있다.

네번반복법은 세번반복법에 비해 반복의 주기가 빨라서 급하고 굴곡있는 률조를 이룬다.

• 한행에서의 네번반복

이 반복형태에서는 잇달아 네번 반복되는 경우가 드물고 흔히 련속적반복과 교차반복이 배합되여 쓰인다.

<blockquote>

그러나 넋의 둘레만을 돌다가 스러지는

불빛, 불빛, 불빛, 불빛

</blockquote>

(로창선 《섬》)

사랑사랑 긴긴사랑 개천같이 내내 사랑(초장)

(시조 《청구영언》)

달아달아 둥근달아 저 산에 솟은 달아

사랑하는 우리 오빠 싸움의 길 떠난다

(가요 《그 앞길 밝혀다오》)

• 두행에서의 네번반복

    개야개야개야
    검정알룩에 수캐야

(잡가 《사설난봉가》)

    도라지 도라지 백도라지
    강원도 금강산 백도라지

(잡가 《도라지타령》)

    사랑사랑 첫사랑
    천길만길 깊은 사랑

(김철 《새별전》)

• 세행에서 네번반복

    이산에 가도 뻐꾹
    저산에 가도 뻐꾹
    뻐꾹뻐꾹 울음운다

(잡가 《죽장망혜 단표자로》)

③ 다섯번반복법

우리 민족 시가에서는 다섯번반복법도 리용하고있는데 지난날엔 주로 시조나 민요에서 쓰이였다.

이 반복법은 세번반복법에 비해 반복의 주기가 빨라서 급하고 굴곡있는 운률을 조성한다.

> 새야새야 록두새야
> 우녁새야 아래녁새야

（민요 《록두새야》）

> 장하다 그의 이름 아동단 아동단 아동단
> 세상이 모두다 칭찬한다 아동단 아동단

（항일가요 《우리는 아동단》）

> 눈보라 눈보라 밀림의 눈보라
> 회오리치누나 눈보라 눈보라

（가요 《오 눈보라 눈보라》）

5） 시행반복

민족시가유산에서 시행반복은 고려가요, 잡가, 민요, 창가 등에서 쓰이였는데 현대시에서도 그 전통을 이어받아 여러 가지 류형으로 널리 쓰이고있다.

시행반복은 반복되는 시행들의 운률성을 강화하는데 시련내에서의 시행반복과 여러 시련에서의 시행반복으로 갈라볼수 있다.

① 시련내에서의 시행반복

시련내에서의 시행반복은 일정한 사상감정의 지속적인 표현을 위해 주어지며 총체적으로 시적사상의 강조에 이바지한다.

시련내에서의 시행반복은 다시 시행의 련속반복, 시행의 교차반복, 시행의 련속반복과 교차반복의 배합 등 세가지로 갈라볼수 있다.

（ㄱ） 시련내에서의 시행의 련속반복

시행의 련속반복은 시행이 짧은 경우에 운률적효과가 크다. 긴 시행을 반복하면 맥이 빠지고 률조의 굴곡이 잘 생기지 않으므로 현대시에서는 긴 시행의 반복이 드물게 쓰인다.

• 시행의 련속반복이 시련의 첫머리에서 이루어지는 경우

<blockquote>

온갖새가 날아든다

온갖새가 날아든다

남풍좇아 떨쳐나니

구만장천의 대붕새
</blockquote>

（잡가 《새타령》）

<blockquote>

왔구나 우리 손풍금수 왔구나

왔구나 우리 손풍금수 왔구나

방직공 처녀의 손길을 닮았나

넘기는 가락도 날름날름 잘하네
</blockquote>

（가요 《손풍금수 왔네》）

누군가?
누군가?
누군가?!
맑은 눈동자에
승리자 미소 찰랑이는 그이는? …

(김성휘《장백산아 이야기하라》)

• 시행의 련속반복이 시련의 마지막에서 이루어지는 경우

나어린 몸 혼자 두고
아버지는 철창속에
눈보라치는 이 벌판에서
어머니도 영리별
어머니도 영리별

(항일가요《어린이곡》)

그리움에 북받쳐 사연도 많아
글월로는 이루다 쓸수 없으면
백지라도 고이 접어 보내주세요
백지라도 고이 접어 보내주세요

(박화《편지하세요》)

빨찌산들이 어둠을 직차며 뚫으며

처억처억 나간다
싸움의 길로—
처 억—
처 억—
처 억—

(조기천 《백두산》)

• 두쌍의 시행반복이 련속적으로 쓰이는 경우

오조밭에 사이봐라
오조밭에 사이봐라
먹지않고 발가줄가
먹지않고 발가줄가

(민요 《새쫓는 소리》)

　　시행의 련속적반복효과를 시의 서정구조 전반에 작용시키
면서 풍부한 정서의 흐름을 조성한 시들도 있다.

딩아 돌아 당금에 계상이다
딩아 돌아 당금에 계상이다
선왕성대에 노니아와지이다

삭삭기 셰몰애 별혜 나난
삭삭기 셰몰애 별혜 나난
구은 밤 닷되를 심고이다

• 343 •

그 바미 우미 도다 삭나거시아
그 바미 우미 도다 삭나거시아
유덕하신 님믈 여해아와지이다

옥으로 련ㅅ고즐 사교이다
옥으로 련ㅅ고즐 사교이다
바회 우희 접주하요이다
그 고지 삼동이 퓌거시아
그 고지 삼동이 퓌거시아
유덕하신 님 여해아와지이다

므쇠로 텰릭을 말아 나난
므쇠로 텰릭을 말아 나난
철사로 주롬 바고이다
그 오시 다 헐어시아
그 오시 다 헐어시아
유덕하신 님 여해아와지이다

므쇠로 한쇼를 디여다가
므쇠로 한쇼를 디여다가
철수산에 노호이다
그 쇠 철초를 머거아
그 쇠 철초를 머거아
유덕하신 님 여해아와지이다

구스리 바회예 디신달
구스리 바회예 디신달

긴힛단 그츠리잇가

즈믄 해랄 외오곰 녀신달

즈믄 해랄 외오곰 녀신달

신잇단 그츠리잇가

(고려가요 《정석가》)

이 가요는 모두 6분절로 되였는데 시문장의 운률적흐름을 류창하게 조성하기 위하여 시행의 련속반복을 능숙하게 리용하였다. 첫분절에서는 첫머리에 시행의 련속반복을 설정하였고 나머지 다섯분절에서는 모두 두쌍의 련속적시행반복을 사이뜨게 설정하였다.

들꽃이 피여나는 즐거운 봄날에

피꼴새 노래도 다정하다만

내 마음 언덕에는 소낙비만 퍼붓네

내 마음 언덕에는 소낙비만 퍼붓네

아 철없는 새여 피꼴새여

사랑은 잔잔한 노래가 아니라네

가슴에 묻어놓은 소중한 씨앗은

이른봄 아침에 싹트고 피였건만

사랑의 길우에는 눈보라만 치누나

사랑의 길우에는 눈보라만 치누나

높은 산 벼랑에 붉게 핀 진달래

무서운 사태도 절개로 이겼건만

님이 온 이 밤을 기뻐서 우는가
님이 온 이 밤을 기뻐서 우는가

시련의 길에서 맺은 사랑은
빛나는 로동의 행복한 날에
영원히 청춘의 노래되여 넘치리
영원히 청춘의 노래되여 넘치리

아 철없는 새여 찌꿀새여
사랑이란 잔잔한 노래가 아니라네

(임효원 《찌꿀새 사랑가》)

이 서정시는 모두 6련으로 되였는데 2련과 마지막련을 제외하고는 모두 시련의 마지막에다 시행의 련속반복을 설정하였다.

(ㄴ) 시련에서 시행의 교차반복
시행의 반복에서 기본을 이루는것은 교차반복이다. 시행의 교차반복은 반복되는 시행들의 운률성을 강화하고 교차권내에 들어온 시행들의 률조적 결합과 조화를 더욱 강화한다.

살어리 살어리 랏다
청산애 살어리 랏다
멀위랑 다래랑 먹고
청산애 살어리 랏다

(고려가요 《청산별곡》)

가슴에 붉은 피 높이 뛰고
빨찌산은 용감하게 나아간다
가슴에 붉은 피 높이 뛰고
빨찌산은 용감하게 나아간다

(가요 《빨찌산은 강을 건는다》)

（ㄷ） 시련내에서 시행의 련속반복과 교차반복의 배합

시련내에서 시행의 련속반복과 교차반복이 배합되여 쓰인 형태는 시의 운률성을 한결 높여준다.

구름정자 지어주게
구름정자 지어주게
요내 김길에
구름정자 지어주게

(민요 《메나리》)

노지를 말아라
노지를 말아라
젊어서 청춘에
노지를 말아라

(잡가 《이팔청춘가》)

② 여러 시련에서의 시행반복

시행의 교차반복이 여러 련에서 진행되는 경우가 있다. 현대시에서 반복법의 작용범위는 비상히 확대되여 행, 련은 물론 시의 운률조직 전반에 그 작용범위가 확대됨으로써 음조의 통일과 조화를 보장하는데서 큰 작용을 논다.

시행을 운률조직의 전반 체계에 확대반복시키는것은 자유시의 운률성을 높이고 산문화를 극복하기 위한 좋은 방도의 하나이다.

여러 시련에서의 시행반복은 련들의 첫시작 혹은 중간과 마지막에 나타남으로써 시적일반화의 폭을 넓혀주고 주제의 명료성을 드러내며 음조의 통일과 조화를 보장한다.

여러 시련에서의 시행반복은 매우 다양하게 나타난다.

(ㄱ) 시행이 여러 시련의 첫머리에서 반복된 형태

이 형태에서는 첫련의 첫행 또는 첫 두행이 여러 시련 혹은 매 련에서 똑같이 반복된다.

김문희의 서정시 《우리 사는 세상》은 모두 3련으로 되였는데 매 련의 첫시행은 모두 《우리 사는 세상》으로 되여있다.

> 우리 사는 세상은
> 태양이 웃는 곳
> 파파늙은 로인의 얼굴에도
> 그늘과 근심은 찾지 마세요(제1련)

김태갑의 서정시 《떡치는 소리》는 모두 10련으로 되였는데 3, 6련에서는 첫행이 《헹! 헹! 헹! 헹!》으로 되였고 기타 련들에서는 첫 두행이 《헹! 헹! 헹! 헹!》, 《떡을 치누나 떡치누나》로 되였다.

헹! 헹! 헹! 헹!
떡을 치누나 떡치누나
……(제1련)
(중략)
헹! 헹! 헹! 헹!
……(제3련)
(중략)
헹! 헹! 헹! 헹!
떡을 치누나 떡치누나
……(제10련)

（ㄴ） 시행이 여러 시련의 마지막에서 반복된 형태

이 형태에서는 첫련의 마지막행 혹은 마지막 두행이 여러 시련 혹은 매 련에서 똑같이 반복된다.

례컨대 임효원의 서정시 《갈대 하나》는 모두 4련으로 되였는데 매 련의 마지막행이 《갈대 하나》로 되여있다.

불길에 할퀴운
긴긴 밭머리
찬바람에 등이 휜
갈대 하나(제1련)

（ㄷ） 시행이 여러 시련의 중간에서 반복된 형태

김경석의 서정시 《파란 수건》은 모두 4련으로 되었는데 매 련의 제3행이 똑같이 《웬 일인지 웬 일인지 뒤집총각은》으로 되여있다.

노을 피는 이른아침 일하기도 좋은 때
유리창에 언뜻 파란 수건 지나가면
웬 일인지 웬 일인지 뒤집총각은
파란 수건 저 멀리 사라질 때까지
창가에 다가가 넌지시 본다나요 (제1련)

(ㄹ) 첫련의 첫 두행을 마지막련에 가서 한련으로 설정한 형태

흰 바위에 앉아서
나는 개울물과 이야기하노라
바위에 바위돌에 들을 지나
구름인양 나리는 개울물
딩굴어 달리며 쫓으며
무삼 이야기 그리도 기쁘뇨?
(중략)
흰 바위에 앉아서
나는 개울물과 이야기하노라

(조기천 《흰 바위에 앉아서》)

이 시는 4련으로 되였는데 첫련의 첫 두행을 마지막련에 가서 한련으로 설정하여 반복시킴으로써 맑고 동적이고 운치 있는 여운을 남기고있다.

6) 시련의 반복

시련의 반복은 근대, 현대의 자유시에서 발달한 수법으로서 사상내용의 강조와 함께 운률조성의 작용도 논다.

시련의 반복은 운률구조전반의 유기적통일과 음조의 균제화를 강화한다. 이 반복에는 련속적반복이 드물게 쓰이고 교차반복이 널리 쓰인다.

시련의 반복은 시련이 그대로 반복될수도 있고 전개된 형태로 반복될수도 있다.

① 첫련이 마지막련에 반복되는 형태

시련의 반복에서 이 형태가 가장 지배적이라고 할수 있다.

이 형태에서는 첫련과 마지막련이 잘 조응되여 중간에 있는 련들의 음조를 자체음조에 유기적으로 조화시키면서 음조의 결속을 여운있게 한다.

한창희의 서정시 《판문점, 여기는 전선이다》는 모두 10련으로 되였는데 첫련이 마지막련에서 똑같은 형태로 반복되였다.

　　　판문점
　　　여기는 전선이다(제1련)

② 첫련을 중간에 한번 또는 여러번 반복하는 형태

이런 형태는 주제를 강조하는데 유리하고 산만성을 극복하고 운률적인 작용을 놀면서 시형상을 더욱 선명히 한다.

박화의 서정시 《영원한 요람》에서는 첫련이 3, 5, 7, 9련에서 규칙적으로 반복되여 운률의 유기적흐름을 잘 조성하고 있다.

　　　나서 자란 그 품이 귀중한줄을
　　　고향에서 미처 몰랐습니다

창문 열면 안겨오는 청신한 바람
청신한 그 바람이 귀중한줄을
여름에는 뼈속까지 시원한 샘물
시원한 그 샘물이 귀중한줄을

나서 자란 그 품이 귀중한줄을
고향에서 미처 몰랐습니다
（이하 생략）

③ 첫 두련이 마지막 두련에 반복된 형태
이 형태에서는 시가의 사상정서를 총체적으로 드러내면서
중간에 있는 련들의 음조를 자체의 음조에 유기적으로 조화시
킨다.
김경석의 서정시 《가랑비 내리는 류월이 오면》에서는

해마다 푸른 벼 자라는 계절
가랑비 내리는 류월이 오면

이 마음 언제나 그립습니다
아, 만민이 경애하는 주총리시여!

와 같은 첫 두련이 마지막 두련에서 똑같이 반복되고있다.

④ 시 중간의 한련이 마지막련에서 반복되는 형태
박세영의 서정시 《산제비》에서는

산제비야 날아라
화살같이 날아라
구름을 휘정거리며 안개를 헤쳐라

와 같은 제9련이 제11련 즉 마지막련에서 반복되였다.

임효원의 서정시 《꾀꼴새 사랑가》에서는

아 철없는 새여 꾀꼴새여
사랑이란 잔잔한 노래가 아니라네

와 같은 제2련이 제6련 즉 마지막련에서 반복되였다.

⑤ 시 중간의 한련이 시 중간에서 반복되는 형태

김태갑의 서정시 《뻐꾹새야 오너라》에서는 《지금은 어디
로 갔느냐》와 같은 제2련이 제4련에 반복되였고 《뻐꾹새야 너
를 부른다》와 같은 제6련이 제8련에 반복되였고 《뻐꾹새야 오
너라》와 같은 제10련이 제12련에 반복되였다.

이와 같이 이 시는 특색있는 시련반복으로 시 전반 률조
의 균제와 조화를 강화하였다.

⑥ 시의 마지막으로 두번째 련이 마지막련에 반복되는 형
태

시련의 이런 련속적반복은 잘 쓰이지 않는다.

들국화!
그저 아름답다고만 하여서 되겠는지
나를 항상 노래하게 하였어라

(중략)

아름다운 꿈을 지닌 고운 가락은
들국화가 남긴 노래, 노래의 샘물

아
아름다운 꿈을 지닌 고운 가락은
들국화가 남긴 노래, 노래의 샘물

(설인 《노래의 샘물》)

이 시는 모두 5련으로 되였는데 제4련이 제5련에 그대로 반복되였다.

덧없이 밀려왔다
덧없이 밀려가는
파도

사노라면
잊혀질것을!

아픈 가슴
우노라네

아픈 가슴
우노라네

(리상규 《정》)

이 시는 모두 4련으로 되였는데 제3련이 제4련에 그대로 반복되였다.

2. 대구법의 특성과 그 리용

대구법은 보조적수단가운데서도 가장 세련된 수법의 하나이며 유력한 운률적기능을 가진 수법의 하나이다.

대구법은 처음부터 작시법의 요소로 발생하였는데 그의 주요한 기능은 시적운률을 조성하는데 있다. 대구법은 시의 운률을 세련된 운률로 되게 하며 시문장을 류창하게 하고 호흡률을 순탄하게 한다.

대구법은 의미상 련관되거나 상반되는 같은 류형의 문장론적구조를 짝을 맞추어 대응시켜 운률적효과를 얻어내는 대구적조응에 의한 반복의 수법이다.

대구법은 운률조성의 여러 요인을 자체내에 집약시킨 수법으로서 대구법에서의 내적운률은 문장전체가 대구의 단위로 되기에 문장전체를 지배하는 특징을 가진다. 그리하여 대구법으로 조직된 가사의 문장은 벌써 음악의 기승전결과 같은 론리를 가진 하나의 악절을 암시해주고있다.

대구법과 반복법은 다같이 반복에 기초하고있으나 동일하지 않다. 반복법은 같은 시어의 반복에 의해 얻어지는 음조로 운률적기초를 보충한다. 그러나 대구법에서는 반복법과 다른 자체의 운률조성특성을 갖고있다.

대구법의 운률조성특성을 구체적으로 보면 다음과 같다.

첫째, 시어의 의미강조에서 차이를 가지고있다.

반복법에서는 같은 시어의 반복에 의해 한가지 시어의 의미가 강조되지만 대구에서는 대칭관계에 있는 두 시어가 다 강조되면서 의미의 폭이 넓어지고 시적언어의 표현성이 강해지고 어세가 강화된다.

둘째, 대구법에서는 음수가 비슷한 시구들이 짝을 짓기에 이것을 반복하면 음수률이 조성된다. 그 음수률은 대응적성격을 띠기에 조화롭고 안전성을 가지며 호흡률에 잘 오른다.

셋째, 대구법에서는 대칭관계에 있는 서로 음이 다른 시어와 반복관계에 있는 서로 같은 음의 시어들이 동시에 반복되여 다양한 음향률을 조성한다.

그려면 대구법의 이 세가지 운률조성의 특성을 례를 들어 설명해보자.

돈없는 로동자 망치메고 나오고
땅없는 농민은 호미메고 나오라

(항일가요 《총동원가》)

여기서는 《돈없는 로동자 망치메고 나오고》와 《땅없는 농민은 호미메고 나오라》가 대구를 이루었는데 《돈—땅》, 《로동자—농민》, 《망치—호미》와 같이 시어들이 대조됨으로써 서로의 의미가 강조되고 어세가 강조되였다. 그리고 《3/3 // 4/3 //》과 같은 반복음수률이 조성되여 호흡률의 순탄성을 보장한다. 또 《돈—땅》, 《로동자—농민은》, 《망치—호미》의 서로 다른 음과 《없는—없는》, 《메고—메고》, 《나오고—나오라》와 같은 같은 음의 시어들이 반복되여 다양한 음향률을 조성하고있다.

우리 민족 시가에서는 일찍부터 대구법을 리용하여 시가

의 세련된 운률을 조성하였다.

덕으란 곰배예 받잡고
복으란 림배예 받잡고

(고려가요 《동동》)

들을제는 우레르니
보니난 눈이로다

(정철 《관동별곡》)

산은첩첩 고개되고
물은충충 소이로다

(가사 《상사곡》)

대구법은 운률조성의 수단으로 현대시가에서 널리 쓰이고 있다. 대구법은 시가의 발전과 함께 다양한 형태로 발전하였다.

1) 한시행에서 이루어지는 대구

이 형태는 대체로 률조가 느리고 호흡률이 긴 시가에서 볼수 있다.

흥망이 유수하니 만월대도 추초로다(초장)

(원척석의 시조)

나오라 혁명전에 부셔라 자본사회를

(항일가요 《나오라 혁명전에》)

눈물의 바다를 건너, 불타는 화선을 넘어

(리광제 《동지》)

아 밭관개 좋아
논에도 물소리 밭에도 물소리 기쁨이 넘치네

(백하 《사랑의 물소리 밭에 넘치네》)

2) 두 시행으로 이루어지는 대구

우리 민족 시가에서는 두 시행으로 이루어진 대구가 가장 많다. 그것은 두 시행이 서로 짝을 이루어 대응되면 호흡률도 순탄해지고 음조에 안전감을 주기때문이다.

짓나니 한숨이고
지나니 눈물일다

(정철 《사미인곡》)

바다에는 별들이 끄리쳐놀고
푸른 들엔 양떼들이 무리져논다

(항일가요 《어린동무 노래부르자》)

고향벌 그대로가 쌀뒤주로다
황금땅 그대로가 복뒤주로다

(김파 《고향벌》)

하늘엔 따사로운 해빛넘치고
땅우엔 금나락 설레이네

(가요 《병사는 벼이삭 설레이는 소리를 듣네》)

두 시행으로 이루어진 두쌍의 대구가 잇달아 쓰일수도 있다.

산이높아 못간단다
물이깊어 못간단다
산높으면 기어가고
물깊으면 헤여가지

(민요 《타복네야》)

그 무슨 저울이면 뜰수 있으랴
그 무슨 되박이면 재일수 있으랴
알알이 반짝이는 황금의 낟알을!
나라를 사랑하는 고향의 마음을

(한동오 《고향의 마을》)

하늘과 땅, 바다에서도

• 359 •

비바람 눈보라속에서도
놓칠수 없는 그 소리
가늠해야 할 그 그림자

(한창희 《3·8선의 초병》)

3) 네 시행으로 이루어진 대구

네 시행으로 이루어진 대구는 짝을 이루는 대구들이 직접 대응하지 못하고 교차대응을 하게 되며 그만큼 대응의 폭이 넓어지고 운률의 조성권이 넓어진다.

뒤동산의 살구꽃은
가지가지 봄빛이요
앞못에 창포잎은
충충이 움돋는다

(잡가 《농부가》)

아, 부르고 또 부르니
지심 울리는 발파소리 들려오는듯
아, 추고 또 추노라니
폭포치는 석탄사태 보여지는듯

(김철학 《즐거운 오락회》)

4) 여섯 시행으로 이루어진 대구

이 형태에서는 네 시행으로 이루어진 대구에서보다 대응

의 폭이 더 넓어지고 운률의 조성권도 더 넓어진다.

산에 오르면
산마루에 오르시던
당신의 거룩한 그 모습 삼삼합니다
들에 나가면
푸른 들을 거닐으시던
당신의 인자한 그 모습 떠오릅니다

(리상각 《만무과원 설레인다》)

5) 시 전편에서 시행 또는 시련의 대구적조응

고향은 눈에 보이지 않아도
언제 어디서나
뜨겁게 안아주는 요람입니다

고향은 귀에 들리지 않아도
언제 어디서나
정답게 불려주는 메아립니다

있을 때는 몰라도
떠나며는 그리워
언제나 이루는 꿈세계입니다

고향은 멀리 떨어졌어도
언제 어디서나

내 뒤를 따르는 그림자랍니다

(강효삼《고향》)

이와 같이 이 서정시에서는 시행 또는 시련의 대응반복을 통해 사상감정을 강하게 표현하였는데 이때 얻어지는 시적운률은 표현에서의 굴곡을 보장한다.

임효원의 서정시《싸리꽃》은 대구법이 능숙하게 리용된 작품중의 하나이다. 시인은 대구법의 고유한 특성을 살려 다양하게 활용함으로써 시의 독창성과 개성을 담보하였다.

산에 가면 산일
들에 가면 들일
　　　　　(제4련)
산에산에 산노래
들에들에 들노래
　　　　　(제6련)
산이 좋아 산에 살고
물이 좋아 물에 사는
　　　　　(제9련)

이렇게 여러 련에서 두행에서의 대구를 리용했는가 하면 다음과 같이 네행에서의 대구도 창조적으로 활용하였다.

산간에 태여난
살틀한 너를 두고
칠월에 피여난

귀여운 너를 두고

(제5련)

아가씨 눈동자는
새별이란다
아가씨 마음씨는
꽃밭이란다

(제8련)

이와 같이 이 시는 대구법의 여러 형태를 창조적으로 적용함으로써 발랄한 률조를 조성하였다.

대구법을 리용할 때 같은 문장구조를 짝을 맞추어 배렬해야 하며 단어나 표현들의 음절수도 고려되여야 한다. 그리고 대구법은 의미론적으로 짝을 지은 시구들의 대응관계를 리용한 수법이므로 어구의 짝을 잘 맞추어야 류창한 운률을 조성할수 있다.

3. 렬거법의 특성과 그 리용

렬거법은 시문장에서 같은 종류의 류사한 말을 되풀이하여 그 의미를 강조하면서 운률조성을 돕는 수법이다.

반복법과의 차이는 반복은 같은 뜻의 말과 시행을 반복하는것이라면 렬거는 류사한 말을 되풀이하는데 있다.

렬거법이 운률을 조성하는 요인은 첫째로 새개이상의 서로 관련된 시어 또는 시구를 의도적으로 되풀이하여 주의를 집중시키면서 그 의미를 강조하는데서 강한 어세가 생기며 되풀이되는 시어, 시구의 동일하거나 비슷한 음수반복에 의해 음수률이 생기는데 있다.

렬거에 의해 조성되는 률조는 느리면서도 탄력성을 가지
며 강조된 의미적내용과 함께 사색의 여유를 준다.

구불구불 천리, 두만강 천리
거슬러 천리, 험악한 천리
헤매던 동포들이 아니냐

(김응준 《먼먼 3천리》)

여기서는 《구불구불 천리》, 《두만강 천리》, 《거슬러 천
리》, 《험악한 천리》가 렬거되여 의미적강조에 의한 강한 어세
와 함께 3·2조에 의하여 률조를 조성하고있다.

민족시가유산에서는 일찍부터 렬거법을 리용하여 가요의
운률을 조성하였는데 현대시가에서도 널리 쓰이고있다.

1) 같은 부류의 문장성분이 잇달아 놓이면서 되풀이되는
경우

충충이 위태하니
하날인가 땅이런가
이승인가 저승인가

(가사 《북천가》)

어떻게 잊으랴 이른새벽
눈길밟고 도망치던 삶
도망치던 맨발의 날들을

· 364 ·

소리도 없는 날들을
어떻게 또 다가오는 날들을

(리승훈 《지난날》)

2) 하나의 문장성분안에서 되풀이되는 경우

절로진 장목이며
늙어진 고목이며
상수리 참나무와
절절 로송은
울울 침침하다

(잡가 《죽장망혜 단표자로》)

골짜기와 골짜기 집과 집
거리와 거리 광장과 공장들이
서로 얽히고 뭉치여 부둥켜안고
뛰고 춤추고 울고 노래부르네

(조기천 《백두산》)

3) 복합문에서 여러개 단일문의 되풀이

곤충도 짝이 있고
금수도 자웅있고
헌짚신도 짝이 있어

• 365 •

음양의 배합법은
낸들아니 모를손가

(가사 《로처녀가》)

기별이야 있건없건, 소문이야 나건말건
청제비야 오건말건, 진달래야 피건말건
봄은 왔네, 정다운 봄

(김창석 《봄》)

4) 문장의 형식으로 되풀이되는 경우

새중에는 봉황새라
만수문전의 풍년새라
대가리큰것 방추새라

(민요 《새쫓는 소리》)

말씀의 우유였으면 합니다
조용한 축복이였으면 합니다
따스한 입김이였으면 합니다

(한광구 《심지 하나로 녹으면서》)

4. 점층법의 특성과 그 리용

    점층법은 한 현상으로부터 다른 현상으로 점차적으로 이행하는 수법이다. 즉 낮은데로부터 높은데로, 옅은데로부터 깊은데로, 가벼운데로부터 무거운데로 또는 그 반대의 이행을 자연스럽게 이어나가는 수법이다.

    점층법은 내용을 계단식으로 쌓아가기에 문맥의 흐름을 자연스럽게 하며 계단식으로 어조를 상승 또는 하강하기에 운률조성의 한 수법으로 리용된다.

    점층법은 표현방법과 운률적기능에서 반복법, 렬거법과 비슷한 점이 많다. 이 수법들은 다 어음—문법적구조가 비슷한 시어, 시구들의 반복으로써 그 운률적효과를 나타내고있다.

    그러나 반복법은 같은 시어, 시구가 반복되지만 점층법은 의미상 련관이 있는 서로 다른 시구, 시어가 병렬적으로 이어진다.

    점층과 렬거는 시어, 시구의 배렬방법은 같으나 점층은 개념의 폭을 점차 확대 또는 축소해나가며 렬거는 같은 계렬의 시어, 시구 즉 같거나 비슷한 문장결구가 같은 자격으로 배렬된다.

    렬거는 배렬되는 시어의 의미를 강조하면서 정서의 흐름을 탄력있고 더디게 하고 점층은 의미적 확대 또는 축소로 정서를 점차 고조시킨다.

    점층법에서 배렬되는 시어, 시구가 구체적으로 쓰이는 경우를 보면 다음과 같다.

1) 시어, 시구가 한행에서 잇달아 놓이는 경우

천리 만리길은
뉘라서 찾아갈고

(정철 《사미인곡》)

썩어가는 제국주의 다 무엇이냐
말말아라 발악하는 부르죠아는
기를 쓰며 허덕이며 꼬부라지며
제놈들의 더러운 주권 유지하런다

(항일가요 《소년군가》)

2) 시어, 시구가 한행에서 사이뜨게 놓이는 경우

오늘 가고 래일 가고
모래 가며 글피 가며
나훌을 곱집어
해 가고 달 가고
날 가고 시 가고
임까지 망종가면
요세상 백년을
눌밑고 살잔말고

(잡가 《엮음수심가》)

조국이여
천번을 불러도 만번을 불러도
가슴치며 더 부르고싶은
신성한 이름
거룩한 존재

(김응준 《조국, 사랑의 어머니》)

3) 시어, 시구가 시행들의 머리구에 배렬되는 경우

창해같은 넓은배미
멍석만치 졸라주게
멍석만치 큰논배미
소동개만치 졸라주게

(민요 《뎅이소리》)

좋은 종자 살펴온 배나무집 복순이
백알을 골라 모양을 살펴보고
천알을 골라 무게를 떠보더니

(김경석 《푸른 싹》)

4) 시어, 시구가 시행들 중간구에 배렬되는 경우

나의 아름다운 선률에서
조국의 오늘은 발구름소리 높이고

조국의 래일은 꽃노을로 피여나거니

(김욱《펼치자, 선물의 날개를》)

5) 시어, 시구가 시행들의 끝구에 배렬되는 경우

호매질은 한두번하고
결눈질은 열두번하고

(민요《군대타령》)

나중엔 아버지를
대들보에 달아놓고
채찍으로 후려치고
담배불로 지지고

(정철《꽃쌈지》)

6) 시어, 시구들이 한 시행을 이루는 경우

나에겐 생각되여라
징검돌!
나무다리!
그리고 콩크리트다리!

(김병두《발자국》)

애국의 뜨거운 가슴들이

얽히고 모이고
구름이 되고
불덩이가 되고
우뢰가 되고 번개가 되고…

（김조규 《이 사람들속에서》）

5. 왕복법의 특성과 그 리용

왕복법은 《자나깨나 깨나자나》와 같이 단어결합의 순서를 왕복시키기에 문장의 흐름이 자연스럽고 시어의 같거나 비슷한 음수반복에 의하여 음수률이 조성된다.

그리고 이 왕복법은 흔히 각이한 음질을 가진 시어들이 제각기 다른 위치에서 배렬반복됨으로써 환형률을 조성한다.

방울져/언덕져//
언덕져/방울져//

（잡가 《고고천변》）

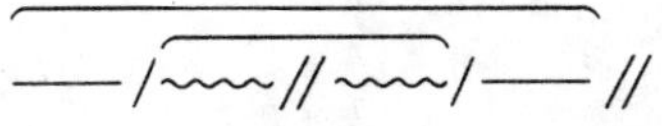

이 환형반복률은 반복음향들이 서로 왕복되여 결합되였기에 그 부분의 내용을 음향적으로 강조하는 기능을 수행한다.

천금을 주어도

• 371 •

세월은 못사네
못사는 세월을
허송을 할거나

(잡가 《이팔청춘가》)

〇〇〇/〇〇〇// ── //〰//〰/ ‒ ‒//〇〇〇//〇〇〇//

이 환형률은 음향의 파동과 굴곡, 력점들의 조직에서 특색있는 변화를 주며 왕복된 흐름으로 매력있는 음향률을 얻어낸다.

왕복법은 지난날 시조, 가사, 민요 등에서 쓰이였는데 현대시가에서도 운률조성의 수단으로 널리 리용되고있다.

1) 왕복법이 한 시행내에서 이루어지는 경우

눈이 모래같고 모래도 눈이로다(중장)

(홍적의 시조)

검으면 희다 하고 희면 검다 하네(초장)

(김수장의 시조)

한없이 그립구나 흘러간 그 시절
산향의 어린시절 어린시절의 산향

(송정환 《산향이여, 나의 어머니》)

2) 왕복법이 두 시행에서 이루어지는 경우

　　맑거든 좋지마나
　　좋거든 맑지마나

　　　　　　　　　　　　（정철 《관동별곡》）

　　잠들었네 졸다가
　　졸다가 잠들었네

　　　　　　　　　　　　（민요 《새쫓는 노래》）

　　아 그이 웃어 내가 웃나요
　　내가 웃어 그이 웃나요

　　　　　　　　　（김철학 《남몰래 피여난 웃음꽃》）

　　이 꽃 저 꽃
　　저 꽃 이 꽃

　　　　　　　　　　　　　　（리상규 《벌》）

6. 련쇄법의 특성과 그 리용

련쇄법이 시가에서 운률조성의 수단으로 되는것은 단어나
표현들을 일정한 질서속에서 맞물려나가게 함으로써 같은 말이 반복되는데 있다.

련쇄법과 반복법은 같은 말이 반복된다는 점에서 같다. 다만 련쇄법은 꼬리를 맞물려 표현된다는 점에서 다를뿐이다.

련쇄법도 민족시가유산에서 시조, 가사, 민요 등에서 쓰이였는데 현대시가에서는 운률조성의 수단으로 널리 리용되고 있다.

련쇄법을 리용할 때는 넘겨주고 넘겨받는 말을 적당한 위치에 잘 놓아야 하는데 그 구체적인 용법은 다음과 같다.

1) 넘겨 주고 받는 말이 한 시행내에서 이루어지는 경우

<blockquote>
하얀 갈꽃 같은 고운 눈송이들은
이 밤 저 먼 내 고향에도
내리려니 내려서 쌓이려니
</blockquote>

(송정환 《밤차》)

2) 넘겨 주고 받는 말이 각각 한행을 이루는 경우

<blockquote>
앞집동무 뒤집동무
별구경 하려가면
님이 와서 기다릴걸
님이와서 기다리면
그아니나 반가할까
</blockquote>

(민요 《별》)

<blockquote>
때가 되면 령이 내리고
</blockquote>

령만 내리면
석문이 좌악 열리고
석문만 열리면
용사들이 벼락같이 쓸어나오고
용사들만 쓸어나오면
이 땅에 해방전이 일어난다고
왜놈들을 쳐부시라고

(조기천 《백두산》)

3) 받는 말이 시행과 시행을 이어주는 경우
이 경우는 시행의 안구꼬리와 바깥구머리에서 련쇄법이
이루어지므로 수미반복률을 조성한다.

술익자 달이 뜨고
달이뜨자 님이온다

(잡가 《엮음수심가》)

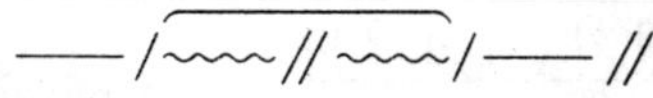

수미반복률을 조성하는 이 경우의 례를 보면 다음과 같
다.

닭아닭아 우지말아
네가울면 날이샌다
날이새면 우리형님

• 375 •

날버리고 시집간다

(민요 《닭》)

동무들아 어서 빨리 일어나거라
일어나 총을 들고 칼을 잡아라

(항일가요 《총동원가》)

사랑하는 그대여 용감히 싸우라
싸워서 이기고 돌아오시라

(가요 《안해의 마음》)

4) 한련의 마지막시행을 다음 련의 첫시행이 받아무는 경우

이논방천 물채가 좋아서
일천가지를 거렸구나

일천가지를 거렸으면
삼천석이 나갔구나

삼천석이 나갔으면
골간삼간을 짓구나보자

(민요 《호매노래》)

이상에서 고찰한바와 같이 우리들은 런쇄법의 운률적효과

를 높이기 위하여 넘겨주는 말과 받아무는 말의 위치를 잘 설정해야 한다.

다음으로 우리들은 련쇄법의 운률조성작용을 충분히 발휘시키기 위하여 한시련, 또는 시 전편에 련쇄법을 여러번 리용할수 있다.

이때는 련쇄법이 쓰인 차수가 운률조성에서 중요한 작용을 놀게 된다.

지난 시기 사설시조와 엇시조에서는 어느 한 장에서 련쇄법이 여러번 잇달아 쓰이기도 했다.

오날도 저물어지게 저물며는 새리로다 새면 이님 가리로다

가면 못오려니 못오면 그리려니 그리면 응당 병들려니 병 곧 들면 못살리로다

병들어 못살줄 알양이면 자고나 갈가 하노라

(시조 《청구영언》)

여기서 보다싶이 초중장에서는 여러개의 련쇄법이 잇달아 쓰이였다. 그리고 받는 말 《가면》, 《병들어 못살줄 알양이면》은 장과 장을 이어주는 형식으로 되였다.

민요 《자라배》는 전편이 련쇄법으로 이루어졌는데 특색있는 운률을 조성하고있다.

곰순아 곰순아 나무가자
배 아파서 못가겠다
무슨 배 자라배

무슨자라 읍자라
무슨읍 솔읍
무슨솔 청솔
무슨청 대청
무슨대 막대
……

(민요《자라배》)

이 동요는 어린이들의 심리적특성에 맞게 문답법과 련쇄
법을 배합하여 흥미있는 률조를 창조하였다.

7. 문답법의 특성과 그 리용

문답법이란 문답의 형식으로 내용을 알기 쉽고도 뚜렷하
게 전달하면서 운률을 조성하는 수법이다.

문답법이 운률조성적작용을 높게 되는것은 의문의 어조를
동반하면서 물음을 제기한 부분과 제기한 물음에 대한 대답하
는 부분이 같거나 비슷한 음수반복을 가지고 배렬되는데 있
다.

그베짜서 무엇하나
우리오빠 장가갈때
가마뚜껑 둘러주지
그남저지 뭘하는가
우리언니 시집갈때

가마호랑 둘러주지

(민요 《베틀노래》)

여기서 보다싶이 물음을 제기한 부분 《그베짜서 무엇하나》,《그남저지 뭘하는가》에서는 독특한 의문의 어조가 동반되고있으며 물음과 대답으로 된 부분은 모두 4·4조로 되여있다.

문답법은 지난 시기 주로 민요, 동요에서 쓰이였다.

형님형님 사촌형님
시집살이 어떱데까
아고애야 말도말아
시집살이 삼년만에
붓끝같던 이내손이
오리발이 되여지고
삼단같던 머리채가
숫밤송이 되였구나

(민요 《시집살이》)

종달아 종달아
어디에 갔댔니
색갓헤 갔더랬다
멀하레 갔더랬니
새끼치레 갔더랬다
몇마리나 쳤니

· 379 ·

두배 반 쳤다
나 하나 주렴
너 왜 주갔니
고운것도 내새끼
미운것도 내새끼
쫑―이 쫑이쫑이

(구전동요 《종달새》)

혁명군아 혁명군아 너 어데가나
총과 폭탄 가지고 어데로 가나
량반부자 때리러 저기로 간다
혁명군이 되려면 너도 갈수 있다

(동요 《혁명군놀이》)

로동민요에서 문답체형식의 민요는 모내기, 김매기, 매돌질 등과 같은 집단로동에서 선창자와 집단간 또는 두 로동집단간에 서로 묻고 대답하는 형식으로 노래가 엮어진다.

후렴구를 가진 선후창형식의 민요와 문답법으로 된 민요는 차이를 가진다.

후렴구를 가진 선후창형식의 민요에서는 메김소리가 언제나 개별적인 선창자에 의하여 불리워지며 또 그 메김소리와 집단의 받는소리 사이에는 내용상 긴밀한 련관성이 없고 형식상 공통성도 없다.

그러나 문답체형식은 주로는 두 집단간에 서로 주고받는 것이며 그 주고받는 두 노래는 내용상 서로 긴밀히 련관되여

형식에서도 공통성을 가진다.

문답체형식으로 된 민요의 몇가지 경우를 보면 다음과 같다.

1) 묻는 말이 형식상 의문문형식을 취하지 않고 내용상 물음을 표시하는 경우

이 경우는 두 집단간에 문답되는 노래구절과 내용이 상대적으로 짧고 적은것이 특징적인데 두 집단간의 노래구절이 보통 2행1절로 구성된다.

（문） 점심먹고 쉬여들어
　　　 첫골매기가 더디다

（답） 물레가락을 줄차려놓고
　　　 반토잡기 더디다

（문） 오늘해도 어느땐지
　　　 요내가슴 쌀쌀하다

（답） 모시적삼 속자락에
　　　 바람이들어 쌀쌀하지

（민요 《김매기노래》）

（문） 풍년이야 풍년이야
　　　 올래년이 풍년일다

（답）올래년만 풍년일가
　　　장구일생 풍년일다

（문）오늘해도 어느땐지
　　　산봉마다 그늘간다

（답）산이높아 그늘갈가
　　　석양되니 그늘가지

（민요《푸지기》）

2) 묻는 말이 의문문형식으로 된 경우

이 경우는 두 집단간에 가창되는 노래의 내용과 형식이 보다 크고 긴것이 특징적인데 두 집단간의 노래구절이 보통 4행1절로 구성된다.

（문）울산줄산 연자봉에
　　　점심골이 떠나온다
　　　앞에오는 저점심아
　　　우리점심 안오더냐

（답）오기사도 오지마는
　　　미나리닷단 양에닷단
　　　마늘닷단 소풀닷단
　　　찜하느라 더디더라

（문）수제닷단 간지닷단

세누라고 더디더냐
농밑에라 긴치마를
입느라고 더디더냐

(답) 긴치마 짜른치마
끄으니라고 더디더라
숟가락 반단을
세누라고 더디더라

(민요《김매기노래》)

3) 두 집단간에 노래가 경쟁적으로 불리워질 때 한 집단이 제기한 질문에 대하여 상대방집단이 대답하면 그것으로 일단락을 짓는것이 아니라 계속하여 처음 집단이 받아넘기고 또이어서 상대방이 받는 형식으로 노래가 계속 엮어지는 경우

서마지기 논배미가
반달만치 남았구나

네가무슨 반달이냐
초생달이 반달이지

초생달만 반달이냐
그믐달도 반달이지

(민요《김매기노래》)

　문답체형식은 두 집단간에 경쟁적으로 노래가 진행되는바
한 집단이 질문형식으로 메김소리를 하면 다른 집단은 그에
화답하는 받는 소리를 재빨리 받아넘겨야 한다.

　이런 문답체형식은 해방후 새로운 시대적요구와 현대적미
감에 맞게 계승발전되여 대창형식으로 리용되고있다.

（로）쌀독안에 두었던 닭이알을 보았소
（령）보았소
（로）어쨌소
（령）수구임무 잘하자고 합작사에 팔았는데 잘했나
（로）잘했지 잘했지
（합）잘하고 잘하고 잘잘했소
（로）당신이 그러게 내 령감
（령）당신이 그러게 내 로친

（대창 《잘하고 잘했소》 제1절）

8. 대조법의 특성과 그 리용

　대조법이 시나 가요에서 운률조성의 수단으로 될수 있는
것은 대립 또는 반의적관계에 놓인 두 사실이 같거나 비슷한
류형의 구조를 취하는 경우에 일종 반복의 수법과 같은 기능
을 노는데 있다.

　대조법이 운률조성의 수단으로 리용되는 경우 대비되는
사물현상이 같거나 비슷한 음수를 갖고 쌍을 이루며 그것이
다시 한 문맥우에서 시간적으로 련이어 대비된다.

민족고전시가에서는 일찍부터 대조법을 운률조성의 한 수
단으로 창조적으로 리용하였다. 그런 례로서 정철의 《관동별
곡》을 들수 있다.

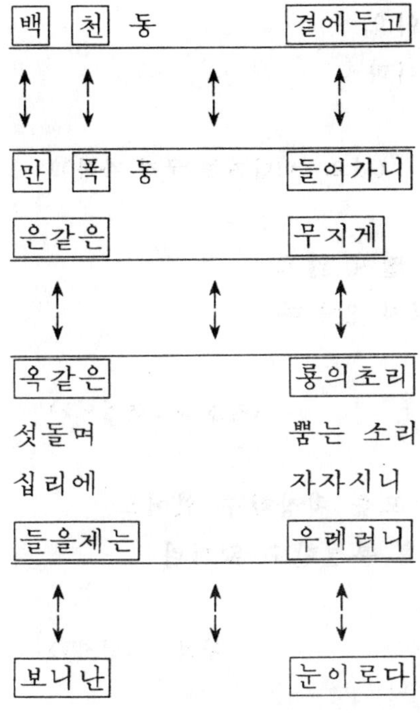

작자는 여기서 《백》(百)과 《만》(万), 《천》(川), 《폭》
(瀑), 《결에두고》와 《들어가니》, 《은같은》과 《옥같은》, 《무지
게》와 《룡의초리》, 《들을제는》과 《보니난》, 《우레러니》와 《눈
이로다》와 같이 시구들을 대조시킴으로써 금강산 만폭동의 풍
치를 그림과 같이 그려냈을뿐아니라 아름다운 운률도 조성하
였다. 그리고 여기서는 시구뿐아니라 시행도 1행과 2행, 3행
과 4행, 7행과 8행이 대조됨으로써 운률적효과를 더욱 높이고
있다.

　　이런 대조법은 민족고전시가에서나 현대근대의 시가에서 많이 찾아볼수 있다.

　　　　들고짜면 대단이요
　　　　놓고짜면 공단이라

　　　　　　　　　　（민요 《비단짜는 구경 가자》）

　　　　추워도 절대로 떨지 않고
　　　　더워도 땀 흘리지 않는다

　　　　　　　　　　　　（강창완 《돌멩이》）

　　　　거울속의 고운 모습 치장할수 있어도
　　　　거울속의 청춘은 분칠할수 없더라

　　　　　　　　　　　　（황희 《격언시》）

　　특히 대조법에서 대구의 형식을 빌어쓸수도 있음으로 하여 운률적효과가 더욱 높아진다. 이 경우는 대구와 대조가 융합적으로 쓰인다. 대구형식의 대조법은 현대의 시나 가요에서 널리 쓰인다.

　　　　앞그루에서 밀보리 만풍년
　　　　뒤그루에서 밀보리 만풍년

　　　　　　　　　　（김희종 《수리화의 초병》）

다수는 일하고도 살수 없는데
소수는 놀고도 잘들 사누나

(항일가요 《불평등가》)

시가에서 대조법이 연거퍼 쓰이는 경우도 있는데 이때는
운률적효과를 더한층 높여준다.

호수엔 꽃물결이 넘쳐나는데
가슴엔 깊은 시름 고여만 가네
산천은 아름답기 그지없건만
처녀는 어이하여 눈물흘리나

(가요 《꽃늪가》)

9. 단어맞물림법의 특성과 그 리용

단어맞물림법이 시가에서 쓰이기는 근대현대에서이다. 이
수법은 우리 말의 고유한 수법의 하나로서 우리 말 표현의 민
족적특성을 보여준다.

단어맞물림법은 《영예와 행복》, 《번영과 부강》과 같이 음
절수가 같거나 비슷한 단어들이 쌍을 이루면서 맞물리므로 운
률을 조성한다.

단어맞물림법은 맞물림이 문장의 일부 위치에서만 이루어
지기에 단어맞물림법에서의 내적운률은 대구법처럼 문장전체를

지배하지 못한다.

> 착취와 압박 받는 무산대중아
> 하루속히 단결하여 파업을 하자
>
> (항일가요 《혁명가》)

> 창조와 혁신 불타오르는 기대마다에
> 새 희망의 노래소리 넘치여흐르네
>
> (가요 《피복전사의 노래》)

단어맞물림법은 한 시행 또는 여러 시행에서 여러번 리용됨으로써 그 운률적효과를 더욱 높일수 있다.

> 우리 땀과 우리 피로 배를 채우고
> 탐욕과 향락으로 질탕거리던
> 부르죠아소굴인 궁전우에는
> 무산혁명 정부기가 나붓긴다
>
> (항일가요 《결사전가》)

10. 자문자답법의 특성과 그 리용

자문자답법은 우선 사상내용의 론리성을 보장하는 효과적인 수법이다.

자문자답이 시가에 쓰이면 의문의 어조를 동반하면서 같거나 비슷한 문장구조가 되풀이되는데서 운률이 조성된다. 그리고 자문자답법은 시행 또는 시련의 운률적결합을 돕는다.

남산이 고와서
바라다 볼가
정든님 계시게
바라다 보지오

(잡가 《수심가》)

산이높아 그늘인가
골이깊어 그늘이지
골이깊어 그늘졌나
구름정자 그늘졌지

(민요 《메나리》)

해방후 우리 시인들은 자문자답법을 시창작에 창조적으로 리용하여 운률조성에서 귀중한 경험을 쌓아올렸는데 몇가지 주요한 형태를 보면 다음과 같다.

1) 자문자답법과 반문법의 융합

이 형태에서는 대답하는 말이 반문법으로 이루어지므로 강한 어세를 동반한다.

두만강물이 얼마나 되오?
놈들에게 바친 피땀보다 더 많으랴

장백산이 얼마나 높소?
놈들에게 바친 낟가리보다 더 높으랴

(김성휘 《나더러 무엇을 얘기하랴오》)

2) 묻는 말과 대답하는 말이 각각 한련을 이루는 형태

푸른 바다
저 끝은
그 어디메

그곳은
청춘과 로동이
약동하는 곳

푸른 하늘
저 끝은
그 어디메

그곳은
사랑과 생명이
노래하는 곳

(임효원 《수평선》)

작자는 의도적으로 자문자답법을 시 전편에 도입하여 묻
는 말과 대답하는 말을 각각 한련이 되게끔 함으로써 특색있

는 운률을 창조하였다.

3) 한련이 자문자답법으로 이루어진 형태

하루에도 두세번
문턱이 다슬도록 찾아오는 그대여
그저 찾아만 오면 참사랑인가요
눈으로는 볼수 없는
속심을 털어놓아야 참사랑이지요

(김경석 《참사랑》 제1련)

이 시는 모두 5련으로 되였는데 2, 3, 4 련도 제1련과 똑같은 형식의 자문자답법으로 되여있다.

4) 묻는 말을 시련의 끝에다 설정하고 대답하는 말을 한 련으로 만든 형태

짤깍짤깍 복이는 천을 짭니다
복이는 행복을 수놓습니다
우리네 행복은 얼마나 될가?
우리네 행복은 얼마나 될가?

바다의 깊이를 재여보라지!
하늘의 높이를 재여보라지!

(김태갑 《천짜는 복이》)

시인 김태갑은 여기서 첫련의 마지막에다 묻는 말을 연거

퍼 두번 제기하고 이에 대한 대답을 한련으로 설정함으로써 특색있는 음악적운률을 조성하였다.

11. 풀이법의 특성과 그 리용

풀이법은 시가에서만 쓰이는데 뜻의 폭이 점차 넓어지거나 좁아지게 배렬하면서 시문장의 음조를 점차 높여가며 일정한 수량이나 순서를 나타내는 말이 계단식으로 배렬됨으로써 절주감을 준다.

풀이법은 현존하는 문헌상 고려가요 《동동》에서 제일 처음 쓰이였다. 이 가요는 모두 13분절로 되였는데 제2분절부터 13분절까지는 정월부터 12월까지 매달의 기후와 민속행사에 따라 서술되였다.

정월ㅅ 나릿 므른
아으 어져녹져 하논대
누릿 가온대 나곤
몸하 하올로 녈셔
아으 동동다리
(중략)
십이월ㅅ 분디 남가로 갓곤
아으 나알 반앳 져다호라
나믜 알패 드러 얼이노니
소니 가재다 므라압노이다
아으 동동다리

(고려가요 《동동》)

고려가요 《동동》으로부터 시작된 풀이법은 18세기이후로
부터 널리 쓰이게 되였다. 특히 민요에서 달거리형식으로부터
다양한 형식으로 발전하였다.

민족시가유산에서 풀이법은 다양한 형태로 쓰이였는데 그
주요형식을 보면 다음과 같다.

1) 달거리형식

《동동》에서 쓰인 달거리체는 19세기 《농가월령가》에 와서
직접 계승되였다. 《농가월령가》는 정월로부터 12월까지 농가
의 영농행사를 서술하였다.

<blockquote>

정월은 맹춘이라 립춘우수 절기로다

......

흘러오는 풍속이오 아희들 놀이로다

(중략)

십이월은 계동이라 소한대한 절기로다

......

황천이 지인하사 노하심도 일시로다

</blockquote>

(《농가월령가》)

이런 달거리형식은 잡가 《하사월 초파일날》, 민요 《밭갈
이타령》, 《달거리》, 가요 《달타령》 등에서도 찾아볼수 있다.

<blockquote>

정월에 뜨는 저 달은

새 희망을 주는 달

</blockquote>

• 393 •

이월에 뜨는 저 달은
동동주를 먹는 달
(중략)
십이월에 뜨는 달은
님 그리워 뜨는 달

(가요 《달타령》)

2) 수자풀이형식

수자풀이는 잡가 《십장가》, 민요 《물드레혜는 소리》, 《장타령》, 《시집살이》 등에서 찾아볼수 있다.

하나이라면
한살두살 나이먹어 시오살되니
하기싫은 결혼 하라 재촉하누나

둘이라면
두번다시 살수없는 이내신세는
우마같이 값을받고 팔아먹누나
(중략)
열둘이라면
열두매끼 묶어놓은 이내신세는
이삼월이 가기전에 땅에묻힌다

(민요 《시집살이》)

3) 글자풀이형식

이 형식은 조선어 가갸표의 순서를 리용한것이다.

가갸거겨
가이없는 이내몸이
거지없이 되였구나
고교구규
고생하던 우리님이
구곤하기 짝이없다
(중략)
하햐허혀
한양랑군은 내랑군인데
편지일장 돈절하다
호효후휴
후회지심이 절로 나네
님생겨 달라고 빌기나 하세

(민요 《한글풀이》)

근대, 현대의 가요에서도 풀이법을 리용하고있음을 찾아볼수 있다.

항일가요에서는 수자풀이로 된것과 요일의 순서로 된것이 쓰이였다.

1. 하나이라면 한목적 공산주의
   승리를 위해 승리를 위해
   전세계 무산자는
   단결하여라 단결하여라

2. 둘이라면 둘이함께 살지못할

······

3. 셋이라면 삼대조직 강화하여

······(중략)

10. 열이라면 열번을 죽더라도

······

(항일가요 《십진가》)

1. 일요일이라 일삼고 박해하던
일본놈들을 일본놈들을
한바다 깊은 물에 막 쓸어넣자
막 쓸어넣자

2. 월요일이라 월색아래 행진하는

······

3. 화요일이라 화차를 타고 가던

······

4. 수요일이라 수없이 일어나는

······

5. 목요일이라 목빼들고 발악하던

······

6. 금요일이라 금은보화 가진놈들

······

7. 토요일이라 토지뺏아 호사하던

······

(항일가요 《요일가》)

노래 《우리 생활 영화로세》도 풀이법으로 되여있다.

일년은 열두달에 삼백은 예순이라
날따라 늘어가는 우리 생활 영화로구나
이앞벌에 으릉으릉 뜨락또르 내달리니
기계화가 정말 좋아 우리 농사 성수나누나
(중략)
오형제 오봉산 둥글둥글 모아산
달뜨는 토월산 창끝같은 뾰족산
연변에는 장백산이 제일제일제일 높더라
륙순넘은 저 할머니 날따라 젊어간다
북소리 장단맞춰 어깨춤이 두둥실둥실
두둥실 둥실둥실 신바람나누나
칠칠은 야밤인데 울음소리 웃음소리
건너집에 부름소리 바삐바삐 뛰여가니
웬일이야 음 도야지 대풍이란다
팔월이라 좋은 날 향기뿜는 과원에
돌배참배 사탕배 앵두오얏 많건만
그중에도 사과배가 제일 맛이 좋더라
구만리 창공에 울려가는 풍년가에
꽃구름이 둥실
시월이라 호시절 산과 들에 금물결
너울너울 춤추니 사원들의 얼굴엔
싱글 웃음꽃이 피누나

12. 다접속의 특성과 그 리용

다접속이란 문장을 이음에 있어서 접속어들을 반복해씀을 말한다.

다접속이 시가에서 운률조성의 작용을 놀게 되는것은 갈거나 비슷한 접속어들이 반복되는데 있다.

이 수법은 근대, 현대의 시가에서 이루어진것이다.

다접속은 접속어들이 반복되는 모양과 위치에 따라 여러가지로 갈라볼수 있다.

1) 련속적리용

그러나 그래도 그러나
말할 아무것이 다시 없는가!

(김소월 《꿈으로 오는 한사람》)

2) 머리구리용

그리고 굳세라
그리하여 모든 인류에게
새 힘을 주고
새 용기를 주라

(박아지 《나의 노래여》)

그담엔 홍산골이 터졌다

총소리, 적탄소리, 기관총소리
놈들의 아우성소리—
그담엔 절벽이 무너졌다
다닥치며 뛰치며 부서지며
바위들이 골짜기를 쳐부신다

(조기천 《백두산》)

3) 접속어들이 시행을 이루면서 련속적으로 쓰인 경우

그리고
또 그리고…
빛나는 젊음을 조국에 충실한
한시간전의 격렬한 영웅전의 마디마디
그 사연을 내 무엇으로 말하랴!

(김조규 《달도 없는 어두운 밤》)

그 다음엔
아 그 다음엔
아궁이에
불을 지펴넣는다

(김철 《산촌의 어머니》)

시인 설인의 《어머니(2)》는 접속어를 시적구조 전반에 확
대시켜 성과를 거둔 대표적시의 하나이다.

어머니,
당신은 사랑의 품이였으며
행복의 요람어였으며
그리고 또
자장가 고요하고 아늑한 보금자리였습니다.(제1권)

이 시는 7련으로 조직되였는데 매 련은 5행으로 되여있
다. 그 서정구조에서 1련—4련, 6련의 4번째 행은 모두 접속
어 《그리고 또》로 되였는데 구성상 특성이 있다.
이 시는 그 내용에서 자애로운 어머니를 노래하였는데 사
색적이고 명상적이며 잔잔하고 부드러운 정서적색채로 충만되
여있다. 따라서 접속어로 이루어진 시행 《그리고 또》는 률조
의 더딘 흐름으로 이런 정서적색채를 표현하는데 훌륭히 이바
지하였다.

13. 반의어의 리용

시문장에서 반의어를 잘 살려쓰면 쌍으로 된 반의어가 대
조적조응을 이루면서 운률을 조성한다.
민족시가유산에서는 일찍부터 반의어를 리용하여 표현의
생동성을 보장한 동시에 음악적운률도 조성하였다.
1) 련속적리용
정월ㅅ 나릿 므른
아으 어져녹져 하논대

(고려가요 《동동》)

앞서거니 뒤서거니
소를 몰고 달리거니

(김경석 《수레길》)

2) 교차적리용

높이들어 낮이놓아
펑펑들어 달구로다

(민요 《달구소리》)

갈 길이 막혔는가 하니 열리고

(김경석 《천하의 절정》)

3) 련속적리용의 배합

객들이 오르며 내리며
차들이 들어오며 나가며
북경역은 이 아침도 끓고있고나

(송정환 《희망의 기점》)

4) 련속적리용과 교차적리용의 배합

요리조리 돌따서며

이 핑게 조 핑게 대드니

(민요 《나물노래》)

방금까지 숭엄히 쳐다뵈던 석봉들
멀리 가까이 눈아래 굽어뵈네
높아도 각이하고 낮아도 기괴한
그 모양 보지 않고 어찌 떠나갈소냐!

(김경석 《망정봉에서》)

5) 머리구리용

아침엔 삼죽동이
저녁엔 계죽동이
낮이면 랭수동이
밤이면 뜨물동이

(민요 《동이》)

살아서 너를 떠나간이들
죽어서도 돌아오길 소원했더니

(김상오 《나의 조국》)

6) 중간구리용

지름길로 오는것이 세월이더냐
지름길로 가는것이 세월이더냐

(박화 《세월》)

7) 끝구리용

안개로 가는 길
안개에서 오는 길

(조병화 《안개로 가는 길》)

8) 머리구리용과 중간구리용의 배합

계집아이는 어미를 닮지 말고
사내아이는 아비를 닮지 말고

(황명걸 《한국의 아이》)

9) 머리구리용과 끝구리용의 배합

가는 님은 밉상이요
오는 님은 곱상이요

(가요 《아리랑 랑랑》)

10) 머리구리용, 중간구리용, 끝구리용의 배합

기쁨의 상봉에는 마음껏 웃고지고
슬픔의 리별에는 마음껏 울고지고

(김응준 《역두》)

우리들은 시가창작에서 반의어를 잘 리용해야 할뿐아니라 문맥적반의어도 잘 리용하여 음악적률조를 더한층 높여야 한다.

1. 길가의 꽃송이도 눈물에 젖고
   날아가는 산새도 낯이 설구나
   앞에서는 오빠생각 재촉을 하고
   뒤에서는 동생생각 발목을 감네

2. 돌아보니 고향산천 아득도 하고
   앞을 보니 갈 길 또한 아득하구나
   해는 지고 새들도 깃을 찾는데
   오늘 밤은 그 어느 길섶에 자랴

(가요 《고향떠나 칠백리》)

여기서 《재촉을 하고—발목을 감네》, 《돌아보니—앞을 보니》는 문맥적으로 반의어적관계에 놓인 말들이다.

14. 동의어의 리용

시문장에서 뜻이 비슷하거나 거의 같은 동의어를 각이하

게 잘 리용하면 정확한 묘사를 할수 있고 말의 반복도 피하여 문장의 단조로움도 극복할수 있으며 또 운률도 조성할수 있다.

동의어의 각이한 리용이 운률을 조성하게 되는것은 주로 쌍으로 된 동의어가 함께 쓰임으로써 반복의 작용도 놀기때문이다.

민족시가유산에서는 일찍부터 동의어를 운률조성의 한 수단으로 리용하였는데 주로 가사에서 많이 쓰이였다.

시문장에서 동의어를 리용한 구체경우를 보면 다음과 같다.

1) 련속적리용

아무개 그 사람
무정야속 하고나

(잡가 《사발가》)

가련하고 불쌍한 세계무산자
모두다 싸우자 유산계급과

(항일가요 《불평등가》)

2) 교차적리용

나은자 오날이야 즐거온자 금일이야 (초장)

(김현성의 시조)

한숨에 내닫고 단숨에 솟치여
더 날을수 없이 신비한
너희같이 돼보고싶구나

(박세영 《산제비》)

3) 머리구리용

언제나 정답게
항상 뜨겁게

(임효원 《나의 집》)

4) 중간구리용

조국의 하늘 끝없이 푸르고
우리의 벌 한없이 넓구나

(김태갑 《천만쌍 제비야 날아라》)

5) 끝구리용

형용도 그지없고
체세도 하도할사

(정철 《관동별곡》)

울부짖던 눈보라도 뜸해지고
숭냥이 울음소리도 잠잠해지고

(정서촌 《날이 밝는다》)

시가창작에서 문맥적동의어를 잘 리용하면 단조로운 단어
반복을 피하고 음악적운률을 조성할수 있다.

아, 날이 밝는다
백두산밀림에서 조국의 태양이 솟는다

보다싶이 여기서 《날이 밝는다》와 《태양이 솟는다》는 문
맥적동의어를 이루고있다.

제3절 어세, 억양, 여운에
의한 음향률조성

운률조성의 보조적수단은 반복률조성에 참여할뿐아니라
어세, 억양, 여운에 의해 음향률도 조성한다.
이런 보조적수단으로는 전도법, 호소법, 수사학적감탄,
반문법, 의문법, 제시법, 무언, 중간휴식법, 무접속법 등을
들수 있다.
이런 보조적수단들은 어세나 억양, 여운으로 그 음향가를
높여 운률조성을 돕는다.

1. 전도법의 특성과 그 리용

우리 민족 시가에서 전도법은 시어의 순서를 바꾸어 중요한 단어를 강조하는 동시에 운률을 산생시킨다.

전도법은 우리 말 어순의 민족적특성으로부터 만들어진 수법이다. 우리 말 어순은 단어들 련계의 특성, 토체계의 풍부성과 다양성, 토의 강한 위치성으로 하여 자유로운 어순에 속한다. 그러므로 우리 말에서는 어순이 주로 문장론적기능을 노는것이 아니라 수사학적기능을 놀며 말의 표현색채를 돋군다.

시문장에서 시어의 어순을 바꾸면 자리가 바뀐 시어의 의미가 강조되면서 어세가 강조되고 운률이 생긴다.

어순전도법이 운률을 산생시키는 원리를 구체적으로 보면 다음과 같다.

우선 우리 말에서 익숙된 정상적어순을 바꿔놓으면 그것이 말관습을 파괴하기에 자리가 바뀐 시어들이 강조되고 발음도 세게 하게 된다.

다음으로, 례컨대 종결술어를 주어앞에 놓으면 그 의미가 강조되면서 발음에서 매듭이 생긴다. 그리고 형식상 문장은 둘로 갈라지면서 종결술어뒤에 오는 문장성분은 종결술어가 생략된 중단문의 운률적효과를 나타내면서 여운을 조성한다.

또 어순전도는 감동을 표현하는 서정적표현방식으로 되는바 사람들은 어떤 감동을 표현할 때 자연히 감동된 내용의 의미를 강조하기 위하여 어순을 전도하게 된다.

전도법은 인간의 사상감정을 감동적으로 강조하여 표현하

기 위한 시의 특징으로부터 유래한 수법으로서 민족시가에서는 일찍부터 널리 리용하였다.

전도법은 주로 시행내에서와 시련내에서 이루어진다. 특수한 경우에는 련과 련이 전도될수도 있다.

어순전도에는 여러가지 형태가 있다.

우선 어느 문장성분이 전도되는가에 따라 구분할수 있다.

① 종결술어를 문장의 첫머리에 놓는 경우

전도법은 종결술어가 문장의 첫머리에 올 때 가장 뚜렷해지며 강한 률조가 조성된다.

모여라 동무들아 붉은기아래
한마음 한뜻으로 모여들어라

(항일가요 《끓는 피는 더 끓어》)

여기서는 종결술어 《모여라》를 문장의 첫머리에 놓았기에 《모여라》를 두드려지게 강조하면서 그다음에 오는 시어성분들의 어세가 다같이 강화되여 강한 률조가 조성되였다.

이 시의 문장성분을 정상대로 배렬하면 다음과 같이 된다.

동무들아 붉은기아래 모여라
한마음 한뜻으로 모여들어라

보는바와 같이 이 시문장에서는 굴곡이 있는 률조를 느낄수 없다.

정상대로 문장성분이 배렬된 이 시문장에서 호칭어나 상

황어의 위치만을 바꾸어보자.

> ○ 붉은기아래 모여라 동무들아
> 한마음 한뜻으로 모여들어라
> ○ 동무들아 모여라 붉은기아래
> 한마음 한뜻으로 모여들어라

여기서는 일정한 률조가 조성되지만 종결술어를 첫머리에 놓는 경우보다는 음조의 굴곡조성이 강하지 못하다.
② 주어가 종결술어뒤에 놓이는 경우
이 경우는 자리가 바뀌여진 주어가 강조되면서 어세가 강화되고 률조가 생긴다.

> 지금은 그 멀리 들릴거라 다듬이소리
> 아, 그립구나 이내 마음!

(박세영 《그립구나 내 고향》)

가슴쥐고 나무밑에 쓰러졌다 혁명군
가슴에서 흐르는 피 푸른 들을 적신다.

(항일가요 《빨찌산추도가》)

③ 보어를 종결술어뒤에 놓는 경우
이 경우는 자리가 바뀌여진 보어가 강조되면서 어세가 강화되고 률조가 생긴다.

치천하 오십년에 부지왜라 천하사를(초장)

(변계량의 시조)

그 어디에 하소하랴 억울한 신세
그 누가 알아주랴 슬픈 이 사연

(가요 《달아달아 처량하게 밝은 저 달아》)

④ 보어를 문장의 첫머리에 놓는 경우
이 경우는 자리가 바뀐 보어가 강조되면서 어세가 강화되고 률조가 생긴다.

할머님이 못입으신 꽃비단 천을
어머님이 입고파 하도 입고파
꿈속에서 입어보고 눈물짜던 그 천을
복이는 마음껏 짜고짭니다.

(김태갑 《천짜는 복이》)

⑤ 상황어를 종결술어뒤에 놓는 경우
이 경우는 자리가 바뀐 상황어가 강조되면서 어세가 강화되고 률조가 생긴다.

노래를 부르렵니다
목이 쉬도록 가슴이 터지도록

(김철 《날이 개였습니다》)

⑥ 호칭어를 종결술어뒤에 놓는 경우

이 경우는 자리가 바뀐 호칭어가 강조되면서 어세가 강화
되고 률조가 생긴다.

오너라 동무야
강산에 다시 되돌아 꽃이 피고
새 우는 이 봄을 노래하자

(가요 《봄노래》)

전도법은 이와 같이 시행내에서와 시련내에서 이루어질뿐
아니라 련과 련이 전도될수도 있다.

서광이 비꼈습니다.
노을이 타오릅니다.

이 땅의 천만줄기 산악을
한손에 주름잡고
태공에 거연히 솟아 백설을 떠인
아아한 주무랑마봉 메부리에도

(림연 《려명의 노래》)

다음으로 전도법은 전도회수에 의해 구분할수도 있다.
① 한번전도

한번전도는 시행 또는 시련속에서 시어를 한번 전도시킴
으로써 운률적효과를 얻어낸다.

달려나가자 고함지르며
찌르며 짓이기며 밟아버리며

(백인준 《저주의 노래》)

너는 설레이누나
백두의 밀림이여

(차승수 《영광의 땅》)

조국을 사랑한다고 말하지 말라
조국에 그대의 심장을 주기전에는!

(김상오 《나의 조국》)

② 련속적전도

련속적전도는 전도를 련속시킴으로써 정서적앙양을 연장
시키며 률조의 조성범위를 그만큼 넓혀준다.

련속적전도는 문장성분의 구분에 따르는 여러가지 전도법
이 배합되여 이루어지는데 그 류형은 매우 다양하다.

• 술어의 련속적전도

만나자, 형제여, 겨레여
목메여 부르기조차 안타까운 이름들이여
듣고싶다, 남해의 파도소리, 대나무 설레임소리

(오영재 《복수자의 선언》)

• 주어의 련속적전도

높을시고 망고대
외로올사 혈망봉이

(정철 《관동별곡》)

어디로 갔느냐, 귀여운 고기떼
어디로 갔느냐, 정다운 물새떼

(박화 《다시금 불러들이자》)

• 보어의 련속적전도

속없이 우나니 지는 꽃을,
속없이 느끼나니 가는 봄을

(김소월 《첫치마》)

• 상황어의 련속적전도
철쇄가 끊기인 땅우에
첫눈이 내린다
해방의 기쁨 넘치인 땅우에
첫눈이 내린다

(김학연 《우리가 출발한 첫기슭에서》)

이상에서 고찰한바와 같이 조선어에서는 전도법을 리용하

여 다양한 률조를 조성할수 있는 가능성이 매우 풍부하다.

김태갑의 서정시 《나는 사랑한다…》는 서정구조에서 어순전도의 수법을 능숙하게 리용하여 운치있는 률조를 조성한 시이다.

이 시는 모두 16련으로 구성되였는데 전도법을 리용한 련수가 7개이다. 즉 10련까지는 한번전도법으로 된 련과 반문법으로 된 련을 교차적으로 배치하여 정서적이고 굴곡있는 률조를 조성하고있다.

나는 사랑한다 고향의 산을
소나무 사철 푸른 고향의 산을
구름속에 뻗어간 충충 다락밭
산비탈에 늘어선 과일동산을

어제날은 거칠고 헐벗었던 산
아버지 무덤가에서 통곡하던 산
산은 산이로되 옛산이 아니어니
내 어찌 고향의 산 사랑하지 않으리
(제1, 제2 련)

작자는 이렇게 제10련까지 전도법으로 된 련과 반문법으로 이루어진 련을 교차적으로 배치하고 제13, 제14 련에다 각각 련속적전도와 한번전도를 배치함으로써 앙양된 어세와 억양을 조성하였다.

그렇다, 나는 사랑한다
내 고향의 래일을
더더욱 사랑한다

내 조국의 래일을

변강에서 태여나 타고장엔 못가봤어도
한하늘아래 밝은 태양 빛뿌리는 곳이기에
나는 사랑한다 고향을,
고향을 품에 안은 어머니조국을!
(제13, 제14 련)

전도법을 잘 리용하면 이와 같이 시문장의 어세와 억양을 강화하여 음악적운률을 창조할수 있고 산문화를 극복할수 있다.

2. 호소법의 특성과 그 리용

호소법은 그 자체가 앙양된 감정의 직선적표현형태로서 감탄의 한 형태이다.

호소법은 상대방을 부르는 형식을 취하면서 격동된 감정 또는 축적된 주정을 토로하기에 시문장의 어세를 강화하면서 운률조성을 돕는다.

호소법이 쓰이는 구체적류형을 보면 다음과 같다.

① 호칭어를 한번 동반한 형태

달하 노피곰 도다샤
어긔야 머리곰 비취오시라

(고려가요 《정읍사》)

나의 따발총이여

더웁게 단 총구멍
식혀줄 사이도 없구나

(안룡만 《나의 따발총》)

② 호칭어가 잇달아 여러번 겹쳐쓰인 형태

학도야 학도야 청년학도야
벽상의 괘종을 들어보아라

(창가 《학도가》)

오너라 감옥아 단두대야
이것이 리별의 노래란다

(항일가요 《적기가》)

③ 호칭어앞에 감동어를 동반하는 형태

아소 님하 어마님가티 괴시리 업세라

(고려가요 《사모곡》)

아, 가야금아 가야금아
옛날 가야의 산하를 울리던 네 소리
오늘 이 나라 강산에 메아리치나니

(리욱 《가야금을 타니 백두산이 춤춘다》)

• 417 •

바다여! 나의 바다여
오, 이 땅의 새벽과 함께 일어서는 바다여!
부르짖으라 들끓어 넘쳐라

(조기천 《동해바다》)

감동어가 호칭어앞에 오면 강한 격정을 표현하면서 운률을 조성한다.

우리 시인들은 시에서 산문화를 극복하고 시적운률을 강화하기 위하여 호소법을 창조적으로 리용하였는데 몇가지 류형만 보면 다음과 같다.

① 호소법과 전도법, 반문법, 의문법 등이 결합되여 쓰임으로써 앙양된 정서적흐름을 조성한 경우

아, 갈수록 높아가는 풀무소리여!
대지는 잠을 깬다 기지개 편다,
더욱 높이 울려라, 마치소리여
만풍년을 부르는 고향의 봄노래여!

(김경석 《봄노래》)

여기서는 호소법과 전도법이 결합되여 정서적앙양이 내적으로 충만되였고 깊이있는 음조를 조성하였다.

벗이여,
그대도 이 밤 저 달을 쳐다보는가

(설인 《달이 두둥실 뜨면》)

여기서는 호소법과 의문법이 결합되였는데 앙양된 감정의
흐름을 보여준다.

조국이여, 너는 무엇이기에
저 눈덮인 이국의 광야
비내리는 타향의 부두에 서면
두고 온 네 하늘이 그리도 푸르러
살아서 너를 떠나간이들
죽어서도 돌아오길 소원했더냐

(김상오 《나의 조국》)

이 시에서는 호소법과 반문법이 함께 쓰이여 앙양된 감정
의 흐름으로 조국의 귀중함을 노래하였다.
② 호소법의 배합
여러개 호소법을 배합해 리용함으로써 감정의 폭을 그만
큼 넓히면서 어세를 강화할수 있다.

고향이여 정든 산천아 너는
언제나 잊지 못할 사랑의 품이였다
금빛종자여, 심심산골에 꽃피울
너는 언제나 아름다운 품이였다

(리상각 《월순이의 사랑》)

고향의 산이여 푸른 잎 설레이며 노래하라

고향의 물이여 흰물꽃 날리며 춤을 추라
고향의 벌이여 가슴헤쳐 황금나락 쏠으라
고향사람들이여 거뜬하게 신들메를 조이자!

③ 매 시련이 호소법으로 된 경우
시인 김응준의 서정시 《고향의 처녀야》는 4행 3련으로 되였는데 매 련이 호소법으로 되여있다.

고향의 내가에서 달빛을 밟으며
첫사랑 속삭이던 고향의 처녀야
수천리 타향에서 탐사의 길 걸어도
그 순정 깊이 고여 내 가슴 뜨거워

하늘에 반짝이는 뭇별을 바라보며
앞날을 약속하던 고향의 처녀야
조국의 현대화에 청춘을 바치자
그 맹세 아로새겨 새힘이 용솟네

고향의 포전에서 구슬땀 흘리여
만풍년 따낸 소식 전해준 처녀야
영예의 꽃다발을 가슴에 안고서
그리운 그대곁을 찾아가리라

④ 매 시련의 마지막에 호소법을 배치하는 경우
김태갑의 서정시 《송화강》은 6행 3련으로 되였는데 매 련

의 마지막 두행이 호소법의 배합으로 되여있다.

　　　　풍요한 이 땅을 한품에 안고
　　　　유유히 흐르는 송화강 송화강
　　　　따사로운 해살아래 행복은 꽃피여
　　　　천리라 물결우에 물새도 노래한다
　　　　노래하라 춤추라 고향의 강아
　　　　영원히 흘러라 행복의 흐름아

　　　　……

　　　　잊지 말자 그날을 고향의 강아
　　　　영원히 흘러라 력사의 흐름아

　　　　……

　　　　노래하라 춤추라 고향의 강아
　　　　영원히 흘러라 행복의 흐름아

　여기서는 《노래하라 춤추라》와 같은 무접속법, 호소법과 전도법의 배합, 시행반복 등으로 하여 높은 격조가 이루어졌고 굴곡있는 률조가 조성되였다.

3. 수사학적감탄의 특성과 그 리용

　수사학적감탄도 감탄의 한 형태인데 시인의 격동된 감정 또는 주정토로를 직접 표현하는 수법이다.

　수사학적감탄은 시문장에서 산문화를 방지하고 문맥을 조

화롭게 률조적으로 련계시키고 격조를 높여준다.

수사학적감탄은 운률조성에서 다음과 같은 작용을 논다.

첫째, 감탄을 표시하는 감탄구 또는 감탄토로 시가의 정서적앙양과 격조를 높인다.

> 아, 하늘보다 높은 그 사랑
> 바다보다 깊은 그 은정
> 대를 이어 전하리라, 소나무숲이 설레여라
> 이 마음 담아 끝없이 설레여라
>
> (김응룡 《모아산에 올라》)

여기서는 감탄구 《아》와 《전하리라》,《설레여라》와 같은 감탄적인 표현에 의해 음조의 흐름에서 높은 격조가 조성되였다.

둘째, 시문장의 맺음에서 산문화를 방지하고 여운을 조성하며 시행 또는 시련의 률조적결합을 돕는다.

시의 운률조성에서 매 시행의 운률을 잘 조성하는 동시에 련과 련의 음조를 유기적으로 조화롭게 결합시켜야 한다.

> 나는 차라리 너희들같이
> 날개라도 펴보고싶구나
> 한숨에 내닫고 단숨에 솟치여
> 더 낳을수 없이 신비한
> 너희 같이 돼보고싶구나
>
> 창들을 꽂은듯 희디흰 바위에

아침 붉은 해발이 비칠제
너희는 그 꼭대기에 앉아
깃을 가다듬을것이요

(박세영 《산제비》)

이 시에서 《펴보고싶구나》중의 감탄토 《―구나》는 두 시 문장을 률조적으로 잘 결합시켜주고있다. 그리고 첫련중의 《돼보고싶구나》는 두련을 률조적으로 결합시켜주고있다.

만약 이 시에서 《펴보고싶구나》를 《펴보고싶다》로, 《돼보고싶구나》를 《돼보고싶다》로 하였더라면 산문화를 면하지 못하였을것이다.

수사학적감탄은 운률조성의 한 수단으로 일찍부터 리용되였는데 현대문학에 와서 더욱 광범히 리용되는 보조적수법으로 되였다.

수사학적감탄은 여러가지 수단으로 표현된다.

① 감탄구의 리용

《아》, 《오》 등의 감탄구는 앙양된 정서의 격조를 높이고 행과 련들을 음악적으로 련결시켜준다.

아, 찰랑이는 물동이에
반짝, 뭇별이 한가득 담겼네

(김득만 《림장의 취사원》)

일손들 가슴속에
깃드는 행복!

• 423 •

아, 산촌에 꽃이 피였네

(황상박《꽃피는 공소부》)

② 강한 느낌을 나타내는 감탄토의 리용

수사학적감탄은《-여라, -구나, -도다, -누나, -노라》등의 감탄토에 의해서도 표현된다. 이런 토들은 시의·문장단위와 문장단위, 련과 련을 음악적으로 결합시킴에 있어서 매우 큰 역할을 논다.

가없는 하늘엔 꽃구름 둥실
끝없는 벌판엔 금파도 출렁
부풀은 가슴 탁 틔여라

(리선호《변방군의 마음》)

생각하노라, 생각하노라
수백만의 그 어린 아기들에 대하여

(백인준《결산하라, 아메리카》)

③《-라, -시라》등 명령토의 리용

웃는 조국을 안겨주라
푸른 하늘을
푸른 땅을
아 눈물이 없고 고통이 없는

　　　하나된 조국을
　　　저 어린 가슴들에 안겨주라

(전병구 《저 아이들을 보라》)

④ 호격토 《―여》의 리용

호격토 《―여》는 강한 느낌을 나타내므로 수사학적감탄의 표현에 널리 쓰인다.

호격토 《―여》에 의한 수사학적감탄은 음조의 흐름에서 강한 격조를 나타내며 행과 행, 련과 련을 률조적으로 련결시켜준다.

많은 시인들은 호격토 《―여》에 의한 수사학적감탄을 시창작에 창조적으로 리용하여 많은 경험을 쌓아올렸다.

• 여러개의 호칭어로 이루어진 수사학적감탄이 한련을 이루는 경우

　　　어린시절의 숨결
　　　아직도 살아있는
　　　폭포골 모래터여!
　　　그의 음성 아직도 에도는
　　　푸른 언덕이여!

(김학연 《독로강기슭에서》)

• 한 호칭어가 전개되여 이루어진 수사학적감탄이 한련을 이루는 경우

생각하는 사이에 어느덧
옛일로 되여버린
모든 생각을 버리며
다시 생각하는 마음이여!

(정문향 《시대에 대한 생각》)

• 매 시련의 마지막에 호칭어로 이루어진 수사학적감탄을 배치하는 경우

송정환의 서정시 《어머니품이여》는 7행 3련으로 되였는데 매 련의 마지막 두행이 호칭어로 이루어진 수사학적감탄으로 되여있다.

……
아, 한없이 사랑스런
어머니품이여 어머니품이여

……
아, 한없이 넓고넓은
어머니품이여 어머니품이여

……
아, 한없이 따사로운
어머니품이여 어머니품이여

여기서는 호칭어앞에 감탄구 《아》가 놓이고 호칭어 《어머니품이여》가 반복됨으로써 더욱 앙양된 감정의 흐름을 조성하

였다.

⑤ 명명문의 리용

명명문은 어떤 사실의 존재를 제시만 하는것으로써 그 의미를 강조하며 토는 생략된다. 이 문장형식은 토가 생략됨으로써 의미가 강조되며 시가의 격조를 높여준다.

이런 수사학적기능을 리용한 명명문법은 근대, 현대에 이루어진 수법인데 해방이후 우리 시인들은 여러모로 활발히 리용하고있다.

푸른 하늘
푸른 땅
푸른 잎이 괴인
천떨기 만떨기 붉은꽃

(리욱 《청춘과 나》)

그 뉘도 불러주지 않는 혼을
바람이 우릉하던 나머지
가지끝에 높이 쳐든
창백한 넋

(정몽호 《멋없는 넋》)

충성의 한길에서만 그 이름 빛난다
동지!

(리광재 《동지》)

여기서 첫례문은 3개의 명명문이 한련을 이루었고 두번째 례문은 4개의 시행이 합쳐 이루어진 한 명명문이 한련을 이루었고 세번째 례문에서는 명명문 《동지!》가 한시행을 이루었다.

4. 반문법의 특성과 그 리용

반문법은 감탄의 한 형태인데 강한 감정적고조를 보이면서 여운을 남기기에 일찍부터 운률조성의 한 수단으로 리용하였다.

반문법의 운률조성기능을 보면 다음과 같다.

첫째, 이야기하고저 하는 내용을 반문의 형식으로 표현하기에 정서적음조의 억양을 높여 운률조성을 돕는다.

반문법은 반문의 형식으로 강한 긍정적단정 혹은 부정적단정을 내려 의미를 강조하면서 평탄한 음조에 변화와 굴곡을 주어 시문장의 산문화를 방지한다.

조국의 산과 강과 도회지를 보면서
흉금이 한껏 넓어지지 않았을진대
내 어찌 고향을 마음속에 지니고
곡절많은 인생의 길 걸어왔으랴!

(리삼월 《고향에서》)

이 시에서는 조국의 산과 강과 도회지를 보면서 흉금이 한껏 넓어지지 않았더라면 곡절많은 인생의 길을 걸어올수 없었다는 사실을 《곡절많은 인생의 길 걸어왔으랴!》와 같은 반문구로 표현함으로써 그 의미를 강조하고 높은 격조를 조성하였다.

둘째, 시문장의 마지막에 여운을 조성하고 시행 또는 시련의 운률적결합을 돕는다.

> 서광을 앞에 두고
> 자취없이 사라진들
> 탄식이 있을소냐
> 눈물이 있을소냐

(정철 《초불》)

여기서는 두 반문구가 배합되여 쓰이였는데 시문장의 마지막에 여운을 조성하면서 시행들을 운률적으로 결합시키고있다.

반문법은 그 질문회수에 따라 독자적리용과 배합적리용으로 갈라볼수 있다.

질문의 내용에서 긍정, 부정 단정은 운률조성에서 큰 차이를 가져오지 않지만 독자적리용과 배합적리용은 그 운률기능에서 차이가 있다.

① 독자적리용

이 형태는 반문구 하나로써 운률적효과를 얻어낸다.

> 만리창공 다밝았으니!
> 이 아니 선경인가

(잡가 《진시황의 만리장성》)

이내몸은 원한품고 사라지건만
강철같은 공산주의 무너지랴

(항일가요 《추도가》)

② 배합적리용

반문구의 배합적리용은 독자적리용보다 억양의 지속시간
이 더 길며 운률적기능의 작용범위가 더 넓어진다.

구스리 바회예 디신달
구스리 바회예 디신달
긴힛단 그츠리잇가
즈믄 해랄 외오곰 녀신달
즈믄 해랄 외오곰 녀신달
신잇단 그츠리잇가

(고려가요 《정석가》)

아, 갔다고 잊으랴
없다고 잊으랴

(김학송 《살구꽃》)

새 광산, 새 탄광 열어가는 길에
고생인들 두려우랴, 무엇인들 아끼랴

(김철학 《탐사의 길》)

반문법이 의문법, 수사학적감탄, 전도법, 대구법 등과 결
합되여 쓰이면 시의 운률조성을 더한층 높일수 있다.
　·반문법과 의문법, 수사학적감탄의 배합

　　　　산에 갔나 밭에 갔나
　　　　두눈으로 보아라
　　　　밭에 가면 못볼가
　　　　산에 가면 못볼가

　　　　　　　　　　　（임효원 《널뛰기》）

　·반문법과 전도법의 융합

　　　　어찌 총칼로 뺏을수 있으랴
　　　　불같이 뜨거운 투사의 사랑
　　　　어찌 죽음으로 꺾을수 있으랴
　　　　옥같이 깨끗한 혁명가의 사랑

　　　　　　　　　　（송정환 《투사의 사랑》）

　·반문법과 대구법의 융합

　　　　외롭기로 작정하면 어딘들 못가랴
　　　　가기로 목숨걸면 지는 해가 문제랴

　　　　　　　　（고정희 《상한 령혼을 위하여》）

5. 의문법의 특성과 그 리용

의문법도 감탄의 한 형태로서 표현하려는 사상감정을 보다 감정적으로 표현하고 강한 여운을 남긴다.

의문법의 운률적기능은 다음과 같다.

첫째, 의문의 형식으로 격동된 감정이나 주정을 토로하면서 시문장의 어세와 억양으로 그 음향가를 높여 운률조성을 돕는다.

꽃씨를 뿌려서냐
희망을 뿌려서냐
구수한 흙냄새

(류문홍 《구수한 흙냄새》)

여기서 쓰인 의문법은 정서적음조의 억양을 높여 운률조성을 돕고있다. 만약 이 시중의 《뿌려서냐》를 《뿌렸다》로 한다면 시적정서와 시적억양이 없어진다.

둘째, 시문장의 끝에 여운을 남기고 시행 또는 시련의 운률적결합을 돕는다.

의문법은 의문회수가 큰 작용을 노는바 독자적으로 쓰이는가 배합되여 쓰이는가에 따라 운률조성에서 큰 차이를 가져온다.

① 독자적리용

아픈 밤이 가고

서쪽하늘에
이글이글 려명이 밝는가?

(김동규 《떠나갔다》)

믿음이
흔들리는 때문인가
서울은 서울대로
나는 나대로
끝없이 멀리 나뉘였어도

(최정자 《서울로 30》)

② 배합적리용

의문문의 배합적리용은 독자적리용보다 억양의 지속시간이 더 길고 운률적기능의 작용범위가 더 넓다.

의문문의 배합은 여러가지 형태로 표현된다.

• 행을 단위로 한 련속적배합

산이높아 명승이냐
물이맑아 절승이냐

(민요 《산놀이》)

없는놈은 언제든지 죽은 몸이냐
이내 몸은 언제든지 없는 몸이냐

(항일가요 《가난한자의 노래》)

하늘에 나래펴서 매봉이냐
산모습 날카로와 매봉이냐

(가요《매봉산의 노래》)

• 행을 단위로 한 교차적배합

　　누가 하늘을 보았다 하는가
　　누가 구름 한송이 없이 맑은
　　하늘을 보았다 하는가

(신동엽《누가 하늘을 보았다 하는가》)

• 시행들 앞머리에 의문구를 배치하는 경우

　　천장만척이런가, 연분홍치마폭
　　꽃다운 선녀런가, 너울너울 날아예고
　　공작새 날개런가, 가물가물 눈부시더니

(김창석《봄》)

• 한행에다 의문구를 여러번 배치하는 경우

　　그대 기우는 그믐달 새벽별 사이로
　　바람처럼 오는가 물결처럼 오는가

(양성우《기다림의 시》)

그러나 눈이 깔린 두던밑에는
그늘이냐 안개냐 아지랑이냐

(김소월 《오는 봄》)

• 두행에다 의문구를 여러번 배치하는 경우

산진인가 수진인가
해동청 별보라매가

(잡가 《엮음수심가》)

충암이 위태하니
하날인가 땅이런가
이승인가 저승인가

(가사 《북천가》)

내가 알음이 적은가 모름이 많은가
내가 너무나 어리석은가 슬기로운가

(리상화 《선구자의 노래》)

의문법을 서정구조 전반에 창조적으로 확대리용하면 마루가 높은 음조를 창조하고 깊은 사색을 던져줄수 있다.
• 매 련의 첫행이 의문법으로 된 경우
고려가요중의 《서경별곡》은 전체 14분절로 되였는데 매 분절의 첫행은 모두 의문문으로 되여있다.

서경이 아즐가
서경이 셔울히마르는
위 두어렁셩 두어렁셩 다링디리
　　　（중략）
배 타 들면 아즐가
배 타 들면 것고리이다 나난
위 두어렁셩 두어렁셩 다링디리
　　（제1분절과 제14분절）

  김태갑의 서정시 《저녁노래》는 3련으로 구성되였는데 매
련의 첫행은 의문문으로 되여있다.

오늘 해가 다 졌는가
서쪽 하늘에 불이 붙고
련못속에 꽃이 핀다

오늘 해가 다 졌는가
송아지떼 울음소리
하늘가에 울려간다

해가 지면 어두운가
전등불이 눈을 뜨니
산골마을 밝아온다

　　　　　　　（김태갑 《저녁노래》）

• 매 련의 마지막행이 의문법으로 된 경우

뛰노는 흰물결이 일고 또 잦는
붉은 풀이 자라는 바다는 어디

고기잡이군들이 배우에 앉아
사랑노래 부르는 바다는 어디

파랗게 조히 물든 람빛하늘에
저녁 놀 스러지는 바다는 어디

곳없이 떠다니는 늙은 물새가
몌를 지어 쫓니는 바다는 어디

건너서서 저편은 딴 나라이라
가고싶은 그리운 바다는 어디

(김소월 《바다》)

여기서 보다싶이 이 시는 5련으로 되였는데 매 련의 마지막행은 의문문으로 되여있다.

시인 리욱의 서정시 《가야금》은 의문법을 서정구조 전반에 확대리용하여 서정구조를 잘 짠 대표작의 하나이다.

이 시는 전체 10련으로 되였는데 2련과 5, 6, 7 련이 의문법으로 이루어졌다.

가야금아

무슨 정기를 받았기에
네 소리
그렇듯 아름다우냐?

너의 열네줄은
장백산 산발인가?
너의 열네줄은
도문강 물줄기인가?
(중략)

가야금은 당디당실
산협에서 흘러내리는 샘물이냐?
가야금은 당디당실
창공에서 날아예는 두루미이냐?

가야금은 둥당
구름에서 호령하는 우뢰인가?
가야금은 둥당
바다에서 노호하는 파도인가?

네 소리 당디당실
봄바람을 타고 왔느냐?
네 소리 당디당실
꽃구름을 타고 왔느냐?
(이하 략)

(리욱 《가야금》)

여기서 보다싶이 이 시는 4개 련이 의문법으로 이루어졌는데 제1련은 호소법으로 쓰이였고 나머지 련들은 모두 두개의 의문법이 배합되여 쓰이였다. 이 시의 운률조직에는 여러가지 보조적수단들이 동원되였지만 특히 의문법의 역할이 매우 크다고 볼수 있다.

6. 제시법의 특성과 그 리용

제시법은 근대, 현대에 와서 이루어진 수법이다.

제시법의 수사학적기능은 본질에 있어서 강조이다. 이 수법은 시어의 의미를 강조하면서 강한 어세를 동반하게 한다.

① 제시법의 독자적리용

　　　　살아갈 방법! 이것을 생각할 때
　　　　그대여 나는 떠날수 없소

　　　　　　　　　　　（박아지 《나는 떠날수 없소》）

　　　　뢰봉—그는 벌써
　　　　한 전사의 이름만이 아니다

　　　　　　　　　　　（조룡남 《뢰봉》）

② 제시법의 배합

　　　　아침, 그것은 영예론 하루의 서막이여라!

태양, 그것은 시대의 찬란한 조명이여라!

(송정환《장춘교외의 아침》)

당—
그대는 우리의 구성이라고
당—
그대는 나라의 키잡이라고

(김성휘《당이여, 그대의 생일은》)

7. 중간휴식법의 특성과 그 리용

중간휴식법은 정서의 흐름에 중간휴식을 설정함으로써 의미를 더욱 강조하고 호흡률을 조절하여 음조의 흐름을 자연스럽게 한다.

중간휴식법은 문장부호가 밝혀진 근대, 현대에 와서 쓰인 수법이다.

중간휴식법은 대체로 시인의 정서가 고조되는데서 리용된다. 이 수법은 정서의 고조, 운률조성의 방조 등의 성격을 가진 호흡률의 휴식으로 되기에 시행내에서의 문장론적문장부호 사용과 구별된다.

그래 옳소 내 누님, 오오 누이님

(김소월《춘향과 리도령》)

지금은 들, 이삭 곤두선 들에서

· 440 ·

슬픈 인간의 야외곡을 보여주는구나
산악이로다, 발밑에는 깊은 백설의 협곡
나는 사랑한다네, 북방의 산상 이런 겨울을

(최진용 《북방의 겨울》)

그대를 위하여 나는 이제도, 이
긴밤과 슬픔을 갖거니와,

이 밤을 그대는, 나도 모르는
어느 마을에서 쉬느뇨?

(박두진 《도봉》)

8. 무접속법의 특성과 그 리용

무접속법은 린접시어들사이의 접속토를 생략하여 그 의미를 강조하면서 급한 음조를 조성하는 수법이다.
이 수법은 흔히 자유시에서 시인의 감정이 더욱 흥분되는 데서 리용된다.
무접속법은 근대, 현대에 와서 이루어진 수법이다.

총소리, 작탄소리, 기관총소리,
놈들의 아우성소리!

(조기천 《백두산》)

이 시에서는 《총소리, 작탄소리, 기관총소리, 아우성소리》가 아무런 접속토도 없이 련결되면서 의미적강조와 함께 음조의 급격한 흐름을 조성하고있다.

이와 같이 무접속법은 박력있는 음조를 조성하는 중요한 보조적수단의 하나이다.

오 두려워하라 부끄려워하라
그들의 꽃다운 살이가 눈에 보인다

(리상화 《선구자의 노래》)

나오거라 훨훨이 걸어라, 이 자유의 길을…

(김창술 《대도행》)

만무과원아, 너 푸른 물결 일으켜
설레이라, 노래하라, 이야기하라!

(리상각 《만무과원은 설레인다》)

9. 무언의 특성과 그 리용

줄임표로 표현되는 무언은 침묵이라고도 하는데 시에서 매우 효과적인 수법이다.

무언은 문장부호가 쓰이기 시작한 근대, 현대에 와서 쓰이기 시작했다.

이 수법은 자유시에 쓰이여 시문장의 운률적흐름속에서
침묵을 표시하면서 시적정서를 보장하며 음조상에서 사색의
여유를 주며 강한 여운으로 음조의 흐름을 이어준다.

        이 시각 처녀의 눈가에 반짝이며
        맺혔다 떨어지는 눈물방울
        추억의 회오리…

                        (정문준 《산판의 진달래》)

        때로는
        밤깊도록까지…
        때로는
        날새도록까지…

                        (김례삼 《교수안》)

        이상에서 우리들은 운률조성의 대표적인 보조적수단과 그
특성에 대하여 고찰하였다. 보는바와 같이 우리 민족 고전시
가가 유산으로 넘겨주고 우리 시문학이 더욱 발전풍부화시킨
보조적수단은 매우 다양하다.

제4절 동요, 동시에서
보조적수단의 리용

동요, 동시는 아이들의 생활정서를 노래하는만큼 거기에

맞는 언어형식과 운률, 선률적특징을 가진다.

동요를 놓고 말할 때 동요라는 자체가 불리워지는 노래인 만큼 아이들의 심리적정서에 맞게 선률이 선택되고 동적인 음악성이 표현되여야 한다.

동요, 동시에서 동적인 운률을 조성하려면 생활의 움직임, 색채, 음상을 그대로 시에 표현해야 하며 동요, 동시의 운률적특징을 살려나가야 한다.

동요, 동시의 운률에는 아이들의 심리적특성이 중요하게 작용한다.

아이들은 부단한 변화와 움직임을 좋아하며 그들의 사상활동은 매우 빠르고 형상적이다.

이런 특징을 반영하여 동요, 동시의 운률은 성인시에서보다 더 빨라야 하며 더 음악적이여야 한다.

또 동요, 동시의 운률에는 어린이들의 호흡의 특성도 작용한다.

대체로 아이들의 호흡속도는 어른보다 더 빠르다. 이런 호흡의 특성을 반영하여 동요, 동시에서는 시행, 시련의 길이를 성인에 비하여 짧게 끊어야 하며 보조적수단도 그들의 호흡률에 맞게 리용해야 한다.

이와 같은 동요, 동시의 운률적특징을 살리자면 어린이들에게 맞는 음수률을 창조해야 할뿐아니라 여러가지 운률조성의 보조적수단들을 잘 리용해야 한다.

어린이들의 심리적특징과 호흡률에 맞는 운률을 창조함에 있어서 문답법, 반복법, 련쇄법, 대조법, 의성의태어법 등과 같은 보조적수단의 작용은 자못 크다.

1. 문 답 법

동요, 동시의 효과적인 형상적수법의 하나는 문답법이다.

배우려는 의욕이 높은것은 아이들의 중요한 년령심리적특성의 하나이다. 어린 아이들일수록 물어보기를 좋아하는것은 바로 이때문이다.

문답법은 바로 아동들의 이런 특성을 잘 살린것이다.

이 수법은 먼저 물음을 제기함으로써 어린 독자들의 주의를 노래하고저 하는 대상에로 집중시켜놓고 그에 대하여 대답을 주는 형식으로서 주려는 사상주제적내용을 더욱 뚜렷이 안겨줄수 있고 음악적운률을 조성할수 있다.

구전동요가운데는 문답의 수법을 효과적으로 리용한 작품들이 매우 많다.

구전동요중의 《종달새》, 《고양이》, 《올챙이》, 《왜가리》, 《우리 엄마》, 《쫀다 쫀다》, 《옥토끼》 등은 모두 문답의 수법으로 씌여졌다. 이런 작품의 대부분은 의인법과 결합되여 쓰이였다.

옥토끼야 옥토끼야
왜 그리 두눈이 둥그냐
잘보기 위하여
요렇게 둥글다

옥토끼야 옥토끼야
왜 그리 두귀가 기냐
잘듣기 위하여

요렇게 길다

옥토끼야 옥토끼야
왜 그리 두발이 짜르냐
잘뛰기 위하여
요렇게 짜르다

(《옥토끼》)

이 구전동요는 3련으로 구성되였는데 매 련의 첫 두행에서는 물음을 제기하였고 매련의 3, 4 행에서는 제기한 물음에 대하여 대답을 주었다.

우리의 동요, 동시 작품들은 구전동요에서 리용된 이런 문답의 수법을 널리 받아들이고 이어나가고있다.

혁명군아 혁명군아 너 어데 가나
총과 폭탄 가지고 어데로 가나
왜놈들을 때리러 저기로 간다
혁명군이 되려면 너도 갈수 있다

혁명군아 혁명군아 너 어데 가나
총과 폭탄 가지고 어데로 가나
량반부자 때리러 저기로 간다
혁명군이 되려면 너도 갈수 있다

혁명군아 혁명군아 너 어데 가나
총과 폭탄 가지고 어데로 가나

우리 나라 찾으러 싸우러 간다
혁명군이 되려면 너도 갈수 있다

(항일가요《혁명군놀이》)

보는바와 같이 이 동요에서는 매 절의 첫 두행에서 물음
을 제기하고 3, 4 행에서 대답을 주었는데 이런 문답법은 혁
명군에 대한 어린이들의 열렬한 동경과 지향을 보여주면서 동
적인 운률을 조성하였다.

어데까지 왔니 마을까지 왔다
어데까지 가려니 학교까지 간다
무엇하려 가려니 공부하려 간다
누구하고 가려니 우리모두 간다

어데까지 왔니 개울까지 왔다
어데까지 가려니 뒤산까지 간다
무엇하려 가려니 훈련하려 간다
누구하고 가려니 우리모두 간다

어데까지 왔니 숲속까지 왔다
어데까지 가려니 고개너머 간다
무엇하려 가려니 왜놈치러 간다
누구하고 가려니 우리모두 간다

(항일가요《어데까지 왔니》)

• 447 •

보는바와 같이 이 동요에서는 매개 시행마다에 물음과 대답이 주어졌는데 시 전반에서 률조의 흐름은 매우 동적이다.

2. 수수께끼풀이법

수수께끼풀이법은 넓은 의미에서 문답법의 특수한 형태로 볼수 있다.

이 수법은 처음에 수수께끼나 그와 비슷한 어떤 흥미있는 물음을 제기하고 그것을 풀어나가는 형식을 취한다.

강길의 동시 《붉은꽃》은 수수께끼풀이법을 잘 살려쓴 좋은 실례로 된다.

애들아, 말해보렴
무슨 꽃이 제일 곱니

진달래 진달래
눈속의 진달래

진달래도 곱지만
그보다 더 고운 꽃

함박꽃 함박꽃
풀숲의 함박꽃

함박꽃도 곱지만
그보다 더 고운 꽃

백일홍 백일홍
꽃속의 백일홍

백일홍도 곱지만
그보다 더 고운 꽃

산에도 들에도
하아얀 눈꽃

눈꽃도 곱지만
그보다 더 고운 꽃

옳지옳지 알만하다
우리 학교 붉은꽃

그래그래 맞았다
붉은꽃이 제일 곱지
(이하 략)

여기서는 5번으로 된 물음과 대답의 반복을 통하여 붉은 꽃이라는 대답을 얻는데로 시의 감정이 조직되였다.

이와 같이 수수께끼풀이법은 어린이들에게 사고를 던져주고 흥미를 돋구는 수법으로서 어린이들의 심리적특징에 맞고 운률조성에서 매우 매력적이다.

3. 자문자답법

자문자답법을 효과적으로 리용하면 어린이들의 주의력을 말하고저 하는 내용에로 집중시킬수 있고 그들의 호흡률에 맞게 운률도 조성할수 있다. 특히 이 수법은 물음과 대답으로 이루어지므로 어린이들의 깊은 흥취를 자아낼수 있다.

함박눈이 펑펑
쏟아지는 아침
학교가는 길
누가누가 쳐놓았나?

눈내리는
이른아침
우리 반 난로불
누가누가 지폈나?

부지런한
꼬마영남일가
《3호》학생
꼬마경옥일가…

산뜻한 교실
훈훈히 덥혀놓고
다시한번 교수안 더듬는

아, 우리 반 선생님

(김득만 《우리 반 담임선생님》)

이 동시는 첫 3련에 물음을 3번 제기하여 어린이들의 사고를 불러일으킨 다음 제4련에 가서 대답을 준데 그 특징이 있다. 이런 형식의 자문자답법은 새일대 교양에 온갖 정성을 고스란히 쏟아붇는 담임선생님을 강조하여 표현했을뿐아니라 아이들의 정서에 맞는 운률도 조성하였다.

4. 반복법

반복법을 많이 리용한 동요, 동시는 어린이들의 입에 올라 읊기나 노래부르기에 매우 좋다.

반복법은 동요, 동시의 사상내용을 더욱 강조하고 어린이들의 심리정서의 약동성을 부각하고 동적인 운률을 조성하기 위해 필요한 수법이다.

동요, 동시에서 동적인 운률을 조성함에 있어서 련속반복과 세번반복이 널리 쓰인다. 그것은 이런 반복형태에서 반복의 주기가 짧아 률조가 동적이기때문이다.

① 련속반복

떠떠뽕뽕 떠떠뽕뽕
샛노란 뻐스

(김만석 《샛노란 뻐스》)

바위굽 에돌아
앞으로 앞으로 달려가자

(윤태삼 《우리 대오 떠난다》)

② 세번반복

달아달아 밝은 달아
저기저기 저 달속에
계수나무 박혔으니

(구전동요 《달아달아 밝은 달아》)

눈 눈 하얀 눈
어디서 내리나

(임효원 《하얀 눈》)

바람바람 봄바람
훈훈한 바람

(문향 《봄바람》)

심자야 심자야
피마주를 심자야
오너라 오너라
삽을 들고 오너라

(김예 《피마주를 심자》)

항일가요 《혁명군은 왔고나》는 반복법을 효과적으로 리용한 대표작이라 할수 있다.

혁명군이 왔고나
우리 마을에 왔고나
붉은기 휘날리며 왔고나
혁명의 총을 메고 돌아왔고나

혁명군은 왔고나
우리 마을에 왔고나
왜놈을 쳐부시고 왔고나
승리의 노래높이 돌아왔고나

혁명군은 왔고나
우리 마을에 왔고나
우리도 어서 커서 가자야
혁명의 총을 메고 어서 가자야

(항일가요 《혁명군은 왔고나》)

이 가요에서는 첫절의 1, 2 행이 매 절의 1, 2 행에서 똑같이 시행반복을 이루었고 매 련의 끝에서는 《왔고나》와 《가자야》란 시어가 규칙적으로 반복되였다.

5. 련쇄법

련쇄법은 앞의 시행에서 피리를 따다가 그것을 이어서 다

음 시구절을 만듦으로써 어린이들의 흥미를 끌수 있고 그들의
입에 오를수 있게 할수 있다.

　　이름난 소가 무슨 소냐?
　　이름난 소라면 금송아질례지

　　금송아진 아니지 밭 잘 가는 소지
　　그렇다면 그 소야 꼴 잘 먹는 솔례지

　　꼴이야 잘 먹지만 별꼴 먹고 펄쩍 날지
　　펄쩍 나는 소라면 구름밭을 가는게지

　　구름밭은 못갈지만 열흘밭은 하루갈지
　　열흘밭을 하루 갈면 열사람이 모는게지

　　한사람이 몰지만 타고 모는 번개소지
　　타고 모는 번개소면 기름꼴 먹는 뜨락또르지

(리원우《이름난 소가 무슨 소냐?》)

　　보는바와 같이 이 동요에서는 련쇄법으로 시적인 사상감
정을 어린이들의 흥미를 끌수 있도록 흥미있게 노래하고있다.
동시에 이 동요에서는 수수께끼와 같은 문제를 제기하고 그것
을 풀어나가는 식으로 씌여지고《뜨락또르》라는 대답을 얻기
위한데로 시의 감정이 조직되였는데 이렇게 수수께끼풀이법과
련쇄법이 어울려 쓰임으로써 음악적운률을 한층 높이였다.

6. 의성의태어법

　　동요, 동시에 소리나 모양을 본딴 의성의태어를 많이 쓰면 사상감정을 매우 직관적이고도 생동하게 표현할수 있고 운률을 효과적으로 살릴수 있다.

　　동요, 동시에서는 아이들의 리해와 정서에 맞게 움직임과 색채, 음상을 형상적인 의성의태어로 훌륭히 표현할수 있다.

　　구전동요에서는 의성의태어를 효과적으로 리용하여 동적인 표현을 주면서 행동률을 잘 나타내였다.

아빠이마엔 구슬땀

엄마이마엔 식은땀

앞논배미엔 벼이삭

고개숙이고 우는데

지주령감 배때기

황소배때기

아빠배에선 꾸루룩

엄마배에선 쪼루룩

(구전동요 《구슬땀》)

　　여기서는 힘겨운 일을 하고난 뒤 배고파진 소식을 의성어 《꾸루룩》, 《쪼루룩》으로 표현했는데 음색의 효과성을 보장하고 동적인 운률을 조성하였다.

　　현대의 동요, 동시에서도 운률조성의 수단으로 의성의태어가 널리 리용되고있다.

버들개지 콩콩
아지랑이 아물
진달래가 꽃너울쓰고
사뿐사뿐 오는 봄
풍년모가 파릇파릇
여름마중 간대요

해볕이 쨍쨍
논물이 조잘
불가마에 앉아서
살금살금 오는 여름
푸른 곡식 우썩우썩
가을마중 간대요

푸른 하늘 청청
산들바람 선들
풍년수레 잡아타고
스리슬적 오는 가을
황금산이 우쭐우쭐
겨울마중 간대요

흰눈꽃이 방실
함박눈이 펑펑
흰옷자락 휘날리며
성큼성큼 오는 겨울
거름무지 올망졸망

새봄마중 간대요

(김수복 《사시절을 마중가요》)

이처럼 작품은《콩콩》,《아물》,《사뿐사뿐》,《파릇파릇》, 《쨍쨍》,《조잘》,《살금살금》,《우썩우썩》,《청청》,《선들》, 《스리슬쩍》,《우쭐우쭐》,《방실》,《펑펑》,《성큼성큼》,《올망 졸망》 등의 의성의태어를 잘 살려씀으로써 동요적인 음악성을 잘 보장하였다.

그러므로 동요, 동시를 쓰는 창작가들은 의성의태어를 효과적으로 리용하여 운률을 살리는데 각별한 주의를 돌려야 한다.

이상에서 본 수법이외에 동요, 동시에서는 운률조성과 관련되여 어순전도법, 의문법, 대구법, 대조법, 수사학적감탄 등도 잘 쓰인다.

동요, 동시에서 쓰이는 운률조성보조적수단에 관한 문제는 창작가의 개성적인 탐구자체와 밀접히 관련되여있다. 그러므로 동요, 동시의 창작가들은 창작실천에서 운률조성의 보조적수단들을 개성적으로 다양하게 리용하는데 노력을 아끼지 말아야 한다.

제6장   시행과 시련의 조직

민족시가의 운률을 전면적이고도 체계적으로 고찰하기 위해서는 운률적기초, 운률조성의 보조적수단과 함께 시행과 시련의 조직문제도 마땅히 깊이 연구되여야 한다.

조선시가의 고전적유산은 시창작에서 내용의 정서적인 표현을 위해서 어떻게 시의 행과 련을 조직하겠는가에 대하여 귀중한 경험을 남겼다.

해방후 우리 시인들은 조선시가의 고전적유산이 시행과 시련의 조직에서 남겨놓은 귀중한 경험을 창조적으로 계승하여 시창작에서 많은 경험을 쌓아올렸다.

그러면 아래에 민족고전시가와 현대시가에서 시행과 시련의 조직을 구체적으로 보기로 하자.

제1절 시행조직

1. 최저운률단위와 시행의 관계

앞에서 이미 이야기한바와 같이 시가의 운률적기초를 이루는 가장 작은 단위를 최저운률단위라고 한다.

조선시가는 《―/=∥―/=∥》와 같이 최저운률단위가 반복되는 가운데서 운률이 이루어지는데 시창작에서 최저운률단위와 시행의 관계를 잘 장악하는것은 운률조성을 위해 큰 실천적의의를 가진다.

조선시가에서는 한 시행이 최저운률단위로 될수 있다. 그러나 한 시행이 모든 경우에 다 운률조성의 최저단위로 되는것은 아니다. 특히 현대자유시에서는 운각배합형태의 대응관계가 다양하게 나타나므로 최저운률단위와 시행의 관계도 복잡하게 제기된다.

        아침이면/연장메고∥
        논두 갈고/밭두나 갈아∥
        저녁이면/소잔등에∥
        달빛싣고/돌아온다∥

                    (민요《산천가》)

        천년전/풀어놓은/백마∥
        은행나무/숲을/가로질러∥

채찍소리/요란하던/기사//
어느/돌단계에서/잠들었다//

(한춘《화랑도》)

여기서는 매 시행이 하나의 최저운률단위로 되여있다. 즉
대응관계에 놓인 운각결합형태는 각각 하나의 시행으로 되여
있다.

산우에/산이 솟아//하늘이/낮은 곳//
절벽을/감돌아//소란스레/흐르는 강//
쏜살같이/달리는//떼목을/타고//
거인다운/류벌공//보란듯/지나가네//

(최승철《류벌공》)

여기서는 한 시행내에 최저운률단위가 들어있다. 즉 대응
관계에 놓인 두 운각결합형태는 한 시행을 이루었다.

언제/
처다보아도//
동그란/하늘이다//

(석화《하늘》)

여기서는 첫 두행이 합쳐 하나의 최저운률단위로 되였는
데 대응관계에 놓인 두 운각결합형태는 3행을 이루었다.

가야금은/

열네줄 // 음률을 / 몰아 //

백발을 / 물리치고 //

청춘을 / 찾았거니 //

(리욱 《가야금》)

여기서는 하나의 운각으로 된 첫행과 두번째 행의 첫운각
이 배합되여 하나의 최저운률단위를 이루었는데 대응관계에
놓인 두 운각결합형태는 두 행을 이루었다.

이상의 고찰을 통하여 우리들은 시가에서 한 시행은 한개
또는 두개의 최저운률단위를 이루거나 음악적으로 표현된 시
의 운률적단위인 운각배합형태의 한쪽 대응면을 이룬다는것을
알수 있다.

따라서 운률조성의 기본적인 실현형태는 시행이라고 할수
있다.

2. 민족시가유산에서의 시행조직

우리 민족 시가에서는 운률적기초, 운률조성의 보조적수
단뿐아니라 시행조직도 유구한 력사를 갖고 력사적으로 발전
해왔다.

원시가요 《영신가》와 고조선가요 《공후인》은 4구체가요이
다. 이것으로 보아도 우리 민족 시가에서 시행이 이루어진 력
사는 매우 오래다고 말할수 있다.

우리 조선시가사상에서 시행에 관한 문제를 중요하게 제

· 461 ·

기한것은 향가의 출현부터이다.

향가는 시행의 정형을 보이는 첫 민족시가형태이다. 향가 작법에 대한 최행귀의 《3구6명》(三句六名)론은 바로 10구체향가에서 3장, 6개 감정단위를 말한것인데 결국 시행배렬문제와 밀접히 관련되여있다.

최행귀는 《균여전》(均如传)의 서문에서 《시를 당나라 말로 지으려면 다섯 말과 일곱 글자로 다듬어야 하고 노래를 우리 말로 적으려면 3구6명으로 매만져야 한다》(诗构唐辞，磨琢五言七字，歌排乡言，切磋于三句六名)라고 말하였다.

이 말은 결국 10구체향가가 4행, 4행, 2행의 3분단법으로 되여있고 기본가사 8행부분이 2행씩 한단락이 되여 4개로 되고 후구는 2행이 각각 한단락으로 되여 작품전체가 6개의 감정단락으로 된다는 말이다.


```
모단 부텨
비루 화연 마챠샤나
소날 부븨 울아며        ┐
누리해 멉치우 살보다라  ┘ 제1장

새배로 아차마로 바매
바라샬 버다 알 서리야    ┐
이 알개 다외매          ┘ 제2장
길 이븐 무리아 슬흘셔

아야
우리 마암 믈 말가단  ┐ 제3장
불영 안달 응하샤리  ┘
```

(균여향가 《누리가》)

〔**현대의역**〕

　　　　모든 부처가

　　　　그 비록 화연(化緣)을 마치나

　　　　손 부벼 소리내며

　　　　이 세상에 계셔달라 청했더라

　　　　새벽으로 아침으로 또 밤도

　　　　도 닦는 벗들아! 아는 이의 총중이여!

　　　　이런것 알고보니

　　　　길 잃은 무리들아! 서럽고나

　　　　아야

　　　　우리의 마음 물이 맑으면

　　　　부처 그림자 그 아니 비치랴

　　민족시가유산은 우리들에게 시행은 문장론적단위와 반드
시 일치하지 않는다는것을 말해주고있다.

　　시행은 시랑송과정에 있어서 호흡과 운률적효과를 자연적
으로 결합시키기 위해 구분한다. 그러므로 내용이 요구하는
언어표현의 운률성과 랑송을 전제로 하는 호흡률은 통일되여
야 하며 시행을 조화롭게 끊고 이어야 한다.

　　　　무르플 구부르며

　　　　둘 손 바담 모호 괴누아

　　　　천수관음ㅅ 전 아해

　　　　빌이디 살블 두누호다

(신라향가 《관음가》)

• 463 •

〔현대의역〕
　　　　무릎을 꿇으며
　　　　두 손바닥을 모아 피여서
　　　　천수관음 전에
　　　　축원의 말씀을 올리노라

　여기서는 여러 시행이 련결되여 한 종결을 이루는 문장형
식으로 되여있다.

　　　　높이 들어라 붉은 기발을
　　　　그밑에서 굳게 맹세해
　　　　비겁한자야 갈려면 가라
　　　　우리들은 붉은기를 지키리라

　　　　　　　　　　　　（항일가요 《적기가》）

　　　　동무들아 준비하라 손에다 든 무장
　　　　제국주의 침략자를 때려부시고
　　　　용진용진 나아가세 용감스럽게
　　　　억천만번 죽더라도 원쑤를 치자

　　　　　　　　　　　　（항일가요 《유격대행진곡》）

　행진곡의 률조를 요구하는 이 노래들에서는 우와 같이 여
러 시행이 련결되여 한 종결을 이루는 문장형식으로 될수 있
다.
　민족시가유산에서는 시행의 길이에 대해서도 큰 관심을

돌렸다.

시행의 길이는 시행속에 있는 음절군의 수에 의해 결정되는데 운률조성에 커다란 영향을 준다.

우리 민족 시가에 있어서 한 호흡량에 거슬리지 않는 시행의 길이는 보통 3~4개의 음절군으로, 한개의 음절군은 3~4개의 음절로 구성되는것이 기준점으로 되여있다.

달하/노피곰/도다샤//
어긔야/머리곰/비취오시라//

(고려가요 《정읍사》)

사사미/짒ㅅ대예/올라셔//
해금을/혀겨를/드로다//

(고려가요 《청산별곡》)

아리랑/아리랑/아라리요//
아리랑/고개를/넘어간다//

(민요 《아리랑》)

들어라/만국의/로동자//
천지를/진동하는/메데를//
시위자들/맞추는/발걸음소리//
메데를/고하는/우렁찬 소리//

(항일가요 《메데가》)

이런 가요는 호흡률과 운률적관습으로 하여 동적인 3음조를 띠게 된다.

딩아/돌아// 당금에/계샹이다//
딩아/돌아// 당금에/계샹이다//

(고려가요 《정석가》)

태산이/높다하되// 하늘아래/뫼히로다//
오르고/또 오르면// 못오를리/없건마는//
사람이/제 아니 오르고// 뫼만/높다 하더라//

(양사언의 시조)

어데까지/왔니// 마을까지/왔다//
어데까지/가려니// 학교까지/간다//

(항일가요 《어데까지 왔니》)

한 시행내에서 4개의 음절군이 규칙적으로 배렬된 형태는 일반적으로 온전한 4음조를 조성한다.

우리 민족 시가형태 향가, 고려가요, 시조, 민요, 창가, 항일가요를 보면 보통 한행이 길어야 4음절군을 초과하지 않는다. 이것은 한행 3~4음절군이 우리 민족의 호흡률에 적합하다는것을 말해준다.

이렇게 우리 민족 시가의 경험에 의하면 일반적으로 운률적인 작품에 있어서 시행에서의 음절군수량을 적게 하고 시행의 길이를 짧게 한것이 특징적이다. 이것은 물론 상대적이지만 시행이 길어지고 시행내의 음절군수량이 많아지고 또 그 음절군들의 결합이 불규칙적으로 되면 산문화되여 내용을 음악적으로 표현할수 없다.

우리 민족 시가유산에서는 또 락구, 후구, 후렴구의 시행들을 첨가하였고 시의 첫머리에 감탄구투입 등으로 그 시행내의 시어들과 행자체의 운률적배렬조직에 큰 관심을 돌렸다.

민족시가형태인 향가와 경기체가에서는 락구형식을 리용하였고 《아야》, 《위》 같은 감탄사를 시행의 첫머리에 투입하였다.

10구체향가에서는 락구의 첫머리에 《아야》, 《아야야》와 같은 감탄사를 삽입하였고 경기체가에서는 매 분절의 4행과 6행의 첫머리에 감탄사 《위》를 붙이였다.

아야
오지 이 오랍짓 한 션롱은
안디 상덱 다외니라

(향가 《도적가》)

〔현대의역〕

아야
오직 이 오름직한 선(善) 두듥은
못들어갈 큰 집이 아니외다

《한림별곡》 제1분절중의 4—6행을 례로 들면 다음과 같다.

• 467 •

위 試場人景 긔 엇더하니잇고
琴学士의 玉笋门生 琴学士의 玉笋门生
위 날조차 몃부니잇고

(《한림별곡》)

향가와 경기체가의 락구형식과 감탄사의 리용형식을 이어받은 시조에서는 락구와 비슷한 종장의 앞머리에 《어즈버》, 《두어라》 등의 감탄사나 그와 비슷한 말을 붙이였다.

그리고 고려가요, 민요, 잡가, 창가, 항일가요 등에서는 후렴구설정에 각별한 주의를 돌렸다.

이와 같이 민족시가유산이 시행조직에서 남겨놓은 경험은 매우 풍부하고 또 귀중한것이다.

3. 현대시에서의 시행조직

시행조직은 시문장을 운률적으로 구획하는 작시법의 한 요소이다.

시행은 시문장을 운률적으로 나눈 하나의 시줄이고 호흡과 운률적효과를 결합시켜 나눈 사상감정의 음악적흐름과정에 생기는 굴곡이다.

따라서 시행은 산문시를 제외한 여러가지 시형태의 중요한 외적표징으로 된다.

1) 시행의 기능

시행은 우선 정서적내용을 운률적으로 표현시키는 운률조성의 기본적인 실현형태이다. 즉 시행은 자체로 일정하게 운률을 조성시키면서 운률적기초를 실현시키는 기능을 수행한다.

시문장은 소설이나 극작품의 문장형식과는 달리 시행이라는 독특한 형식으로 분행하고 시행의 끝에서마다 호흡상으로 끊어지게 되며 시행들의 련속적인 병렬로 균형을 이루게 된다.

정서적으로 앙양된 날숨의 제한을 받아 시문장은 시행이라는 짧은 길이의 소리덩이로 토막지게 되며 그것이 모여 련을 이루고있는 시는 그 어느 문장형식보다 시행을 단위로 하여 어음반복을 두드러지게 나타낸다.

시행을 단위로 하면 시어성음들의 반복이 한층 명료해지고 효과적으로 강조된다. 성음적요소들이 시행내부에서 반복되거나 시행과 시행 사이에서 거듭될 때 균형과 조화를 뚜렷이 나타낸다.

시행은 다음으로 체험과 감수를 위한 상응한 시간을 제공하여 행마다 끝에서 비교적 긴 휴지를 마련해줌으로써 사람들로 하여금 상상의 나래를 활짝 펼치게 한다.

시행의 이런 효과는 청각적인데로부터 시각적인데로의 이행에서 더욱 두드러지게 나타난다.

시가에서 시행의 구분은 문장론적인 문장의 해체를 말하는것으로서 언어의 감수성을 강화한다.

아, 갸륵한 처녀
산촌의 녀교원은
아이들의 웃음속에, 미래의 기폭속에
영원한 청춘으로 나붓깁니다!

(김학송 《녀교원》)

우리들은 이 시를 눈으로 보거나 소리내여 읊을 때 시행 끝마다의 비교적 긴 휴지로 하여 시행지간의 문법적련결보다도 정서적흐름, 시적인 체험과 감수에 주의력이 집중되여 상상력을 불러일으키게 된다. 특히 《영원한 청춘으로 나붓깁니다!》가 한 시행을 이룸으로써 우리들은 한평생 산촌에 뿌리박고 영원한 청춘을 교육사업에 이바지하려는 산촌의 녀교원을 두고 오래도록 사색하게 된다. 만약 우의 시를 《아, 갸륵한 처녀 산촌의 녀교원은 아이들의 웃음속에, 미래의 기폭속에 영원한 청춘으로 나붓깁니다!》와 같이 하나의 산문화된 문장으로 만든다면 다만 어떤 사실을 서술하는데 그칠뿐 우와 같이 독자들의 상상력을 불러일으킬수 없게 된다.

이와 같이 시행조직은 일정한 정보를 제공하여 독자들의 심미적주의를 불러일으킨다. 심미적주의는 사람들의 심리적활동이 심미적대상에 대한 지향과 집중이며 사람들이 완정하게 시작품을 인식하는 전제이며 순리롭게 예술적혼상을 진행하는 중요한 심리적인소이다.

시에 있어서 행의 구분과 행내부에서의 음절군결합형태 등 문제는 정서의 표현을 위한 시의 운률구성에 있어서 매우 중요한 기능을 수행하며 그에 따라서 정형시, 자유시의 일부 표징들이 설정되며 작시체계를 구분한다. 따라서 시 작시법의

발전과정을 연구함에 있어서 시행조직의 고찰은 중요한 부분
으로 된다.

2) 현대자유시에서의 시행조직

(1) 문법의 질곡으로부터의 철저한 해방

현대시의 시행조직에서 첫째 특징은 문법의 질곡으로부터
의 철저한 해방이다.

언어학에서 연구되는 문법의 제반 법칙들은 시문장조직에
서도 적용되지만 시의 운문적인 문장론에서는 일상언어에 작
용하는 문법과는 다를수 있다. 그것은 시문장이란 사람들의
생활정서와 체험세계를 나타내며 간명하고 집약적이며 음악적
으로 정서를 노래하기때문이다.

자유시가 나타난후 많은 시인들에 의하여 일상적문법의
질곡에서 해방되려고 시행조직과 관련한 시가문법이 탐구되였
는데 중국조선족시단에서는 특히 개혁개방이후 독창적이고 참
신한 시가문법을 탐구하였다.

① 단어결합에서의 《초월》현상

일상언어에 작용하는 단어결합법칙만으로는 시문장의 시
행조직을 속박한다. 하여 시인들은 창작실천을 통하여 시가문
법에서 허용될수 있는 《자유로운》 단어결합을 탐구하였다.

그것은 주로 단어들이 의미적인 제약과 론리적인 속박에
서 벗어나면서 얻은 형상적의미가 정상적인 단어결합의 규칙
을 벗어나는데서 표현된다. 이것을 단어결합에서의 《초월》현
상이라 한다.

첫째, 형상성법에 의한 《초월》현상

단어결합에서의 《초월》현상은 우선 단어를 일정한 문맥우

에서 본래의 의미에서는 불가능한 대상과 련관시켜 새로운 형
상적의미, 문맥적인 일시적의미를 획득하게 하는 형상성법에
의해 이루어진다. 즉 형상성법에 의한 《초월》현상은 한 단어
가 본래 론리적으로 객관적으로 승인된 대상과 관련되는것이
아니라 본래의 의미에서는 불가능한 대상과 관련되는 가운데
서 이루어진다.

<blockquote>
사랑은 노상 눈물을 머금고
기쁨과 슬픔을 반죽하건만
불보고 날아드는 부나비처럼
신앙의 불심지 돋구며 갈제
</blockquote>

(김철 《사랑의 문력》)

본래 동사 《반죽하다》는 《밀가루, 세멘트, 석회》 등과 같
이 객관적으로, 론리적으로 승인된 대상과 관련되여야 한다.
그러나 여기서는 《눈물》이 언어환경적으로 배합되면서 《반죽
하다》가 《엇바뀌다》라는 일시적인 문맥적뜻을 획득함으로써
본래의 의미에서는 불가능한 대상 《기쁨과 슬픔》과 결합할수
있었다.

<blockquote>
바다는—
성이 나면
하—얗게 웃는다
</blockquote>

(김철 《바다의 성미》)

여기서 《하—얗게 웃는다》와 같은 단어결합은 일상적인 문법에서는 의미—론리적으로 불가능하다고 인정한다.

그러나 《하—얗게》가 흰 물갈기를 날리며 노호하고 바위에 부딪쳐 물보라가 구슬처럼 흩어지는 파도를 형상적으로 표현하고 구체적인 문맥에서 《성이 나면》이 언어환경적으로 배합되면서 《웃는다》가 《노호하다》란 형상적의미를 획득함으로써 《하얗게》와 《웃는다》가 서로 결합할수 있었다. 따라서 이런 《초월》현상은 독자들의 시감상에서 상상과 련상이 작용하면서 아무런 지장도 주지 않는 자연스러운 표현으로 된다.

검푸른 바다엔
살찐 웃음들이
고기떼처럼
퍼득이고있다

(김정호 《달과 밤》)

여기서 《살찐 웃음들이》와 같은 단어결합은 정상적인 단어결합규칙에서는 의미—론리적으로 전혀 불가능하다.

그러나 구체적인 해당문맥에서 《고기떼》가 언어환경적으로 배합되면서 《살찐》이 《호탕하다》란 형상적의미를 획득함으로써 《웃음》과 결합될수 있었다. 그리고 《살찐 웃음들이》가 《달빛의 휘황한 광채》라는 비유적뜻으로 쓰이고 《고기떼처럼 퍼득이고있다》가 《번뜩이다》란 형상적뜻으로 쓰임으로써 이 두 말마디가 서로 결합할수 있었다. 그리하여 달빛의 휘황한 광채의 번뜩임을 감각적으로 표현하였다.

우리 시인들이 창작한 자유시에는 형상성법에 의한 단어
결합의 《초월》현상이 실로 다종다양하다. 몇가지 례를 더 들
면 다음과 같다.

○ 파아란 손으로/가만히 세월을 만진다 (남철심 《씨앗》)
○ 그러나 인정이 가물들면 (리광국 《구름》)
○ 나는 기쁘게 푸른 호흡을 한다 (허홍식 《푸른빛》)
○ 량심마저 얼어튀는 세파속에 (박성훈 《겨울닭》)

둘째, 배합법에 의한 《초월》현상

단어결합에서의 《초월》현상은 아래우 문장이나 구절의 련
계를 리용하여 어떤 사물에 쓰이는 단어나 어구를 교묘하게
끌어다가 딴 사물에 의도적으로 리용하는 배합법에 의해서도
이루어진다.

아, 어찌 애목만 심는다 하랴
사랑을 심는다
기쁨을 심는다
자랑의 꽃동산이 일어서는 고향
끝없이 행복의 물결이 술렁인다

(리상각 《만무과원 설레인다》)

여기서는 앞에서 나오는 《애목만 심는다 하랴》는 문장련
계를 리용하여 아래에서는 《심는다》란 말을 교묘하게 끌어다
가 론리적으로 불가능한 대상 《사랑》, 《기쁨》과 관련시켜 《심
는다》라고 함으로써 표현의 생동성을 보장하였다.

셋째, 역유(逆喩)에 의한 《초월》현상

이것은 현상에 대하여 그와 모순되며 심히 대조되는 표징을 드는 경우이다. 이런 방법을 《역유》 또는 《모순된 형용법》이라고 하면서 예술적비교의 한가지로 보기도 한다. 례하면 《숨쉬는 송장》, 《쩡 울리는 정막》, 《피로운 기쁨》, 《슬픈 기쁨》, 《문명한 야만인》 등이다.

  꿈꾸네
  뭇별들이 웃는 하늘을 향해
  빨갛게 살아 활활 타오르는
  뜨거운 얼음덩이를 나는 꿈꾸네

  꿈꾸네
  뭇꽃들이 피는 봄들판을 향해
  하얗게 녹아 줄줄 흐르는
  차디찬 불덩이를 나는 꿈꾸네

(최룡국 《꿈꾸네》)

여기서 《뜨거운 얼음덩이》, 《차디찬 불덩이》와 같은 단어결합은 문학예술체에서 쓰이는 현상인데 일상적인 문법에서는 의미—론리적으로 불가능하다. 이 시에서는 얼음덩이를 녹이고 차디찬것을 녹이려는 시인의 불덩이같은 념원—동경의 세계를 보여줌으로써 전통시보다는 다른 참신한 표현으로 된다.

넷째, 의인법, 대용법, 비유법에 의한 《초월》현상

단어결합에서의 《초월》현상은 의인법, 대용법, 비유법에 의해서도 많이 이루어진다.

　　　　이 땅의 권리가
　　　　입을 봉하고
　　　　침묵속에 웨침만을
　　　　재워넣던 나날을

(김동진 《거리의 울음소리》)

　　여기서는 《입을 봉하고》라는 말에 의해 《권리》가 의인화
됨으로써 《권리가 입을 봉하고》라는 단어결합이 이루어질수
있었다. 그리하여 극악한 《4인무리》에 의해 법률이 자기의 직
능을 행사하지 못하고 침묵만 지키던 지난날에 대한 시인의
분노에 찬 강한 시적정서를 나타내였다.

　　　　온 마을엔 어느덧
　　　　춤판이, 노래판이 벌어졌구나
　　　　오래오래 잊었던 웃음으로
　　　　하늘의 별무리를 놀래웠는가,
　　　　오래오래 접었던 날개를 펼치고
　　마을은 춤춘다, 별들이 웃는다

(김성휘 《장백산아 이야기하라》)

　　실제로는 《마을》자체가 춤출수 없으나 대용법으로 리해한
다면 《마을사람들과 양사령부대》를 가리킴으로써 《마을은 춤
춘다》라는 단어결합이 이루어질수 있었다. 그리하여 시의 함
축성과 간결성을 보장하였다.

아, 노래 한곡 시 한수—
추억의 흰돛배 가슴에 떠있네

(송정환 《풀피리》)

여기서는 《추억》을 《흰돛배》에 비김으로써 《추억의 흰돛배》라는 형상적인 단어결합이 이루어질수 있었다. 비유법을 통한 이런 단어결합은 《세월의 징검다리》(천애옥 《시간노트》), 《세월의 이랑속에》(김혁 《달무리》) 등과 같이 실로 다양하다.

② 문장성분위치에서의 《초월》현상
우리 말에는 우리 말의 민족적특성을 반영하는 문장성분의 위치가 있다. 만약 시문장론에서 이런 정상적인 법칙에만 매달린다면 시행조직에서 많은 구속을 받게 된다. 따라서 자유시에서 시적운률을 다양하게 창조하기 위해서는 민족어의 정상적어순을 지키면서도 문장성분위치에서의 《초월》현상을 탐구해야 한다.

유구한 문화를 빛내이며
창창한 새날에로 가슴뻗쳐 나아가는
조국이여,
어머니여,
당신이 준 봄빛에 날개를 펼친
아, 나는 나의 인민을 노래하노라

(김성휘 《나는 나의 인민을 사랑한다》)

일상적인 문법에서는 《위대한 조국》과 같이 규정어는 피규정어의 바로 앞에 놓인다고 인정한다. 그러나 우의 례에서는 《당신이 준 봄빛에 날개를 펼친》이라는 규정어가 피규정어 《나의 인민》 바로 앞에 놓이지 않고 의미적인 상대적독립성을 가지면서 한 시행을 이루었다. 이런 시행조직은 일상적인 문법의 질곡에서 벗어나려는 우리 시인들의 참신한 탐구가 아닐 수 없다.

③ 비종결형토의 《초월》현상

전통적인 문법에서는 문장의 내용이 현실과 맺는 관계 즉 술어성이 주요하게 어조나 종결토에 의해 표현된다고 인정한다. 그러나 시문장론에서는 비종결형이 의미적으로 상대적독립성을 가지는 경우가 많다.

> 한번 또 한번
> 이런 시각을 상상한다.
> 어스려지게 포옹하고
> 얼굴을 마구 부비는
> 아직 건느지 못한 강이 있어
> 비늘 번쩍이는 달빛 물이 있어
> 상상은 먹혀버린다
>
> (한춘 《건느지 못할 강이 있어》)

여기서 규정어 《어스려지게 포옹하고/얼굴을 마구 부비는》은 《이런 시각》에 대한 구체적설명인데 상대적으로 완결된 사상을 나타내고있다.

4행1련으로 조국애를 노래한 서정시 《그대, 나의 모든것이여》(박화)는 전체 7련으로 되였는데 전 4련은 모두 규정토 《-는》으로 끝났다.

> 내 마음의 지형선에
> 그대는 아침해
> 희망의 노을속에 떠올라
> 인생의 새날 숨쉬게 하는(제1련)

여기서 보다싶이 비록 형식상으로는 시련의 마지막행이 종결형이 아니라 규정형으로 끝났지만 시행끝에 오는 호흡상 완전한 휴식으로 하여 상대적으로 완결된 사상정서적내용을 나타내면서 사색의 여운을 주고있다.

④ 단어조성에서의 《초월》현상

사회의 진보에 따라 새로운 대상, 새로운 개념을 나타내는 새로운 단어와 표현이 나타나는데 그것은 우리 말 단어만들기의 엄격한 문법적규칙에 의하여 이루어져 사회적공인을 받게 된다.

우리 시인들은 시창작실천에서 엄격한 문법적규칙에 의해 이루어지고 사회적공인을 받은 새말이 아니라 자유자재로 그 시의 문맥에서만 리해되는 림시적이고 문맥적인 시어를 창조함으로써 시어의 형상성과 풍부성을 보장하고 시어의 구사에서 시인들의 개성을 보여주었으며 시행내에서의 음절군조직을 다양하게 하였다. 우리 시인들이 이 방면에서 쌓아올린 몇가지 경험을 보면 다음과 같다.

첫째, 우리 말 어근합침법을 본딴 문맥적시어

인생나무는
·········

어느날
흙으로 돌아들어가
령혼처럼
여운처럼
기억의 땅에
엉킨 뿌리 하나 박는다

(김영근 《인생나무》)

이 시에서 시인은 생생한 인생체험으로부터 복잡한 세상
에서 어떻게 살아야 하는가 하는 엄숙한 문제를 제기하였는데
《소나무, 버드나무, 살구나무》 등과 같은 우리 말 단어조성의
원리를 리용하여 《인생나무》라는 문맥적시어를 창조함으로써
엄숙한 철학적사색에로 독자들을 이끌어가고있다.

둘째, 배합법에 의한 문맥적시어

앞이나 뒤에서 나오는 단어나 어구에 근거하여 림시로
《새말》을 만드는 배합법은 우리 시인들이 문맥적시어를 창조
함에 있어서 널리 쓰이는 수법이다.

우선 앞이나 뒤에 나오는 단어의 단어조성원리를 본따서
문맥적시어를 창조한다.

— 떡 사구려, 떡 사구려

새 농촌의 별미를 어서 맛보소
입쌀떡이 아니라 《정책떡》이라
자랑스레 웨치며 떡을 판다오

(박화 《〈정책떡〉 판다오》)

　우리 말 어휘구성에는 《정책》과 《떡》이 결합된 합성어 《정책떡》이란 단어가 없다. 그러나 시인은 앞에 나오는 말 《입쌀떡》을 본따서 《정책떡》이라는 문맥적시어를 창조함으로써 당의 옳바른 농촌시책을 노래하였다.

단비 내리네 보슬보슬
쌀비 내리네 찰—찰—
붉은기 춤을 추는 저 벌로 어서 가자
봄, 봄은 새봄이로다

(김태갑 《봄은 새봄이로다》)

　여기서는 앞에 나오는 시어 《단비》에 배합시켜 《쌀비》라는 문맥적시어를 창조함으로써 봄에 내리는 단비를 풍년비로 련상을 불러일으켰다.
　다음으로 배합법에 의한 문맥적시어는 앞이나 뒤에 나오는 환경적어구에 배합시키는 가운데서 이루어진다.

꽃이 진다 배꽃이
과수원에 배꽃이 진다
미풍에 날려 한잎, 두잎…

과수원에 꽃눈이 내린다

(한경석 《배꽃이 진다》)

여기서는 미풍에 흩날리는 배꽃에 비유적으로 배합시켜 《꽃눈》이라는 문맥적시어를 창조하였는데 그 형상성이 매우 높다.

밤을 타작하는
시간의 고달픔은
알 잃은 종을 친다

황홀한 별밭
술렁이는 꿈 한장
쭈—욱
찢고

(리재춘 《별의 황혼》)

여기서 시인은 앞에 나오는 어구 《밤을 타작하다》에 배합시켜 《별밭》이라는 문맥적시어를 창조함으로써 밤하늘의 별무리를 형상적으로 표현하였다.

잎새피는 계절이 오면
슬픈 진실을 배웅하며
나는
꿈밭의 가녁에 섰는

나무가 된다

(김혁《꿈나무》)

　여기서는 앞에 나오는 어구《잎새피는 계절》에 배합시켜 《꿈밭》이라는 문맥적시어를 창조함으로써 꿈속의 세계를 생동하게 표현하였다.
　셋째, 상상과 련상에 의한 문맥적시어

　　　　법주가 가는 길
　　　　깊은 산길에
　　　　6월은 빨갛게 단풍이 탄다

　　　　물망초
　　　　귀촉도
　　　　6월은 오늘도
　　　　피꽃이 핀다.

(박화《그날의 여운》)

　여기서 빨간 단풍은 자연의 색채이지만 붉은 액체인《피》와 《꽃》이 결합된 문맥적시어《피꽃》은 자연의 색채뿐아니라 민족의 독립을 위해 싸우다 희생된 투사들의 고귀한 정신의 표현으로 된다.' 이와 같이 시인은《피꽃》이란 문맥적시어로써 객관적상관물의 특색도 잘 살렸고 시적정서도 잘 살렸다. 여기서《피》는 상상과 련상에 의해《붉다》란 문맥적뜻을 획득함으로써《꽃》과 결합할수 있었다.

· 483 ·

잘디잔 흰꿈단지
마음태줄로 키워가는 어머니모습

(김송죽 《참나무》)

지난날엔 색채어 《희다》가 《흰소리, 흰수작》과 같이 하는 말이 싱겁거나 희떱다는 뜻으로, 즉 부정적감정색채로 쓰이였다. 그러나 시인은 어머니의 참된 모습을 묘사하면서 깨끗하고 아직 어린 동심세계를 상상과 련상에 의해 이루어진 문맥적시어 《흰꿈》으로 표현함으로써 《희다》라는 색채어에 긍정적인 감정적색채와 새로운 상징적의미를 부여하였다.

⑤ 문장부호법에서의 《초월》현상

부호란 일정한 뜻을 전하기 위하여 정한 기호를 말한다. 따라서 시문장에서 부호는 다양하고 강한 정서적표현기능을 수행하며 자체의 일정한 음가를 가지고 운률조성에 참가하여 률조의 조직적기능을 수행한다.

우리 시문장에 쓰이는 부호로는 주로 감탄부호(!), 의문부호(?), 연음부호(—), 무언부호(…), 휴식부호(,) 등이다.

해방이후 우리 시인들은 문장부호법을 초월하여 시문장의 끝에서 《!!》, 《!!!》, 《??》, 《???》, 《?!》, 《!?》 등과 같이 부호들을 겹쳐씀으로써 문장부호의 수사학적활용에 크게 이바지하였으며 시행조직에 이채를 돋구어주었다.

라엽의 죽음밑
넓다란 침묵은

        눈부신 꿈을 잉태한다
        태생할 꿈은
        어른들의 눈에
        해처럼 보일가
        달처럼 보일가
        애들의 눈에
        안데르쏀의 동화처럼
        유혹적일가
        ??? ??? ???
        ??? ??? ???
        … … …
        … … …

                    (김정호 《락엽》)

   이 시의 마지막부분은 의문부호와 무언부호들로 이루어졌
는데 이런 문장부호의 활용은 독자들에게 사색, 상상의 여운
을 오래도록 던져주는데 정형시에서는 있을수 없는, 자유시시
행조직에서의 새로운 탐구이다.

   이상에서 고찰한바와 같이 우리 시인들이 시행조직에서
우리 말의 문법적규범을 지키고 우리 민족어의 특성을 살리면
서도 문법의 질곡으로부터 벗어나기 위한 창작실천에서 쌓아
올린 경험은 매우 다방면적이다. 따라서 이런 귀중한 경험들
을 총화하여 우리 말 시가문법을 건설함이 시급하다.

   (2) 시행과 문장
   현대시의 시행조직에서 또 하나의 특징은 운률조성의 기

본적인 실현형태는 시행이지 문장론적으로 갈라지는 문장이
아니라는데 있다.

시행은 호흡과 운률적효과를 자연적으로 결합시키기 위하
여 나누어진다. 따라서 시행은 반드시 종결된 문장단위와 같
아지는것은 아니다.

시가에서 그 기본적인 운용단위는 문장론적인 문장이 아
니라 시행이다. 현대시가에서 시행은 주요하게 글줄을 바꾸는
데서 표현되며 어음상으로 의미심장한 휴지로써 체현되는데
일반적으로 문장사이의 휴지보다 시간상 길다.

따라서 시행과 문장은 같지 않은 성질의 언어적단위이다.
문장이란 단어 또는 단어결합으로 이루어진, 하나의 완결된
사상을 나타내는 언어행위의 기본단위로서 구성상 독립성과
전달의 억양을 가져야 한다. 그러나 시행은 하나의 완결된 사
상을 나타내는 언어적단위가 아니기에 문장과 같이 전달의 억
양을 갖지 않으며 또 문장론적억양으로 분석할수도 없다.

　　　　　찌물쿠는 삼복철
　　　　　조발 막벌김 매며
　　　　　간절히 바랐다
　　　　　한오리 실바람을

(김학 《실바람》)

여기서 보다싶이 《찌물쿠는 삼복철》, 《조발 막벌김 매
며》, 《간절히 바랐다》는 각각 하나의 시행인데 시행의 끝에는
끝맺음억양이 없다. 그렇다고 해서 이 세 시행이 통일적인 하
나의 억양으로 관통되였다고 말할수도 없다. 만약 그렇게 되

면 시행의 구분이 파괴되기때문이다.

보다싶이 시가에서 시행의 구분은 문장의 해체를 말한다. 따라서 시행과 문장이 맞아떨어지는 경우라도 이 량자는 부동한 성질의 언어적단위로 된다.

이와 같이 시행과 문장이 구분됨으로써 하나의 시행이 그대로 완결된 하나의 문장으로 될수도 있고 하나의 문장이 몇개의 시행으로 될수도 있다. 또 하나의 시행이 두세개의 문장으로 될수도 있다.

이렇게 시행이 다양하게 나타나는것은 시의 사상감정의 흐름, 정서적색채, 운률조직과 관련된다.

내앞에 한 처녀가 서있습니다.
그는 탈곡장에서 한창 벼를 훑다가
잠시 쉬일참에 이렇게 만났으나
수집은듯 좀체 얼굴을 들지 않습니다

(정서촌 《하늘의 별들이 다 아는 처녀》)

여기서 첫행은 하나의 문장으로 되였는데 2~4행에서는 3개 행이 합쳐 하나의 문장으로 되였다.

앵두볼에 뽀뽀—
입도 맞추고
조막손도 잼잼—
쥐고 흔들며

함박꽃웃음

활짝 피우고
아기 보고 조용히
속살거리네

(최문섭 《너도 한몫 있단다》)

여기서는 두 시련의 여덟행이 합쳐 하나의 문장을 이루고 있다.

던진것이랴? 아니다!
잊은것은 더욱 아니다. 다만 멈춘것이다.

(김순석 《귀향》)

여기서 매 행은 모두 두개의 문장으로 이루어졌다.

이와 같이 시작품에서 매 시행은 꼭 하나의 완결된 일반 문장론적단위와 맞아떨어지는것은 아니다.

이로부터 우리들은 우리 시가작시법에서의 성음상 두 운각결합형태의 대응에 의한 원리는 결코 시행을 토막쳐서 짝을 무어놓았다고 해서 이루어지는것도 아니며 정서가 흐르지 않는 시구나 시행을 형식상으로 맞춰놓았다고 해서 이루어지는것도 아님을 알수 있다.

그러므로 우리들은 시의 정서적내용, 언어표현상의 운률성, 읊는것을 전제로 하는 호흡률의 자연스러운 통일로부터 출발하여 시행을 끊고 이어야 한다.

(3) 시행과 운률적호흡률의 마디

현대시의 시행조직에서 또 하나의 특징은 시행과 운률적

호흡률의 마디는 대체로 일치하나 반드시 그런것은 아니라는
것이다.

그날/
이슬째//미끄러진/울타리에//
사과나무/
한
그
루//

(김종원《달팽이》)

여기서《그날》은 제2행의 호흡률의 마디속에 속하고 3행
으로 이루어진《한/그/루》는 그 전체가 내구로 되여《사과나
무》와 내외구대응을 이룬다.

동해바다/물처럼//
푸른/
가을
밤//
포도는/달빛이 스며/고웁다//

(장만영《달, 포도, 잎사귀》)

여기서는 랑송자의 구체적정황과 취미에 따라 달리 랑송
될수 있으나 3행으로 된《푸른/가을/밤》은《푸른/가을밤》과
같이 랑송되여《동해바다/물처럼》과 함께 하나의 호흡률을 조

• 489 •

성한다.

강원도에서/울던/
새가//
그/삼림속으로//날아
가/
버린다//

(정공채 《망향》)

여기서 《새가》는 1행의 호흡률의 마디속에 속한다. 그리고 여기서도 랑송자의 구체정황과 취미에 따라 달리 랑송될수 있으나 《가》와 《버린다》는 제3행의 호흡률의 마디속에 속하여 하나의 호흡률을 이룬다.

이상에서 고찰한바와 같이 《그날》, 《한/그/루》, 《푸른/가을/밤》, 《새가》, 《가/버린다》 등을 한 시행에 포함시키지 않은것은 률조에서의 력점의 강조와 함께 시각적으로 그것을 강조하려는데 있다. 이것은 정형시에서 찾아볼수 없는 현대자유시의 특징이다.

(4) 시행의 길이

현대자유시는 정형시와는 달리 시행의 음절수가 주로 시인이 체험한 정서의 흐름, 호흡률에 의하여 결정된다. 이로부터 현대자유시에는 정형적인 음수률의 도식을 깨뜨리고 자유률이 존재하게 되며 시행의 길이에서 자체의 특성을 가지게 된다.

정형시에서는 3·4조 또는 4·4조 등 미리 결정된 음절수와 음절군의 길이에 의해 미리 주어지고 결정된 정서적호흡률이 있게 된다. 따라서 정형시에서는 시인이 체험한 정서의 흐름과 호흡률에 의하여 음절수와 음절군의 길이가 조절되는 것이 아니라 음절수와 음절군의 길이에 맞추어 호흡률이 조절된다고 할수 있다. 이런데로부터 정형시에서는 정서적내용과 관계없이 《글자수맞추기》에 떨어질수 있는 요소가 많다.

시행조직에서 가장 중요한 문제의 하나는 시행의 길이문제이다.

시창작경험을 놓고 보면 시행이 짧게 끊어졌다 하여 모든 경우에 다 아름다운 운률이 있게 되는것도 아니며 반대로 시행이 길다 하여 꼭 시적운률이 없는것도 아니다.

시행의 길이를 제약하는 요인은 여러가지가 있다.

① 시인의 정서적호흡과 시행의 길이

시인이 생활정서의 음악적흐름을 파악한 토대우에서 그 흐름에 맞추어 시문장을 음악적으로 조직함에 있어서 시인의 정서적호흡이 직접적으로 작용한다. 즉 시인의 정서적호흡의 특성은 시문장구조에 예리하게 반영된다.

시인의 정서적호흡은 시적대상과 긴밀히 련관된다. 시적대상으로 되는 다양한 생활은 저마다 다른 생활정서와 음악적 색채를 가진다.

숭엄하고 장중한것, 비장하고 영웅적인것, 씩씩하고 용감한것, 발랄하고 경쾌한것, 사색적이고 명상적인것, 잔잔하고 부드러운것, 환희와 애무, 밝은것과 어두운것 등등 생활의 정서적색채가 다양한것만큼 그것을 반영하는 시의 정서적색채 역시 다양하다.

시에서의 운률은 바로 이와 같이 다양한 생활정서와 음악적요소에 그 바탕을 두고있으며 이것이 또한 운률의 다양성을

조건지어준다. 따라서 시인은 주어진 생활정서와 음악적요소
들을 자기의 창작적개성에 의하여 파악하고 받아들인다.

례컨대, 생활정서의 음악적흐름이 큰 진폭을 가지고 시인
에게 큰 호흡을 요구할 때 시행이 대체로 길어지며 정서적흐
름의 진폭이 작아 시인의 정서적호흡이 많은 굴절을 나타낼
때는 시행이 대체로 짧아진다.

이와 같이 생활의 다양성과 시인의 창작적개성이 현대시
운률의 다양성과 독창성을 조건지어준다. 이 조건에 의하여
언어형식, 시의 서정적구조, 시행의 길이 등 운률적흐름의 제
요소들이 규정된다.

우리 시인들은 창작실천에서 산문화를 극복하고 다양하고
독창적인 운률을 조성하기 위해 우선 정서적호흡에 따라 시행
을 조직하였다.

시 《양자강에 봄이 오면》(설인)은 시인의 정서적호흡과
결합하여 시행조직을 함으로써 시적운률을 높인 대표적시의
하나이다.

　　　이때 오직 하나의 대오, 오각별을 이마에 인
　　　불의와 싸우는 의의 용사 일어나 구름처럼 일어나
　　　역적 매국의 족속들이 팔아먹은
　　　땅을 찾고 하늘과 바다를 찾고
　　　도탄, 진정 도탄에서 헤매이는 인민에게 해방을 주는
　　　의로운 전쟁의 승리는 날마다 엽록소처럼 뻗어가
　　　해방도는 끊임없이 늘어만 가고 불어만 가고
　　　역류하는 왕좌 허물어만 지고 깨여만 지고…

여기서 시인은 그 어떤 격식에 구애됨이 없이 사상감정의

흐름에 따라 자유분방하게 독창적인 시행을 조직하였다. 즉 여기서는 해방전쟁의 포화속을 뚫으며 우리의 백만용사들이 강남으로 진격하여 국민당의 소굴을 쳐부시고 곧 맞아올 광명한 새 중국의 형상으로 인한 장중한 정서의 흐름으로부터 시인의 호흡이 거대한 진폭을 가지게 되였다. 따라서 시는 한호흡으로 읊기에 벅찰 정도의 최대의 길이를 가지게 되였고 시행안에서 많은 굴절들로 이어지게 되였다.

이런 시행조직은 설인의 서정시 《너는 영웅이였구나》, 《전방에서 온 소식》, 《5. 1의 행진》, 《어머니시여, 돌아오셨구려!》, 《이 밤이 새면》, 《자랑찬 모습》, 《피보다도 진한 눈물이》, 《주총리의 웃음》, 《어머니(2)》, 《부르하통하》 등에서도 찾아볼수 있는데 중국조선족시단의 시행조직에서 독창성을 보여주고있다.

오월이라 초닷새는
단양 가절이라
능수버들 흐느적
청제비도 쌍쌍

(임효원 《오월단오》)

여기서는 즐거운 민속명절인 오월단오와 관련하여 명랑하고 발랄한 감정상태를 반영하여 호흡의 주기가 짧아졌으며 따라서 시행의 단락이 짧게 조성되여 특징적인 시문장이 이루어졌다.

이런 짧은 시행조직은 임효원의 《잊을수 없는 노래》, 《옥분의 풀피리》, 《싸리꽃》, 《눈》 등 많은 서정시에서 찾아볼수

있는데 중국조선족시단의 시행조직에서 또 하나의 독창성을
보여준다.

이상의 사실들은 생활감정의 흐름새가 시인의 호흡에 반
영되여 호흡률의 주기를 결정하고 그것이 또한 시문장의 굴절
과 길이를 규제하여 서로 다른 음률을 낳는 기초로 되였음을
보여준다.

생활감정의 음악적흐름새가 시인의 정서적호흡의 진폭을
조건짓고 그에 따라 시문장의 구조가 제약되는 호상관계를 기
계적으로 리해해서는 안된다.

장중한 생활이라 해도 시인의 창작적개성, 그의 미학적리
상과 정서적파악의 특성에 따라 감수와 표현에서 다양성을 나
타낸다. 따라서 장중한 대상이라 하여 어김없이 긴 시행으로
만 창작되는것은 아니다. 문제는 대상 그자체에 있는것이 아
니라 대상을 받아안은 시인의 생활감정에 있으며 그 생활감정
의 음악적흐름새가 가지는 특징에 있다.

청명
강산에
오는 비는

모아산
과원에서
울다가 왔소

（임효원 《봄비》 제1~제2련）

물어보자 설산초지 2만5천리장정이여

처절했던 고비마다 그의 웃음 얼마나 큰 힘이 됐던가
도도히 흐르는 만리장강이여, 너도 대답해보라
모주석 도우시며 8백만 장가왕조도 웃음으로 까부셨나니

(설인《주총리의 웃음》제5련)

첫례문에서는 청명날에, 연변을 시찰하신 주은래총리를 그리였고 두번째 례문에서는 주은래총리의 전람관을 참관하면서 그이를 그리여 그이의 업적을 노래하였다.

다같이 돌아가신 주은래총리를 추모하여 지은 시이지만 첫례문은 비장하고 영웅적인 대상을 내용적으로 파악하여 함축된 열정과 비상히 탄력적인 진폭으로 즉 짧은 시문장형식으로 표현하여 정서적효과를 높이였고 두번째 례문은《산악같이 휘둥그런 집채 주총리전람관》과 주은래총리의 위대한 업적으로 인한 장중한 정서의 흐름으로부터 시인의 호흡이 큰 진폭을 가지게 되였다.

이와 같이 시인에게 파악된 생활정서의 음악적인 흐름새가 호흡의 수축, 확대를 조건지으며 그에 따라 시문장구조가 제약된다.

다음으로 시인들의 창작경험을 보면 하나의 운률형식이 오직 하나의 정서적색채만을 담지 않는다는것을 알수 있다.

례컨대 4·4조나 3·3조의 음수률을 조성하면서 짧은 시행을 련속적으로 반복하는 경우에도 상대적으로 다른 정서적내용을 담게 되는것을 볼수 있다.

두편의 서로 다른 시를 보기로 하자.

달빛이 내린다

· 495 ·

정겨운 강산에
조용히 내려서 흐른다
멀리서 가까이서 은은히
천사의 밝은 웃음소리 들려온다

(리상각 《달빛이 내린다》)

유격대의 산과 강들아!
놈들의 앞길을 막으라!
복수의 대지야
놈들이 선 땅을 태우라!
야수들은 도망친다
미칠듯 아우성친다
죽음을 주라!
원쑤에게 죽음을!
죽음을!

(조기천 《죽음을 원쑤에게》)

여기서 례를 든 두 시편의 정서적색채는 다르다. 전자는 명랑하고 락천적인 색채의 정서이고 후자는 분노와 전투적인 감정이다. 그러나 이 시편들은 다같이 3·3조를 기본음조로 하는 짧은 시행의 반복으로 운률을 조성하였다.

여기서 우리들은 정서의 폭이란 넓은것으로서 웅대한 사실이라 하여 천편일률적으로 긴 시행을 느리게 반복하는것도 아니며 다같이 짧은 시행으로 된 운률형식이라도 그 정서적색채는 같지 않을수 있음을 알수 있다.

② 시의 회화성과 시행의 길이

운률의 회화성이란 청각적인 형상의 도움으로써 시각적인 형상을 더욱 선명하게 만들어주는것을 의미한다.

운률은 시형상이 담고있는 회화적표상을 더욱 선명하게 살려주는 효과적기능도 놀고있다. 따라서 시인들은 창작실천에서 시어와 시행을 음악적으로 선택하고 조절하여 해당한 사물현상의 조형적특성과 운동감을 효과적으로 살리기에 노력하였다.

즉 시인들은 시구절을 조절하여 운률의 주기를 장악함으로써 해당한 사물현상의 원근감이나 공간적상태, 그리고 운동상태를 특징적으로 드러내게 하였다.

<blockquote>
산에 산에 산꽃이
들에 들꽃이
</blockquote>

(박화 《돌에 정들어》)

여기서 《산에 산에》를 련속한 시구절을 통하여 독자들은 산들이 련달아놓인 상태가 아니면 산마다에 가득가득 피여난 꽃무데기를 그려보게 된다. 이 시는 수많은 조국의 산야를 넘나들며 지하보물을 찾아내는, 돌에 정든 탐사대원들을 노래하였기에 회화적효과로부터 《산에/산에》와 같이 분행할수 없다.

<blockquote>
산에
산에
피는 꽃은
</blockquote>

                저만치 혼자서 피여있네

(김소월 《산유화》)

　여기서는 《산에》를 한 시행으로 독립시켜 반복함으로써 산들이 띠엄띠엄 놓여있는 상태가 아니면 산마다에 점점이 핀 외로운 꽃을 련상하게 된다. 이것은 시행뒤에 오는 휴식의 주기를 뜨게 하여 공간적인 거리감을 조성한것이다.

　만약 첫 두행을 합쳐 《산에 산에》와 같이 한행으로 만든다면 《저만치 혼자서 피여있네》와 거리상 잘 조응되지 않는다.

　이와 같이 시구절을 분행하느냐 하지 않느냐에 따라 그 회화적효과는 다를수 있다.

어두운 밤
아픔을 뜯는
스러진 해의 불꽃은
야속스레 떠미는
시간의 팔소매를
숭
숭
구멍나게
태운다

(김정호 《석별의 기적소리》)

　모양본딴말 《숭숭》은 구멍이 많이 뚫어져있는 모양을 이르는데 우의 시에서는 《숭/숭》과 같이 구절을 분행함으로써 색다른 회화적효과를 거두었다. 즉 시행뒤에 응당 오게 되여 있는 휴식은 반복의 주기를 뜨게 만듦으로써 많은 구멍이 큼 직큼직 보다 느리게 뚫어지는 모양을 나타내게 되였다.

꿈이 익는
까만 밤속에
별이 반짝
열매 맺었다
바람도 없이
홀랑
주
르
르
선을 긋는 류성

(김정호《눈물》)

별찌는 원래 빨리 움직이다가 사라지는것이 특징적인데 모양본딴말 《주르르》를 분행하여 《주/르/르》와 같이 3행으로 배치함으로써 시행뒤에 오게 되는 휴식으로 하여 별찌의 움직임은 좀 느린감을 주게 되였다.

③ 민족의 호흡률과 시행의 길이

시행의 길이는 시행속에 있는 음절군의 수에 의해 결정된다. 따라서 한 시행속에서 음절군이 어느만큼의 길이로 결합되여있는가에 따라 어음의 진폭과 파동이 달라지며 그에 의해 음조미가 달라진다. 그러므로 시행의 길이는 반드시 우리 민족의 호흡률과 결부되여야 한다.

민족시가유산에서 한 호흡량에 거슬리지 않는 시행의 길이는 3, 4개의 음절군으로, 한개 음절군은 3, 4개의 음절로 구성된것이 기준형으로 되였다.

민족고전시가의 전통을 이어받은 현대가사, 동요, 동시에서도 한행의 길이가 일반적으로 4음절군을 초과하지 않는다. 현대자유시에서도 사상정서의 높낮이를 기본으로 하면서 이런 운률조성의 기초적인 약속을 무시할수 없다. 자유시에선 시행의 길이가 다른것이 특징적이여서 이 기준형을 초과하는 경우도 있으나 일반적으로 이 기준형에 기초하고있다. 이것은 한 행에서 3, 4 음절군이 한호흡에 가장 적합한것이라는 사정과 관련된다.

> 배가／오누나／／배가／들어오누나／／
> 못살곳이라／울며갔던／벽동땅—／／
> 륙로로는／사백리／／
> 배길로는／백리／／
> 오고싶은／마음에／／날개를／달고／／
> 배를 타고／질러오는／／의주에서／반나절길／／

(김순석 《벽동계선장》)

여기서 보다싶이 자유시에서 호흡의 진폭은 그 크기가 다양하지만 대체로 한 호흡량의 한도를 벗어날수 없다. 이런 한 호흡이 바로 언어와 결합되면서 시행을 낳게 하며 그 시행의 크기를 이러저러하게 제약하는것이다. 그것은 시행이 시의 호흡량과 밀접히 통일되여있기때문이다.

산문적인 긴 문장을 적당히 토막지어 호흡률에 오르지 않게 시행을 만들어가지고서는 시적운률을 살려낼수 없다. 그렇게 씌여진 시를 가리켜 우리는 산문화되였다고 한다.

자유시에서 시행의 길이는 자유롭지만 매 행의 음절량을 비슷하게 한것은 운률을 비교적 고르롭게 한다.

오, 지상락원을 일떠세우는
변혁의 세월에 꽃피는 내 고향은
그 어데나 당의 은정 차고넘치여
노래없이 살수 없는 행복의 요람

(리상각 《꽃피는 내 고향》)

여기서 시행별로 매 시행의 음절수량을 보면 첫 시행은 11음절로, 2~4행은 각각 13음절로 되여있다. 이런 같거나 비슷한 음절량의 반복은 운률조성에 크게 이바지하고있다.

우리들이 자유시창작에서 기준형을 지켜야 한다고 해서 우리의 민족시가가 결코 그 어떤 한개의 단일한 형태로 통일 되여야 한다는것은 아니다. 특히 시행조직은 시대의 발전에 따라 부단히 변화하고 발전하는것으로서 몇개의 고정된 틀에 얽매인것이 아니다.

따라서 시행의 길이는 3, 4 음절군이라는 이 기준형이외에 다양하게 나타날수 있다.

례컨대 1음절군1행, 2음절군1행, 5음절군1행, 6음절군1행 등이다.

어데서라도/
문득//
고개를/들고 보면//
또다시/떠오르는//
동그란/하늘//

(석화《하늘》)

　여기서 첫 두행은 각각 1음절군1행으로, 3～5행은 각각 2음절군1행으로 되였다.

온 땅을/휩싸일으키는//폭풍의/메아리속에//
다시금/의지를/벼리는//만사람의/뜨거운/가슴에//
얼마나/조국이/소중한가를//
어떻게/목숨바쳐//원쑤와 싸워/이겨야/하는가를//

만대에 그뜻 말없이 일려줄
아, 영웅의 토스레옷이여!

(손승태《영웅의 토스레옷이여》)

　여기서 첫련중의 두번째 행은 6음절군1행으로, 네번째 행은 5음절군1행으로 되였다.
　운률을 탐구해나가는 중국조선족시인들은 해방이후 특히는 새로운 력사시기 현대생활의 복잡하고 다양한 절주를 반영하여 자유시시행조직에서 자유분방한 특징을 보여주었다.
　그것은 무엇보다 1～2음절1행의 련속적리용이 많이 시도되는데서 찾아볼수 있다.

지난날 중국조선족시단을 놓고 보면 자유시창작에서 7·5조를 위주로 하는데서 1~2음절1행은 드물게 쓰이였다. 그러나 새로운 력사시기 우리 시인들은 자유시창작에서 1행 3, 4음절군이란 기준형을 지키면서도 1~2음절1행과 이것의 련속적리용을 많이 시도하고있다. 이것은 새로운 력사시기 외곡된 전통문학의 속박으로부터 해방된 우리 시인들이 시적체험을 정서적색채와 시대의 절주에 맞게 표현하기 위한 새로운 탐구가 아닐수 없다.

굴함없는 믿음으로
솟구치는 기백으로
우
뚝
섰
습
니
다

(남영전 《산》)

여기서 시어 《우뚝섰습니다》는 본래 한 시행으로 조직할 수 있었으나 시인은 산의 굴함없는 기백을 시각적으로 강조하고 그 회화적효과를 높이기 위하여 음절을 포개여 그 매 음절이 한 시행을 이루게 하였다.

길을 찾지 못한 봉사는

     욕망과 침묵의 접목에
     삼백륙십도의 경의로
     저주를 드린다
     해·도·
     달·도·
     별·도·
     둥그란 꿈도

                              (최룡철 《작품 13호》)

    여기서는 《해도/달도/별도》와 같이 짧은 시행을 련속함으
로써 문화대혁명으로 인한 비극의 력사에 대한 철저한 부정을
힘주어 표현하였다.
    ④ 개인적문체와 시행의 길이
    시행의 길이는 개인적문체와도 긴밀한 련계를 가진다.
    어떤 시인은 시문장을 매우 간결하고 짧게 하는가 하면
어떤 시인은 행을 길게 하고 호흡을 느리게 한다.
    이런 특징은 한편의 작품으로서는 다 나타낼수 없으나 그
가 쓴 여러편의 작품을 읽어보면 그것이 뚜렷이 나타난다. 이
리하여 개성이 있는 시인은 자기의 문체를 가지게 된다.
    례컨대 중국조선족시단을 놓고 보면 시인 임효원은 많은
시작품에서 짧은 시행을 많이 시도하였고 시인 설인은 많은
시작품에서 긴 시행을 많이 시도하였다.
    개인적문체란 결국 시인의 사상감정, 생활감정, 그의 취
미와 기호 등에 의하여 현실과의 관계에서 이루어지는 예술적
개성이며 나타난 문장투를 말한다.
    글은 곧 그 사람이라는 말과 같이 글을 보고 그 사람의

목소리를 알아내듯이 시를 읽고 그 시인을 알수 있게 해야 한다.

시인이 사상감정을 나타내려면 그에 꼭 맞는 문장을 가지게 되고 그 문장을 다루는 시인의 특이한 솜씨가 보여지지 않을수 없다.

바로 이리하여 개성적인 문체가 생기는것이다.

이상에서 말한 시행조직문제는 시의 구조와 관계되는 문제로서 어디까지나 내용을 보여주기 위한 형식에 지나지 않는다.

3) 동요, 동시에서의 시행조직

동요, 동시의 운률에는 어린이들의 호흡의 특성이 작용한다. 대체로 아이들의 호흡속도는 어른들보다 무척 더 빠르다. 이런 호흡의 특성을 반영하여 동요, 동요시에서는 시행 또는 시련의 길이를 성인시에서보다 짧게 끊어주어야 한다.

어린이들을 대상해서 씌여지는 동요는 동시에 비해 그 서정구조가 비교적 단조롭고 내용이 퍽 리해하기 쉬운 특성을 가진다. 아동들의 호흡상 특성, 순진성, 발랄성이 동요의 시행을 필연적으로 짧게 하고 한 시행에 포괄되는 음절수를 성인시에 비해 극히 적게 한다.

특히 유치원어린이들을 대상으로 하여 씌여지는 동요는 그들의 호흡률에 맞게 시행의 길이도 짧게 해야 한다. 유치원어린이들을 대상으로 하는 동요는 일반적으로 2음절군1행이 많다.

유치원의 쌍그네

나비처럼 훨—훨—
하늘가에 닿자고
기운차게 씽—씽—

(김득만《그네뛰기 신나요》)

　그리고 동요에서는 대체로 매 련에서 서로 대응되는 시행
은 그 크기에서뿐아니라 형식과 문법구조도 같다.

덩실한 처마밑
오붓한 집에서
지지배배 노래하며
애기제비 자라요
어미제비 모이주면
반갑다고 지지배배

아담한 우리 반
교실안에서
랄라라 노래하며
우리들은 자라요
선생님의 가르치심
고맙다고 랄라라
제비처럼 날고파서
어서 크자 랄라라

(김응준《애기제비 잘 자라요》)

여기서 제1련에서의 매개 시행들은 그와 대응되는 제2련의 시행들과 그 생김새가 같거나 비슷하다. 이것은 곡을 붙여 노래부르기에 매우 편리하다.

동시는 랑송을 목적으로 씌여지는만큼 동요보다 형식상 자유롭다. 그리하여 동시에서는 음절수와 시행의 길이에서 제한을 받지 않고 씌여진다. 따라서 동시에서는 시행의 길이라든가 시행수가 일정하지 않다.

그러나 동시에서 운률을 잘 나타내려면 시행조직을 잘해야 한다. 왜냐 하면 시행은 운률조성의 기본적인 실현형태이기때문이다. 동시의 운률이 자유률이라고 해도 시행조직이 호흡률에 거슬리게 해서는 안된다.

소선대기 펄, 펄!
나팔소리 떠떠떠!
해빛밝은 6월의 광장으로
꽃물결 흘러요
우리 대오 나가요

별나라 정복할 우주비행사도
잠든 광맥 일떠세울 탐사대원도
금나락 걷어들일 농기계수도……
당이 이끄는 이 대오속에서
하나, 둘… 발걸음 맞추어요

(향천 《꽃노을 안고 우리는 나가요》)

여기서 보다싶이 동시는 음절수와 시행의 길이 등에서 제한을 받지 않고 씌여진다는것을 알수 있다. 이렇게 시행의 길이가 다르지만 시행의 운률은 민족시가 운률조성의 기본원리에 의거하고있는것이다.

따라서 동시에서의 시행은 대체로 3~4개 음절군으로 조직하는것이 합리적이다.

제2절 시련조직

1. 민족시가유산에서의 시련조직

시 작시법에서 몇개의 시행은 련을 형성하는바 민족어마다 련 구성과 그가 노는 운률적기능은 다르며 그리고 옛적과 현대에 있어서 련 조직의 형태들은 동일하지 않다.

우리 민족 시가유산은 4행을 기준으로 한 분절을 조직하면서 시련의 조직에서 풍부한 유산을 남기였다.

원시가요 《영신가》, 고조선의 가요 《공후인》, 그리고 백제의 《서동가》와 신라의 《오라가》 등에서는 4행으로 나타나고 있다.

향가에서는 4행으로부터 배가 되는 과정을 보여준다.

향가의 전래구수를 보면 3구체, 4구체, 6구체, 8구체, 9구체, 10구체 등으로 나타난다. 이가운데서 가장 전형적인것이 10구체인데 이것은 우리 민족 시가에서 최초의 시행정형을 이룬 형태이다.

향가에 이르러 감정에 따르는 분절과 시련의 맹아가 나타나고있는바 기승전결의 3분단적정서는 그런것으로 된다. 10구체향가는 3장에 10구로 구성되였는데 하나의 구가 한 시행을 이룬다. 시가의 감정에 따라 보면 첫 4구와 다음 4구, 마지막 2구로 갈라지면서 내용상 3장으로 갈라지고있다. 최행귀가 《균여전》의 서문에서 말한 《3구6명》중의 《3구》는 바로 이것을 두고 말한것이다.

10구체뿐아니라 6구, 8구, 9구로 된것도 내용상 3장으로 갈라볼수 있다.

향가에서의 련적맹아는 고려가요에 와서 표면화되였고 한 분단이 한개의 련을 이루면서 독립하였다. 이런 한련에는 음악적인 후렴구가 붙어있어 련들을 분간해주는 특징을 가진다. 이렇게 고려가요의 시기는 절가를 적극 창작한 시기로 특징지어진다.

고려가요가운데서 분절가의 형식으로 된 작품들의 분절수와 한 분절의 행수를 구체적으로 보면 다음과 같다.

가요명	분절수	본절의 행수[1]	후렴의 행수[2]
동 동	13	4	1
정읍사	3	2	2
정석가	6	5	1
청산별곡	8	4	1
서경별곡	14	2	1
가시리	4	2	1
쌍화점	4	4	4
만전춘	6	3	

[1]. 본절의 행수에서 《동동》의 제3분절은 3행으로 되였

고 《정석가》의 제1분절은 3행으로 되였고 《만전춘》
의 제5분절은 5행으로, 제6분절은 1행으로 되였다.
*2. 후렴의 행수에서 《정읍사》의 제2분절 후렴구는 1행
으로 되였고 《정석가》의 1, 6분절에는 후렴구가 없
다.

분절가로 된 고려가요에서 본절의 행수는 최저 2행으로부
터 최고 5행으로 된 셈이다.

13세기에 나타난 경기체가는 여러 분절로 된 정형시이다.
《한림별곡》은 8분절로, 《관동별곡》은 9분절로, 《죽계별곡》은
5분절로 되여있다. 이것으로 보아 별곡체의 련수는 반드시 8
련으로 정형화된것이 아님을 알수 있다. 경기체가의 정형시로서
의 특징은 분절안에서 나타나는데 매 분절의 구수는 6구로서
3장으로 구성되였고 제3장은 락구로 되여있다.

14세기에 나타난 시조는 3장6구, 12음절군, 40여자의 함
축된 시가형태이다. 시조에서는 한 시행이 한장을 이루는데
동시에 련의 성격도 겸유하고있다고 말할수 있다. 시가전통에
있던 3분단법은 시조에 와서 가장 함축성있고 정제된 형태로
정형화되였다.

15세기에 산생한 가사(歌辞)는 3·4조나 4·4조를 분절
없이 잇대여 무제한으로 이어나가는 장가형식을 취하였다. 이
것은 생활과 감정을 폭넓게 반영하기 어려운 경기체가나 시조
의 형식상 제한성을 극복하기 위한 당시 인민들의 미학적요구
에 의한것이다.

17세기 후반기로부터 나타난 가사의 일종으로서의 잡가는
가곡과 관련되여 무분절가사와 분절가사로 갈라진다.

17세기 잡가 《황계가》(《가사집》 고정옥, 김삼불 주해,

국립출판사, 1955년)는 고려가요처럼 분절가사로 되였는데 매 분절의 행수는 정연치 못하여 4행, 5행, 7행, 8행 등 각이한 형태로 되여있다.

18～19세기 잡가에서 몇편의 분절가사를 구체적으로 보면 다음과 같다.

잡가명	분절수	본절의 행수	후렴의 행수
천안삼거리	3	4	2
기나리	5	2	
연분홍저고리	5	2	1
십장가	11	일정한 기준이 없음	
매화가	4	일정한 기준이 없음	
이팔청춘가	12	4	
도라지타령	5	4	3
사발가	5	4	2
어랑타령	20	4	2

19세기말～20세기초의 근대사회발전의 시대적요구를 반영해나온 창가는 전시대의 가사와 달리 분절한 정형시이다.

《학도가》, 《신문가》와 같이 무분절의 창가도 있으나 《동심가》, 《상봉유사》 등은 분절가로 되였는데 한 분절이 4행으로 되였다.

항일무장투쟁시기 창작보급된 혁명가요는 모두 분절가로 되여있다. 항일가요는 이렇듯 분절과 후렴구에 깊은 관심을 돌렸다.

항일가요는 행수, 음절군이 대체적인 정형을 이루면서 다련체의 형식을 띠는바 그 련의 특징은 극히 다양하다.

항일가요에서 대표적인 련조직을 보면 다음과 같다.

노래명	분절수	본절의 행수	후렴구 행수
무도곡	10	2	
즐거운 무도곡	4	4	
요일가	6	4	
십진가	10	4	
유격대추도가	4	4	
추도가	11	4	
빨찌산추도가	3	2	
옥중투쟁가	6	4	
사향가	2	4	
어머니리별	3	3	
간도토벌가	4	3	
피바다가	3	3	
유희곡	15	2	
어린이곡	3	5	
나도자라	3	4	
무산아동가	2	4	2
아동가	2	4	2

어린동무 노래부르자	3	4	
우리는 아동단원	3	2	2
아동단가	3	4	
소년군가	3	4	
녀성해방가 (1)	2	4	
녀성해방가 (2)	6	3	
무산청년가	2	3	2
청년선봉대가	4	4	2
농민혁명가	3	4	
일어나라 무산대중	3	4	
일어나라 만국의 로동자	5	4	
단결하라 무산대중	8	2	
무산혁명가	3	4	4
로동자가	3	4	4
오월행진곡	3	4	4
메데가	5	4	
백색테로반대가	3	4	4
기민투쟁가	4	4	2
가난한자의 노래	5	4	2
무산자의 노래	3	3	

불평등가	2	4	
불평등가	14	4	
불평등가	12	4	
계급전가	5	4	
자유가	3	4	
통일전선가	2	6	
통일전선가	4	4	
광명의 천지	5	3	
민족해방가	10	3	
해방가	3	4	2
인민주권가	4	2	2
무산자의 선봉대	2	4	
망명자의 노래	4	4	2
붉은봄 돌아왔다	4	2	
혁명군이 되였다	3	2	
총동원가	4	4	
총동원가	4	4	2
나오라 혁명전에	4	4	4
결사전가	6	4	2
반일혁명가	3	4	

반일병사가	3	4	
모두다 반일전선으로	4	4	
적기가	3	4	
끓는 피	3	4	2
끓는 피는 더 끓어	6	4	
혁명군의 노래	4	4	
유격대행진곡	4	4	4

우의 도표를 통해 알수 있는바 항일가요에서는 노래의 절수에 있어서 3∼4개로 된것이 압도적이고 본절의 행수에 있어서는 4행으로 된것이 절대다수를 차지한다.

이상의 서술을 종합해보면 신라향가와 고려의 균여향가에서 련적맹아를 보았는데 고려가요에서 독립적인 련을 형성하였다. 그후 13세기에 나타난 경기체가에서 분절이 시도되였고 17세기 후반기에 나타난 잡가와 19세기말∼20세기초에 나타난 창가에서는 무분절가사와 함께 분절가사가 쓰이였다. 그후 항일가요에서는 분절가사로 쓰이였다. 그리고 민족시가유산에서는 4행을 기준으로 한 련을 조직하였다.

1910년대에 산생한것으로 보이는 자유시는 련을 시도하였다.

류린석의 자유시 《앞마을 가난한 집》은 전체 10련으로 되였는데 1, 2 련만 보면 다음과 같다.

그대 보거나 앞마을 가난한 집
아침을 굶었는데 저녁끼니 또 없어

아이들은 밥달라 조르며
발을 구르고 울기만 하누나

아버지는 기가 막혀 아무 말도 못하고
어머니는 불쌍한 아이들과 나무라네
밥짓던 가마를 뽑아서 파니
그 사정 정말 딱하기도 한데
세금내라 야단치는 관리를
무슨 수로 거역하랴

2. 현대시에서의 시련조직

1) 현대자유시에서의 시련조직

시련조직은 그 시의 감정의 흐름과 운률과 떼여놓고 말할
수 없다. 필자는 여기서 주로 운률과의 관계에서 그것을 고찰
하려 한다.

련은 복잡하고 방대한 운률적단위이다.

예나 오늘이나 련이 자체로 정서의 운동을 전개시키고 운
률을 표시해주는 기능은 동일하지만 현대자유시는 폭넓은 사
회생활과 복잡한 인간의 자유분방한 내면감정세계를 반영하기
에 시련조직에서 옛날보다 복잡성을 가지게 되였다. 따라서
시련조직은 시대의 발전에 따라 부단히 탐구되여야 한다.

시운률을 잘 살리자면 시련과 시련들의 관계에서 음조의
통일성, 전일성을 보장하는데 주의를 돌려야 한다.

시행이 모여서 시련이 되고 시련이 합쳐 한편의 시를 이

룬다. 따라서 주어진 시행들의 유기적인 련관과 호상조응관계
는 시련에서 이루어지며 그것을 통하여 운률적형태와 음조미
가 드러난다. 이 운률적형태와 음조미는 매 시련들의 유기적
인 련관과 호상조응관계를 통하여 하나의 완결된 시운률과 률
조미를 조성한다. 그러므로 매개 시련의 운률적형태와 음조미
는 시의 기본음조에 맞아야 한다. 그래야만 시련들이 무리없
이 맞물리게 되며 운률조성의 통일성, 전일성을 보장할수 있
다.

　자유시에서 한 작품에 하나의 기본음조가 유지되지 못하
고 시련마다 그 음조가 바뀌는 사실들이 있다. 그러나 현대시
의 성과적인 작품들은 하나의 시작품이 기본적으로 한 기본음
조를 유지하고있음을 보여준다. 복잡한 현대적인 감정을 표현
하는 현대자유시의 음조가 한 작품에서 반드시 하나로만 되여
야 한다는것은 아니지만 기본음조는 형성되여야 한다.

　민족시가유산을 놓고 보면 고려가요 《동동》, 《정읍사》,
《청산별곡》 그리고 정철의 《관동별곡》 등은 기본음조가 일관
되여있는데 기본음조문제는 현대자유시에서도 반드시 계승되여
야 한다.

　현대시의 자유률은 시련과 시련들의 련계에서 기본음조의
통일성, 전일성을 보장함에 있어서 첫련을 잘 메는 문제가 중
요하다.

　그것은 시의 첫련에 의해 기본음조가 결정되기때문이다.

　매 시는 첫시작이 중요한데 첫 1~2행 혹은 첫련에서 오
는 기본음조는 시 전편의 운률을 특징짓게 되므로 첫 1~2행
혹은 첫련(혹은 두번째 련)에서 보여주는 기본음조가 전편을
지배하게 하는것이 중요하다.

　시의 기본음조가 결정되면 그 시 전체의 정서적색채와 음

조 그리고 서정적구조가 결정된다.

례컨대 리상화의 서정시 《빼앗긴 들에도 봄은 오는가》의 음조는 시의 첫부분에서 형성되였다.

　　지금은 남의 땅—빼앗긴 들에도 봄은 오는가?

　　나는 온몸에 해살을 받고
　　푸른 하늘 푸른 들이 맞붙은 곳으로
　　가리마같은 논길을 따라 꿈속을 가듯 걸어만 간다

　　입술을 다문 하늘아 들아
　　내 마음에는 내 혼자 온것 같지를 않구나
　　네가 끌었느냐 누가 부르더냐 답답해라 말을 해다오
　　(중략)
　　나는 온몸에 풋내를 띠고
　　푸른 웃음 푸른 설음이 이루어진 사이로
　　다리를 절며 하루를 걷는다 아마도 봄신령이 접혔나보다
　　그러나 지금은—들을 빼앗겨 봄조차 빼앗기였네

　　　　　　　　(리상화 《빼앗긴 들에도 봄은 오는가》)

　　이 시는 모두 10련으로 되였는데 첫련은 한행으로, 마지막련은 4행으로 되고 나머지 8련은 모두 3행으로 되였다. 두번째 련에서 이루어진 기본음조를 매개 련에 끌고나가고있다. 첫련을 제외한 매 련을 보면 첫행은 기본상 10음절로, 두번째 행은 대체로 13~16음절로, 세번째 행은 대체로 20~24음절로 되여있다. 그리고 매개 행에서는 2, 3, 4, 5 등의 음절군

을 음악적으로 배렬하였다. 마지막행인 《그러나 지금은—들을
빼앗겨 봄조차 빼앗기였네》는 첫련과 조응되면서 운률을 조성
하고있다.

정든 초가집, 푸르른 소나무
따라서는 고향땅을 뒤에 두시고
떠나시던 그날에
만경봉기슭에는 눈이 내렸다

눈우에 무거운 자욱을 남기시며
불같은 맹세를 조국에 남기시며
떠나시던 그날에
만경봉하늘에는 바람이 울었다

(정서촌《불멸의 력사》제1, 제2 련)

이 시에는 1련과 2련의 대응되는 매 행이 거의 같은 음절
수로 되여 음절량이 비슷하며 첫련에서 이루어진 기본음조를
2련에서도 찾아볼수 있다.

이와 같이 자유시의 운률조성에서는 음악적인 기본음조가
작품의 첫 1~2행이나 첫련에 주어져야 하며 그 주어진 기본
음조를 끌고나가야 한다. 그러므로 그만큼 시의 첫행 혹은 첫
련을 떼는것은 힘들고 중요하다.

그러나 창작실천은 기본음조에만 매달린다면 률조가 단조
롭고 박력이 없어지며 운률이 류창하게 흐르지 못함을 증명해
주었다. 즉 현대시의 자유률은 기본음조의 통일성, 전일성을
보장하면서도 시를 사상정서적내용에 맞게 다채로운 정서적색

· 519 ·

채도 풍부하게 채색하며 운률이 박력있고 류창하게 흐르게 할 것을 요구한다.

자유시에서는 매 련의 시행이 동일한것도 찾아볼수 있다.

> 내물이 풀려서 돌돌 흐르면
> 그대 맑은 소리 화답하는듯
>
> 종다리 지종종 노래부르면
> 그대 고운 소리 함께 들리듯
>
> 그러나 내물이 돌돌 흘려도
> 종다리 지종지종 노래불려도
>
> 그대없이 홀로 걷는 호젓한 이 길
> 외롭달가 허전탈가 무에라 할가

(설인 《무에라 할가》)

이 시에서는 한련을 두행으로 조성하고 매 행들의 길이를 비교적 고르롭게 만듦으로써 외형적인 조화미를 보장하였다. 이것은 시를 읊음에 있어서 일정한 순탄성을 보장하는 우점을 가진다.

그러나 이런 시련의 고정화, 격식화된 운률고정방식은 자칫하면 감정의 변화와 발전에 따르는 정서적호흡을 잘 반영할수 없고 운률의 기능과 가치를 전면적으로 발휘하지 못하게 된다.

이로부터 알수 있는바 시련은 반드시 정서적색채와 감정

조직의 요구에 맞게 능동적으로 조직해야 하며 시의 정서를
가일층 돋구는 운률을 창조해야 한다.

> 알알이/취해//
> 소리나는/달빛//
> 그 아래/
> 나붓기는/그림자//
>
> 아/
> 꿈이/외롭다//
> 기막히게/고요한//
> 성스러운/
> 이//
>
> 밤이/길다//

(김학송 《달밤》)

자유시에서는 고정된 시행이 없으며 시행수가 자유로와
일정하지 않다. 즉 시행과 시련이 무정형적이다. 우의 시는 3
련으로 되였는데 시인은 번뇌가 던져주는 사상정서적내용으로
부터 출발하여 민족시가의 운률적기초를 살리면서 4행1련, 5
행1련, 1행1련을 시도하였다.

특히는 일반시인들의 관습언어 《성스런/이 밤이/길다》를
《성스런/이// 밤이/길다//》로 표현함으로써 《이》를 한구절로
쓰고 또 그와 련대성있는 《밤이 길다》를 다른 련으로 조직하
여 정서적마당과 시인의 감정색채를 짙게 조성하였으며 독자

• 521 •

들에게 새로운감을 준다.

　　김태갑의 서정시 《생활의 단꿀도 빚을 때로다》는 시련조
직을 통하여 운률의 미학정서적기능을 보다 높은 경지에서 살
리고있다.

　　　　　　산골에도 막치기
　　　　　　피나무꽃 하얗게 산발을 덮은
　　　　　　해살밝은 산기슭 농막안에서
　　　　　　벌통집 아바이 단잠에 들었구나

　　　　　　붕—붕—
　　　　　　꿀벌들의 노래에 취하셨는가
　　　　　　주런이 늘어선 꿀항아리
　　　　　　향그러운 그 냄새에 취하셨는가

　　　　　　자본주의 《꿀독》을 마사버리라
　　　　　　공작대 내려와 야단칠 때엔
　　　　　　탕—탕— 도끼 휘둘러
　　　　　　화김에 벌통을 패버리시고

　　　　　　피나무꽃 피는 철엔 가슴이 아파
　　　　　　《허, 아까운 꿀이
　　　　　　골물되여 헛되이 달아나는군!》
　　　　　　한숨쉬며 애간장 태우시더니

　　　　　　하마 어제날 까맣게 잊으시고
　　　　　　나라의 꿀독을 채울 욕심에

일하다 지쳐서 쪽잠이 드셨나
오늘은 꿀자동차
꿀 실으러 오는줄 번연히 아시련만
때아닌 낮잠에 취하셨구려

아, 아바이 잠을랑 깨우지 말자
달콤한 꿈을랑 강물로 받아내고
싸리밭골 꿀을랑 늪으로 채울
흐뭇한 그 생각 달콤한 희망…

《좋을 때가 왔어요, 일할 때예요》
—벌떼들도 신나서 속삭이는데
《오냐, 생활의 단꿀도 빚을 때로다》
—마음속 기쁨을 말하시는듯

눈발같은 수염가에 웃음을 담고
아, 아바이는 꿈속에서도 웃는다!

이 시가 운률적조화를 성과적으로 보장하고있는것은 정서의 색채와 열도에 알맞게 7·5조의 음수률을 기본음조로 삼고 모든 시행을 균형적으로 조절하였으며 그것을 전반적으로 4행1련의 조화로운 련 구성속에 배치한것과 관련된다.

그러나 시인은 7·5조를 절대적인 틀로 강요하지 않았다. 7·5조의 시행을 기둥으로 삼고 많은 시행을 다양하게 파격시키고있다.

그리고 4행1련의 구성방식도 절대적이 아니다. 그것은 5, 6, 8 련을 각각 6행, 5행, 2행으로 조성한데서 알수 있다.

이것은 정형시가 아닌 현대자유시에서 정서적내용을 능동적으로 담기 위한 응당한 파격이다.

새로운 력사시기 현대자유시의 시련조직은 신축성과 자유자재성으로 특징지어진다.

중국조선족시단을 놓고 보면 대체로 70년대까지는 4행1련의 시문장형식이 주류가 되여 자유시가 창작되였다고 할수 있다.

례컨대 60~70년대에 창작된 시를 묶은 시집 《샘물이 흐른다》(리상각)에는 도합 87수가 실렸는데 그중 4행시가 64수이고 60년대로부터 1981년까지 창작된 시를 묶은 시집 《봇나무》(박화)에는 도합 99수가 실렸는데 그중 4행시가 69수이다. 그리고 1979년-1980년 사이에 창작된 시 103수를 수록한 시집 《들국화》(김성휘)에는 4행시가 79수를 차지한다.

이런 시련초직은 시련의 정제성, 언어형식의 조화미, 호흡의 순탄성을 보장하는데서, 그리고 우리 민족 시가의 시문장형식의 발전력사에서 비교적 세련되고 공고화된 한 형태를 보여준다는데서 적극적인 의의를 가진다.

그러나 4행련이란 상대적규격화로 하여 우리 중국조선족시단의 시련조직이 4행련에만 매달린다면 현대인의 복잡한 감정, 현대생활의 복잡하고 다양한 절주를 폭넓게 담기 어려운 것이다.

자유시의 출현은 정형률로부터 자유로운 해방을 선고하였지만 시대의 발전은 새로운 운률형식에 대한 더욱 대담한 탐구를 요구하고있는것이다.

따라서 중국조선족시단에서는 새로운 력사시기에 진입한 이래 개혁개방과 사상해방의 물결속에서 4행련의 구상에 도식적으로 매달리지 않고 격변하는 생활과 날로 다양해지는 정서적생활을 반영함으로써 80년대로부터 점차적으로 시련조직에서 부단한 새로운 탐구가 진행되였다. 이런 탐구는 낡은 관념에서 해방되여 우리 민족의 특색에 맞는 새로운 운률형식을 탐구하려는 로일대의 시인들과 시단에서 크게 활약하는 젊은 시인들에 의하여 이루어졌다.

새로운 력사시기 중국조선족시단에서의 자유시시련조직은 신축성과 자유자재성으로 특징지어진다.

그것은 주요하게 비교적 공고화된 4행1련의 틀에서 벗어나 고정된 틀이 없이 시인의 내적정서의 절주로써 시행과 시련을 조직함으로써 시련조직의 다양한 형태를 보여준데서 표현된다.

첫째, 한련의 행수를 보면 1행, 2행, 3행, 4행, 5행, 6행, 7행, 8행 등으로 된것이 있는가 하면 지어는 수십행이 한련을 이루는 시도 있다.

둘째, 지난날엔 4행시가 위주였다면 지금은 2행시, 3행시, 4행시, 5행시, 6행시, 7행시, 8행시 등이 있는가 하면 이런 류형들이 한 시편에서 몇개씩 유기적으로 배합되여 창작되고있다.

따라서 지금은 2행련, 4행련, 5행련 등이 한 시편에서 섞여쓰임이 위주다. 례컨대 시인 김영건의 서정시 《진통》은 3련으로 되였는데 1련은 6행, 2련은 5행, 3련은 8행이며 서정시 《인생나무》도 3련으로 되였는데 1련은 1행, 2련은 14행, 3련은 6행이다.

아지랑이와 키스하며
길가에 빠끔히 얼굴 내민 반짜개
황토빛에 전 땅에

한줄기 생기를 띠운다

거치른 발길이 밟고 지낼라
땅에다 입을 찰딱 붙이고
고스란히 살 차비다

정없는 발구가 지나며
온몸을 짓이겨
무지한 철바퀴들이 지나며
한잎파리 썩둑 잘라버린다

아픈 눈물 짓는 반짜개는
소리없이 상처를 안고
이악스레 푸르러간다
어느새 꽃가지 흔들며 향기풍기는데
철없는 쪼무래기들이 소싸움하느라고
뿍뿍 제멋대로 뽑아간다

아아! 한생 시달림에
아픔을 옥물곤 살아가는…

（최룡관《우리 피줄》）

　이 시는 전체 5련인데 시인은 내적정서로부터 1련은 4행，
2련은 3행，3련은 4행，4련은 6행，5련은 2행으로 조직함으
로써 4행시에서 완전히 해탈되였다.
　셋째，자유시에서는 련을 나눈것이 절대다수이지만 분절

하지 않은 단련체시도 있다. 지난날엔 중국조선족시단에서 단련체시가 아주 드물게 쓰이였는데 새로운 력사시기에 들어와서는 시창작에서 단련체시가 많이 시도되고있다.

> 내 생각이
> 내 생각을
> 붙잡지 않는 곳을
> 지나 떠나
> 내 생각이
> 붙잡힐 곳을 찾아
> 그 어데라 없이
> 자꾸 가고가는 주소없는
> 파아란 생각
> 나도 내 거처를
> 모르고 산다

(리영근《나그네》)

이 시는 련을 나눔이 없이 11행으로 된 작품이다. 분련없는 이런 시형식을 가져오게 한것은 사상정서적내용에 따르는 기본음조이다.

이런 단련체시는 중국조선족시단에서 최룡철의《검은 우환》(22행), 최룡국의《모습》(18행), 최룡관의《어머님》(7행), 석화의《전화벨소리 울리면》(31행), 강효삼의《시골》(15행) 등 많이 찾아볼수 있다.

넷째, 자유시와 산문시의 유기적인 결합.

문장구조가 산문형식으로 씌여지는 산문시는 여러 시인들

에 의해 창작된바 있으나 자유시와 산문시의 결합으로 씌여진 시는 지난날 중국조선족시단에서 찾아보기 어렵다.

그러나 개혁개방이후 우리 시인들은 시대의 변천에 따라 복잡하게 나서는 인간들의 사상감정을 다각적으로 폭넓게 보여주기 위하여 자유시와 산문시의 유기적인 결합을 창작실천에 옮겼다.

온다더니 정말 오는구나
겨울, 사나이의 계절아

사나운 광풍을 앞세우고 거세찬 눈보라를 이끌며 달려오는 겨울아, 너는 참말로 약속을 지킬줄 알고 주대가 있는 친구이구나
······

(석화《겨울, 사나이의 계절아》

여기서 보다싶이 첫 두행은 시행을 추구하는 자유시로 되였고 그 아래부분은 시행을 추구하지 않는 산문시형식으로 되여있다. 이런 형식은 시련조직과 시단의 백화만발을 위한 창작실천에서 거둔 하나의 결실이다.

자유시와 산문시의 유기적인 결합으로 씌여진 작품으로는 또한 석화의 《푸른 다뉴브강》, 《두만강아》, 《나는 나입니다》 등과 조광명의 《가난》 등을 많이 들수 있다.

이상에서 고찰한바와 같이 새로운 력사시기 우리 시인들은 자유시 시련조직에서 전통을 계승하면서 대담한 혁신을 시도하였고 시대의 주선률을 읊으면서 자체의 개성도 훌륭히 반영하였다. 이것은 자유시가 현대화에 발맞추어 나아가는데서 나타난 필연적추세이다.

2) 동요, 동시에서의 시련조직

동요는 어린이들의 시이면서도 노래이기에 대체로 매 련
마다 시행의 수가 꼭 같다. 즉 동요에서의 시련은 동요가 담
는 내용과 그 정서적특징에 의하여 2행1련시, 3행1련시, 4 행
1련시, 5행1련시 등으로 이루어진다.

> 샘물은 흘러서 어디로 가나
> 오늘은 졸졸졸 시내로 가고요
> 래일은 굽이쳐 강으로 가지요
>
> 우리의 마음도 샘물과 같죠
> 오늘은 샘물터에 갈잎을 띄우고
> 래일은 배타고 바다로 갈래요

(채규천 《샘물》)

이 동요에서 보면 매 련마다에서 시행수는 3개씩 되여있
다.
그러나 동시에서는 이와 다르다.

> 분이야 분이야
> 너는너는
> 꿀벌의 말을 들어봤느냐
> 꿀벌의 말을 들어봤느냐

들어봤죠 들어봤죠
꿀바구니 가득 채우고
흥겨워 붕붕거리는 소리
그것이 꿀벌의 말이겠죠
그것이 꿀벌의 말이겠죠

(강길 《꿀벌의 〈말〉》)

여기서 보면 매 련마다에서 시행수가 일정하지 않고 자유롭게 된것을 볼수 있다.

이로부터 동요와 동시는 그 규모에 있어서 일정한 차이를 가지지 않을수 없게 된다.

대체로 동요는 시형식의 크기에서 동시에 비하여 상대적으로 작다. 물론 한두련밖에 안되는 동시도 있고 거의 여라문 련씩 되는 긴 동요도 있기는 하지만 그것은 어디까지나 특수한 경우이고 일반적으로 말하여 동요는 동시에 비하여 그릇이 작다고 말할수 있다.

제3절 현대가사에서의 절, 렴의 조직

가사창작에서 다양한 형태를 옳게 리용하여 가사의 구조를 옳게 짜야 한다. 가사에서 많이 쓰이는 표현수단은 시행, 절, 렴이다.

1. 현대가사에서의 절조직

가사는 시구조에 따라 무분절가사와 절가가사로 나뉜다.

무분절가사(단절가사)는 어떤 사건성이 강한 내용을 여러 절로 나누지 않고 한개 절로 하는 가사이다.

례컨대 중국조선족노래 《연변목가》, 조선노래 《아무도 몰라》, 한국노래 《나를 두고 아리랑》 등은 모두 무분절가사로 되여있다.

오솔길 덤불에 치마폭 찢겨도
처녀는 춤추듯 집으로 달리네
김매던 호미자루 집어던지고
달려가는 처녀마음 아무도 몰라
돌다리 건느다 내물에 빠져도
부끄럼 모르고 집으로 달리네
전선에서 찾아온 한장의 편지를
처녀가 받은줄 아무도 몰라
풀먹던 송아지 놀라서 뛰고
우물가의 할머니도 영문을 모른다네
총각이 써보낸 살뜰한 편지
처녀가 받은줄 아무도 몰라

(가사 《아무도 몰라》)

지금 가사는 절가화하는 방향에로 발전하고있다. 그것은 절가가 가사내용의 폭과 심도를 보장하며 인민대중이 부르기 쉽고 리해하기 쉽기때문이다.

절가란 여러개의 절로 나누어져있는 정형시형태의 가사를 하나의 곡에 맞추어 반복하여 부르게 되여있는 가요형식이다. 즉 절가에서 가사는 통일적인 주제에 복종되는 여러개의 절로 이루어지나 음악은 한개 절에 해당한 선률이 반복된다.

이와 같이 절가가사는 여려 분절로 나뉘여지는 가사인데 가사의 지배적인 형태로 되고있다.

절가가사는 절가화된 시이지만 가사에서의 한개 절은 독립적으로도 완결된 사상을 가지고 전체적인 가사에서 자기기능을 수행할수 있어야 한다.

그리고 가사는 노래부를것을 전제로 하기에 몇개의 절로 나뉘여지고 매개 절은 독자적인 사상을 가지지만 하나의 주제에 의하여 계승성을 가진다.

서정시에서는 한련을 떼여내면 그 련 자체로 내용을 리해할수 없으나 가사는 하나의 절을 불러도 사상을 알수 있다. 그러면서도 매개 절의 내용은 계승성과 순차성을 가진다.

광활한 천지엔 농기계 내달리고
우리네 가슴에는 노래가 넘쳐나오
현대화의 농업전망 눈앞에 펼쳐지니
기계화의 새봄은 이 강산에 넘쳐나오
　　(후렴) 에헤 좋구나 참말 좋구나
　　당의 령도 영명하여 기계로 농사하니
　　일할수록 성수나오 일할수록 성수나오

밭갈이엔 뜨락또르 모내기엔 이앙기라
허리펴고 농사하니 흥타령 절로나오

넘실넘실 황금파도 설레이는 가을철엔
스리슬슬 수확기가 가을걷이 해간다오
　　　（후렴 략）

（가사 《일할수록 성수나오》）

　여기서 보다싶이 매 절은 완결된 뜻을 가지고있으면서도
농업기계화를 노래하는데 이바지하고있다.
　이와 같이 우리들은 절가형식의 가요에서 매개 분절이 같
은 선률을 가지게 하고 그것들이 내용상 통일성이 보장되게
하여 가사의 운률적통일성을 보장해야 한다.
　정형시의 하나인 가사에서 분절가사는 음절수뿐아니라 시
행, 절에서 엄격히 규격화될것을 요구한다.
　절이란 절가형식의 가사에서 하나의 완결된 사상을 표현
하는 기본수단이다.
　가사는 하나의 통일적인 사상속에서 분절마다 뜻이 다르
고 형상의 측면이 각이하더라도 매 분절은 구조상에서 일정한
공통성을 가져야 한다.

아 신라의 밤이여 불국사의 종소리 들리여온다
지나가는 나그네야 걸음을 멈추어라
고요한 달빛어린 금옥산 기슭에서
노래를 불러보자 신라의 밤노래를

아 신라의 밤이여 아름다운 궁녀들 그리웁구나
대궐뒤에 숲속에서 사랑을 맺었던가
님들의 치마소리 귀속에 들으면서

• 533 •

노래를 불러보자 신라의 밤노래를

(가사 《신라의 달밤》)

보다싶이 이 가사의 1, 2절은 같은 행수로 되고 매 분절의 대응하는 시행은 같은 음절수, 같은 문장구조로 구성되였다.

현대가사는 대체로 2~4개의 절로, 한개 절(본절)은 대체로 4개의 시행으로 이루어진다.

절가형식의 현대가사는 대략 2~4개의 절로 이루어진다.

이것은 우리 민족 시가유산이 그러하였음을 찾아볼수 있다.

런적맹아를 포함한 향가가 3장으로 구성되였으며 고려가요의 분절가요중 단가 《정읍사》는 3분절로, 《가시리》와 《쌍화점》은 4분절로 구성되였으며 시조는 초장, 중장, 종장과 같이 3장으로 구성되였다. 그리고 항일가요에선 3개 절로 된것이 많은 비중을 차지한다.

전통민요의 중요한 형식의 하나는 분절을 가진 절가형식이다. 절가형식은 인민가요의 기본형식이며 근로대중이 오랜 세월을 두고 사랑해온 가요형식이다.

전통적로동민요는 대체로 2~6개 절로 되여있는데 많이는 달거리형식으로 된 가요로서 12~16개 절로 되여있는것이 보편적이다.

로동민요는 일반서정민요와는 달리 근로대중의 실천적로동과정에서 흔히 집단성원들의 즉흥적인 감정세계, 로동과정을 그대로 표현하려는데서 형식면에서도 보다 명료하고 간결한 형식을 요구하며 직접 일을 하면서 집체적으로 불리웠기에

형식에서 평이성을 요구하게 되였다. 이것은 또한 구두어에
의해 보급, 전승되는 조건에서 사람들의 기억에 보다 편리하
고 친숙하게 하며 간결하고 압축된 형식속에 보다 광범한 내
용을 담으려는 인민들의 지향의 표현이기도 하다.

동지섣달 긴긴밤에
닭개짐승 잠드는데
이내팔자 무슨팔자
날바 내잫구나

이내팔자 기박하여
설한풍을 무릅쓰고
그물깁기 내바쁘다
날바 내잫구나

그물코 삼백코에
한코도 남기지 않고
명태대가리 오글오글
날바 내잫구나

청기홍기 높이 달고
우리 배는 명태만선
전초도를 돌아든다
날바 내잫구나

(민요 《날바소리》)

이 로동민요는 4분절로 구성되였는데 보다싶이 그 형식이 매우 간결하고 평이성을 띤다.

해방후 창작된 가사를 보면 2~3개 절로 구성된 가사가 압도적이다.

연변인민출판사에서 1980년에 출판한 《가요선집》중에서 272편의 가사를 분석한데 의하면 절가로 되여있는 가사가 253편이고 2~3개 절로 되여있는 가사가 236편으로서 93%가량 차지한다.

253편의 절가에서 쓰인 여러가지 분절형식을 구체적으로 보면 다음과 같다.

분절류형	개수	%
2절	99	39%
3절	137	54%
4절	13	
5절	3	
8절	1	

253편의 절가에서 3개 절로 된 가사가 137편인데 가장 큰 비중을 차지한다.

가사 《농업헌법 팔진가》와 같이 8개 절로 비교적 길게 전개된 가사도 찾아볼수 있으나 절대다수를 차지하는것은 2~3개 절로 구성된 가사이다.

한국의 삼호출판사에서 1991년에 출판한 《가요무대》에는 도합 491수의 가요가 실려있는데 그중 절가로 된 가사가 378편이고 무분절가사가 113편이다.

　　378편의 절가에서 쓰인 여러가지 분절형식을 구체적으로
보면 다음과 같다.

분절류형	개수	%
2절	323	85%
3절	30	
4절	5	

　　여기서 보다싶이 378편의 절가에서 2개 절로 된 가사가
323편인데 가장 큰 비중을 차지한다.
　　이상의 고찰에서 알수 있는바 우리 민족의 현대가사는 대
체로 2～4개의 절로 이루어지는데 2～3개 절이 기준형이라 할
수 있다.
　　다음으로 한개 절(본절)은 4개의 시행으로 조직하는것이
가장 리상적이다.
　　4행1절은 고대중세가요 및 근대가요에서 그러하였음을 이
야기할수 있다.
　　련적맹아를 내포한 10구체향가를 보면 제1장, 제2장은
각각 4행으로 되였으며 고려가요중 분절가요를 보면 운률적으
로 잘 다듬어진 《동동》, 《청산별곡》, 《쌍화점》은 매 분절의
본절이 4행으로 되였다. 분절로 된 잡가를 보면 《천안삼거
리》, 《이팔청춘가》, 《사발가》, 《도라지타령》, 《어랑타령》 등
많은것들도 매 분절의 본절이 4행으로 되였다. 창가중 《학도
가》, 《권학가》, 《상봉유사》 등은 본절이 4행으로 되였으며 항
일가요에서는 본절이 4행으로 된것이 절대적인 다수를 차지한
다.

해방후 창작된 가사중에서 본절의 시행은 다양한 형태를 보여주지만 대체로 4행으로 되여있는것이 기본을 이룬다.

례컨대 가사 《진달래꽃동산》은 3분절로 되였는데 매 분절(본절)은 4행으로 구성되였다. 제1분절만 보면 다음과 같다.

봄바람 불어불어 진달래 피고
강물도 출렁출렁 령넘어오네
은혜론 당의 빛발 변강 비추어
각족 인민 얼굴마다 웃음꽃 피였네

4행1분절이 기본을 이룬다 하여 2행절, 3행절, 5행절 등이 가능함을 부인하지 않는다. 다만 여기서 말하는것은 시행에서의 기준형을 말할뿐이다.

3행절 가사의 례:

어머니 어머니는 왜 우십니까
어머니가 울으시면 울고싶어요
품안에 안기여서 울음을 운다

(가사 《토벌가》 제1절)

이 가사는 6절로 되였는데 매 절이 3행으로 되여있다.

5행절 가사의 례:

샘물터에 물을 길러 동이이고 나갔더니
빨래하던 군인동무 슬금슬금 돌아앉네
슬그머니 바라보니 그 솜씨가 서투르지

• 538 •

부끄러워도 말했지요 제가 빨아 드릴가요
제가 빨아 드릴가요 제가 빨아 드릴가요

(가사 《샘물터에서》 제1절)

이 가사는 4절로 구성되였는데 매 절은 5행으로 되여있
다.

6행절 가사의 례:

하늘엔 따사론 해빛 넘치고
땅우엔 금나락 설레이네
농장벌 지나던 병사는
벼이삭 물결치는 소리를 듣네
아 인민의 기쁨이 커가는 소리
병사의 가슴에도 파도쳐오네

(가사 《병사는 벼이삭 설레이는 소리를 듣네》 제1절)

여러개 행으로 절을 이룬 가사의 례:

달리자 달리자 나의 자동차
길아닌 길을 찾아 포탄을 실은 차를 전선으로—
달도 없는 야밤에 자동차 달린다
자동차 달리다가 문뜩 세우고
치치… 여기가 어데인가 물었더니
《예, 여기는 미제침략군을 무리로 쓸어눕힌 숙천이외다》
《예, 고맙습니다》

• 539 •

량식을 장만하고 모조리 잡아내자 얼빠진 양키
달리자 달리자 나의 자동차
구슬땀 흘리면서 정성껏 지은 쌀을 전선으로—

(가사 《전선운전사의 노래》 제1절)

이 가사는 3절로 되였는데 한절의 시행수는 보.다싶이 여러개로 되였다.

2. 현대가사에서의 렴조직

렴이란 똑같은 내용, 똑같은 형태구조를 가지고 매 절의 앞에서나 가운데 또는 뒤에서 반복되면서 내용표현과 운률조성에 이바지하는 수단이다.

렴은 가사의 운률적통일성을 보장하는 수법으로 널리 쓰인다.

렴은 그 위치에 따라 전렴, 중렴, 후렴 등으로 나뉘는데 제일 많이 쓰이는것이 후렴이다.

1) 전렴

전렴이란 가사에서 똑같은 내용, 똑같은 형태구조를 가지고 매 절의 앞에서 반복되는 시행들을 말한다.

전렴은 민족시가유산에서는 민요에서 널리 쓰이였다.

민요의 전렴에서는 많은 내용을 말하지 않고 전반 정서와 일치되는 감탄사들과 극히 간단한 개괄적인 어휘들을 넣는다.

둘려주게 둘려주게
일심으로 둘려주게

하나둘이 갈더라도
열스물이 가는듯이
두르기는 내두를께
먹이기는 네먹여라

둘러주게 둘러주게
련잎같이 넓은메돌
돈잎같이 둘러주게
먼데사람 듣기좋게
곁에사람 보기좋게
어서어서 둘러주게

(민요 《망질노래》)

어여루 상사디야
이논배미 모를 심고
장구배미 넘어가자
저만큼 뛰지말고
빈데없이 총총심자

어여루 상사디야
모내기를 하는데는
소리가 명창이요
먼길을 걷는데는
활개가 날개로다

(민요 《모심는 소리》)

해방후 가사에서는 전렴을 다양하게 리용하고있다. 전렴
은 가사의 사상적지향을 명확히 하고 앙양된 시적감정과 전투
적서정을 강화하는 서정발전의 일반적전제로 되고있다.
　•매 절의 첫행이 동일한 경우

노래하자 위대한 중국공산당
영광에 빛나라 투쟁의 50여성상
승리의 기발 높이 우릴 이끌어
인민의 새 강산 이룩했네
(후렴 략)

(가사 《노래하자 위대한 중국공산당》 제1절)

이 가사는 3절로 되였는데 전렴이 전도법으로 이루어진것
이 특징적이다.
　•매 절의 첫 두행이 동일한 경우

오늘은 기쁜 날 기다리던 날
오빠의 머슴살이 끝이 나는 날
오늘부터 오빠도 집으로 와서
어머니를 모시고 행복히 살리

오늘은 기쁜 날 기다리던 날
오빠의 머슴살이 끝이 나는 날
다정한 우리 형제 사이도 좋게

어머니를 모시고 행복히 살리

(가사 《어머니를 모시고 행복히 살리》)

• 가사의 본절이 대부분 전렴으로 된 경우

산넘어 령넘어 처녀는 왔어요
물동이 이고서 강변에 왔어요
우물파는 그 총각은 물었어요
수도물 집에 두고 왜서 또 왔나요
아 처녀는 얼굴 붉히며 말했어요
수도꼭지를 모르고 틀지 않았어요
아 우물파는 그 총각은 눈치를
　　　　　　　알았대요 알았대요

(가사 《왜 또 왔을가》 제1절)

이 가사는 두절로 되였는데 매 절의 첫 5행이 동일하게 되여있다.

• 전렴이 조흥구로 된 경우

전렴을 의성의태어적조흥구로 조직하면 가사 전반에 밝고 명랑하고 락천적인 정서를 돋구어준다.

혜 둥다라 둥다라 둥다라 절싸
북통을 때려라 때려
옹헤야 입장단에 어깨춤이 절로 난다
혜 하늘엔 기중기로 땅우엔 미끼샤로
마음껏 춤도 추고 목청껏 노래하세

세상엔 일터보다 더 좋을것 없다네

(가사 《일터의 휴식》 제1절)

이 가사는 전체 4절로 되였는데 매 분절의 첫행이 의성의 태어적조흥구로 되여있다.

어야 더허야 어야 더허야
어야 더허야 어야 더허야
압록강 이천리에 노를 저어라
얼음장을 헤치면서 떼는 흐른다
어야 더허야 어야 더허야
어야 더허야 어야 더허야
에헤야 더허야
백두산의 나무로구나 천년이나 자란
이깔나무 참나무는 떼를 지어서
혜산 초산 돌고돌아 몇밤 새웠나
의주가면 진달래꽃 피여나리라
어여차 지여차 어야 더야
어야 더허야 어야 더허야
어야 더허야 어야 더허야
어야 더야

(가사 《압록강 2천리》 제1절)

이 가사는 두절로 구성되였는데 전렴뿐아니라 중렴과 가사의 마지막부분이 의성의태어적조흥구로 조직됨으로써 명랑하고 락천적인 음조를 보여주고있다.

가사의 전렴은 이외에도 여러가지 형태가 있을수 있다. 그러므로 우리들은 가사의 운률적통일성을 보장하기 위하여 전렴을 다양하게 설정하여야 한다.

2) 중렴

중렴이란 가사에서 똑같은 내용, 똑같은 형태구조를 가지고 매 절의 중간에서 반복되는 시행들을 말한다.

오늘은 온집안에 기쁨이 넘치는 날
어머니를 높이 모신 환갑날이랍니다
아 어머니 오래오래 앉으세요
아들며느리 차린 큰상 어서 받으세요

(가사 《오래오래 앉으세요》 제1절)

이 가사는 3절로 되였는데 매 절의 제3행이 동일하게 되여있다.

봄철이면 때넘길가 근심많던 이고장에
얼싸좋다 경사났네 절싸좋다 경사났네
뜨락또르 우릉우릉 만년옥답 번져내고
이앙기가 스리슬쩍 풍년모를 심어가네
얼싸좋네 어절싸좋네 얼싸좋네 어절싸좋네
기계화를 실현하여 허리펴고 농사하니
농사일도 제격이라 어깨춤이 절로나네

(가사 《기계화타령》 제1절)

이 가사는 3절로 되였는데 매 절의 제2행과 제5행이 동일하게 되여있다.

중렴도 이외에 여러가지 형태가 있을수 있다.

3) 후렴

후렴은 가사에서 운률적통일성을 보장하여 운률을 조성함에 있어서 중요한 수단이다.

후렴은 가사의 주제사상을 강조하면서 매 절의 뒤에서 똑같은 형태로 반복되기도 하고 매 절마다 다르기도 하다.

(1) 민족시가유산에서의 후렴조직

우리 인민들은 일찍부터 다양한 후렴구를 리용하여 가요의 운률을 조성하였는데 그 경험은 매우 풍부하다.

원시가요 《영신가》에는 후렴적요소를 가진 기록이 없다. 고조선의 4구체가요 《공후인》에 와서는 마지막행이 락구에로 과도하는 면모를 보여주고있다.

<blockquote>

님아 가람 건느지 마소
그예 님은 건느시네
가람에 싸여 싀오시니
어저 님을 어이하리
(公无渡河
公竟渡河
坠河而死
将奈公何)

</blockquote>

(《공후인》)

전기신라시대의 가요 《회소곡》(会苏曲)에 와서 애아한 후렴이 붙은것으로 인정된다. 《삼국사기》에 의하면 《회소곡》은 신라 3대 유리니사금 9년(기원 32년)에 삼삼기로동의 운률에 근거하여 한 녀인이 부른것이라 한다. 이 노래는 음조가 매우 애아하고 《아소아소》하는 감탄사를 섞은것이라 한다.

감탄구를 가진 후렴구는 더욱 발전하여 향가에서는 후구(락구)로 락착되였다. 이 후구는 가요에서의 후렴구식으로 앞머리에 감탄사를 갖고있다.

고려가요에 와서 후렴구는 완전히 표면화되였는데 대체로 의성의태어적조흥구로 구성된것이 특징적이다.

이런 의성의태어적후렴구는 아름다운 률조를 조성하고 노래의 정서를 강조하고 그에 기복을 주면서 흥취를 돋구는 작용을 논다.

○ 아으 동동다리

《동동》

○ 어긔야 어강됴리

《정읍사》

○ 얄리얄리 얄랑셩 얄라리 얄라

《청산별곡》

○ 위 두어렁셩 두어렁셩 다링디리

《서경별곡》

○ 나난 위 증즐가 대펑셩대

《가시리》

○ 유덕하신 님믈 여해아와지이다

《정석가》

○ 더러둥셩 다리러디러 다리러디러 다리러거디러 다로러
　 긔 자리에 나도 자라 가리라
　 위위 다로러 거디러 다로러
　 긔 잔대 가티 덦거츠니 업다

《쌍화점》

이렇듯 고려가요에서는 의성의태어적후렴구를 리용하여 시적감흥을 높이고 률동미를 조성하였다. 후렴구에 쓰인 의성의태어적조흥구를 보면 3～4음절이 지배적이며 받침이 대체로 유향자음《ㄹ, ㅇ》로 되고 초성에 유향자음《ㄴ, ㄹ, ㅁ》와 자음《ㄷ, ㅅ, ㅈ》를 능숙하게 리용하였다. 그리고 의성의태어적조흥구는 같거나 비슷한 어근의 반복으로 된것이 많다. 뿐만아니라 후렴구의 첫머리엔《아으》,《어긔야》,《위》등의 감탄사가 붙어 쓰이였다.

고려가요에 쓰인 후렴구는 대부분 한행으로 되여 본절보

다 적다. 오직 《쌍화점》에서만이 본절과 후렴구가 다 4행으로
되여있다.

분절가로 된 잡가에서도 후렴구를 다양하게 리용하였는데
고려가요와 마찬가지로 의성의태어적조흥구를 널리 리용한것이
특징적이다.

잡가에 쓰인 후렴구를 구체적으로 보면 다음과 같다.

· 의성의태어적조흥구로만 된것

닐리리야 닐리리야
니나누나니 닐리리야

（《닐리리야》）

· 후렴구에 의성의태어적조흥구가 삽입된것

에루화 좋다 흥
성화가 났구나

（《천안삼거리》）

어하야 아자 좋을시고

（《황계가》）

아 에헤요 어루나 둥둥
내 사랑이로구나

（《난봉가》）

· 후렴구가 호칭어로 된것

　　　어랑어랑 어허야 어허난다
　　　이여라 내 사랑아

　　　　　　　　　　　　　《어랑타령》

　　　에헤에 에헤 좋고좋다
　　　어루마둥둥 내 사랑아

　　　　　　　　　　　　　《개성난봉가》

　　　두둥둥두둥 개야
　　　내 사랑아

　　　　　　　　　　　　　《사설난봉가》

　　잡가에 쓰인 대부분 후렴구는 매 분절마다 동일하게 반복되는데 일부 잡가의 경우에는 그렇지 못하다. 잡가 《홍타령》은 15분절로 되였는데 분절에 따라 쓰인 후렴구는 다음과 같다.
　　제1절: 아이고대고 어어어어
　　　　　성화가 났네 홍
　　제2절: 아이고대고 으으으으
　　　　　성화가 났네 홍
　　제3절, 제4절: 아이고대고 성화가 났네 홍
　　제5절부터 제15절까지:

　　아이고대고 흥흥흥흥
　　성화가 났네 흥

　　잡가의 후렴구는 1행, 2행, 3행 등으로 되였는데 대부분 후렴구의 행수는 본절의 행수보다 적다. 《닐리리야》와 같은것은 본절과 후렴이 다 두행으로 되여있다.

　　고전적시가유산가운데서 후렴구를 가장 다양하게 리용한것은 민요이다. 민요의 형식적특징가운데서 중요한 특징의 하나는 후렴구의 설정이다. 구전민요는 흔히 절가형식으로 되였는데 많은 민요들은 후렴구와 받는 소리를 갖고있다.

　　구전민요에서의 후렴구는 앞부분에서 주어진 사상감정을 되받아 반복하고 조화시키며 동시에 서정의 흐름에 매듭을 지어주면서 운률을 조성한다.

　　민요에서의 후렴구는 일반서정민요에서보다 로동민요에서 집중적으로 표현되고있다. 이 가요형식은 민요가 로동인민의 집단적로동과정에서 직접 창조된 예술적창조물임을 말해주며 이것은 민요구성형식에서 가장 기본을 이루고있다.

　　로동민요의 후렴은 직접 로동과정에서 집단성원들의 동작의 통일을 기하는 조직자며 합창구령으로 집단의 피로를 덜고 흥을 돋구며 로동의 생산성을 높이는 실천활동속에서 형성되였다.

　　그러면 아래에 로동민요를 중심으로 해서 민요에 쓰인 후렴구를 고찰해보기로 하자.

　　후렴구는 각이한 작업과정에서 다양한 로동의 률동과 결부되여있으며 집체의 행동, 감정, 정서를 표현, 조절하는 작용을 노는데 그 형식은 매우 다양하다.

　　민요에서 후렴구의 형태구조상의 차이는 그와 결부된 로

동의 종류, 성격, 리듬 등을 알려주며 또 그에 의하여 엄격히 제한된다.

　로동의 종류를 나타내는것으로는 그 작업과 관련된 로동도구를 직접 표현한것들이 있다.

○ 어허 좌라 쇠스랑아

《잦은 쇠스랑소리》

○ 어기야 에 어야라 방아요

《모내기노래》

○ 에헤헤 에홍 달고야

《달고소리》

○ 어야차 불어라 고진동 풍구라
　스리슬렁 불어도 신선풍구 란다

《풍구타령》

　또한 로동과정에서 사람들의 작업동작을 직접 명시함으로써 그 로동의 종류와 작업과정을 보여주는것도 있다.

○ 날바 내잦구나

《날바소리》

○ 베여라 베여

《벼베는 소리》

○ 우야우야 훨훨

《새쫓는 소리》

○ 에이야 헤이요
호메 호메로 매구나 가자

《호메노래》

○ 올라갑시다 올라간다
대마루봉으로 올라간다

《풋나무 베는 소리》

로동가요라도 후렴을 가지지 않는것도 있는데 이런 형식의 가요는 대체로 작업과정이 완만하고 여유있게 진행되며 따라서 로동률동과 작업동작도 일정한 규칙적반복이나 촉박성을 요구하지 않고 집단의 행동통일도 보장하기 어려운 작업들에서 불리운 노래이다.

구전민요에서 쓰인 후렴구의 형태구조적특징을 구체적으로 보면 다음과 같다.

① 후렴구에서 의성의태어적조흥구의 리용

구전민요의 후렴구에는 의성의태어적조흥구를 널리 리용

했다. 여기엔 다음과 같은 두가지가 있다.

· 후렴구가 의성의태어적조흥구로만 된것

○ 둥둥둥게 둥게야 둥게야

《둥게야》

○ 에요에요에요 에헹에헤요

《모심는 노래》

○ 에헤이 에헤에헤 어헤이

《나무베는 소리》

○ 얼씨구 절이씨구 지화자 절씨구

《푸릇푸릇 봄배추는》

○ 허기영 헤에 허기영 치기영 허기 영차에
허기영 허기영차 허기영 치기영 허기영차에

《목도소리》

○ 영치기영차
영차영차 영치기영차
영치기영차 영치기영차영—

《그물당기는 소리》

○ 어여차라 어여차라
어여차라 어여차라 어여라차

《투망하는 소리》

•후렴구에 의성의태어적조흥구를 삽입한 경우
여기서는 뜻이 없는 음향적언어와 뜻이 있는 언어가 서로
결합된다.

○ 얼씨구나 들어간다
절씨구나 들어간다
품배나하고 절씨구

《장타령》

○ 나헤헤이고 허허허 소리를 치며 매보자
에헤—디야디야—헤이

《김매기》

② 후렴구가 호칭어로 된것

○ 나무호미 땅가보야

《땅가보노래》

○ 명년 춘삼월이 멀다고 했더니

어—우리 쇠스랑아

《긴 쇠스랑소리》

③ 뜻있는 문장으로 된 후렴

○ 내팔자야 내팔자야
　천생태난 팔자래서
　이리무정 무정하냐

《방아타령》

④ 후렴이 받는 소리로 된것

이런 민요는 선창—메기는 소리와 후렴—받는 소리가 구분된다. 이런 민요의 후렴은 로동의 종류, 강도와 긴밀히 련관되여있는데 그에 따라 후렴이 짧게 된것과 비교적 길게 된것 두가지로 갈라볼수 있다.

받는 소리는 의성의태어적조흥구를 많이 리용하고있는데 받는 소리가 의성의태어적조흥구로만 된것도 있고 의성의태어적조흥구가 후렴구에 삽입된 경우도 있다.

• 받는 소리(후렴)와 메기는 소리가 짧은 형식

이와 같이 받는 소리(후렴)와 메기는 소리 부분이 짧고 서로 대칭적으로 된 민요들은 도리깨질, 가래질, 달구질과 같이 순간적인 힘의 단결과 행동의 일치를 요구하는 작업과 관련된다.

• 556 •

메기는 소리	받는 소리
이가래가 뉘가랜가	일성 가래야
김서방네 논가랠세	//
우리일군들 일심을 해서	//

(《가래질소리》)

메기는 소리	받는 소리
천년달구에 만년주추라	에헤이 달구
백두산에 계수나무	//
옥도끼로 찍어내고	//
금도끼로 다듬어서	//
천년달구에 만년주추라	//
첫째채는 서켠요	//
둘째채는 동채로다	//
남향으로 오간이요	//
북향으로 삼간이라	//

(《달구소리》)

메기는 소리	받는 소리
잘도한다	옹헤야
때리고도	//
물러서고	//
끝을치소	//

여기봐라   //
때려주소   //

《보리타작》

　여기서 보다싶이 선창—메기는 소리는 주로 집단의 다음번 작업동작을 준비시키거나 작업지시적인 역할을 놀아 서정적기능을 놀지 못하고 선률면에서도 제한적인것이 특징적이다.

　한편 후렴—받는 소리는 규칙적인 로동의 률동과 순간적인 힘의 단합에 맞게 짧게 되여있으며 따라서 그것은 로동의 리듬에 의거하여 한두마디의 어구나 동일한 음향과 음절수를 가진 단마디의 어구의 반복으로 되여있다. 따라서 후렴은 동적인 리듬과 힘찬 호소성을 가지며 이 반면에 메기는 소리는 상대적으로 좀 서정적이고 다수경우 즉흥적인것이 특징이다.

　일반적으로 로동가요는 집단성원중 어느 한 목청좋은 사람이 메김소리로서 선창을 하면 그것을 받아 합창소리를 하는 즉 《메기는 소리＋받는 소리》형식으로 되여있으나 힘이 들고 긴장된 집단로동인 경우에는 먼저 합창구가 오기도 한다.

　이때 합창구는 곧 시작할 작업준비를 위한 신심을 북돋우는, 즉 예비구령의 힘찬 함성으로 된다. 례컨대 《보리타작》, 《가래질소리》, 《달구소리》 등은 《에오》, 《옹헤야》, 《일성 가래야》, 《에헤이 달구》 등의 합창구가 전렴으로 앞에 놓여있고 또 후렴으로도 반복되여있다.

에헤이 어절시고
잘도한다 옹헤야

......

《보리타작》

• 받는 소리(후렴)와 메기는 소리가 긴 형식

이런 형식의 로동가요는 대체로 작업을 집단적으로 진행하나 작업동작의 통일을 보장하기 어려운 로동들에 동반되여 불리운 노래이다.

아침이면 떨구면서
호미로 김을매자
　　(후렴) 아하에헤 에헤허
　　　　어허야 호미로다

《호미타령》

저건너 갈미봉에
안개비 몰아온다
여보소 동무네들
사립을 준비하세
　　(후렴)에요 에요 에요
　　　　에헹 에헤요

《모심는 소리》

때는 아침 어느땐가
구시월이라 시단풍에

원근산천의 오색초목은
황금으로 물들었네
(후렴) 에헤 에헤 에헤야
에헤 얼씨구 좋구나 좋다
나무를 베러 가세

《나무베는 소리》

김매기, 나무하기, 벼베기, 물레질 등 작업이 비교적 여유있게 진행되는 경우에 노래들은 대체로 받는 소리와 메기는 소리가 길고 극히 느리며 깊은 서정적표현이 성격적특성으로 되고있다. 또 로동의 률동과 가요와의 관계에서 일치한 통일이 요구되지 않기에 많은 경우 정형률을 벗어나 자유률체계에 립각하고있다.

항일가요에서 형식상 중요한 특징의 하나는 다양한 후렴구를 리용한것이다. 이는 호소적이며 전투적인 가창을 목적으로 한 그의 기능에 의하여 조건지어진다. 이 후렴구는 풍부하고 고무적인 혁명사상을 노래하고있는데 전시기 고려가요, 잡가, 민요에서처럼 하나의 조흥구나 감탄구 또는 의성의태어적 수법이 아니였다.

항일가요의 후렴구는 다양하게 전개되였을뿐아니라 다양한 기능을 놀고있다. 항일가요에서는 후렴구의 역할을 다면적으로 활용하여 본절에서 노래된 사상감정을 새로이 분석하고 이미 노래된 사상을 발전, 심화시키고 앙양시켰고 음악적운률을 조성하였다.

후렴구리용에서 항일가요가 우리에게 남겨준 귀중한 유산은 실로 풍부하고 다양하다.

먼저 후렴구의 행수를 보면 다음과 같다.

ⓐ 후렴구가 본절의 시행과 같은 분량으로 된것

· 본절과 후렴구가 각각 4행으로 된것

명절이 돌아오면 어린아이들
새옷과 맛난음식 어서 달라고
가슴이 미여지게 울어만 댄다
불평등한 자본사회 때려부시자
(후렴)
우리의 고혈을 짜내는 악마같은 부르죠아
빈대, 벼룩, 모기처럼 없애버리고
수억만 로동자야 단결하여라
계급혁명 승리할 날 눈앞에 왔다

《로동자가》 제3절)

이런 류형은 후렴구가 본절의 시행과 같은 분량으로 된것 가운데서 절대다수를 차지한다. 이 류형에 속하는 가요로는 또 《유격대행진곡》, 《적기가》, 《나오라 혁명전에》, 《백색테로 반대가》, 《오월행진곡》, 《무산혁명가》 등을 들수 있다.

· 본절과 후렴구가 각각 2행으로 된것

목에다 두른것은 붉은넥타이
등에다 짐을 지고서 훈련을 나간다
(후렴)
장하다 그의 이름 아동단 아동단 아동단
세상이 모두다 칭찬한다 아동단 아동단

《우리는 아동단원》 제1절)

이런 류형으로는 《인민주권가》를 더 들수 있다.

ⓛ 후렴구가 본절의 분량보다 적은것

이 류형은 첫째 경우보다 절대다수를 차지하는데 후렴구
는 2행으로 되여있다.

장쾌하다 시가전은 곳곳에 일고
류산탄은 적진우에 파렬되누나
부르죠아 더러운 피 땅을 적시고
무산혁명 시기가 다달았네
(후렴)
붉은기는 중천에서 펄펄 날리고
부르죠아 낡은기는 빛을 잃고 찢겼네

(《결사전가》 제3절)

항일가요에선 본절의 행수가 후렴의 행수보다 적은 경우
는 찾아볼수 없다.

다음으로 후렴구가 절마다 반복되는 정황을 보기로 하자.

항일가요에서 절대다수의 후렴구는 매 분절마다 동일하게
반복되는데 일부 가요에서는 사정이 다르다.

《가난한자의 노래》는 전체 5절로 되였는데 후렴구는 1, 2
절이 같고 3, 4, 5 절이 같다.

1, 2절의 후렴구:

아하 뼈가 저린다
언제면 이 원쑤를 갚아줄소냐

3, 4, 5 절의 후렴구:

　　산천초목도 무장하여라

　　돌멩인들 어떻게 가만 있으랴

《결사전가》는 전체 6절로 되였는데 후렴구는 1, 2절이 같고 3, 4절이 같고 5, 6절이 같다.

　1, 2절의 후렴구:

　　여지없이 부셔내자 부르죠아사회를

　　날날이 박살내자 제국주의아성을

　3, 4절의 후렴구:

　　붉은기는 중천에서 펄펄 날리고

　　부르죠아 낡은기는 빛을 잃고 찢겼네

　5, 6절의 후렴구:

　　최후의 결전에서 승리할 때에

　　새사회의 주인공은 우리 모두다

이런 방법은 절과 절 사이에 순차성, 계승성이 있으면서도 그 비약이 커서 동일한 후렴구를 쓸수 없는 경우에 리용된다.

항일가요에선 매 분절의 후렴구가 다른 경우는 쓰이지 않았다.

매 분절의 후렴구가 다른 례로는 창가 《상봉유사》(1906년)에서 찾아볼수 있다. 이 창가는 5절로 되였는데 분절마다 후렴구가 다르다.

　　1절:언제나 언제나

　　　독립연에 다시 만날가

2절: 언제나 언제나
    개선가를 높이 부를가
3절: 언제나 언제나
    자유종을 크게 울릴가
4절: 언제나 언제나
    독립기를 높이 날릴가
5절: 소원을 소원을
    성취할 날이 멀지 않네

끝으로 후렴구에 쓰인 운률조성의 보조적수단을 보기로
하자.

항일가요에서는 후렴구의 음악성을 높이기 위하여 후렴구
에 다양한 운률조성의 보조적수단들을 리용하였다.

① 전도법

항일가요의 후렴구에서는 전도법이 가장 널리 쓰이였다.
이것은 항일가요의 전투성과 관련된다. 항일가요에 쓰인 전도
법은 강조의 기능과 함께 운률조성적작용도 논다..

    여지없이 부셔내자 부르죠아사회를
    낱낱이 박멸하자 제국주의아성을

(《결사전가》)

낱가자 판가리싸움에 낱가자 유격전으로

(《유격대행진곡》)

혁명전에 나서라 무산어린이
붉은기 아래로 모두 모여라

《무산아동가》

이외에도 《적기가》, 《아동가》, 《무산혁명가》, 《나오라 혁
명전에》 등 가요의 후렴구에서 전도법이 쓰이였다.

② 반복법

항일가요의 후렴에서는 반복법의 사용빈도수가 전도법보
다 적다. 반복법도 강조와 함께 운률조성적작용을 논다.

용진용진 나아가세 용감스럽게

《유격대행진곡》

장하다 그의 이름 아동단 아동단 아동단
세상이 모두다 칭찬한다 아동단 아동단

《우리는 아동단원》

우리는 무산청년이니 무산청년답게
우리는 근로대중의 청년전위대

《무산청년가》

우리는 로동자 농민의 청년선봉대
우리는 로동자 농민의 청년선봉대

《청년선봉대》

여기서 보다싶이 반복법으로는 련속반복, 머리구반복, 시행반복, 2행 5번 반복 등이 쓰이였다.

③ 호소법과 수사학적감탄

후렴구에서의 호소법과 수사학적감탄은 전투적기백으로 흘러넘치는 항일가요의 호소성과 관련되여있다.

비겁한자야 갈라면 가라
우리들은 붉은기를 지키리라

(《적기가》)

동무들아 두려워말라
백색테로에 단을 내리며
청년부녀야 모두 싸우자
무산계급 우리들은 굴치 않는다

(《백색테로반대가》)

아하 뼈가 저린다
언제면 이 원쑤를 갚을소냐

(《가난한자의 노래》)

④ 점충법

억천만번 죽더라도 원쑤를 치자

《유격대행진곡》

⑤ 대조법

　　붉은기는 중천에서 펄펄 날리고
　　부르죠아 낡은기는 빛을 잃고 찢겼네

《결사전가》

⑥ 반문법

　　산천초목도 무장하여라
　　돌멩인들 어떻게 가만 있으랴

《가난한자의 노래》

⑦ 의성의태어법
　　울려라 둥둥 혁명군동무들아 이날에
　　붉은기발을 높이 들고 뭉쳐들 가자

《오월행진곡》

⑧ 토반복법
　　나가자 싸우자 굳게 뭉치여
　　무산정권 세우러 나가싸우자

《기민투쟁가》

반대하자 제국주의 개떼싸움을
전개하자 무산자의 혁명정신을

(《아동가》)

민족시가유산이 후렴구설정에서 남겨놓은 귀중한 경험을 총화해보면 다음과 같다.

첫째, 후렴은 절의 내용과 밀접히 련관되여있으며 주제사상을 강조하기 위한 수단으로 설정되여야 한다. 이것은 항일가요를 통해 더욱 명확히 알수 있다.

둘째, 후렴구는 가사의 운률조성의 중요한 수단인데 본절과 함께 음절수에서 정형률을 보장해야 하며 가조법, 의성의태어적조흥구리용, 반복법, 전도법 등 보조적수단들을 충분히 리용하여 운률을 조성해야 한다.

셋째, 민족시가유산에서 후렴구의 행수는 일반적으로 본절의 행수보다 적다. 일반적으로 후렴구는 매 절마다 동일하게 반복되였는데 일부 경우에는 절마다 달랐다.

(2) 현대가사에서의 후렴조직

우리들은 민족시가유산이 후렴구설정에서 물려준 귀중한 경험을 현대가사창작에 창조적으로 리용하여 음악적인 후렴구를 설정하기에 노력해야 한다.

후렴구는 대중가요에서 형식—구조상 특징의 하나인데 많은 가사들에서 보편적으로 찾아볼수 있는 일반화의 수법이다.

현대가사에서의 후렴구는 가사의 사상적알맹이를 꽃피워주며 가사가 말하려는 내용을 강조하고 감정의 통일성, 가사의 구조상통일성을 보장하며 운률적통일성을 보장한다.

가사의 후렴구는 시적감정흐름의 응당한 귀결로 되여야

하며 가사의 특성에 맞게 혁명적이거나 전투적이거나 서정적이여야 한다.

해방후 가사문학은 전렴, 중렴과 함께 후렴도 다양하게 리용하고있다.

해방후 가사문학에 리용된 후렴의 특성은 가사의 사상주제적내용과 정서적색채에 따라 그 형태가 다양한것이다.

현대가사에서 후렴구는 가사마다 다양하게 주어지는데 그것을 몇개의 경우로 나누어보면 다음과 같다..

우선 후렴구가 매 절마다 똑같이 나타나는가 아니면 차이나게 주어지는가에 따라 몇가지로 갈라볼수 있다.

첫째, 가사전체에 걸쳐 매 절에 같은 후렴구가 붙는 경우 대중가요에서는 주로 이런 형식이 주어진다.

학창에서 공부하고 농촌에 찾아와
부지런히 일하여 첫수확을 거두었네
로동으로 가꿔온 오곡의 물결은
농촌에 뿌리박고 꽃피운 열매
시련을 이겨나온 투쟁의 열매
(후렴)
에헤라 얼씨구 좋다 절씨구 좋아
광활한 천지에서 억세게 싸우네

(가사 《첫수확》 제1절)

가야하 푸른 물이 논판을 적시고
갈모자 산기슭에 소나무 무성한
(후렴)

에 에헤요 흥흥흥
데 에헤요 흥흥흥
내 고향 좋구좋다

(가사《내 고향 좋구좋다》제1절)

해마다 봄이 오면 민들레 곱게 피는 곳
언제나 잊지 못할 고향이라오
가도가도 끝이 없는 지평선 저 끝에서
금물결이 은물결이 밀려오는 곳
(후렴)
아 료동벌은 좋아요 내 정든 고향
아 꽃피는 새 마을 어머니품이라오

(가사《꽃피는 료동벌》제1절)

이런 후렴구는 본절의 내용을 강조해주거나 비약시켜주는 형식으로 가요의 사상감정을 발전시켜주고있다. 후렴구가 매 절에서 같이 반복되는것은 운률적통일성을 보장하는데 목적이 있는만큼 철저히 내용의 통일성을 보장하는데 복무해야 한다. 그러자면 후렴구는 시적인 감정으로 일관되여야 한다.

둘째, 후렴구가 절마다 차이나게 주어지는 경우

대부분 후렴구는 절마다 동일하게 반복되지만 일부 가사에서는 매 절의 사상내용을 개괄적으로 강조하면서 절마다 차이나게 주어지는 경우도 있다.

가사《고향산기슭에서》와《두루미》에서는 후렴구의 일부분은 반복되나 전체적인 후렴구는 매 절에 동일하게 반복되지

• 570 •

않는다.

《고향산기슭에서》의 후렴구는 다음과 같다.

제1절의 후렴:

　　아, 사랑스런 산천아
　　아, 내 정든 고향이여
　　조국의 변강이여!

제2절의 후렴

　　아, 사랑스런 벌판아
　　아, 내 정든 고향이여
　　조국의 변강이여!

제3절의 후렴:

　　아, 사랑스런 마을아
　　아, 내 정든 고향이여
　　조국의 변강이여!

《두루미》의 후렴구는 다음과 같다.

제1절의 후렴:

　　아 두루미는 알지 못하네
　　제모습이 그 얼마나 아름다운지

제2절의 후렴:

　　아 두루미는 알지 못하네
　　제모습이 그 얼마나 어여쁜지를

제3절의 후렴:

아 두루미는 알지 못하네
하늘높이 뜬 모양 더욱 아름답네

이런 후렴구도 가사의 해당 절의 내용을 강조하고 운률적
통일성도 보장한다.
셋째, 후렴구가 독특하게 붙는 형식은 송가들에서 찾아볼
수 있는데 가사의 마지막에 한번 주어지는것이다.
1. 송이송이 진달래꽃 붉게 필 때면
   마음은 한없이 설레입니다
   충성의 꽃다발 정성껏 엮어서
   주총리 우러러 주총리 우러러 드리고싶습니다

2. 하늘땅에 찬연히 노을비끼면
   뜨거운 그이 사랑 안겨옵니다
   현대화 꽃보라 조국에 뿌려주신
   주총리 그 은정 주총리 그 은정 갈수록 깊습니다

3. 밤마다 반짝이는 별을 볼 때면
   못잊을 그이 생각 간절합니다
   인류의 행복위해 한평생 싸워오신
   주총리 그 영상 주총리 그 영상 별처럼 빛납니다

   아 주총리 인민의 총리
   우리는 언제나 우리는 언제나 그이를 그립니다

(가사 《언제나 주총리를 그립니다》)

여기서 보다싶이 후렴구는 3절로 된 가사의 마지막에 주어졌다.

다음으로 후렴구의 행수설정의 특성에 따라 몇가지로 갈라볼수 있다.

첫째, 후렴구의 행수가 본절의 행수보다 적은 경우

현대가사의 후렴구행수는 일반적으로 본절의 행수보다 적다.

경치도 좋지만 살기도 좋아
금강산 골안에는 보물도 많네
비로봉 밑에선 산삼이 나고
옥류동 골안에는 백도라질세
(후렴)
아 인민의 금강산
경치도 좋지만 살기도 좋네

(가사 《경치도 좋지만 살기도 좋네》 제1절)

시내물 속삭이는 언덕을 넘어
종달새 노래하는 논판을 지나
울렁이는 내 가슴에 망울 터치는
봄바람이 꽃바람이 나는야 좋아
(후렴)
아 청춘의 봄바람이 나는야 좋아

(가사 《봄바람》 제1절)

둘째, 행수에 있어서 본절과 후렴구가 동일한 분량으로도
자주 쓰인다.

나가자 전선으로 담가대와 운수대에
모두 나가서 우리 상병 돕고 량식 나르자
(후렴)
모든것은 자위전쟁 승리를 위해
나가자 전선으로 보내자 전선으로

(가사 《전선지원가》 제1절)

하늘의 별무리가 새마을에 내려왔나
저수지 물결타고 발전소가 일떠섰다
(후렴)
아하하 에헤헤 내 고향 푸른 저수지
우리 생활 꽃피우는 행복의 바다일세

(가사 《내 고향 저수지》 제2절)

여기서 보다싶이 후렴구는 본절과 대등한 분량으로 시행
이 전개되면서 본절에서 노래되는 사상감정을 확대, 심화시키
고 풍부화시키고있다.

셋째, 후렴구의 행수가 본절의 행수보다 많은 경우
후렴구의 행수가 본절의 행수보다 많은 경우는 매우 드물
게 쓰인다.

강물도 흘러흘러 벌판으로 돌아들고
봄바람은 살랑살랑 마을 찾아 불어온다
(후렴)

• 574 •

에헤루 상사디 종달새야 너도 노래불러라

우리 당 우리 조국 새살림 주셨으니
협동의 이 기쁨을 너도 노래불러라 너도 노래불러라

(가사 《종달새야 너도 노래불러라》)

후렴구는 운률조성의 중요한 수단이므로 운률조성의 보조
적수단들을 충분히 리용하여 후렴구 그 자체가 음악적으로
게 해야 한다.
현대가사에서 후렴구의 운률조성에 자주 쓰이는 보조적수
단으로는 다음과 같다.
① 가조법

저기 저 바다로 우리 가자
산에 가면 산새 물에 가면 물새
가는곳마다 아 이쁜 우리 하늘일세

(가사 《산으로 바다로 가자》)

② 반복법
반복법은 후렴구에서 가장 많이 쓰이는 운률조성의 보조
적수단이다. 후렴구에 리용되는 반복법의 류형은 매우 다양하
다.

아 달리고 달려도 만족을 몰라

전진전진 투쟁 또 전진

(가사 《혁신의 나날》)

아 하늘에서 땅에서 그 어데서나
번개같이 질풍같이 번개같이 질풍같이
모두다 고속도로

(가사 《고속도로 앞으로》)

어허야데야 어허야데야
고기배를 띄워라 고기배를 띄워라

(가사 《양어장에 물고기풍년일세》)

높은 산을 넘고넘어
눈에 묻혀 사라진 길을 열고
빨찌산이 령을 내린다
원쑤를 찾아 령을 내린다

(가사 《빨찌산의 노래》)

아 분배받은 햇쌀 이고 샘터로 가세
분배받은 햇쌀 이고 샘터로 가세

(가사 《분배받은 햇쌀 이고 샘터로 가세》)

만세만세만세 높이 부르며
원쑤의 화점을 짓부시며 앞으로

원쑤의 화점을 짓부시며 앞으로
나가자 동무여 결전의 길로

(가사 《결전의 길로》)

③ 전도법

전도법은 행진곡이나 전투적인 가요에서 잘 쓰인다..

나가자 동무여 강철의 대오여
찬란한 2천년에로 나래쳐가자

(가사 《2000년에로 나래쳐가자》)

아아 노래하자 금강산을
노래하자 아름다운 우리의 조국을

(가사 《노래하자 금강산》)

④ 점층법

폭풍도 우뢰도 사나운 격랑도
우리의 앞길을 막을자 없다네
막을자 없다네

(가사 《선구자의 노래》)

⑤ 호소법

호소법은 혁명적이고 전투적인 가요에 잘 쓰인다.

• 577 •

아 당기여 빛발치는 당기여
진군의 한길에서 그대따라 싸워가리라

(가사 《아, 빛발치는 당기여》)

아 간곡한 나의 념원 내 마을이여
영원히 그대품에 돌아왔노라

(가사 《산간마을에 드리는 노래》)

⑥ 수사학적감탄
수사학적감탄도 혁명적이고 전투적인 가요에 잘 쓰인다.

아 아름다운 나의 조국강산이여
아름다운 내 고향 연변이여

(가사 《아름다운 나의 고향》)

피로 바꾼 사랑하는 고향산천
이 땅에 공산주의 지상락원 이룩하리

(가사 《새 농촌 건설하리》)

⑦ 의성의태어적조흥구의 리용
이 수법은 서정가요에서 널리 쓰인다.

얼씨구나 승리봉우리
절씨구나 승리봉우리
아하아어 허어허―승리의 봉우리

(가사 《매봉산의 노래》)

헤여라 허기영 허기영차
에헤 허기영 허기영차
허기영차 허영차―자랑찬 림업공
허기영차차 허영차 장백산 림업공

(가사 《장백산 림업공》)

에헤헤헤야 어헤야
제전에도 닐리리 벌판에도 닐리리

에헤야 데헤야 성수난다
닐리 니리니리 니리리가 닐라
약신의 기세로 벼모를 내세 닐리리

(가사 《기계모내기 성수나네》)

　가사의 후렴구에는 이외에도 여러가지 운률조성의 보조적 수단이 쓰일수 있다. 그러므로 우리들은 운률조성의 보조적수단을 후렴구에 창조적으로 리용하여 가사의 음악성을 한층 높여야 한다.

결   론

우리는 이상에서 유구하고 풍부한 력사를 가진 민족시가의 운률적유산과 운률조성의 민족적특성을 고찰하였다.

민족시가의 운률조성의 모든 방법과 수단들은 작품의 내용을 표달하기 위한 수단으로 리용되고 발전되여왔는데 민족시가의 운률적유산과 우리 시인들이 운률조성에서 창조한 경험은 실로 풍부하다.

민족시가의 음악성은 비단 민요, 향가, 고려가요, 경기체가, 시조, 가사(歌辭), 잡가, 창가 등 여러가지 시가형태들이 음악과 밀접히 련관되여왔다는 사실뿐아니라 그 가사 자체에도 훌륭한 음악적선률이 담겨져있다.

우리 민족 시가의 운률은 주로 음절군배합형태의 반복에 의하여 이루어진다. 조선어시가의 운률은 한 결합된 음절군형태가 다른 한 결합된 음절군형태와 대응관계에 놓일 때 이루어지는데 이 대응관계에 놓이는 음절군의 결합은 호흡률과 통일되여야 한다.

우리 민족의 호흡률에 가장 적합하게 리용된 음절수는 2, 3, 4였는데 이것들이 음악적으로 결합되고 반복되여 운률을 조성하였다.

신라향가에서는 2, 3음수를 기본으로 하였고 고려 전반기 균여향가에서는 2, 3음수를 기본으로 하면서 4음수도 쓰이였다. 고려가요에서는 2, 3, 4 음수를 널리 리용하였고 경기체가에서는 음절수고정을 보았는데 3, 4음조를 기본으로 하였다. 고려 후반기에 산생한 시조는 3, 4음조를 기본으로 하였다. 고려 후반기에 산생한 시조는 3,4음조를 기본으로 하면서 5음절도 쓰이였고 리조중기에는 가사체형식의 출현에 의하여 3·4조, 4·4조의 혼용조가 산생하였다. 그리고 리조중기에는 4·4조전용의 민요가 출현하였고 19세기말~20세기초에 와서는 4·4조가 민요, 가요, 창가의 가장 보편적인 운률로 되였다.

민족시가의 운률적유산을 계승, 발전시킨 현대정형시에서는 3, 4, 5음수를 기본으로 사용하고있다. 이것은 조선말의 음악적률조를 가장 예술적으로 전형적으로 잘 살릴수 있기때문이다.

민족시가의 운률은 음절군의 규칙적 혹은 불규칙적 결합과 반복에 의하여 이루어지는데 정형시는 일정한 음절군을 규칙적으로 결합시킨 시이고 자유시는 음절군들의 결합이 불규칙적이고 자유로우면서도 음악적인 시이다.

고전적민족시가에서 정형시형태는 5차례 나타났는데 첫번째는 시행의 고정만 본 향가이고 두번째는 음절수의 고정을 처음으로 본 경기체가이고 세번째는 3, 4음수를 기본으로 한

시조이고 네번째는 3·4조, 4·4조 혼용조인 가사(歌辭)이고 다섯번째는 4·4조의 창가이다. 민요는 리조중기로부터 4·4조의 면모를 뚜렷이 보여주었다. 이런 정형시와 구전민요는 이러저러하게 음악과 결부되여있었다. 현대에 와서는 자유시와 정형시가 갈라지면서 음악과 결합된 형태의 기능은 주로 현대가사가 담당하게 되였다.

자유시는 창가의 뒤를 이어 20세기초에 이루어졌는데 자유시에서는 운률조성을 위한 각별한 실천적노력을 요구한다.

우리 민족 시가에서 운률문제는 결코 음수률 하나만으로 해결할수 없다. 운률은 어음의 질에 따르는 음질률이 반드시 음수률에 안받침될 때에야 원만하게 조성될수 있다.

또 조선시가의 음악적선률은 보조적수단들에 의하여 더욱 보충된다.

고전적시가유산은 우리들에게 운률조성의 보조적수단의 다양한 리용에서 귀중한 경험을 남겨놓았다. 고전적시가의 창조자들은 우리 민족어의 민족적특성에 근거하여 여러가지 어음론적수법, 의성의태어법, 세번반복법, 전도법, 의성의태어적 조흥구와 후렴구의 리용 등 여러가지 민족적특성을 잘 보여주는 보조적수단들을 리용하여 시의 각종 선률과 음조를 살렸다.

음절군의 불규칙적결합에 의하여 운률이 이루어지는 현대자유시에서는 운률조성의 보조적수단의 리용문제가 더욱 중요한 문제로 나서고있다. 그러므로 우리들은 보조적수단의 리용에서 민족시가유산이 남겨놓은 귀중한 경험을 창조적으로 계승하여 시가의 운률을 더욱 음악적으로 조직해야 한다.

시행, 시련은 정서적내용을 운률적으로 표현시켜주는 중요한 기능을 수행한다.

그러므로 민족시가의 고전적유산들은 시창작에서 내용의
정서적표현과 음악적운률을 조성하기 위하여 시행과 시련의
조직에서 커다란 관심을 돌렸다.

우리 민족 시가유산은 행을 문장론적으로가 아니라 내용
을 정서적으로 표현하기 위하여 분행하였으며 그에 따라 락
구, 후구, 후렴구의 시행들을 설정하였고 시행의 첫머리에 감
탄구를 설정하여 운률을 조성하였다.

우리 민족 시가의 유산을 보면 일반적으로 시행에서 음절
군의 수량을 적게 하고 시행의 길이를 짧게 한 특징을 가진
다. 그리하여 고전적시가에서는 1행 3～4음절군이 보편적이였
다. 물론 이것은 상대적이지만 시행이 길어지면 호흡률에 맞
지 않고 산문화되여 내용을 음악적으로 표현할수 없는것이다.

현대시가에서 한 호흡량에 거슬리지 않는 한 시행의 길이
는 보통 3～4개의 음절군으로, 한 음절군은 3～4개의 음절로
구성되는것이 기준으로 되고있다.

민족시가유산은 시련조직에도 진지한 노력을 경주하였는
바 련적맹아는 향가로부터 찾아볼수 있는데 고려가요에 와서
표면화되였다.

현대가사는 대체로 2～3개 절로, 한개 절(본절)은 4개의
시행으로 이루어진다.

우리 시작품의 시행, 시련의 조직이 일률적으로 한 격식
으로 되여서는 안된다. 문제는 고전적시가의 시행, 시련 조직
에서 축적한 경험을 창조적으로 계승하여 더욱 운률적인 정형
시와 자유시를 창조하는데 있다.

리규보는 시창작에 대한 자기의 경험을 론하면서 《시를
짓기란 가장 어려우며 말과 뜻이 아울러 아름답기 힘드니라》
라고 하였고 최자는 《보한집》(鑪閑集)에서 《사상감정과 예술

적재능이 겸진할 때 그 시는 볼만하다》라고 하였다. 우리는 여기서 시작품에서 내용과 형식의 결합, 정서의 음악적표현이 얼마나 중요한가를 알수 있다.

시는 언어의 운문적표현인바 시가 운률을 갖지 않으면 자기의 미학적기능을 발휘할수 없게 된다. 그러므로 우리들은 민족시가가 축적해놓은 운률조성의 방도를 깊이 파악하고 약동하는 현시대를 정서적이고도 운률적으로, 음악적으로 노래하기에 힘써야 한다.

주요 참고문헌

홍기문(1956) 《향가해석》 조선민주주의인민공화국 과학원

량주동(1965) 《증정고가연구》 일조각

고정옥(1962) 《조선구전문학연구》 과학원출판사

김삼불(1956) 《송강가사연구》 국립출판사

리웅수(1956) 《조선시가의 운률적기초》(《김일성종합대학 창립 10주년기념론문집》)

현종호(1963) 《조선시가의 종류와 작시법에 관한 사적고찰》 과학원출판사

최장수(1977) 《고시가해설》 세운문화사

조윤제(1948) 《한국시가의 연구》 을유문화사

정홍교(1984) 《고려시가유산연구》 과학, 백과사전출판사

정홍교(1982) 《우리 시문학의 운률연구》 문예출판사

김일성종합대학(1979) 《시창작수업》 김일성종합대학출판사

리준길(1979) 《아동문학창작지식》 김일성종합대학출판사

리준규 집필(1987) 《명가요창작원리》 사회과학출판사

조성일(1979) 《시론》 연변인민출판사

김덕균, 김성휘(1980) 《가사창작지식》 료녕인민출판사

전국권(1983) 《시창작과 감상》 료녕인민출판사

김만석(1983) 《아동문학과 그 창작》 료녕인민출판사

吳思敬(1986) 《诗歌基本原理》 공인출판사

교　　열：엄영준
책임편집：김춘근

诗韵律论
东北朝鲜民族教育出版社朝鲜语文编辑室编
*
东北朝鲜民族教育出版社出版发行
图们市印刷厂印刷
850×1168 毫米 32 开本　18.875 印张　429 千字
1998 年 8 月第 1 版　1998 年 8 月第 1 次印刷
ISBN　7-5437-3098-7/I·193　（民文）
印数：1－700 册　定价：25.80 元
如发现印装质量有问题，请与印厂联系调换。

시 운 률 론

1999년　11월　　5일　인쇄
1999년　11월　15일　발행

저　자　김 기 종
발　행　동북조선민족교육출판사
영　인　한국문화사
　　　　133-112 서울시 성동구 성수1가 2동 13-156
　　　　전화 464-7708, 3409-4488
　　　　팩스 499-0846
　　　　등록 제2-1276호

정가 20,000원

ISBN　89-7735-681-4 93810